Portraits and Observations:
The Essays of Truman Capote

肖像与观察：卡波蒂随笔 ㊦

〔美〕杜鲁门·卡波蒂——著　吕奇——译

上海译文出版社

下册目录

超凡魔力

(1967)

1966年，8月！特里托纳号的甲板上。船上还有：吉安尼和马雷拉·阿涅利(主人)，斯塔什和李·拉茨维尔，卢西亚娜·皮娜特莉，埃里克·尼尔森，桑德罗·德索，阿道夫·卡拉肖洛，他的女儿阿雷格拉和他的女婿卡罗。七个意大利人，一个丹麦人，一个波兰人，还有我们两个(李和我)。嗯。

出发地：布林迪西，这是意大利亚得里亚海边的一个性感海港。目的地：南斯拉夫海岛与海岸，航行持续二十天，终点是威尼斯。

现在是晚上十一点，我们本打算半夜出航，可船长是个一丝不苟的德国绅士，他抱怨说风势在加大，同时认为在日出之前冒险出海不安全。没关系！——游艇边的码头上，满是酒馆的灯火与钢琴的乐声，还有黑人与挪威水手在一群群娇小漂亮、晃着手提袋的小荡妇中间转悠(其中一个宝贝儿是辣椒色的头发，动作飞快)。

牢骚声。叹息声。噢，噢，噢，就靠在墙边吧。上帝保佑啊，请你缓缓爬行。上帝保佑。慢一点。慢一点，一次一步：没错，我沿着客舱的楼梯一步一步向上爬(碧浪拍击着舷窗)，朝着客舱里预想的安全之处爬行。

特里托纳号是一款宽底希腊式地中海轻帆船，制作工艺豪华。这是孔蒂·西奥·罗西的财产，他把帆船借给了阿涅利用于本次出海，从内到外，它装潢得如同一位优雅风趣的艺术品收藏家的住所：客舱就是间温室，里面的植物都开了花——出自鲁宾斯之手的一件巨幅作品占据了墙面，画的下面是一张棕色的天鹅绒沙发。

然而，在这样一个特别的早晨——出海的第一天，我们须穿越意大利和南斯拉夫澎湃的海面，等我慢慢爬到客舱的时候，船体遭受了海浪猛烈的冲击。电视都翻了个底朝天。酒吧里的酒瓶都滚落到了甲板上。遍地都是平躺着的躯体，就像印第安人大屠杀之后的景象。其中最精美的一具莫过于李（·拉茨维尔）。我从她身边爬过，她睁开了一只晕船的眼睛，像住院的病人一样说了声：“哦，是你呀。几点了？”

“九点吧。左右。”

她呻吟了一声。“才九点啊？这种折磨还得持续一整天呢。唉，我真希望当初该听斯塔什一句的。他说过我们不该出海。你说呢？”

“也许我能撑过去。”

“你看起来漂亮极了。脸是黄的。吃药片了吗？会有用的。有点儿用。”

埃里克·尼尔森面朝甲板趴在地上，身子有些歪歪扭扭，仿佛是被手持大斧的杀手给砍成了几截。他说：“闭嘴。我的情况比你们俩都要糟糕。”

“问题是，”李说道，“问题是，吃药以后会让你觉得口渴。

你会因口渴难忍而死。可你要是喝水的话，只会加重你的病情。”

此话果然不假——我在吞服两粒药片之后才了解这个情况。口渴都不足以形容，就好像是被囚禁在撒哈拉大沙漠半年之久，甚至更长时间。

一名船务人员准备了自助早餐，可没人凑过去——直到卢西亚娜(·皮娜特莉)的突然出现。卢西亚娜看上去不可思议地平静可人——她的便裤一尘不染，每一缕金发也是如此，而她的面庞，尤其是眼睛，妆容更是一丝不苟。

“噢，卢西亚娜，”李问道，语气中带着些许沮丧与惆怅，“你是怎么弄的啊？”

而卢西亚娜呢，她挑了黄油在一片吐司上，又加了杏仁酱在里面，涂抹均匀后，说道：“弄什么，亲爱的？”

“化妆呀。我一直抖个不停——我可涂不了口红。要是我跟你一样，也试着给眼睛上妆——画那些埃及眼线——我会把眼睛戳瞎的。”

“发抖？”卢西亚娜一边嘎吱嘎吱地咀嚼着吐司，一边说道。“哦，我明白了。你是怕船晃来晃去才吓得发抖吧。可真没有那么糟糕，对吧？”

埃里克说：“闭嘴。小丫头。我坐过几百回的船了，从来没有像这次这么晕船的。”

卢西亚娜耸了耸肩。“那就请便吧。”她喊了船员过来，那人东倒西歪，踉踉跄跄地赶了过来。“请给我一个鸡蛋，可以吗？”

李说道：“噢，卢西亚娜，你怎么能这样啊？”

当天日暮时分，随着特里托纳号缓缓驶向嶙峋的黑山海岸，大海恢复了平静。船上的每一个人感觉都比先前好了许多，大伙儿都站在甲板上，凝望着脚下晶莹的碧浪划过。这时，几个站在船头的水手突然大喊了一声，打着手势：一只身形庞大的鼠海豚正和我们并排而行。

这只鼠海豚在腾跃中以弧形前进，一会儿欢快地没入水底，不见了踪影，一会儿腾跃出水，就像是物化了的笑声，又再次没入水里，这一次就彻底不见了。而后那几个水手伏在轮船的围栏上，开始齐声吹着口哨，这奇怪的口哨声急促热烈，吹的是《水中仙》中的某支旋律，水手们知道这哨声能够诱惑那个家伙回来。它真的回来了！——它腾跃而起直冲云霄，一圈水花裹挟着它的身体。

这只鼠海豚就这么带着我们沿着海岸一路航行，一直到了一个洞穴，这才转过身去，找寻更加幽深的外海，黑暗已经开始降临在了那里。

村落的路灯照亮了远方；不过只有吉安尼（·阿涅利）这个永远怀有探险精神的家伙想到岸上去。我们其他几个可没他那么冲动。总之呢，我的原则是把观光的繁重任务留给他人——我可不愿意为一些教堂和遗址所累。我喜欢有人的地方，还有酒馆和商店橱窗里摆放的物件。可不巧的是，虽然南斯拉夫有幸与大多数社会主义阵营里的国家有着不同之处，然而，她还是被同样的悲哀所笼罩，氛围也如出一辙：眼前是空荡荡的景象，只要你一到那里——一过柏林墙，你就无处可去，也无事可做。

在这些国家，商店的货架上通常是摆满了商品，可这些商品里没有一件是你想买的，哪怕是买给残暴的继母。你偶尔会碰上某个街头小贩兜售十分精美的当地围毯；若是你喜欢烈性甜酒，世界上最优质的黑樱桃酒——蒸馏工艺的杰作——正是出自南斯拉夫。除此以外，这里什么都没有，这是购物者的地狱。

对于餐馆，我们也是毫无溢美之辞；如同在俄国一样，这里的服务懒得像喜剧电影，每一顿饭都是对你耐心的考验。哪怕在杜布罗夫尼克最好的餐馆吃饭，我们的体验顶多就算是差强人意。奇怪的是，集市上能买到的食品却是质量上乘。在稍大一些的沿海城市，譬如说斯普利特，集市杂乱无序地朝四处铺开，就像一大床乱糟糟的被子，构成图案的是西红柿、桃子、玫瑰、肥皂、泡菜、猪蹄，还有切成条挂在钩子上的肉。在它的上方，以及所有东西的上方，都盘旋着一团黄蜂，嗡嗡乱飞，带着毒刺。这些黄蜂就像一个政治符号，一种以微妙的方式作出的威胁——它们几乎不蜇人，但你却无从躲避，因为它们是南斯拉夫的景观中恒久的元素：是空气中的一部分，即便是在特里托纳号上，也无从躲避，在船上，当我们正在甲板上吃着午餐的时候，那群黄蜂就像一团黄色的灰霾，在美酒和瓜果上飞舞。

昨天的午餐上了些非常罕见的瓜果——罗马甜瓜的颜色，吃起来却像蜂蜜般软滑与甘甜。马雷拉说："真是美味绝伦啊！我很好奇这瓜果是哪儿产的。"娇美的皮娜特莉公主在航海途中一直在专心致志地读书，书名叫做《挥金如土》（卢修斯·毕比著），突然来了兴致："这些甜瓜吗？"她说。"这些甜瓜？它们产自匹兹堡。"

"一周的时间足矣。十天绝对已经是上限了，"斯塔什（·拉茨维尔）如是说，他认为这是乘游艇出海时间的上限了；显然，大多数有话语权的人也都赞成他的这一观点——十天是上限，哪怕有魅力四射的旅友，还有引人入胜的风景相伴。然而我并不赞同这种观点。在我看来，航海时间越长，就越会沉醉其中——一种奇异的飘浮中的半梦半醒，一枚用阳光、航行和浮动的风景调制的药丸，将你的心灵抬起又放下，进入一种警觉的沉睡。

此外，我还喜欢船上的作息。驾着特里托纳号出航的早晨都是在岸边的城市港口或是岛屿上的村庄度过的；到了正午时分，船上的人三三两两，慢悠悠地分头回到船上，而后又乘着各自的快船，分头行动，去往彼此隔开的小海湾和海滩，畅游一个钟头。当所有人再度集结时，大伙儿聚在阳光下的二层甲板上，喝点东西，然后那些运动健将们在卢西亚娜的带领下做锻炼（“自从我开始练习举重起，我的体形已经改善了百分之七十”）。

然后是午餐时间（意大利大厨，许许多多的意大利面配方，我每天增重半磅左右，哦，真是见鬼啊）。我们开始吃午餐后，游艇也出海了；我们整个下午都在驶往下一个目的地的航程中，一般情况下，是在日暮时分到达。

昨天，我们将挪威式的慵懒峡湾抛在身后，悉数搭乘两艘快船，去探寻环绕着美丽岩石小岛的海域。就是在那儿，我们遭遇了一个令人不快的渔夫。

他身材魁梧，相貌冷峻，古铜色的皮肤，除了一条斜纹粗棉的裤子一直裹到膝盖处，几乎没穿衣服；他并不年轻——年逾五旬，但仍然有着年轻人的活力。他的小船很坚固，泊在我们停下来游泳的那个小海湾里。他有三名船员，三人都比他们的船长年纪小很多，他们几个上到岸边，在一个大铁锅下面生火。船长手里拿着大砍刀，正把大块的鱼剁碎，再把它们扔进罐子里。

埃里克提议说，为什么不找他们买点鱼回去。于是我们全都游到海滩上，我和埃里克过去与那群渔夫商量买鱼的事儿。他们中没有一个人对我们的靠近做出反应。他们只是以一种怪异的方式，假装一副似乎我们并不存在的样子。最后，埃里克用意大利语对他们说话，而大多数南斯拉夫的海员都会说意大利语，或者能够听懂，对他们捕获的战利品大加溢美之辞，并且指着一条活蹦乱跳的鱼，问着价钱。那位愠怒的船长冷冰冰地咕哝着回答道："三百美元。"他可是用英语说的呢！

在这个节骨眼上，马雷拉来了，她对我们说："他以为我们所有人都是美国人吧。难怪他这样粗鲁呢。"于是，她继续漫不经心地炖着菜肴，一边对船长大声宣告："我是意大利人。"

船长又用意大利语回答道："意大利人也好不到哪里去。怎么着，"他指着在锅中嗞嗞作响、看上去十分美味的食物，大声喊道，"你们这些家伙为什么到这里来，还盯着我们吃的东西？我们有没有盯着你们吃的东西看呢？"他指了指在远处清澈的海水上漂浮着的游艇。"难道我们也跑到你们漂亮的船上，你们吃东西的时候，盯着你们看吗？"

"这个嘛，"马雷拉一面走开，一面说着，"那位老兄说得也在理啊。"

"要依我，"埃里克说，"我觉得该向旅游局投诉他。"

· · ·

关于杜布罗夫尼克，还有什么新鲜的事儿可说吗？这就好比是将威尼斯的某个部分抽干运河、褪去色彩一样：它灰蒙蒙的，带着中世纪的意大利风格，却没有意大利的精髓。在秋冬两季，这个地方的空寂一定是非常令人难忘的；可是在夏季，远足到此的游客接踵摩肩，人行道上几乎没有立锥之地。为了应对这些前来度假的游客，政府安排了异乎寻常的夜生活，丝毫不像笔者在别的一些所谓的共产主义国家见到的情形(这些国家包括除了阿尔巴尼亚和中国外的那一大家子)。

城市的上空，一家家全海景夜总会在夜色中跳动。其中尤为特别的一家隶属于某个大型赌场，这里上演的节目让人追忆起卡斯特罗上台前的哈瓦那欢闹的情色乡村舞会。实际上，演出的明星居然是古巴昔日的传奇人物："超人"！

所有记得哈瓦那"超人"的人，若是听说他的表演已经改头换面，定会饶有兴致。此前，他的表演是在灯火通明的舞台上，进行狂野的交媾；而如今，他已是舞蹈队的一名男舞蹈演员。伴随着小手鼓的节拍，他与他的搭档不停地舞动翻腾，然后慢慢地将彼此身上的衣服一件件地脱去，演到这里，似乎"超人"又要按照此前令他声名鹊起的老套路进行下去了，然而这时表演却戛然而止。整个过程看上去相当幽默，尽管老天知道，观众可不这么想：他们的反应恍惚呆滞，就如同脸上长着粉刺的男孩茫然地盯着安·库里奥的表演。

如今，我们挥别了南部温暖而潮湿的气候，又开足马力，继续北上，尽管还只是八月下旬，那里的空气已经带着九月之后的寒气，仿佛一个冰冷的水晶球从天而降，将碧海、蓝天和渐趋绿意的海岸罩在里面，让一切归于平静：黑山坚硬的灰色岩石已经不见了踪影，还有亚热带的灰白，也已无处找寻，而越往北部行进一天，就越能见到硕果累累的景象，一棵棵大树，田地里野花遍地，葡萄园里挂满葡萄，亚得里亚海边陲的牧羊人在咀嚼食物。

我为某种超凡的魔力所震撼，那是期待中的一种幸福感——这种感觉在秋天到来的时候时常会有，因为于我而言，秋天绝非结束，而是开始，那是我们新一年真正的开始。

我们的航程在威尼斯傍晚的雾霭中曲终人散。随着薄雾模糊了圣马可的灯光，浮标在海面上悲凉地摇响水中的警铃，特里托纳号驶入了最悲伤、也是最可爱的城市，在抛锚中挥别。

船上的气氛算不上悲伤，海员中不少都是威尼斯人，一边吹着口哨，亲昵地大声叫喊，一边甩着缆绳，将小艇放下。客舱里，埃里克与阿雷格拉正伴着留声机的音乐翩翩起舞，而我呢，置身高层甲板之上，在黑暗中蜷作一团，正自得其乐——乐在空气中充满希冀的寒意里，乐在影影绰绰的滑腻灯光下，也乐在即将光顾哈利酒吧的遐想中。

我整天都没吃东西，那是因为……走出这片夜色，步入哈利酒吧那唧唧喳喳的暖意中，伴着几杯冰镇马提尼酒，吃着小虾三明治，噢，不亦乐乎！

阳光下的幽灵

电影《冷血》拍摄记

(1967)

去年3月一个炎热的午后，堪萨斯西部种满小麦的高地平原上，一间法庭里，理查德·布鲁克斯在他所执导的这部电影的拍摄间歇时问我，“你在笑什么？”他的语气中带着些许责备。

“哦，没笑什么呀，”我说道，可真实情况是，我想起了佩里·史密斯很久以前问到的一个问题。佩里就是此刻在此处再现的那场审判中受审的两名凶手之一。他于审判开始前的数日被捕，他的问题是，“这儿有谁是电影界的人吗？”我在想他对于此时正在拍摄的这一幕会怎么看：法庭里硕大的弧光灯架设于四周，他与理查德·希科克正是在此接受的审讯，陪审团席上坐着的正是当年给他们定罪的人，隆隆的发电机，咔嚓的照相机，喃喃低语的技术人员在密密麻麻的线圈中跳进跳出。

我与佩里·史密斯的第一次交谈是在1960年1月初。那天很冷，像冰柱一样晶莹剔透；我与史密斯在县治安官办公室的一间房里谈话，来自大草原的风拍打着窗户，吮吸着玻璃，不断发出响声。我自己也是相当紧张，因为一个月以来，我一直着手在写一本关于赫伯特·克拉特一家被谋杀的书——《冷血》，除非我能够与这个半爱尔兰、半印度血统的年轻人建立起紧密联系，否则，我就只好放弃这本书的写作了。他的法庭指定律师说服他与我对话；可是显然，没过多久，史密斯就后悔接受了这次访谈。他有种拒人千里之外的感觉，疑心重重，一副郁郁寡欢、睡眼惺忪的样子。我用了许多年，写了数百封信，交谈过无数次，才渐渐穿越了这层假象。眼下，我说的任何话都提不起他的兴趣。反倒是他有些傲慢地开始质疑我的资质。我是何种类型的作家，我写过哪些东西？嗯，在我呈给他我的档案后，他说，他此前从未听说过我的名字，也没有听说过我写的任何一本书；不过——我写过什么电影剧本没有？写过，一部：《战胜恶魔》。这时他惺忪的睡眼微微睁开了一点。“嗯。我有印象。只不过因为亨弗莱·鲍嘉在里面才看了一下。那你，呃，呃，认识鲍嘉吗？认识他本人吗？”我告诉他鲍嘉曾是我的密友，他紧张地露出浅浅的笑容，对于这种笑，我已渐渐熟知。“鲍嘉，”他说道，嗓音非常轻柔，在一片风声中你几乎听不见他的话。“我经常跟他联系，他是我最钟爱的演员。我看过《马德雷山脉的宝藏》——哦，反反复复地看。我喜欢这部电影，其中有个原因就是——里面的那个老头儿，瓦尔特·休斯顿？就是演那个疯子淘金者的家伙？——他跟我爸很像，特克斯·史密斯。的确是跟他很像。这让我怎么都看不厌。确实太能抓住我了。”然后他说，“昨天晚上你在吗？就是他们把我们关进来的那晚。”

他说的是前一天晚上，两个戴手铐的凶杀犯在一小队州警的押解下，由警车从拉斯维加斯押送而来，他们正是在那儿被捕的，二人将于堪萨斯州花园市芬尼郡法庭受审，数以百计的人已经冒着零度的严寒，在黑暗中等待了几个小时，就是为了看上他们一眼；人群井然有序，几乎是安安静静地填满了广场。还有新闻媒体人员，大都是来自西部和中西部的记者；此外还有几个电视台的工作人员。

我告诉他，没错，我也在场——我因此患上了轻微的肺炎，便是明证。嗯，他说，他听到这点很难过："肺炎可不是闹着玩儿的。但是跟我说说——我当时怕得要命，没看到发生了什么。我当时看见那么多的人，就在想，天啊，这些人会把我们给撕碎的。让刽子手见鬼去吧。他们会当场把我们绞死的。或许这也不是个坏主意。我是说，经历一番这样的煎熬又有什么呢？审讯也好，其他什么也罢，不过是闹剧罢了。这些西部牛仔迟早会把我们绞死的。"他咬了咬嘴唇；有些难为情的样子，一种局促不安写在他的脸上——那表情就像一个做错事的孩子低头用脚趾在地上挖着坑。"我想知道的是——这儿有谁是电影界的人吗？"

这就是佩里的典型特征——他那蹩脚的、装腔作势的用语方式(小心翼翼地加入诸如"电影界"这样的词)，还有那种令他乐于接受任何一种"承认"的虚荣，而无关这种承认的本质。对于这一点他竭力掩盖，表现得不屑一顾，虽是如此，当我告诉他现场确实有电影拍摄工作人员在录影时，他表现得十分高兴的样子，这一点毫无疑问。

如今，七年之后，追忆这番往事时，我忍俊不禁，但我避开了布鲁克斯的问题，因为饰演佩里与迪克的两名演员就站在附近，在他们面前，我感到分外地不自在。那是一种心理暗示。在他们被选中饰演这两个角色前，我就见过罗伯特 · 布雷克(饰演佩里)与斯科特 · 威尔逊(饰演迪克)的照片。但直到我去往堪萨斯跟随电影拍摄进程的时候，我才见到他们本人。与他们见面，待在他们身边——这不是一段我乐意重复的经历。这与我对于这两位演员个人的反应无关：二人都很敏感且才华出众。问题只不过是，尽管从照片上看他们与人物原型在外形特征上就异常接近，然而他们的照片却依然没有让我准备好面对这段催眠般的现实经历。

尤其是罗伯特·布雷克。我第一次见到他的时候，我以为是一个幽灵游荡在光天化日之下，头发油光可鉴，睡眼惺忪。我无法接受面前的这个人将要扮演佩里，他分明就是佩里——我当时的感觉仿佛是在电梯井中作自由落体。这一双熟悉的眼睛，安在一张熟悉的脸上，漠然打量着我，像是在看一个陌生人。这就像是佩里从一场大病中康复过来，却伴随着失忆症，全然不记得我是谁。震惊，沮丧，无助——这些情感，与即将到来的流感交织在一起，把我送回到花园市这家汽车旅馆的房间里。小麦田旅馆，我那些年创作《冷血》时一直住的地方。那些年汇聚在一起的回忆、无尽冬日里漫漫长夜的孤寂，还有隔壁凄楚的推销员不停的咳嗽声，这些就像是堪萨斯突如其来的龙旋风将我席卷，把我重重地砸在床上。

引用一段我个人日志里的话吧："我半个小时内喝了一品脱的苏格兰威士忌，这时已经烂醉如泥。早晨一觉醒来，已经在发烧，电视还开着，不明白我身处何处，或是为何而来。一切虚幻皆因太过真实，现实的映像向来如此。打电话叫来了马科斯菲尔德医生，他给我打了一针，还开了几副药方。但病根却在我的脑子里(？)。"

"现实的映像"这个表达不言而喻，可或许我应当澄清我自己对它的阐释。映像中的现实是现实的精髓，是比真相更真实的东西。我小的时候玩过一个画图游戏。譬如说，我会观察一幅风景画：绿树，白云，在草丛里游荡的骏马，然后从整个画面中选择一处细节——比如说被微风吹得弯腰的青草——再用双手为它搭出一个相框。此时这个细节就成了这处风景的精华，以棱镜的微缩视角捕捉到了全景的真实氛围——除此以外，没有别的办法可以将过于庞大的全景悉数收罗在内。或是当我置身一间奇怪的屋子里面，想去了解这间屋子和里面那些住户的秉性时，我就会让我的目光有选择性地移动，直到发现某个似乎隐藏着秘密的物件——一束灯光，一架破旧的钢琴，地毯上的图案花纹。所有的艺术品均是由经过筛选的细节构成的，或存在于想象，或是对现实的提炼，正如《冷血》。书是如此，电影亦然——唯一的区别是，我是从生活中筛选出来的细节，而布鲁克斯则是从我的书中进行提炼：现实两次移位，因而愈发真实。

这本书刚一出版，许多制片人和导演就表达出想根据本书拍摄一部电影的愿望。事实上，我之前已经作出决定：若是要拍电影，我希望身为作家兼导演的理查德·布鲁克斯来充当书与电影中间人的角色。除了因为我对他极具想象力的职业素养一直以来的钦佩，还有另一个原因：对于该书应如何改编成电影，他是唯一一个赞成我的理念的导演——而且也愿意为之冒险。他是唯一一个完全接受两点要素的人：我想把电影拍成黑白片，同时也想请一些不知名的演员来担纲——也就是说，演员不能是“大众”所熟悉的面孔。尽管布鲁克斯和我在鉴赏力方面有所不同，但是我们都希望电影能复制现实，让演员尽可能与人物原型一样，并且每一幕的拍摄都在实际事发地点完成：克拉特一家遭遇谋杀的屋子；佩里和迪克买绳子和胶布去捆绑四个被害者的那家堪萨斯杂货铺；还有那几处法庭、监狱、加油站、酒店房间、高速公路，以及城市的街道——他们在犯罪过程中所见到的所有地点以及后续故事发生的地点。过程的确很繁琐，但也唯有这样，才能尽可能摒弃所有臆造的成分，从而让现实找到它的倒影。

我与布鲁克斯走进克拉特家的房子，布鲁克斯准备拍摄谋杀过程，这时，我尤为强烈地感受到了这一点。再度引用一段我日志里的话："整个下午都在克拉特农场度过。真是一段奇特的经历——我发现自己再次进入了这座房子，这里我此前曾如此频繁地造访，迄今为之始终沉浸在如此死寂的氛围中：死寂的房屋，平常的房间，硬木地板，每走一步都会发出回声，透过窗外，可以看到一片阴沉的草场，田地里一片黄褐色，那是小麦的麦茬。自从凶杀案发生以后，就再也没人在此居住。后来，一个得克萨斯人买走了这里的地产，他在田里种地，他的儿子偶尔也会在这里住上一阵。这里当然没有成为废墟；尽管如此，它看上去还是处于废弃状态——一个没有鸟雀可吓的稻草人。现在的主人允许布鲁克斯在此拍摄；早先的家具有许多依旧还在那里；布鲁克斯的首席助手汤姆·肖费了很大的工夫搜寻并且追回了其余那些流散的家具。这些房间看上去跟我 1959 年 12 月审视这里的时候别无二致——当时距离案发没过不久。克拉特先生的牛仔帽还挂在墙壁的帽钩上。南希的乐谱还打开着，搁在钢琴上。她兄弟的眼镜还在书桌上，镜片在日光下微微地闪着光。

"可真正引起我注意的是那扇威尼斯百叶窗——或者也可以说，我为它'装上了画框'。百叶窗遮住了克拉特先生办公室的窗户，凶手就是通过这扇窗户潜入房间的。在跳窗的时候，迪克将百叶窗的板条分开，窥视了一番，好知道会不会有目击者潜在月色之下；在离开的时候，在刺耳的枪击声响过之后，迪克的眼睛透过百叶窗的板条搜寻这片土地，他的心怦怦直跳，担心那四声枪响会惊扰了村民。这个饰演迪克的演员与迪克真是出奇地像，如今他正准备重复这些动作。八年过去了，克拉特一家早已不在人世，迪克也死了，但是那扇威尼斯百叶窗依然在此，依然悬挂在那扇窗户之上。就这样，现实通过某个物件将自我延伸到了艺术中；这正是这部电影具有原创性且令人不安的原因：现实与艺术的相互交织达到了使两个区域再无清晰界限的程度。

“整个凶杀过程中，几乎全部的场景都在黑暗中拍摄完成——只不过用到了手电筒。此前从未有人这么尝试过，因为通常情况下，手电筒能够释放的光亮强度不够，在没有外部照明的帮助下，完成不了一个场景的拍摄。而这一次，剧组的技术人员发明了一种装有专用电池的手电筒，能够发出强烈耀眼的白色光柱——当光柱在黑暗中晃动交织的时候，这一点尤为有用。

“布鲁克斯对于细节的注意有时会带来喜剧效果。今天他注意到在两场拍摄的间歇，剧组的几名人员正在克拉特的房子里抽烟。他突然间拍了拍手，大喊了一声，‘听着！给我灭了！克拉特先生从不允许任何人在这座房子里抽烟，所以我也不允许你们这么做。’”

眼下，经受着流感的折磨，承受着重新经历这些痛苦事件的精神重负，我疲惫不堪地离开了布鲁克斯和他的摄制组，让他们在没有我批评监督的情况下继续他们的工作。没有导演能够容忍作者一直站在身后窥视；尽管我与他的关系相处融洽，但我还是有种感觉：布鲁克斯觉得我在这里令大家都感到情绪紧张，也包括他自己。见我要走，他并不难过。

回到纽约，我十分吃惊地发现几乎没有人问我电影拍摄进展如何。相反，他们迫切地想知道镇上的人们对于电影在他们那里拍摄是什么样的反应：是一种敌对的氛围吗？还是相当地配合？到底怎么样？要回答这些问题，我得回忆一下那些年我在芬尼县四处漂泊、找寻素材的亲身经历了。

1959年我到那里的时候，除了当地的图书管理员和几个中学教师以外，其他人我一个也不认识，也从没人听说过我。碰巧，我采访的第一个人就成了我在那里的唯一一个真正意义上的敌人——至少是唯一一个公开地、私下地表现出敌意的人(这描述有点矛盾，不过却很到位)。这个家伙是当地一家日报——花园市《电报》的编辑，当时是，现在也是，因此他可以不断地宣扬他对我以及我所从事的工作的挑衅态度。他的专栏签着比尔·布朗的名字，他和他的名字一样平淡无奇：他身形瘦削，衣冠不整，眼睛是黄泥色，皮肤是浅褐色。我当然理解他在怨恨什么，起初还报以同情之心：瞧这个纽约作家啊，他经常拖着长腔这么说我，跑来侵犯他的地盘，还想要写一本书，写一个"龌龊"的主题，一件最好是被扫去、被遗忘的事情。他的调门永远是："我们想要忘却我们的悲剧，但是这个纽约作家不让我们这么做。"因此，当布朗发起了一场行动，抵制布鲁克斯在花园市和霍尔科姆拍摄堪萨斯的外景时，我一点儿也不惊讶。如今，他的调子是：那些"好莱坞的人"到这里来，会吸引"不受欢迎的人群"，芬尼县的一切都会坠入地狱。布朗先生怒气冲冲，而他的努力却以失败告终。原因很简单，我在堪萨斯西部碰到的大多数人都很通情达理，乐于助人；若是没有他们一直以来的好心相助，我恐怕都活不到今天了，我跟他们当中的一些人也成了一生的挚友。

那是发生在去年三月的事儿了。九月，我到加利福尼亚去观看这部电影的初剪版。到了以后，我和布鲁克斯见了一面，他第二天为我放映了这部电影。布鲁克斯这人行事诡秘；他把剧本藏了起来，从不让任何人读到完整版。《冷血》的拍摄工作于六月杀青，从那以后，布鲁克斯就只与一名剪辑师和一名放映员一道工作，再不允许其他任何人观看电影的哪怕一点点胶片。我们在交谈过程中，他看起来承受着很大的压力，面色苍白，你很难将眼前所见与这位刚毅自信、精力充沛的人联系起来。“我当然紧张了，”他说。“我怎么能不紧张？这可是你写的书啊——想想看，要是你不喜欢怎么办？”

想想要是你不喜欢怎么办？问得真好；而奇怪的是，这个问题我却从未问过自己，主要是因为我已经选定了其中的要素，而我通常对我的判断有信心。

第二天正午时分，我到了哥伦比亚工作室，布鲁克斯显得愈发紧张了。我的天啊，看他那副愁眉苦脸的样子！他说，“拍这部电影的过程中，我有过艰难的时刻，而今天是最艰难的。”在这样的基调中，我们走进了放映室，那种感觉不亚于进死囚牢房。

布鲁克斯给工作室的放映员打了个电话。“行，咱们开始吧。”

灯光黯淡了下来。银幕上出现了暮色中的高速公路：50 号公路在渐渐失去了颜色的天空下蜿蜒穿过一个村庄，村里空无一人，那凄凉的感觉像是被大雨浇湿的树叶。远处驶来一辆银色的灰猎犬长途车，隆隆地开近，车身渐渐变大，又飞驰而过。音乐：一把吉他。接下来，随着画面的变换，开始播放的是演职人员表，字幕消失在汽车的车厢内。沉睡笼罩着画面。只有一个疲倦的小女孩在过道上游荡，慢慢地朝着汽车昏暗的尾部走去，被一声声清脆而孤寂的吉他声所吸引。她找到了弹奏吉他的人，但我们却没有见到他；她对他说了几句。但我们却无法听清说的是什么。那位弹奏吉他的人划了一根火柴，点着了一支烟，一部分火光照亮了他的脸孔——佩里的脸，佩里的眼，困倦而冷漠。渐变的镜头又给了迪克，然后切换为迪克与佩里来到堪萨斯城，后来又到了霍尔科姆，赫伯特·克拉特正在他生命中的最后一天享用早餐，然后又切换回他未来的行刑者们：那是我在写这本书时用到的对位技巧。

场景推进得很流畅，扣人心弦，但我却愈来愈被一种失落感所笼罩。内心周围套上了一个圆环，就像收获季节里蒙上一层霜露的月。倒不是因为屏幕上放映的内容——说实话，拍得挺不错的——而是因为屏幕上没有放出来的内容。为什么这样或是那样的部分都被砍去了呢？鲍比·鲁普到哪儿去了？苏珊·基德韦尔呢？还有那个女邮政局长和她的母亲呢？在我纠结于电影未展现的内容因而无法全神贯注欣赏其展现的内容时，电影火了——真的着火了。你可以看到小火苗烧到了银幕，一簇火焰将图像烧成两半，渐渐烧焦了。放映被突然打断了，在随之而来的沉默中，布鲁克斯说，“问题不大。意外而已。此前也发生过这样的情况。我们一会儿就可以修好了。”

由于这场意外，我所幸能在放映员修理损坏的银幕时，试着解决我与自己的争吵。我内心发出一个声音：你看啊，你太过理想化了，这不公平。这部电影时长两个小时，按理说，一部电影就该是这么长。要是布鲁克斯把你想展现出来的内容全都涵盖在内，把令你感伤的每个细节都包含进去的话，那就要放九个小时了！所以呢，没什么可担心的了。就按它本来的样子去看，从中去评判吧。

于是我就这样做了。这就像是在一片熟悉的大海里游泳，结果却意外地遇到一个又高又急、凶险异常的大浪，一股湍流裹挟着我，将我卷入海底、直逼海床，再将被浪打得浑身生疼、头昏眼花的我解上一片异常荒凉的海滩——不幸的是，我并非是一场噩梦或“不过是场电影”的受害者，而是现实的受害者。

银幕恢复了崭新的样貌；头顶上的放映灯光重新打开。但是我再一次地——如同在花园市汽车旅馆的房间中一样——一觉醒来，不知身处何处。我旁边坐着个人。他是谁，为什么他那样专注地盯着我看，似乎是期待着我能说些什么？啊，布鲁克斯。最后我终于说了句，“顺便说一句，谢谢你。”

希腊札记

(1968)

前几年的一个夏天，我的几个意大利朋友邀请我乘上一艘格外别致的游艇，做一次穿越希腊群岛的航海旅行。我们准备在七月的一个早晨从比雷埃夫斯[①]出发。海面波澜不惊，轮船激起浪花，船长和他的船员身着制服，就像麦克诺斯岛上教堂里的那种白色，他们正等着我们呢；我也在，是的，没错。不幸的是，一桩突如其来的惨剧——家人的意外离去——让邀请我的人无法出行；然而，尽管他们不能来见我，他们还是执意让我把这次远航继续下去。想想看！——一整艘游艇，任由一名游客支配。只有最疯狂、最富有、最自私的人才会有意去尝试这样一次探险。不过，这毕竟是个意外，我既没有感到内疚，也没有感到犹豫。前进[②]！

在此附上航海游记若干。

桃子

我不喜欢希腊的酒；不过，有一种未用树脂处理过的白葡萄酒，跟意大利最好的苏瓦韦白葡萄酒一样干醇，口味清淡。这酒叫做米诺斯王[③]。方才，星光之下，我坐在后甲板上，喝了半瓶这种酒，吃了两个硕大的桃子。这两个桃子有罗马甜瓜大小，颜色与罗马甜瓜的果肉一模一样。桃子的肉质鲜美多汁，味若甘醴。

而它们居然产自一座希腊岛屿，这些在四面环海的沙漠中矗立的山尖。你也许会觉得，即便是最郁郁葱葱的波斯花园都种不出这样的桃树来，更不要说这些日光暴晒下的岩石了。但这的确千真万确，因为它们就是厨师在桑托林买的，我们晚上正是在那里泊的船。

船员都已上岸：一路向上，向上，向上朝桑托林村进发。其间，须攀爬数不清的台阶，爬了许久，直让人头晕目眩。我今天下午终于到了，骑在一头小毛驴身上，那些毛驴弱不禁风，蝇虫环绕，却无所畏惧——赞美它那颗逆来顺受的心。我为自己感到十分羞愧，再加上臀部酸痛，所以返程时我是步行的。

夜空，繁星点亮的篝火——如同撒哈拉的天空一样熠熠生辉。轻帆船在摇曳。停泊着的轻帆船在摇曳。音乐从海港的酒馆传来。一个带着茴香烈酒香味的老者在酒馆前面跳舞。冰爽的米诺斯王温暖着我的血管，嘴里留着桃子的余香，桃子皮上散发出的香气浸润着那轻柔的、带着咸味的空气。

梅尔特米

该死的风啊，梅尔特米。昨天我们就遇上了这么一场大风，在夏日的希腊海上，这样的情形是在所难免的，这该死的风整个

---

① 比雷埃夫斯(希腊东南部港市)，希腊的重要港口和海军基地，自古就是首都雅典的外港，如今依然是主要的造船和工业中心，也是地中海沿岸重要的商业港口。

② 此处原文为意大利语 Avanti。

③ 米诺斯王，传说中的克里特国王，在希腊神话中，他是宙斯和欧罗巴的儿子；在冥界，他通常成为死者的判官，专门负责审理灵魂的思想。

七月和八月都在怒号。几年前，我在基克拉迪群岛中的帕罗斯岛上度过了盛夏，这里毫无疑问是梅尔特米眷顾之地：没错，它极少离去，而是盘旋在岛上，号叫的声音就像是淹死的水手们幽灵般的哭号，几个世纪以来，多少水手被海浪砸向这片海岸。

这风的确可憎，让人皮肤皴裂，神经错乱。看看它对经济带来的影响吧，还有对岛民日常饮食的影响：梅尔特米肆虐之时，渔夫便不能捕鱼，岛民已经少得可怜的菜谱又会少一半的选择余地。

四月是游览这里的最佳时机：遍地的野花，有野生的银莲花、白色的紫罗兰，还有这里的水，碧绿得如同春日里新发的嫩芽，水温适中，刚好可以轻快地畅游一番。四月……或是九月下旬，那时的水温依然适中（若是你不介意与迁徙的野鹅共享的话——它们会冷不防地从天而降，俯冲下来，就在你身旁戏水撒欢），那时的梅尔特米已经不再出没。

可是直到昨天，我都没有经历过梅尔特米。游艇到达的时候，我正好在下面；即便如此，我还是能听到它越过水面逐渐逼近的声音——一种羽毛划过泛起涟漪的声音。船摇摆不定，打着转儿，鱼儿透过舷窗窥探着船内；似乎桅杆一定会被吹断：我们险些加入到那些淹死的水手行列中，齐唱哀怨之歌！到了日暮时分，梅尔特米停了，我们急急忙忙躲进了一个小海湾里。

恐怖的传说

我们游艇上有三个南斯拉夫人，还有希腊人，但大多数是意大利人。船长就是意大利人。他不怎么喜欢这艘游艇，因为他不喜欢驾驶游艇，哪怕是爱琴海的黑珍珠——尼亚尔霍斯的克里奥尔号。他说它们很浪漫，但船员们可是要忙坏了。他会说英语，而且说得挺好；这个男人挺年轻，他长着一双舞台剧人物的眼睛，嗓音低沉；他本可以轻轻松松成为一名演员的，而所有的演员都是骗子，我还从没见过哪个不是的。但或许我们的船长就不是。总之，今天早上，我们途经提洛岛却未作停留，因为我此前已经去过两次了；他瞥了一眼散落在闪着微光的薰衣草里的大理石残垣，想起了一个故事。午饭的时候，他跟我讲述了这个故事。他发誓这是真的。

“那是在我十七岁那年，事发在一艘游艇上，当时的船主叫西科勋爵，是个英国人。那时，西科勋爵时常把这艘游艇包租出去，那年八月，他把它包给了一个漂亮的英国女人：一个寡妇，我估计四十岁上下，个子很高，腰身纤细，风度翩翩。她有个儿子，十六岁左右，同样是英俊潇洒，一表人才。不过他是个瘸子：那只瘸腿放在支架上，走起路来要拄着双拐。但这孩子是个天才，是个学者。她的母亲正是为了他才安排了这次希腊巡航之旅；他想看看他在书本上早已了如指掌的地方。”

“他们上了船，陪同他们的还有一个女佣和一个男仆；除此以外就只有他俩了，我总在想，真是可惜啊。要是他们与朋友们同行，或许这事儿就不会发生了。”

“有个神奇的小岛，这孩子想去看看。就在提洛岛以北。没错，以北。我记不清具体的位置了。这个小岛只有几英亩大，鲜为人知；不过，他听说过这个岛，还说起那里有座保存完好的庙宇。”

“我们是下午到达的，因为水浅，我们只好在离海岸一英里远的地方抛锚。那个男孩儿十分兴奋。他决定带上晚餐，跟他的母亲一起单独在岛上过夜；他想透过月光看看这座庙宇，然后就睡在海滩上。母亲十分疼爱自己的孩子，太疼爱了。她哈哈大笑，订了一份野餐。”

“是我划船把他们送到岸上的；也是我拂晓时去接的他们。可是，那个男孩已经死了，只剩下了一副骨架，而那个母亲，我发现她的时候，正在蹚水，面目已经难以辨别——身体残缺不堪，人已经半疯了。”

“过了好几个月，在雅典医院度过数月之后，她才告诉调查庭事情的原委。她说，‘起初，一切都宁静而美丽。我们在庙宇的周围漫步，到了太阳下山的时候，我们把晚餐铺在台阶上；我儿子埃里克说，哦，看啊，待会儿会是一轮满月呢。我们可以看到远处游艇上的光亮——我真希望当时能带上水手们跟我们一起过夜。因为，随着月亮变圆变亮，我对这番景象不知怎地开始不安起来。渐渐地我觉察到了某个声音。爪子。冰冷的嗖嗖乱窜声。一只硕大的棕色老鼠，接着又是一只，一只接着一只，它们露出锋利的牙齿，纵身跃向我们吃饭的地方。一大群老鼠潮水般地从庙宇涌出，数百只老鼠在月光下张牙舞爪。埃里克尖叫着；他竭力逃跑，却摔倒在地，我只好拽着他的胳膊，拖着他走，可是老鼠已经扑了上来，爬到了我们身上，我们跑到海里，它们竟然还跟着游了过来，把埃里克拖回了海滩，整个夜里，没人听得到我的喊声，我流着血，在大海中尖叫，哭喊。’”

船长点起一支香烟。“这个女人还活着。住在尼斯。我见过她——坐在滨海大道的轻便马车上。她的面纱遮住整张脸。别人告诉我说，她从不对任何人说话。”

观察

(1) 许许多多有教养的希腊人都有个自命不凡的共同爱好——他们钟情于自己的指甲，不停地摆弄，还要让一只手上的小指指甲长得像慈禧太后的一样长。这是为了让那些微不足道的平头百姓知道他们是劳心者而非劳力者。(2) 希腊的商人也有个共同的古怪嗜好：玩弄玛瑙或者象牙串珠，他们的手指不停地一颗一颗地拨动着串珠，不停地拨弄，不停地数数。这种行为据说是释放压力，预防溃疡。(3) 大多数希腊人，不论男女，真正的共同之处在于对巫医的迷信。最贫瘠的村落也有小贩叫卖着用打磨光亮的锡箔做成的小仿制品，它们被做成手、心、脚、耳、眼的形状。比如说，要是你想从冠心病中康复过来，那么，你需要一个锡制心脏，带在身上，真正有恙的器官便会立刻自我痊愈。这种医术的忠实信徒不仅仅是农民和中产阶级的家庭主妇，还包括知识分子。有一次，我还住在帕罗斯的时候，曾向著名的语言学家卡利俄铂教授提到我的父亲——他双目失明，我自己也很担心会视力衰退。他给我买了一对假眼，并且坚持说，我们应当冒着令人畏惧的八月酷暑，去山里的一家修道院，有一位非凡的女修道院院长隐居在此，她有着女巫的魔力：有一次她保佑我获奖，我的烦恼就不再有。在这家修道院里，我感觉就像是危险的霍屯督村里一个被俘虏的传教士：那些修女对访客很不习惯，她们聚在我的周围，冲我咯咯直笑，用手戳我，捏我——真的是在捏，就好像要在我下锅之前，看看我有多么鲜嫩多汁。不过没过多久，教授让她们安静了下来，她们给我们端上冷水，拿出了一种水晶糖果，它们闻起来有玫瑰的香味，每颗里面都用一片玫瑰花瓣。至于那位女修道院院长——我们来迟了一步：她已经在上周离开人世了。

蓝色海湾

唯一令我感到无趣的景致，是我无法想象在那儿买上一块地皮的景致：通常，要是某个地方令我稍有一点动心，我便会马上考虑在那儿去买或者去盖一座房子。我已经在意念中建造了数以百计的房宅！但是现在我可是认认真真地动了念头。在过去的几天里，我们一直在罗得岛附近航行，在林都斯迷人的小海湾里流连忘返。一位在林都斯拥有房产的美国朋友带我去看房，他觉得我应该买下来。我也是这么想的。这是一座石头砌成的小农舍，位于一个马蹄形的小海湾里；海滩就像是沙质的糕点，海水完全被包围在内，平静得如同珠宝商橱窗里闪闪发光的蓝宝石。我要是肯出三千美元，它就归我了：再出上个五六千，就可以令这座房子变得井然有序。这是一个能够激发无尽遐想的前景。

这天晚上，我在想，嗯，我要把它买下来，可是到了早上，我又想起了许多事情——政治因素，老年人死亡率，情感认同上的困难，天书一般的希腊语——困难多得数不胜数。然而，我还是应当有这个勇气，因为我再也找不到这般理想的住所了。

在酒馆

我在罗得岛下了游艇，今天早上坐飞机去了雅典。眼下，还没到半夜，我正独自一人坐在宪政广场的一家露天酒馆里。光顾的人不算太多，不过我认出了其中一个，我似乎多年前在丹吉尔见过此人，在那里，她可是阿拉伯城的女王（美国南方美人版）：尤金妮娅·班克海德，她比她姐姐塔卢拉更加健谈，此时正和一个黑人同伴争论不休。

回头想想，许多四海漂泊的人都曾聚集在丹吉尔，而如今他们大都频繁光顾雅典。在我所坐位置的街对面，我能看见每一类我能想象得到的三教九流之徒，从肌肉发达的码头工人，到体态丰腴、戴着波浪形金色假发的埃及小妞儿。

天气非常炎热，雅典上空中飘散着无处不在的白色风沙，如迷雾般笼罩着整个街道，也把我的桌面蒙上了一层灰，就好像病人的舌头上蒙上了一层苍白粗糙的舌苔。我记起了蓝色海湾的石屋。但这就是我要做的全部了。记住它。

云端传来的声音

(1969)

《别的声音，别的房间》（我自己的书名：并非引用）于 1948 年元月出版。我花了两年的时间写这本书，这不是我的第一本小说，而是第二本。第一本呢，书稿从未交付，如今已经遗失，书名叫做《夏日里的穿越》——故事发生在纽约，未加修饰，描写客观。在我的记忆中，这本书写得还不错：技巧上很娴熟，故事也挺有意思，但是没有紧张或是痛苦，没有个人内心的视角——那种曾经控制我的情绪和想象力的不安。《别的声音，别的房间》是一次驱魔的尝试，一次无意识的尝试，算得上全凭直觉，因为我当时并没有意识到这是严格意义上的自传，除了其中的几个事件和相关描述。如今重读，我发现这种自欺欺人的想法实在是不能原谅。

这种顽固的无知当然是有其原因的，它们无疑是出于一种自我保护：那是一道作家与其真实素材之间的防火幕。而我已经跟撰写本书的那个问题青年失去了联系，因为在我身上，只能找到一点点他渐渐模糊的影子，因此要重新构建他的想法是件难事。不过，我会尽力。

《别的声音，别的房间》这本书甫一面世，各方评论纷至沓来，有的热情洋溢，有的充满敌意，他们认为我受几位南部文豪的影响显然很深，譬如说福克纳、韦尔蒂，还有麦卡勒斯，对于这三位作家的作品，我均已熟知，并十分欣赏。尽管如此，这些人还是错了，尽管他们的错误可以理解。对我来说，最令我受益的美国作家有如下这些，排名不分先后：詹姆斯、马克·吐温、爱伦·坡、凯瑟、霍桑、萨拉·奥恩·朱厄特；还有海外的作家：福楼拜、简·奥斯丁、狄更斯、普鲁斯特、契诃夫、凯瑟琳·曼斯菲尔德、E·M·福斯特、屠格涅夫、德·莫泊桑以及艾米莉·勃朗特。这一长串名字多少与《别的声音，别的房间》无关，因为显然，这些作家当中，没有一个人算得上是这本书必不可少的前驱。当然，除了爱伦·坡是个可以想见的例外（那时，爱伦·坡已经是一个面目模糊的童年最爱了，狄更斯和马克·吐温亦是如此）。话说回来，他们每个人都对我的文学创作灵感有过贡献，在这个意义上，他们其实又全都算得上是先驱。但是真正的鼻祖是一个不易相处、隐藏在内部的自我。这样的结果既是一种揭示，也是一种逃脱：这本书将我释放出来，而正如书中好似预言的最后一句话所说，我站在原地，回望着那个被我留在身后的男孩。

我出生在新奥尔良，是家中独子；父母在我四岁那年离异。那次离异过程曲折，给双方都带来了痛苦，这也是为什么我童年的大部分时光都是在路易斯安那、密西西比和亚拉巴马农村的亲戚家度过（我曾断断续续地在纽约市和康涅狄格州上学）的主要原因。我自己所读的书，其重要性比我在学校所受的教育要大得多，在学校读书简直就是一种浪费，我在十七岁那年离开了学校，那一年，我向《纽约客》杂志社求职，并获得了那份工作。这算不上是份像样的工作，因为我所要做的就是把卡通画分类，还有装订报纸。不过，我依然觉得能有这份工作是件幸事，特别是因为我已下定决心不再用我那勤勉的双脚涉足高校课堂一步。我觉得一个人要么是作家，要么就不是，不管是多少教授的合力都不能影响这一结果。我现在还是觉得我是正确的，至少对我自己而言；然而，我如今意识到，大多数青年作家上大学比不上能得到更多的东西，哪怕仅仅是因为他们的老师和同窗不得不为他们的作品充当观众；一个壮志满怀的艺术家，要是没有人对他传递的信息作出回应，那他就是世界上最孤独的人了。

我在《纽约客》工作了两年时间，在此期间，我在一些小文学杂志上发表了不少的短篇故事。（当中的好几篇呈递给我的老板，却一篇都没有录用，不过有一次，在一篇被打回的稿件上写着这样的评论："非常不错。但是这本杂志并不推崇这样的浪漫。"）另外，我还写了《夏日十字路口》。实际上，正是为了完成这本书，我才鼓足勇气，辞掉工作，离开纽约，投奔亲戚，他们家是种棉花的，住在亚拉巴马州一个很偏僻的地区：棉花地、牧场、松木、土路、小溪、远处传来的火车汽笛——还有，五英里之外的一个乡村小镇：本卷提到的努恩市。

我到那里的时候是初冬，宽敞的农舍完全由火炉和壁炉供暖，那种融融的氛围是一个刚刚出道的小说家理想中与世隔绝的僻静之处，一家人四点半起床，在电灯下吃早餐，太阳差不多升起的时候出去干活——把我一个人留在家中，留在一种愈来愈强的恐慌感中。这是因为，《夏日十字路口》在我看来似乎显得越来越浅薄、耍小聪明、缺乏触动。而另一种语言——一种神秘的精神面貌——正在我的体内迅速崛起，牢牢掌控着我黑夜里的睡梦，也牢牢掌控着我清醒状态下的白日梦。

十二月的一个下午，天气寒冷，我远离住所，在一片树林中沿着一条溪流的河岸步行；溪水神秘幽深，非常清澈。这条路一直通往一个叫做哈特磨坊的地方。这个磨坊横跨小溪，已经荒置多年；过去，农夫在这里把谷物磨成粉。我小的时候，时常和表兄弟们一块儿上那儿捕鱼、游泳；正是在磨坊下面探险的时候，我被一条水腹蛇咬伤了膝盖——这番情形，与乔尔·诺克斯一模一样。如今，我又到了这处荒置的磨坊，它那银灰色的木梁已经凹陷，此时那种被蛇咬过的震颤又涌上心头；我还想起了其他的人和事——想起了伊达贝尔，或者说是伊达贝尔的原型，还有我们过去常常在清澈的溪水里蹚水、游泳，还有池塘里肥硕的、懒洋洋的斑鳟鱼；伊达贝尔总是想伸手去抓一只上来。

一种亢奋——一种带有创造力的昏迷——令我欲罢不能。回家的时候，我迷路了，在树林里兜着圈子，因为满脑子里想的全是那本书。通常情况下，只要我想到一个故事，它就会整个地从头到尾闯入我的脑海，或者至少在我看来是这样的：一道长长的不间断的闪电令那有形的所谓现实世界一片漆黑，唯独照亮了这片突然间闯入视线的半虚构的景致——一片有生命的土地，里面有人、有声音、有房间、有氛围、有天气。一切的一切，出生时，就像一只愤怒的小老虎；你得去安抚、去驯化。这当然是艺术家的首要任务：去驯化、去塑造原始的创作想象。

我到家的时候，天已经黑了，天气很冷，可我却并不觉得冷，因为我的身体里面有一团火。我的姑妈卢西尔说她一直很为我担心，我说我吃不下晚饭，这让她很失望。她问我有没有生病；我说没有。她说，“好吧，你看着像是生病的样子。你的气色惨白，像个幽灵啊。”我对她道了声晚安，便把自己锁在房间里，把《夏日十字路口》手稿扔进了办公桌最下面的一个抽屉里，拿起几支削得尖尖的铅笔，还有一摞崭新的黄线纸，衣服一件未脱，就上了床，然后带着一种软绵无力的乐观情绪，写下了：“《别的声音，别的房间》——杜鲁门·卡波蒂著。”然后写道：“旅行者必须用他能想到的最好方式踏上去往努恩市的路……”

虽说这并不常见，不过几乎每个作家都偶尔会有这样的经历：某个特定故事的创作似乎是某个外来意识的产物，得来全不费工夫；仿佛你是一个秘书，正在将来自云端的声音转换成文字。难就难在你要与这个幽灵般发号施令的家伙不断保持联系。最终演变的结果是，这种交流在夜间最为酣畅淋漓，正如热病在黄昏之后升得最高一样。于是我索性夜间写作，白天睡觉，这个习惯给主人惹了不少麻烦，也使得他们总有些微词：“你整个作息都颠倒了啊。这样下去会把身子给拖垮的。”这就是为何那年的春天，我谢过了我那些恼火的亲戚们，对他们的慷慨以及他们快要到头的耐心表示感激，然后买了车票，搭乘灰猎犬长途汽车去了新奥尔良。

到了那里，我在一幢嘈杂的楼里租了一间卧室，这房子是克里奥尔一家的，位于皇家大街法国区。卧室很小，也很热，差不多只能放进一张铜架床，而且还很吵，像间炼钢厂。窗外车水马龙，街区里的观光客们狂饮作乐，军人和海员们喧闹地喝着威士忌，吵闹声一刻也不曾消停。不过，我还是坚持我的晚间写作计划，按部就班；到了深秋，这本书差不多已完成了一半。

我本可不必这般孤寂。新奥尔良是我的家乡，这里有我许多的朋友，但是因为我不喜欢那个熟悉的世界，而是宁愿将自己封闭在自我建构的空间里——那里只有动物园，“耶稣热”以及云端酒店——所以我一个老友也没有叫。唯一与我为伴的是克里奥尔一家，他们都是些善良的劳动阶层人民（丈夫是码头工人，妻子是裁缝），要么就是跟药店的销售员和酒馆的那些人打打交道。奇怪的是，尽管新奥尔良并非一个很大的城镇，但我几乎就没见过一个认识的人。除了有一次，我偶然遇到了我的父亲。这真是讽刺，因为虽然我那时并没有意识到这一点，但是《别的声音，别的房间》的中心思想就是我在现实中追寻这个本质上只存在于想象中的人物。

我吃饭很少一天超过一顿，通常是在完成每天的写作之后。每当日出时分，我都会穿过潮气很重、布满阳台的街道，途经圣路易大教堂，转到法国集市，在这个昏暗的早晨，广场上横七竖八停满了卡车，有菜农的，有墨西哥湾岸区渔夫的，有肉贩子的，还有种花的。空气中带着泥土、草药，还有奇特的生姜的气味，买卖过程中叮叮当当的铃声不绝于耳，我挺喜欢的。

集市里最主要的聚会之处是酒馆，那里只卖黑色的菊苣苦咖啡，还有最酥脆可口，最美味的现炸面圈。我十五岁那年就发现了这个地方，从此就上瘾了。酒馆的老板给常客们都取了绰号；管我叫“骑师”，说我个高体壮。每天早上，我沉溺于咖啡和面包圈的时候，他就会一脸坏笑地提醒我说，“注意点儿，骑师。你永远没法减肥成功了。”

五年前，正是在这家酒馆，我遇到了伦道夫表兄的原型。实际上，伦道夫表兄是我在两个人身上找到的灵感。当时我还是个小孩子，有一年夏天，我好几周时间都是在密西西比河基督关的一间老房子里度过的。我已经记不太清楚了，唯一记得的是那里住着个老人，是个哮喘病人，抽着药用香烟，用零碎布料缝成漂亮的被子。他原来是一艘拖网渔船的船长，但是因为患病，不得不退休，住在这间黑暗的小屋子里。他的姐姐教会他缝衣服；结果呢，他发现自己居然拥有设计布料图案的卓越天赋。我过去常常去他屋里看他，他总是把像挂毯一样的被子铺在地上，让我欣赏：玫瑰花、扬帆远航的轮船、一碗苹果。

另一个伦道夫是这个角色的精神原型，我是在酒馆里碰到的他，他满头金发，体态肥胖，据说是患了白血病，快要死了。酒馆老板管他叫“素描家”，因为他总是独自一人坐在角落里画画，在一个很大的活页笔记本上面画着这儿的顾客——卡车司机和牧牛工人。有天晚上，显然我成了他作画的对象；在进行一番素描之后，他溜达到吧台前，对坐在那里的我说，“你是个神童[①]，对吧？我可以根据你的手判断出来。”我不知道他说的所谓神童是什么意思；我觉得他要么是在开玩笑，要么是在不怀好意地搭话。不过紧接着，他给出了这个词的定义，让我很是高兴：这与我暗自猜测的恰好吻合。我们成了朋友；后来，我不光在酒馆见到他，我们还沿着堤岸一同散步。我们聊得不多，因为他总是自言自语，老是说些关于死亡、背叛、激情与怀才不遇的话题。

一切都发生在那个夏天。到了秋天，我去了东部上学，等我六月再回来的时候，我向酒馆老板打听素描家的情况，他说，“哦，他死了。在《花絮》上看到的。你知道他很有钱吗？没错。报纸上这么说的。说是他家坐拥蓬夏特兰湖周围一半的土地。想想吧，你根本就想不到。”

书完成的时候，我的写作环境离我开始创作这本书的地方已经相去甚远。我先后在北卡罗来纳、萨拉托加、斯普林斯，还有纽约漂泊、工作，最终，回到了楠塔基特一个小村庄租来的房子

① 此处原文为德语 Wunderkind。

里。书的最后几页正是在窗前的书桌上完成的，窗外可以看到天空与沙滩，海浪拍岸，成书的时候，我有些不相信；那一时刻已经到来，这是个奇迹，既让我遗憾又令我兴奋。

我并不是很热衷于重读自己的书：过去的事情都已经过去了。而且，我总是担心会发现那些对我言辞激烈的批评者是对的，我的作品其实不如我想象中那般出色。直到此书再版的问题浮出水面的时候，我都从未仔细读过一遍《别的声音，别的房间》。上周我才一口气把它通读了一遍。

然后呢？然后，正如我已经说过的那样，我被那些象征手法的遁词惊呆了。而且，尽管有些段落在我读来算得上是成就，另外一些则会让我感到不安。不过总体而论，我仿佛是在读一个彻头彻尾的陌生人的青涩手稿。我为之震撼，因为他的作品有着神秘的光芒，仿佛是将一只色彩奇异的棱镜对准光束——那光芒，还有某种极度痛苦，带着恳求的强烈感情，就像一个遭遇海难的水手将纸条塞进瓶里，然后扔进大海。

塞西尔·比顿

（1969）

把一本书的名字叫做《最好的比顿》，显然能够吸引眼球，但却并不贴切——除非是这本书能够收录那些展现比顿众多才艺的完美样本：他的舞台布景、他的服饰设计、他的素描与绘画，几页从他非凡的日记中摘录重印的段落，还得至少逐字逐句地引用几个例证来体现他的对话天赋，因为在当今这个日渐没落的领域里，塞西尔无疑是为数不多的幸存艺术家之一。

我不清楚，也从未问过他，不过我怀疑塞西尔宁可让人们记住的是他在除摄影以外的其他方面的天赋——这种现象对于那些多才多艺的人来说十分普遍：他们经常倾向于轻视最初的那项才华。你或许可以说，比顿起初没有任何核心的才能，直到这个雄心万丈、感悟力敏锐但缺乏理性的年轻人开始拿起相机：说来奇怪，正是这部相机将他所有微妙而富有创造力的力量悉数释放了出来。

尽管比顿的其他卓越艺术才华也都有文献记载，但他正是作为一名摄影师才取得了文化上的重要性——不仅仅是因为他个人作品的优异之处，而且因为他对最近两代人中涌现出的最优秀摄影师的影响：不论他们承认与否，或者有无注意到这一点，当代一流的摄影师当中，无论他们来自哪个国家，几乎没有一个不在一定程度上受惠于塞西尔·比顿的。缘何如此？看看那些照片吧。即便是他最早的一批作品也预示着它们对一大批摄影艺术家在未来将要产生的影响。譬如，拍摄于二十年代的肖像作品牛津夫人和伊迪丝·西特韦尔：此前从未有人以如此方式拍摄过面部，这是一种新浪漫主义，加上了一些带有艺术效果的外围装饰（玻璃纤维、戴着面纱的雕像、做糕点的磨具，还有奢华的服饰：所有这些都是比顿个人超现实主义的附属品）或是用油漆一样的光泽将其照亮。而事实是，这些肖像并未"过时，"哪怕是从所谓"时尚"摄影的技术层面来看。（对于时尚摄影以及它在个人事业中应占据何种位置，摄影师们的态度是有些模棱两可的。除了卡迪尔·布莱森——他拥有独立的经济来源——我很难不经思索地举出哪怕一位摄影师能够真的靠干这一行谋生，同时又没有大量地给时尚杂志或是广告商服务。再说，这又有何不可呢？因为这会对艺术家有所规范，迫使他进行突破。与其他的摄影师一样，比顿的许多最有趣的作品也应归功于纯商业因素所强加的限制条件。然而作为一个群体来讲，在这样一个葡萄园中劳作似乎并未给摄影师们带来多少满足——我不是指比顿：他是个工匠大师，而且从不故作清高，所以他不会对自己作品中的任何优点视而不见，不论其风格。）

言归正传，回到这些永不泛黄、永不过时的照片身上。当然，在比顿的某些作品中，他在某些肖像处理上运用了传统的手法，反倒使其超越了这个时代——譬如说，维多利亚时期早期银板照相法的各种仿制作品：现代与传统相结合造就了他自己的时代——时间凝固。不过这里用"永不过时"其实有些词不达意。那我们到底是要表达什么意思呢？好吧，那就是被比顿称之为"时间序列"的系列作品中任何一组所要表达的——这些作品的对象都是他曾经有机会持续四十年之久拍摄的人物。你看到的是一个日渐厚重，却始终充满光泽、眼神癫狂的毕加索；是奥登，开始时像只微微有些皱纹的小猎犬，结束时却像这只小仔的狗爸爸，皮肤松弛下陷，布满烟草色的斑点；或是科克多，像一月里枝头上的嫩芽一样易折，清新，宝贵，后来，随着手上戴起了珠宝，似乎变成了一个活的普鲁斯特式的纪念品。就其表现力而言，任何一幅作品都是独立于序列中其余作品的；分开来看，它们当中任何一件都是永不过时、真真切切的人物形象。然而，看着这些面孔在时间之河中流过——被把握敏锐的光影所凝固，这是多么诡异，多么可悲，又是多么令人激动。

要了解比顿对其他人作品的影响，并不是件难事：但若要看出那些对他有影响的作品，却是件较为困难的事。显然，他需要感谢德·梅耶尔男爵，这位富有原创性的悲剧艺术家曾为最初几期《名利场》杂志贡献了数张先锋派风格的照片。比顿——这位对优雅有着个人理解的摄影师——则是后德·梅耶尔时代的第一位直接传承人。比顿还崇敬斯泰肯；不过话说回来，你很难找出一位没有受惠于斯泰肯的摄影师。在我的印象中，与其说比顿的作品反映的是其艺术素材，倒不如说它们反映了他个人的社会关注与他所处时代的气质。例如，1938年和1939年，比顿拍摄了一小群人物形象，并不是在花丛中，也不是在照相馆的打光设备下，而是透过阴森的废弃房屋和工厂那破碎的窗户。这些作品就像是未来的体温记录表，预示着即将落下的炸弹。

说到这一点，比顿最著名，也是最多样的建树就是他的战争作品，这些带着硝烟的照片记载着被撕裂的伦敦，狂暴的天空，缠着绷带的孩童：这里，艺术家营造出一种无情的惨痛，一种比他的作品在观众心目中所呈现的色调更为残酷的色彩。这一点在比顿拍摄的关于印度和中国的作品中也同样如此，战争期间，他曾在两国工作过。尽管这些不是西姆或者卡帕意义上的军事摄影作品，但它们依然是痛苦的具有诗人般敏锐洞见的战争文献，揭示了比顿的一个侧面，遗憾的是，这一点至今仍未得到充分认可。如今，一位职业摄影师必然也是一位职业旅行家：带着任务的编辑让他们急匆匆地登上喷气式飞机，又急匆匆地绕着地球追踪那些天晓得会发生的事情。即便是才能最平庸的摄影师也会得到这样的赞助（我可否说一下超过百分之九十——百分之九十五——的全职摄影师确实都挺平庸的：这是个不错的行骗行当，的确如此，即便是在屈指可数的几位真正的天才级摄影师中间，有人也暗自把自己视作是骗子），可塞西尔一直是个坚定的游侠，年轻时，他曾乘坐货船从海地去往摩洛哥。而我自己也是个不安分的家伙，我曾经在各种最奇妙的地方碰到过比顿先生。在威基基海滩上——放的是草裙舞的背景音乐。在西西里的橄榄园里，在希腊的修道院里，在巴塞罗那里兹大饭店的大厅里，在贝尔酒店的游泳池边，在丹吉尔阿拉伯城的咖啡桌前，在香港港口的平底帆船上，在百老汇音乐会的后台，在攀上瑞士阿尔卑斯山的缆车[①]上，在京都的艺妓馆里，在柬埔寨吴哥窟的废墟间，在曼谷的庙宇里，在黛茜·菲罗斯的游艇“安妹妹”的甲板上，在哈勒姆夜总会里，在威尼斯广场上，在巴黎的古董店里，在伦敦的鞋店内，数不胜数。重点是，我在各种环境中观察过比顿，有些具有精神氛围，有些则不是，我也经常有幸可以看到他拿着照相机工

① 此处原文为法语 téléphérique。

作——实际上，我们偶尔还有合作：我的文字配上他的照片。我和其他摄影师有过这样的合作经历，尤其是亨利·卡迪尔·布莱森还有理查德·艾夫登——对此二人我都非常尊敬：算上比顿，我认为此三人应该占据世界最杰出摄影师榜单上的头三席。但是三个人的方式真是大不一样！艾夫登主要是一位摄影棚摄影师；总而言之，他似乎在运转完美的机械设备和认真专注的助手中间工作时最为得心应手。就在最近，我和艾夫登有过合作，这次的条件极为简陋，就在美国中西部的一栋小楼里；他没有助手，使用的是一款新式的日产照相机，胶卷能够曝光一百多次才需要更换。我们辛苦了一整个早上，在炎热与风沙间驱车长途跋涉，等我们回到我们待的那家汽车旅馆时，艾夫登有点紧张地笑了起来，他突然宣布我们的劳动成果化为乌有了：他已经有好多年没有在离开助手的情况下工作了，他的相机也一直都是靠助手准备的，而这次他忘了把胶卷放进这部日产相机里了。

卡迪尔·布莱森则完全是另外一番风格①——他自力更生得过了头。我记得有一次看见布莱森在新奥尔良的大街上拍摄——他沿着人行道上手舞足蹈的样子，就像一只被激怒的蜻蜓，脖子上挂着的三部徕卡相机晃来晃去，第四部相机正与眼睛亲密接触：咔嚓——咔嚓——咔嚓（似乎照相机已然成为他身体的一部分），按动快门的时候是那般专注与欣喜，痴迷的程度简直达到了宗教层面。他紧张、快乐、投入，是一个艺术上的“独行侠”，带着一点点痴狂。

但比顿不是这样。他那双冷静的（有时甚至是冰冷的）蓝眼睛

---

① 此处原文为法语 tass de thé。

和那对微微扬起的眉毛跟他本人看上去一样随意与超然：他手里拿着照相机，知道自己在做什么，仅此而已，无须太多的脾气与装腔作势。与他的很多同行不同，我从未听过塞西尔谈论技术、艺术或是诚信。他只是照他的相，然后希望能为此得到酬金。但是他的工作方式却非常独特。比顿的行为特征中有些非常引人注目的地方，其中的一点就是他能够用某种方式营造出一种仿佛时间没有尽头的幻觉。尽管他显然总是处在令人窒息的紧张日程和工作压力之中，然而没有人会质疑他是一个具有闲情雅致的君子，带着一种近乎热带生活的节奏：如果他还有十分钟赶飞机，却还在电话上跟你说话，他绝不会因此而缩短打电话的时间，而是继续沉浸在谈笑风生的享受之中。不过，你可以百分百肯定，他会赶上那架飞机的。他对打电话的人如此，对拍摄对象也同样如此：坐在比顿面前的模特会感觉到像是微微地飘浮在空间中——不是被照相，而是被画像，而且作画的是一个漫不经心的、几乎看不见的幽灵。但比顿就在那里，没错。尽管他的脚步声很轻，但他却是当今世上最善于直击现场的人之一：他的视觉才能是天才级的——人类永远也发明不出这样的照相机，能够捕捉或者囊括他眼中所见的全部内容。聆听比顿用纯粹视觉性的语言描述一个人、一个房间或是一片风景，就如同是在听一段吟诵，或轻快，或无情，或美丽，但却总是很精彩。而这——渗透在他作品中的非凡视觉才能，不论怎样稀释——就是令比顿的作品如此与众不同的地方，下个世纪的历史学家们会比我们现在更加感谢这种时间防腐剂。

白玫瑰

(1970)

六月的一个银色午后；那是二十年前，巴黎的一个六月午后。我站在皇家广场里，仔细搜索着那些高大的窗户，寻思着哪一个会是科莱特——这位法语文学界女杰[1]的住所。我不停地看着表，因为我和这位带有传奇色彩的艺术家在四点钟有约——我受邀前去赴下午茶；能够获得这份邀请应当归功于让·科克多，因为我之前曾对他说——带着一些青年人的莽撞——科莱特是我无比尊敬的唯一一位健在的法国作家——当然还有纪德、热奈、加缪和蒙泰朗，更不用说M·科克多了。毫无疑问，要是没有科克多的慷慨相助，我也许绝不会有此机会与这位女杰见面，因为我只是一个区区的美国青年作家，只出过一本书而已，就是那本《别的声音，别的房间》，她此前也根本就未曾听说过。

现在已经是下午四点，我赶紧现身，因为我预先得知不能迟到，也不可久留，因为我要采访的这个人是一位上了年纪的人，疾病缠身，几乎卧床不起。

她是在卧室接见的我。我有些错愕。因为她看上去跟想象中科莱特应当具有的相貌一模一样。这一点真是令人惊讶。红色、卷曲，有点像非洲人的头发；流浪猫一样倾斜的眼睛周围涂着眼影；面容精致，灵动如水……抹了腮红的脸颊……薄薄的嘴唇，细细如线，却涂着非常浓艳的红色。

房间的陈设也反映出了她的一些较为世俗的作品中——譬如说，《爱人》还有《爱人的终点》——那种与世隔绝的奢华。天鹅绒的窗帘垂落下来，挡住了这六月里的日光。你可以注意到如丝一般柔滑的墙壁。还有透过浅玫瑰色围布灯罩的玫瑰色灯光。香味——玫瑰香、橘子香、柠檬香以及麝香的混合——飘散在空气中，似雾，似霭。

她就躺在那里，垫着几层花边枕头，眼睛中流动着生命，流动着仁爱，也流动着忿恨。有一只小猫正伸开四肢趴在她的双腿之间，它的皮毛格外地灰，看上去更像是一份额外的慰藉。

但是房间里最令人嗔目结舌的物件既不是猫，也不是床垫。腼腆，紧张，我不知道是怎么回事，但我只是一开始匆匆打量了科莱特一眼，之后就不敢看她了，而且张口结舌地一句话也说不出来。我反而是把注意力放在了一套对我来说仿佛充满魔力的展品身上，它们就像是梦的某个碎片。那是一套水晶镇纸古董。

床的两侧有两张桌子，桌上几乎铺满了上百块水晶镇纸：水晶球里面嵌着绿色的蜥蜴、蝾螈、千花[2]、蜻蜓、一筐梨、落在蕨类叶子上的蝴蝶，粉色、白色、蓝色、白色的螺旋图案，像焰火一样熠熠生辉，盘曲的眼镜蛇，似乎正准备出击，小巧漂亮的三色紫罗兰插花，还有美艳的一品红。

终于，科莱特夫人说道，“啊，看来你对我的雪花感兴趣？”

没错，我明白她的意思：这些物品就像永恒的雪花，永远凝固的炫目图案。“是啊，”我说。“很美。很美。可它们到底是

① 此处原文为法语 Grande Mademoiselle。

② 此处原文为意大利语 millefiori。

什么？”

她解释说，这些都是水晶艺术品中的绝顶上乘之作：由法国最伟大的水晶工厂——巴卡拉、圣路易和克里希——中一流的工匠精心制作而成的玻璃珠宝。她从这些纸镇中任选了一件——它美妙绝伦，成千上万种色彩从中同时绽放而出——随后展示了这件作品的出品时间：1842年，日期藏在其中一个小花蕾里面。“这些做工精良的镇纸，”她告诉我说，“都是在1840年至1880年间制作而成的。此后，这项艺术就全面走向衰微了。我差不多是在四十年前开始收藏这些作品的。那个时候，它们都已经过时了，你在跳蚤市场上可以以很划算的价钱买到，花不了多少钱。如今，一件上等的镇纸价值连城。现在有几百位镇纸收藏家，但总体而言，大概只有三四千作品还值得一看。比如说这一件。”她递给我一件棒球大小的水晶球。“这件就是出自巴卡拉之手。叫做白玫瑰。”

这是个多棱面的作品，美妙绝伦，完全没有气泡，雕饰也很简约：就是一朵带着绿叶的白玫瑰凝在中心不动。

“它让你想起了什么？你脑子里会浮现出什么想法？”科莱特夫人问我。

“我不知道。我喜欢它摸上去的感觉。清爽，宁静。”

“宁静。没错，说得太对了。我总是在想我到时进棺材的时候都想把它们带上，就像埃及法老。那你的脑子里会出现什么画面？”

我在昏暗的玫瑰色灯光下上下端详着这个作品。“穿着圣餐仪式礼服的少女。”

她微微一笑。“很有意思。也非常贴切。现在我能够明白，让告诉我的话是对的。他说，‘别被蛊惑了，亲爱的。他看上去像是个十岁的天使。但其实他长生不老，而且有一颗非常淘气的头脑。’”

但没有她自己淘气，她拍了拍我手中的物件，接着说道，“我希望你能收下，留个纪念吧。”

这样一来，她为我定下来一个注定要令我破产的宿命，因为从那一刻起，我也成了一名“收藏家”，多年以来，我一直在不懈地搜寻各地上乘的法国镇纸，从索斯比富丽堂皇的拍卖行到哥本哈根和香港光线昏暗的古玩店。这个嗜好非常耗费财力(现在这些物品的耗费，依照其质量和稀有程度而定，大约在600美元到15 000美元之间)，我在搜集它们的过程中，只有过两次物超所值的经历，但是这两次都是大获成功，令人难以置信，足以弥补许许多多次残酷的失望打击。

第一次是在布鲁克林一家落满灰尘的大旧货店里。我正在一个深色玻璃柜里看一堆纷繁芜杂的东西，这时，我发现了一件圣路易的花镇纸，上面镀了一层西红柿颜色的瓷。我找到老板，询问这个作品的情况，显然他根本不知道这是个什么东西，价值几何，其实大约在4 000美元吧，他20美元就卖给我了，我真的是有些得之有愧，可管他的呢，这是我头一笔，也是最后一笔智取卖家的买卖。

我第二次成功的交易是在一次拍卖会上，那是在长岛的东汉普顿。我碰巧闲逛到那里，当时也没有太多的期许，确实，拍卖的大多是些蹩脚的绘画作品，还有一些平庸的家具，都是从一栋长岛海边的老房子搜集来的。但是忽然，就在那些陶器和单调的盘子中间，有一个东西令人眼前一亮：一件超凡的千花镇纸，做成墨水瓶的形状。我知道这是件真品，仔细看看，发现出品时间是1840年，制作人签名为J.C.，深深镌刻在下面的花束中间。我发现的时候是早上十一点左右，而这个墨水瓶直到下午三点才出现在拍卖商的展台上。在等待的过程中，我不知所措，焦急地走来走去，心里在想拍卖商或者买家当中是否有人知道这个墨水瓶的稀有程度和价值——它足够供养一对孪生子念完大学了。如果这整件事听上去有些无聊的话（我想确实如此），那么我只想说，这就是收藏对你产生的影响。

就这样，那个拍卖商开始拍卖墨水瓶，起价25美元，于是我马上就知道了他不懂他卖的是件什么东西；问题是，买家中有没有人懂行呢？当时大概有三百人在场，大部分都是些眼光独到的买家。结果呢，倒是有一个人略懂一二：一个年轻的纽约商人，他是来这里买家具的，对于镇纸知之甚少，但他十分狡黠地意识到这件东西绝不寻常。我们喊到300美元的时候，拍卖厅的其他人都已经开始议论纷纷，面面相觑了；他们无法理解是什么让这块玻璃值这个价。我们喊到600美元的时候，拍卖商已经有些按捺不住兴奋之情，而我的竞争对手的汗都流了出来；他考虑再三，拿不定主意。他十分勉强地喊出650美元的竞价，于是我喊了700美元，断了他的念想。事后，他跑过来问我觉得这个玩意儿是否值700美元，我回答道，“不，它值7 000。”

有些人在旅行途中带上朋友、家人与爱人的照片；我也是如此。不过我也带上一个小黑包，里面装着六个镇纸，每个都用一块法兰绒包裹好，因为尽管它们看上去挺坚硬，其实很容易碎，而且，就像一群吵吵闹闹的兄弟姐妹，它们之间也无法和平相处；要把镇纸弄断弄碎，最简单的办法就是让它们碰撞到一块儿。那为什么我还带着它们坐车，去芝加哥或者洛杉矶这些要走两天的地方呢？原因是，带着它们，可以让我在最不知名的酒店房间里感到温暖又安全，此外还有个原因：到了两点差一刻的时候，要是还没有睡意的话，凝望着一朵静静的白玫瑰，一种平静与悠闲就会油然而生，直到这朵玫瑰催你进入梦乡。

有一次，我送了一件镇纸给一个关系非同一般的朋友，而送他的那件是我最喜欢的镇纸之一，因为正如科莱特在那个很久以前的午后所说的那番话，对于她明显爱不释手的东西，我表示拒绝接受后，她对我说道，“我说亲爱的，送礼真的是件没有意义的事情，除非你自己也喜欢。”

自画像

(1972)

问：假如只允许您在一个地方居住——永远也不能离开——您会住哪儿？

答：噢，天啊。这个假设可真让人伤脑筋。只能住在一个地方啊。话说回来，三十年来，我四处漂泊，四海为家。不过奇怪的是，无论我住在哪儿——西班牙、意大利或是瑞士、香港或是加利福尼亚、堪萨斯或是伦敦，我总是在纽约留有一间房。这肯定是意味着什么。所以呢，如果非选不可，我就选纽约吧。

问：可理由是什么呢？纽约又肮脏，又危险。方方面面都不适宜居住。

答：这个嘛。没错，不过尽管我可以在山区或者海边隐居一阵，但我基本上还是个城里人。我喜欢人行道。我喜欢我的鞋踩在人行道上的声音；喜欢橱窗里的商品；喜欢通宵营业的酒馆；喜欢夜里的警笛声——凶险却很鲜活；喜欢书店，还有音像店，你要是心血来潮，半夜都可以去。

在这个意义上，纽约是世界上唯一算得上城市的城市。罗马过于喧闹，过于地方化。巴黎呢，说来奇怪，有点缺少欢乐，思想狭隘，过于讲求道德约束了。而伦敦呢？我所有在那儿住过的美国朋友都住到厌烦了，他们说，“这里太文明了。”我明白。整个一片死寂，完全是死气沉沉——这就是文明？而且最重要的一点，伦敦也过于地方化了。同样的人见到同样的人。每个人都知道你在干嘛。你最多只有可能在那里过两种不同的生活。

这便是纽约最大的优势，是它之所以是城市的原因。在纽约，你可以是个多面人：同时成为十个不同的人，拥有十个不同的朋友圈子，绝无重复。

问：相比于人，您更喜欢动物吧？

答：我喜欢的程度应该差不多吧。不过，我总是发现人身上有一种深藏不露的凶残，相比于对人类自身，他们对小猫小狗还有马匹更为热情。

问：那您凶残吗？

答：偶尔也会吧。在言谈中。这么说吧：我情愿做自己的朋友，而不是敌人。

问：那您的朋友多吗？

答：大概有七八个我可以完全仰赖的朋友。大约有二十来个我多少可以信任的朋友。

问：您看重朋友身上的什么品质呢？

答：首先，他们一定不能太愚蠢。我曾有过一两次爱上愚蠢的人，真的，非常蠢的人；但这是另一码事儿了——你可以在感觉不到与某人有一丁点交流的情况下爱上这个人。天啊，这就是多数人如何结的婚，而且为什么大多数婚姻都不幸福。

通常情况下，我可以很快就告诉自己，这个人和我有没有可能成为朋友。因为你没有必要把整句话都说完。我是说，你开始表达某种意思的时候，说到一半就会意识到他（她）已经听懂了你的意思。这是在思想情感层面对话的一种快捷方式。

撇开智力因素不谈，关注也很重要：我关注我的朋友，关心他们，也同样期望他们这样对我。

问：朋友们是否经常让您失望呢？

答：也谈不上吧。我有时会产生一些靠不住的情感寄托（难道大家不也都是这样的吗？）；但在此过程中我总是睁大着眼睛。唯一能够伤及你的是在意想不到的情况下对你造成的那种伤害。我很少有意想不到的情况。不过有几次我是勃然大怒了。

问：您是一个诚实的人吗？

答：作为一名作家——没错，我觉得我是个诚实的人。就个人而言——呃，这是个见仁见智的问题；我的有些朋友觉得我在讲述一个事件或者一条新闻时，总是倾向于做出更改，而且渲染过度。而我自己呢，我只是把这个叫做让某件事“活过来”。换句话说，这是一种艺术形式。艺术与真理不见得是合得来的床上伴侣。

问：您是怎么打发闲暇时光的，最爱做些什么事情呢？

答：跟性无关的事儿吧，不过我也有过激情燃烧的时候。但是，除非只把它作为一种随意的消遣，否则这件事太过令人心潮澎湃，而且成本也太高了，后面一个词，看你自己怎么理解吧。

其实呢，我喜欢读书。一贯如此。我没有特别喜欢的当代作家。不过有的人我还是挺敬佩的，在我们自己的美国作家当中就有故去的弗兰纳里·奥康纳、诺曼·梅勒、威廉·史泰龙、尤多拉·韦尔蒂、凯瑟琳·安妮·波特，还有早年的塞林格。哦，还有其他一些，的确不胜枚举。我从未喜欢过戈尔·维达尔的小说，但我认为他除了小说之外的文学作品都是一流水准。詹姆斯·鲍德温同样如此。但是在最近的十年左右，我喜欢读我已经读过的作家，那些都是经过时间检验的陈酿。普鲁斯特、福楼拜、简·奥斯丁、雷蒙德·钱德勒(美国最伟大的艺术家之一)、狄更斯(我在十六岁之前就已经拜读了狄更斯的所有作品，而且刚刚把这些作品整个儿又重读了一遍)。

我对电影也是同样钟爱——尽管我老是在中途就离场。但是我只喜欢独自一人去看电影，而且只在白天剧院里基本上空无一人的时候去。这样，我就可以全神贯注于我看的片子了，离开的时候，也不会觉得有必要和其他人对电影的亮点讨论一番：对于我来说，这样的讨论时常会导致争论与翻脸。

我喜欢在早上工作，通常是一连四、五个小时，之后，如果我是单身一人待在一座城市里，不管哪个城市，我都会去最爱的饭馆(在纽约有：拉法叶、巴斯克海岸、奥尔西尼、广场的橡树餐厅，还有聚居地，直到最后无情地被转让出去)跟朋友见面，吃午餐。许多人说他们讨厌吃午餐；因为这样会让他们发胖，让他们感到疲倦，这样一来，一天就没了。可午餐却让我感到一天都很充实。有几个人我特别喜欢和他们一起吃饭，但是总体而言，我喜欢长得漂亮，或者至少是特别吸引人、机敏、知识面广的女人。有几位非常年轻的女士位列其中(拉里·韦茅斯、阿曼达·波顿、佩内洛普·特莉、露易丝·梅尔哈多——最后一个人，唉，嫁给了一个非常老派的股票经纪人)。但是我认为任何一位女子都无法得到满分，除非她能够在风度、外表以及幽默感上达到并且保持一定的标准，这种标准应当能够超越带有欺骗性的年轻美貌：我的这份带有偏见的不完整名单恰好包括芭芭拉·佩莉、葛洛莉娅·基妮斯、李·拉茨维尔、乌娜·卓别林、葛洛莉娅·库珀、斯里姆·基斯、菲利斯·瑟馥、凯·米罕、维奥拉·洛伊、D·D·莱恩、伊芙琳·艾夫登、帕梅拉·哈里曼、凯伊·格拉汉姆——好吧，你可以继续往下列上一阵子，然而这份名单肯定不会超过五十位。注意，我提到的这些人都是些普通公民，而非公众人物；毕竟，对于某些公众人物来说——嘉宝（基本上算是个自私讨厌的女人）或是伊丽莎白·泰勒（一位敏感、自学成才的女士，以一种坚强但本质上十分幼稚的姿态示人——如果你和一个男人上了床，天啊，那你就得嫁给他！）——施展魅力是她们的拿手好戏。

虽然我知道我按说应当极其善于社交，虽然上述某些言论看似也证实了这点，但是我喜欢独处。我喜欢开得飞快、制作精良的轿车，我喜欢孤寂的汽车旅馆，还有它们的制冰机和诡异的平凡无奇；因此有时候我坐在车上，没有任何先兆，没有特定的目的地，独自一人，驱车上千英里。我只看过一次心理医生；但我本该去开车兜风的，把汽车顶棚降下来，微风拂面，艳阳高照。

问：您最害怕的是什么？

答：应该不是死亡吧。嗯，我不想遭罪。但若是某天晚上我睡去之后，一觉不醒——这种想法就不怎么令我担忧。至少，那会是有所不同吧。1966 年，我险些在一场车祸中丧生——迎面狠狠砸在挡风玻璃上，尽管受伤严重，而且十分肯定亨利·詹姆斯所说的那件大事儿（死亡）已经近在咫尺，但当我躺在一摊血泊中时，我依然神志清醒地大声对自己细数朋友们的电话号码。自那以后，我还动了一次癌症手术，唯一令我感到沮丧的事情是我不得不在诊断日之后和在手术日上午之前的那一周里无所事事地四处闲逛。

对了，有一件事令我感到十分荒唐而且极其可憎：那就是基于人们对于青春的渴望、对衰老的担忧以及对死亡的恐惧而诞生的一整条美容医疗产业。到底有谁想长生不老？显然我们当中大多数人都是这样；但这是种愚蠢的想法。毕竟，有一种叫作生命饱和的东西：到了那个临界点，一切都是纯粹的苦活儿，完全的重复。

贫穷？范尼·布莱斯曾说，“我经历过富有，也经历过贫困。相信我，富有好过贫困。”嗯，我不赞同这种说法；至少我认为金钱并不能对任何人的自我调整或是(这是个低能的词)“幸福”产生任何本质的推动。我认识相当多的有钱人(那些不能短时间内拿出五千万美元硬通货的人，我都不把他们算在有钱人的行列)；有些人心情糟糕的时候会说，我认识的人怎么个个有钱呢(对这些人，你最好可以这样回答，至少他们有时会帮你买单，而且从不问你借钱)。但关键是：我找不出来哪怕一个有钱人，能比我们其他人更容易地得到快乐或是更轻松地缓解那人类共有的焦虑。至于我呢，我两种情况都能接受：底特律某个小巷一间装修过的房间，或是沃尔多夫塔楼里科尔·波特的老房子都行，如今后者已经被装潢设计师比利·鲍德温翻修为一座豪奢的小岛，既宏伟又不露声色。我无法生存的地方是中间地带：斯卡斯代尔或是夏克海茨的一座错层式牧场大屋，带双车车库，屋外，割草机和洒水车吵闹不休。好吧，我从未说过我不是个势利眼。我只说过我并不惧怕贫困。

失败？失败是给成功调味的佐料。其实并非如此，我就喝过这种特殊的毒药，硬着头皮(尤其是在剧院工作时)挺了许久，才有今天的对此不屑一顾。说句实话，我对于别人怎么评价，是一点也不在乎，无论是私下里，还是在出版物上。当然，我年轻时那会儿刚开始出版作品的时候并非如此。而如今，只有一件事让我不能完全不在乎——情感的背叛依然能够扰乱我的心，令我受到伤害。要不然，挫败与批评都是些无关紧要的事情，如同月球上的山峦一般遥远。

问：那令您感到害怕的到底是什么呢？

答：一种担忧：我或许会失去幽默感。思想变得没有灵魂，开始走上一条疯狂的道路，然后，就像那个禅机说的那样，听着孤掌之声了却残生。

问：如果有东西让您感到震撼，那会是什么呢？

答：蓄意的残暴行为。为了残暴而残暴，言语上的或者肢体上的。谋杀。死刑。殴打孩子。猎捕动物。

很久以前，我一度发现我最好的那个朋友在十八岁那年与他的继母产生了一段开花结果的恋情。当时我很是惊讶；无须赘述，我当时没有现在这样淡定，事后回想起来，我发现这事儿很可能对双方都有好处。从那以后，我就再也没有对这些性与道德层面的事情感到惊讶，更不用说错愕了。不然的话，我就该领衔我们国家数以百万的伪君子队伍了。

问：自从您出版了《冷血》之后，迄今已有六年时间了，《冷血》之后，您写作上一直在忙些什么呢？

答：我出版了一部中篇小说——《感恩节的访客》。合作参与了一部电影——《三部曲》，根据我的三篇故事改编（《圣诞忆旧》，《米丽亚姆》，《通往伊甸园的小径》）；制作了一部关于死刑的纪录片，《美国死囚室》，这部纪录片由美国广播公司出资，但出于一些神秘的、无法解释的原因，始终没有在国内上映（在其他一些国家上映过，譬如说加拿大）。最近刚刚完成了菲茨杰拉德的《了不起的盖茨比》的剧本改编——这是部近乎完美的中篇小说(或者说，实际上是部长短篇小说)，但却不好改成戏剧，因为这篇小说几乎通篇都是对往事的解析还有可以说是舞台之外的场景。我个人喜欢我改编的那个版本，而制片人——派拉蒙影业公司——却持不同观点；不管是谁要试着对它进行改写，我都会对他表示同情。

我花了五年的时间写《冷血》，又花了一年的时间去恢复——如果用“恢复”这个词还算恰当的话；那段经历的各个侧面没有一天不在我的思绪中投下阴影。

然而，在我开始创作《冷血》之前——实际上是在1957年我刚刚完成《蒂凡尼的早餐》不久——我雄心勃勃地开始准备一部小说的笔记与框架，当时定的名字和现在一样，叫做《应许的祈祷》，是从圣·特丽莎的评论中派生过来的：“相较于未得应许的祈祷，人们为那些得到应许的祈祷流下了更多的眼泪。”我想这是真的：无论何种欲望得到应许，总会有另一个欲望取而代之。这就像赛跑的灰狗和那只机械兔——你永远也抓不到。这一点构成了生命中最好与最坏的部分。我记得一个朋友——她与罗伯特·肯尼迪关系很亲密——在后者的葬礼上说：“天真热啊。热的要命。而坟墓就在草丛中，在这棵荫凉葱绿的大树下。我想：博比，上帝保佑，你不用再战斗了。你安全了。”

《应许的祈祷》在技巧上比较复杂，它是我所创作的最长的作品——的确，比我其他作品字数相加的三倍还要长。在过去一年左右的时间里，为了完成这部作品，我一直承受着巨大的压力：但是文学有其自身的生命，坚持按照它自身的尺度起舞。《应许的祈祷》就像是一只有十二根辐条的轮子；驱动车轮转动的燃料是一个不同寻常的年轻女子，她和五十个人有过瓜葛，实际上本可以嫁给其中任何一个，但是十二年来，她一直爱着一个“年纪较大的”男子，却不能与他结合，因为他是有妇之夫，而且也不会离婚，因为他希望成为美国的下一任总统，而且这种期望不是空穴来风。

问：如果您当初不打算当一名作家、过这种有创造力的生活，那您会去做什么？

答：去做律师。我时常这么想：许多律师，包括首席检察官，还有最高法院的法官，都说我本来有可能成为一个一流的辩护律师，尽管他们总是说我的声音“尖声幼稚”（还有其他一些毛病），这或许是一个负面因素。

此外，我也不介意有人把我养起来，不过没人想要养我——不会超过一个礼拜左右的时间吧。

问：您进行什么锻炼吗？

答：是的。按摩。

问：您能下厨吗？

答：没法为客人做饭。而是为我自己。我总是吃同样的食物。薄脆饼干还有奶油番茄汤。或者是烤土豆，里面填有新鲜鱼子酱。

问：如果《读者文摘》委托您写一篇名为“难忘的人物”的文章，您会去写谁？

答：上帝别交给我这样一个丢脸的任务吧。但如果非要写——嗯，让我想想看。罗伯特·弗罗斯特，这位美国桂冠诗人，还算比较难忘吧。他是个老混蛋，千真万确。我十八岁那年见过他；显然他认为，在他那自我膨胀的神坛面前，我对他的崇敬还不算十分谦恭。总之，他给如今已故的《纽约客》编辑哈罗德·罗斯写了一封诽谤信，让他把当时在《纽约客》工作的我给解雇了，那是我的第一份，也是最后一份朝九晚五的工作。或许他帮了我的忙吧；因为之后我坐下来，写了我的第一本书——《别的声音，别的房间》。

在我小的时候，我一直跟一个亲戚住在亚拉巴马州偏远的乡下，住到十岁的样子。我那亲戚是个上了年纪的老处女，名叫苏克·福尔克。她自己的心理年龄充其量只有十二岁，这就是为什么她心地单纯、胆小羞怯，却有着奇特而出人意料的睿智。我有两篇故事写的是她：《圣诞忆旧》和《感恩节的访客》——两篇故事都被拍成了电视电影，由杰拉尔丁·佩奇出演，其中对福尔克小姐的描绘体现出了一种奇异的美与精确的笔触。

细想起来，佩奇小姐也算得上是令人难忘：她是哲基尔和海德；哲基尔博士在台上，海德先生在台下。我说的仅仅是外表；她的腿比迪特里希都要美，作为一名女演员，能够投射出一种充满无限诱惑的幻象——但在私下里她坚持——天知道是为什么——将自己伪装在女巫一样的假发和服装之下，那是一种登峰造极的古怪装扮。

当然，不管是女演员还是男演员，我都不太喜欢。我有个朋友，我一下子想不起来是谁了，曾经说过，“所有的女演员都不只是女人，所有的男演员都算不上男人。”这句话说对了一半吧；不过，在我看来，那对的一半也足以解释当前普遍的剧院神经衰弱症的根源所在了。但是对于大多数男演员（还有女演员）来说，问题在于他们太笨了。而在许多情况下，最笨的人也是最具才华的。约翰·吉尔古德爵士，世上最善良的好人，无可比拟的技巧大师，声音极好；但是，唉，他所有的头脑都在他的声音里了。马龙 · 白兰度。就天赋而言，我这一代人中没有一个男演员能出其右；然而再没有第二个人像他这般装模作样，把伪装智识发挥到如此令人捧腹的程度了。或许鲍勃 · 迪伦是个例外：他是一个精明的音乐家(？)是个假装心地单纯（？）的骗子，有着反叛精神，却是个多愁善感的土包子。

但是这个问题已经说得够多了。我回答这个问题就很愚蠢。

问：任何语言中，哪个词是最令人充满希望的？

答：爱。

问：那最危险的词呢？

答：爱。

问：您有没有想过去杀人？

答：你没想过吗？真没想过？扪心自问？好吧，我还是不信你的话。每个人都会在这样或是那样的时候想过去杀人。许多人自杀的真正原因其实是因为他们这些胆小鬼宁可杀自己，而不愿去杀折磨他们的人。而我呢，要是欲望转化为行动，我一定会跟开膛手杰克为伍的。反正，想想这件事也挺有意思的：设计、谋划、惊讶与悔恨写在那个被杀的恶棍脸上。这非常让人轻松，比睡觉前数数强多了。

不久以前，我的医生建议我培养一些更为健康的嗜好，而不是喝酒与通奸。他问我有没有什么主意。我说，“有啊，谋杀呗。”他笑了起来，我们都笑了起来，只是其实我并没有真的笑。可怜的家伙啊，他几乎不知道我曾经为他策划了一个多么痛苦和完美的死亡——那时我卧床八天，病症和霍乱极为相像，而他竟然还是拒绝登门来看我。

问：您在政治上有何兴趣？

答：我认识几个我喜欢的政客，你再也想象不出比这更超现实的蒙太奇了。阿德莱·斯蒂文森是我的一个朋友，他总是十分慷慨；他过世的时候，我们以客人的身份待在同一间房子里，我记得当时注视着一个男仆将他的物品装箱，直到箱子塞得满满当当，看着很凄楚的样子，但还没有关上，我走了进去，自己动手拿了他的一条领带——这是一种感情上的窃取，因为头一天晚上我还夸奖过他的领带，他答应把领带送给我。另一方面，我也喜欢罗纳德·里根。我不少朋友以为我这么说是在逗他们。其实不然。尽管斯蒂文森州长和里根州长在理念上各有不同，但后者与前者同样谦逊，有一种"我直视你的眼睛，我说的话全是心里话"的直率，这种直率在我们这群人当中都极为罕见，更不用说是政客了。我想纽约议员雅各布·贾维茨和里根州长只是纯粹出于本能原因才对彼此表现出反感的情绪。事实上，我觉得他们能够和谐相处，在政治上也能够是一对有趣的组合。（当然，我总是谈及里根州长与贾维茨议员的真正原因是，我喜欢他们俩的妻子，尽管她们俩相比于她们的丈夫，彼此相像之处更少：贾维茨夫人是个光鲜亮丽但却依然未被驯服的城市顽童，声音优雅，眼神性感，带着孩子气，措辞就像海浪拍击科尼岛的海滩一样清新，带着咸味，带着布鲁克林人的风格。而里根夫人呢——我说不准，她身上有一种美国小城和怀旧的特质：就像是返校节王后坐在玫瑰宝座上驱车而过。）

我最熟知的两位政治家是肯尼迪总统和他的兄弟罗伯特。他们俩也是极为不像，而且并不如我们通常以为的那样亲近；反正，弟弟是相当地害怕哥哥——

问：我们对于肯尼迪家族的任何人是不是已经听得太多了？

而且，您有点儿跑题了，我问的不是那些政客，而是您本人对政治的兴趣。

答：我对政治毫无兴趣。我从未投过票。不过，如果有人邀请我，我想我也许会加入到任何人的抗议游行队伍中：反战，释放安吉拉，同性恋解放运动，妇女解放运动等等。

问：如果您能变成某个东西，您最希望变成什么？

答：隐身。随心所欲地隐身或者现身。我是说，想想这些可能性吧：权力，财富，永无止境的香艳奇遇。

问：您最大的缺点是什么？优点呢？

答：我没有缺点。在我的字典里，缺点这个词根本就不存在。我最大的优点是感恩。据我所知，对于那些对我好的人，我还从未背叛过。但正如艺术是生命在弥补生活中带有瑕疵的愉悦，我将我最强烈的感激之情留给那些对我弥补最多的诗人、画家、作曲家。艺术品是那件神秘的东西，那件充满万丈魔力的东西；其他的东西都要么是数字，要么是生理。我认为我对写作有着很深的理解；但即便如此，在我读到某些好东西的时候，事实上，在读到一件艺术品的时候，我的感知就会徜徉到充满惊叹的宇宙之中：他是怎么做到的？怎么实现的？

问：回想一下，看起来似乎您的回答有点前后不一。您说，蓄意的残暴行为是不可饶恕的罪过。然后您又坦言偶尔会有言语上的残暴，而后来您又承认曾经考虑过策划谋杀。

答：对于一个人来说，如果他能够做到彻头彻尾地前后一致，那他的脑子就是饼干做的。我的头脑以及头脑内部也许是某种奇特的东西组成的，但不会是饼干。

问：假设您要淹死了。按照经典的套路，您认为您的脑海中会划过一幅幅怎样的画面？

答：亚拉巴马，炎热的一天，那是在，呃，1932 年，我确定那时是八岁，我正在一个蔬菜园里，和蜜蜂与热浪一起哼着歌，我采摘着萝卜和带着泥的红番茄，然后放进篮子里，随后又穿过一片松林和金银花树林，跑到一条小溪边，溪水很深，也很凉爽，我在那里洗澡、洗萝卜、洗番茄。鸟儿，鸟儿的歌声，透过树叶洒下的日光，舌尖上生萝卜辛辣的味道：一种永恒的愉悦，哈利路亚。不远处，有一条蛇，是条水蝮蛇，穿过溪水，扭动着身体，泛起涟漪；而我并不害怕。

十年后。纽约。一家战时的爵士乐夜总会，就在西五十二街："名门"。播放的是我最喜爱的美国歌手——比莉·霍乐迪小姐：那时是，现在是，永远都是。天使报喜节。比莉，头上戴着兰花，因嗑药而暗淡的眼睛在廉价的淡紫色灯光下转动，嘴里拧出几句歌词：早上好啊，心中的悲哀——你又来这里，却不走开——

1947 年 6 月。巴黎。在街头的小酒馆，和阿尔贝·加缪一起，喝上一杯美酒，他告诉我在面对批评的时候，必须学会更加淡定。（啊！要是他现在还能活着见我就好了。）

站在一个地中海岛屿上的寄宿学校的窗前，望着下午从大陆驶达的客船。忽然间，看见码头上一个提箱子的人。这个人我认识，而且非常熟。某人曾对我说过再见，就在没几天前，用我认为的那种永别的语气。某人显然改变了主意。所以：这真的是道珍馐吗？——还是仅仅是个冒牌货？抑或，历经千回百转，这难道是爱？（它曾经是。）

一个年轻人，额前翘起一绺乌黑的头发。他穿着一副皮背带，把双手捆在体侧。他在发抖；但他笑着对我说话。我唯一能听见的是我耳朵里血液循环的声音。二十分钟之后，他死了，吊在一条绳子的末端。

两年之后。我开着车一路向南，从阿尔卑斯四月的雪中来到意大利春天的山谷。

我在巴黎的佩尔拉雪兹参观奥斯卡·王尔德的墓——爱泼斯坦所作的一件十分笨拙的天使雕塑将墓笼罩在阴影之中；我觉得奥斯卡应该不会太喜欢它。

1966年1月，巴黎。里兹大饭店。一位非同寻常的朋友登门造访，带来一束白色的紫丁香，还有一只关在笼子里的小猫头鹰，作为送给我的礼物。那猫头鹰似乎是要给它喂活老鼠。里兹大饭店的一名服务员十分好心，把它送去了他在普罗旺斯乡下的老家。

噢，可现在脑子里的幻灯片飞快地变换着，波浪正在将其淹没。在一个秋日午后采摘苹果。将一只因瘟热而病入膏肓的小狗重新抢救了过来。她活了下来。加利福尼亚沙漠里的花园。风吹棕榈如碎浪拍岸的声音。一张面孔，靠近过来。我看见的是不是泰姬陵呢？或者只是阿斯伯里公园？抑或，历经千回百转，这难道是爱？（它过去不是——上帝啊，不是，过去从来都不是。）

突然，一切又在向后倒转；我的朋友福尔克小姐正在用碎布料缝被子，缝成玫瑰和葡萄的图案，眼下她正把被子拉到我的下巴底下。床头有盏煤油灯；她祝我生日快乐，然后吹灭了蜡烛。

半夜的时候，教堂的钟声响起，我八岁了。

又一次，那条小溪。舌尖上生萝卜的味道，夏日里的流水拥抱着我裸露的躯体。在那里，就在那里，在日光斑驳的土地上旋转，舞动，那条异常柔软的水蝮蛇。但我并不害怕；对吧？

《犬吠》前言

(1973)

那一定是在1950年或是1951年的春天，因为我丢失了那本详细记录那两年中点点滴滴的笔记本。二月下旬里一个温暖的日子，我正和一位颇为年长的老人交谈，他的面孔很像蒙古人，戴着一顶黑色天鹅绒的博尔萨利诺帽，尽管这时的天气已然温暖宜人、杏花飘香，可他却全然不顾，依然身着一件厚厚的黑色披风。

这位老人就是安德烈·纪德，我们正一同坐在海堤上面，眺望着这蓝色烈焰般古老的海水潮涨潮落。

有个邮递员从这里经过。他是我的朋友，递给我好几封信，其中的一封，里面是一篇文学评论文章，内容对我相当不友好(若是友好，这信自然也就不会有人寄出了)。

在听了我对这封信，以及对评论界总体来说都不太健康的思维方式略作抱怨之后，这位伟大的法国大师弓起身子，又将肩膀垂了下来，就像是一只睿智的老……我们可以用秃鹫这个词吗？他说，“啊，好吧。记住一句阿拉伯谚语：‘纵然是犬吠连绵，大篷车依旧向前。’”

我时常记起这句话——偶尔是以一种癫狂的浪漫方式，把我自己想象成这个星球上的游荡者、一个身处撒哈拉大沙漠的旅客，穿过沙漠中的茫茫黑暗，走近帐篷和篝火，危险的土著正潜伏在那里，聆听他们的忠犬发出警告危险的吠叫声。对我而言，我似乎颇费了一些时间去驯服或是去躲避这些土著与土狗，本书的内容也多少证明了这一点。在我看来，这些描述性的段落——这些地方和人物的轮廓与纪念——就像一张文字地图，一部笔端的人生地理，记录着我过去三十载的人生经历(大致是从 1942 年到 1972 年)。

本书中所有内容均为真实故事，当然这并不是说它们全都是真相，但我尽可能使之接近真相。然而，新闻工作绝不可能做到绝对纯粹——摄影也做不到这一点，因为毕竟，艺术不是蒸馏水：个人的洞悉，先入之见，以及选择偏好都会污染无菌真相的纯洁性。

本卷的开头几篇——新奥尔良和丹吉尔、伊斯基亚、好莱坞、西班牙列车、摩洛哥的节日等等青年时代留下的印象——都收集在《地方色彩》当中，那是 1951 年出版的一本薄薄的小书，如今早已不再绝版。此番我借此机会重新刊印书中的内容是出于两点原因：一是怀旧情愁使然，以此回忆我个人眼界相对狭隘却更富诗情画意的那个年代；二是因为这些细小的印象都是含苞待放的蓓蕾，是我在非虚构文学方面最初的兴趣尝试，五年后我更为雄心勃勃地涉足这种体裁，创作了《缪斯入耳》，这部作品单独成书面世，同样是一本小书。

《缪斯入耳》是我真正能够算得上享受写作过程的作品，而我通常几乎从未将写作与愉悦联系在一起。我把它想象成一本短篇喜剧小说；我希望它能带有鲜明的俄国特色，但要让人追忆的并不是俄国文学，而是沙皇时代的某个物件——一件法贝热的工艺品，他的某只音乐盒，伴随着闪耀、精确而顽皮的旋律震颤。

书中写到的许多人物——不管是美国人，还是苏联人——都认为《缪斯入耳》完全就是一部恶作剧。然而，在我的新闻工作生涯中，似乎从未把一个人描写得令其满意；或者说如果某人起初并不反感我的这种披露性文字或是微型肖像笔法，他的亲朋好友们便会很快就劝他带着疑虑去找茬。

在我所有的描绘对象中，最不满的要属《个人领地里的公爵》中的主人公马龙·白兰度了。尽管他没说文章有什么写得不准确的地方，但他明显感到，对于那块属于他的神圣领地——他那饱尝痛苦、智慧超群的心灵感知来说，这是一种毫无同情心的，甚至是背信弃义的侵犯。而我怎么看呢？这只是一部关于一个受过伤的年轻人的传记，相当不错，富有同情心，这个年轻人是个天才，但并不聪明绝顶，仅此而已。

然而，刻画白兰度最令我感兴趣的还是文学方面的原因；这的确是我写他的理由——接受这份挑战，凸显文学重点。我当时就主张，报道文学可以同任何散文体形式——小品文、短篇故事、小说——一样，成为一种经过整理与提升的艺术形式，这一理念在1956年该文出版的时候，还并未同现今一样深入人心，而今，它被人们认可的程度或许都到了有些夸张的地步。我的想法是：纪实文学的最低层次，也就是最难雕朽木为良器的形式是什么？影星“访谈”，《银幕》杂志上的那些事儿：肯定没有什么能够比这个更不容易升华的了！在选择白兰度作为尝试的对象之后，我检查了我的设备(其中最关键的要素是一种倚靠脑力记录长篇对话的能力，一种我在伏案于《缪斯入耳》时努力达到的能力，因为我笃信做笔记——更不用说用录音机了！——会制造假象与扭曲，甚至是毁掉任何存在于观察者与观察对象之间的自然感，他们之间的关系就如同紧张的蜂鸟与它潜在的捕猎者一样）。需要记忆的东西很多——白兰度一连几个小时的轻言细语，海阔天空，但是我在这次“访谈”之后，只用了一个上午就把它全写了出来，然后花了一个月的时间打磨成型，使其接近最终想要的结果。从这件事当中，我收获最大的是如何控制“静态”写作，在一种没有叙述主线帮助的情况下，如何挖掘人物，如何保持氛围——后者之于作家，正如绳索与丁字镐之于登山者。

在《犬吠》中，有两篇尤其展现了叙述与“静态”写作之间的不同。《穿越西班牙之旅》是一只云雀；一路上的趣闻轶事便能成文，它在几小时内便从“黑翅”铅笔的笔端展翅掠过。但像《高地上的房屋》这样的文章，所有的推进都依靠于写作本身，这取决于句子听上去感觉如何，如何停顿，如何平衡，如何翻转变换；这样的一篇文章可谓红色炼狱，这就是为何我对于这篇的情感要胜过《穿越西班牙之旅》，尽管我对后者更为熟悉，或者说至少印象更为深刻。

本书中的很多内容在过去的一些年里曾分别出现在不同出版物中，但却从未头顶同一个屋檐。其中的一篇——《罗拉》——经历就很奇特。写这篇的目的是给一位故友的灵魂驱魔，这篇文章被美国的一本杂志买断，多年来一直压在手里没有刊发，因为杂志的编辑觉得对其很反感；他说他不知道这篇文章是在写什么，而且，他觉得它阴冷、黑色。对此我不赞同；不过，我还是能明白他的意思，他一定本能地看穿了这个真实故事的情感伪装，意识到了——虽然没有完全认清——它真正要说的东西：一个人不知道、不接受他在世人眼中的身份限定——一种由他人强加的分类标准，危险和厄运就会降临——一只鸟认定自己是条狗，凡·高坚持认为自己是艺术家，艾米莉·狄金森认为自己是诗人。但是如果没有这些错误的判断，没有这样的信念，大海将会长眠，终年不化的雪地上也不会留下足迹。

伊丽莎白·泰勒

（1974）

几年前，大概超过十五年前吧，我和一个朋友决定在纽约的社交科目中插入一系列“猜猜谁来吃午饭”的午餐派对；这个想法在二月这样一个最令人乏味的月份里，看起来十分有趣，于是我和那个朋友邀请了我们另外的四位好友在一套私人公寓里共进午餐。我们六个的想法是，我们六位每人再请一位“神秘”嘉宾——最好是请一个有趣、知名，但是私下里我们都不认识的人——至少得有人不认识。我选的是J·罗伯特·奥本海默博士[①]，但是他那天没空；我现在已经记不起来我请的是谁了。

但是我肯定记得基斯夫人选的是谁，她那时是勒兰德·海沃德太太。朋友们把基斯夫人叫做“窈窕君”，她身材高挑，行动灵巧，有着加利福尼亚人的那种贵族风范（需要补充一点是，北加利福尼亚），她看上去腿部、脚踝与脚线条极好，比例匀称。她带给大家的“惊喜”是伊丽莎白·泰勒，与有的人相比——譬如说奥纳西斯太太，她的身材十分短小，相对躯干而言，她的腿太短，头部对于整个身体而言也显得过大；但她的脸和那双丁香紫的眼却是囚犯的美梦，是女秘书的自我幻想：如此虚无缥缈，如此遥不可及，却又如此恬静羞涩，晶莹易碎，带着人性的温情，那双丁香紫的眼眸后面闪烁着丝丝怀疑的神情。

我们此前见过一次面——那是一个夏日的午后，在康涅狄格州一个共同朋友的农场里。那时，她的第三任丈夫麦克·托德还没有经历飞机失事，仍然健在，他个性强硬，身材矮小，颇为性感，娶了这位似乎对他如痴如狂的美丽的孩童。

通常，当一对夫妇开始大秀恩爱，又是亲吻、又是拥抱、又是抚摸的时候——哎，这时候旁人总是会想他们的爱情一定遇上了大麻烦。但这两人的情况不同。我记得他们，那天下午，摊开手脚躺在阳光下，在青草与雏菊的田地里，双手相扣，相互拥吻，这时一群胖乎乎的纽芬兰小狗，大概有六到八只的样子，在他们的肚子上绊倒，把他们的头发搅作一团。

但是直到我以“窈窕君”海沃德客人的身份遇见伊丽莎白·泰勒后，她才给我留下了印象，至少是作为一个人的印象；作为演员，我一直很喜欢她——从《玉女神驹》开始，而她饰演的《郎心似铁》中的富家女给我留下的印象尤为深刻。

在我们第一次见面之后的这些年里，她经历了许多事情，但是其中最惨的两件是麦克·托德的死，还有她嫁给了“歌手”埃迪·费舍尔——这件事简直就和肯尼迪夫人的希腊式婚礼一样不合时宜。不过，这两桩变故都没有使泰勒发出的那如同颤动的光一般的狂热魅力黯淡下来。

午餐持续了许久，我们聊了很多。我的第一个发现是，尽管她的言语中有许多四个字的粗俗语言，多得让人好笑，但她在很多领域都是一个道德主义者，而且是个非常严苛的道德主义者，

① 罗伯特·奥本海默（1904—1967），美国犹太人物理学家，曼哈顿计划的主要领导者之一，被誉为“原子弹之父”。

几乎算得上是加尔文派了[①]。譬如说，她一想到要扮演约翰·奥哈拉的《青楼艳妓》——这个多灾多难的奉行享乐主义的女主角，她就感到愤懑；她有法律上的义务，不得不去演这个角色（因为如此，她后来赢得了奥斯卡奖），但是她希望她可以从当中走出来，因为“我不喜欢那个女孩。我不喜欢她所代表的东西。她那低俗的空虚。那些男人。随随便便与人上床。”

在这一点上，我回想起曾经与玛丽莲·梦露有过的一次谈话（我倒不是要将泰勒与梦露二人作比；她俩各有千秋，前者是干脆利落的专业人士，后者飘忽不定到了病态的地步，是一个天才却极度单纯的原始人）。但是梦露的道德观念却与之近似：“我不认可随意的性行为。不管对错与否，如果我倾心于一个男的，我就觉得我一定要跟他结婚，我不知道为什么，也许有点儿傻吧，但我就是这么想的。或者如果不能结婚，那么这一定也得有意义，而不仅仅是身体接触那么简单。这很滑稽，如果你想到我的名声的话。这样的名声也许是我应得的。只是那不是我的想法。那只是我应得的，我是说。人们就是不明白你身上会发生什么事情。完全没有你的真实自愿。你内心的自愿。”

第二个意外是泰勒似乎是如此地博览群书——不是说她在这方面有何造诣，或者是要把她归入知识分子一类，而是她非常喜欢读书，这一点显而易见，她以随意的阅读方式吸收了大量的书本内容。而且她在谈及这些书的时候，展现出了对于文学创作过程的深刻理解；总之，这使得你会对她生命中的那些男人感到奇

① 加尔文主义是法国著名宗教改革家、神学家约翰·加尔文毕生的许多主张的统称，一种严苛的新教信条。

怪——尼基·希尔顿、迈克尔·威尔丁、费舍尔先生；除了麦克·托德——他具有某种闪光灯泡般一闪即逝的智慧，某种霓虹灯般的机智——除他之外，她迄今为止的其他几任丈夫与她都很不般配——这个异常敏锐、思维迅捷的年轻女子究竟能跟他们谈些什么呢？“哎，你不见得总能钓到你想钓的鱼。我真正动过心的有些男人其实对女人并没有兴趣。”

于是我们开始谈论一个共同的朋友——蒙哥马利·克利夫特，他是《郎心似铁》一片中与伊丽莎白·泰勒出演对手戏的男演员，泰勒在他身上找到了一种情感上的安全感。她说，“这发生在我家中，或者说，就在他离开我家以后。他喝了很多酒，驾车失控。他在此之前真的没事——在那起事故之前。呃，他一直在酗酒——但他出问题是在那起事故之后，他对那些药丸和止痛药上了瘾。没人能永远逃过法律的制裁。我有一年多没有见到他了。你呢？”

我说，我见过。他在圣诞节前的几天给我打了电话，声音听上去还不错。他想知道我午餐有什么安排，我没什么安排，我正准备为圣诞节采购一些东西，于是他说如果我带他去采购的话，他就在圣廷苑请我吃午饭。他在午餐的时候喝了几瓶马提尼酒，但他还是很理智、很逗趣的；出门的时候他去了趟洗手间，就在那里，他一定是服用了某种东西，因为二十分钟之后，他开始飘飘然了。

我们在古驰店里，他挑了大概两打价格极为昂贵的羊毛衫，放在柜台上。突然，他一把抓起所有的羊毛衫，悠然走出店门，外面这时下着滂沱大雨。他把羊毛衫扔到大街上，踢得到处都是。

古驰店的店员面对这事儿显得非常冷静。其中一个售货员拿出一支钢笔和一本销售记录，问我，“这些羊毛衫，我该找谁收费？”问题是他真不知道这个人是谁。他说他想要身份证明。于是我走到大街上，蒙哥马利还在四处踢着羊毛衫(引得一些好奇的路人驻足观看)，我问他有没有支付卡。他望着我，带着一种极度疯狂、神志不清的傲慢神情，说道，“我的这张脸就是我的支付卡！”

泰勒——她的眼睛中总是流动着生命——变得愈加扑朔迷离，“他不能再这么下去了。这会要了他的命的。”她说得没错；他的确为此送了命。但在此之前——很大程度上是因为她的怜悯与坚持，尽管制片人不愿意用克利夫特——他们还共同出演了《夏日痴魂》——这部影片凝聚了克利夫特最后一次有价值的表演，以及泰勒最精彩的表演之一——仅次于多年以后她在阿尔比的《灵欲春宵》中的演出，在那部影片里她用一种微妙、泼辣但收敛的歇斯底里给那个酗酒太太的角色平添了色彩。

我们再次重逢，已经是多年之后的事了，这次是在伦敦，她正在那里等待时机，准备进军罗马，开始厄运当头的《埃及艳后》的拍摄。她与那个“餐馆招待”一起住在多切斯特的顶层豪华套间里——“餐馆招待”是费舍尔太太的许多朋友对费舍尔先生的称呼。

我经常去那间顶层豪华套间，因为我的另一个朋友也曾住在那里。奥利弗·梅塞尔把这里装修得花里胡哨，房间确实相当地漂亮，或者说曾经很漂亮：但在泰勒夫妇居住期间，房间里到处都是掉毛的猫与没受调教、四处乱撒尿的狗，还有一种堆满东西、凌乱不堪的整体氛围，你很难发现这里有梅塞尔的风格。

我在这个特别的环境里见到泰勒的第一个傍晚，她尽其所能地想要送我一只可爱的杂色斑纹猫，这只猫是她从街头捡来的。“不要？你真刻薄啊。我拖不动所有这一切了……”她伸开双臂，暗示她的负担有多么沉重——动物多得足以开一家宠物店了，一位端饮料的男秘书，一位匆匆忙忙地跑进跑出的女仆展示着刚刚上市的服装（“都是出自巴黎。不过我只好把它们当中的大部分都退回去了。我买不起。我真没什么钱。他也没什么钱。黛比·雷诺德——如果你不介意我用这个词——才是有钱人”），更不用说那“餐馆招待”了，他坐在沙发上，揉着眼睛，似乎是要从午睡中清醒过来。

她对他说，“怎么啦？你怎么不停地揉眼睛呢？”

“都是读书惹的祸啊！”他抱怨道。

“读什么书？”

“你跟我说要读的书啊。读是读了。但就是读不下去。”

她将目光鄙夷地从他身上移开。“他说的是《杀死一只知更鸟》。你读过这本书吗？刚刚面世。我觉得真是挺不错的一本书。”

没错，我读过这本书；实际上，我告诉她，这本书的作者哈珀·李是我童年的玩伴。我们在亚拉巴马州的一座小镇中一同长大，她的书或多或少带着一些自传性质，这是一本重要的小说[①]；的确，迪尔——书中的主要人物之一——写的应该是我。

“你看，”她对她丈夫说，“我没有受过什么正儿八经的教育，但是不知怎的我知道这本书是真实的。我喜欢真实的

① 此处原文为法语 roman à clef。

东西。”

“餐馆招待”神情古怪地望着她。“哦，是吧？”

几天后的一个早上，我打电话给泰勒，她的秘书告诉我说她住院了，《伦敦晚报》确认了这个事实：伊丽莎白病危。

我拨通了费舍尔先生的电话，他已经在悼念的悬崖边站稳脚跟了：“看上去我要失去我老婆了。”他一副命中注定的样子，不过不是以他想要的那种方式表现出来的。

而后我听说泰勒并没有死，于是我顺路去了趟医院探访她，打算给她留些书，令我感到意外的是，他们径直把我领到了她的病房里。房间之小令我吃了一惊；至少她不在公用病房里，但是这个让人幽闭恐惧症发作的小隔间被一张狭窄的铁床和一张木凳子完全塞满了，这看起来不适合给一位电影女王的生死之战作角斗场。

她一副生气勃勃的样子，不过，你可以看出她经历了一场巨大的磨难。此时的她面色比医院的床单还要惨白；她的眼睛未施粉黛，看起来淤青肿胀，就像是哭泣的孩子。她刚从一种急性肺炎中恢复过来。“我的胸部和肺部灌满了一种黏稠的黑色化脓。他们要从我的喉咙刺出一个洞来，才能把这团化脓给放出去。你看，”她指着喉咙上的伤口说，喉咙上有个小橡皮塞堵住了伤口。“要是我把这个东西拔出来，我就不能说话了，”然后她拔了出来，的确是不能说话了，这番情形让我很是紧张，却令她很开心。

她笑了起来，但是直到她重新把橡皮塞塞回原处，我才听到她的笑声。“这是我生平第二次有这种感觉——我知道——我要死了。或许是第三次吧。但这次是最真实的一次。就像是在一片惊涛骇浪的海面上航行。然后慢慢滑过地平线的边缘。脑中全是海浪的咆哮声。我想这其实是我竭力呼吸的声音。不，”她说，回答着我的问题，“我不害怕。我没有时间去害怕。我正忙着战斗呢。我不想越过那条地平线。我永远都不会。我可不是那种人。”

或许不是吧；不像玛丽莲·梦露和朱迪·嘉兰，此二人都是企盼着越过那条地平线——一条黯淡的彩虹，在成功之前，她们都已经无数次尝试过踏上那趟航程了。然而这三个人之间还有一些共性，泰勒、梦露、嘉兰——后面的两人我都非常熟悉，没错，的确是有。一种情感上的极端倾向，一种需要被爱胜于去爱他人的倾向，这十分危险，这是一种赌术不佳的赌徒妄图挽回败局而大肆投注的非理性冲动。

“你想喝点香槟吗？”她指着一瓶唐培里侬香槟王说道，那酒正冰镇在她床边的篮子里。“我不该喝酒。但是——哎。我是说，要是你经历了我所经历的这一切……”她笑了起来，再一次地拔去了喉咙上的塞子，使得她的笑湮没于无声之中。

我打开了香槟，倒进医院提供的两个丑陋的白色塑料杯里。

她叹了一口气。“嗯，不错。我只喜欢喝香槟。问题是，她会让你永久性地染上口气。告诉我，你有没有想过会死？”

“有啊。我有一次突发阑尾炎。还有一次，我正趟过一条小溪，被一条水蝮蛇咬了一口。”

“那你害怕吗？”

“嗯，那时我还小呢。我当然害怕啦。我不知道要是放到现在会不会不害怕。”

她思索了一下，然后说道，“我的问题在于我不能死啊。不是因为我在艺术方面有什么很大的追求(在麦克之前，在他出事儿之前，我总在计划着从电影里跳出来；我觉得我已经受够了这个鬼行当了)。只是在金钱方面的追求，还有情感上的追求：我的孩子会变成什么样？还有我的狗，要是我出了事怎么办？”她喝完了香槟，我又给她倒了一杯，她再次开口说话的时候，似乎是在自言自语。“人人都不想死，即便是他们想去死的时候——以为他们想去死的时候。但我真实的信念是：某件事情会降临在我身上。这会改变一切的。你觉得会是什么事儿？”

“爱？”

“什么样的爱呢？”

“嗯，啊，平常的那种。”

“不可能是平常的那种。”

“或许是一种宗教启示？”

“扯—！”她咬了咬嘴唇，欲言又止。但过了一会儿，她又笑了起来，说道，“要是这种爱交织着宗教启示如何？”

我们再次见面时，又过了很多年，而我似乎成了正在经历宗教启示的那个人。那是纽约一个冬日的夜晚，我和泰勒还有理查德·伯顿坐在一辆小轿车里，这位才华横溢的矿工的儿子取代了“餐馆招待”的角色。

伯顿的轿车正从（或者说正试图从）百老汇的一家剧院开出，伯顿刚刚在那里演完了一出戏。但是轿车寸步难行，因为成千上万——真的是成千上万的人在街头痛饮狂欢，大声喊叫，硬是要看一眼自辛普森夫人[①]与温莎公爵之后最知名的一对情侣。潮湿、

① 辛普森夫人，美国人，原名沃丽斯·沃菲尔德，平民家庭，早年丧父，受过很好的中等教育，无力读大学。第一次嫁给一个军人，第二次嫁给商人辛普森先生，随后移居英国。辛普森夫人能在英国史上留名和她得以如此出名，都是因为英王爱德华八世为她放弃王位（退位后称温莎公爵），一时间传为佳话的缘故。

鬼魅的面孔黑压压地朝着车窗靠过来，大个子女孩儿们带着一种近乎淫荡的亢奋，拼命地敲打着车顶；上百名从其他剧院离场的普通民众也发现，他们被这一群大哭大笑的伯顿-泰勒狂们淹没了。整个场面就像是压顶的雪崩，一切都动弹不得，甚至连那一队骑警都无能为力，他们此刻正拿着警棍以一种相当温和的方式敲打着这群乌合之众。

伯顿目光炯炯，操着一口抑扬顿挫的威尔士山谷口音，皮肤像长了痤疮一样不平整，你简直可以在上面划着一根火柴了，可以看得出来他是在静观事态的发展。“这不过是常有的事儿罢了，”他咧着嘴说着，笑得很开心，露出满嘴昂贵的牙齿。“每天晚上，伊丽莎白都会在演出结束后来接我，总是会有这些……这些……这些……”

“花痴，”他的妻子冷冷地插了一句。

“这些狂热的群众，”他用略带斥责的口吻纠正了她的话，“等待着……等待着……”

“看一对罪孽深重的怪人。省省吧，理查德，你难道没发现出现这种情况的唯一原因是他们觉得我俩是罪人和怪人吗。”

一个老人爬上了车顶，嘴里骂着下流的话，这时车突然发动，想紧急逃离，他从车顶上滑落下来，摔在腾跃的马蹄之下。

泰勒很不安。“这就是总令我感到烦心的事儿。我担心有人会受伤。”

但是伯顿却显得满不在乎。“西纳特拉那天晚上和我们在一起。他惊呆了。他说他从未见过这样的景象。真是印象深刻。”

好吧，的确是令人印象深刻。但同样也令人压抑。泰勒就因此感到压抑不已，最后我们终于到达了入住的酒店——那里还有一众迎接他们到来的人群——刚一进门，她就点了三瓶伏特加。伯顿也是如此。

伏特加过后，接下来是香槟，客房服务项目中，有一餐不怎么提神的午夜自助餐。伯顿和泰勒狼吞虎咽起来：我注意到演员和舞者似乎都有无法遏制的饥饿感——但是他们的体重却总能保持在某个奇怪的、超凡脱俗的水平（甚至是泰勒，镜头之外的她看起来从未与她偶尔在照片中的样子一样丰满：照相机常常会加重三十磅——即便是奥黛丽 · 赫本也不例外）。

渐渐地，你可以感觉到二人之间有一种极度紧张的关系：在对话中不断出现分歧，让人追忆起《灵欲春宵》里夫妻间那妙语连珠的对话。然而那是爱情方面的一种紧张关系，是此前在生理和心理上对彼此作出承诺后两人之间的一种紧张关系。简 · 奥斯丁曾说过，所有的文学作品都绕不开两个主题：爱情与金钱。伯顿是个无比健谈的人，他涵盖了第一个主题（“我爱这个女人。她是我所认识的最令人着迷与兴奋的女人”），以及第二个（“我在乎金钱。我以前没有，现在有了，而且我还想要——呃，我不知道你对有钱怎么看，但我就是想要有钱”）。这两个主题，以及文学——不是演戏，而是写作：“我从不希望成为一名演员。我总是希望成为一名作家。如果这场马戏表演有结束的那天，我就会去做一名作家。”

他说这话的时候，泰勒的眼角流露出一丝尤为得意的目光。她对这个男人的深情点亮了这个房间，仿佛是一大堆日本灯笼。

他离开房间，又开了一瓶香槟。

她说，“嗯，我们是吵架。但至少他还值得去吵。他真是棒极了。他博览群书，我可以跟他有话可谈——我跟他无话不谈。

他所有的朋友……埃姆林·威廉姆斯对他说他娶我真是个大傻瓜。他是个伟大的演员。会成为一名伟大的演员。而我什么也不是。一个电影明星。但最重要的是相爱的男女之间能发生什么。或者是任何彼此相爱的两人之间。”

她走到窗前，拉开窗帘。外面开始下起了雨，雨点懒懒地打在窗户上。“雨水令我困倦。我真不想再喝香槟了。不要。不要。不要走。我们总归要喝的。而后要么是一好百好，要么是大吵特吵。他认为我酒喝得太多了。我知道他会这么想。我只是尽力保持情绪。维持心情。我总是希望，他在哪儿，我就在哪儿。记住，很久以前，我告诉过你，我活着是为了什么？”

她拉上了窗帘挡雨，两眼出神地看着我——加拉蒂亚正在俯瞰那条最终的地平线。

“嗯，你怎么看？”但是这个问题，答案早已有了。“你觉得我们会是什么样的结局？我猜的话，一旦你找到了你一直梦寐以求的东西，那便不是起点开始的地方，而是终点开始的地方。”

给变色龙听的音乐

（1979）

她身材高挑纤瘦，或许年已古稀，满头银丝，衣饰入时，脸色不算黑，也不算白，那是一抹淡淡的金色兰姆酒的颜色。她是马提尼克[①]的一名贵族，住在法兰西堡，同时在巴黎也有一套公寓。此时，我们正坐在她那座房子的阳台上，这是一座既通风又优雅的房子，看上去就像是用木制花边造的：这使我想起了新奥尔良那些古旧的房屋。我们正喝着冰镇薄荷茶，里面有少许苦艾酒的味道。

三只绿色的变色龙竞相爬过阳台；一只停留在夫人的脚边，轻快地吐出叉形的舌尖，她解释说："这些都是变色龙，是些十分奇异的动物。它们能够变换颜色：红色、黄色、柠檬色、粉红色，还有淡紫色。你知道它们很喜欢听音乐吗？"她望着我，一双黑眼睛十分迷人。"你不相信我的话？"

整个下午，她给我讲述了许多稀奇古怪的事情。她的花园怎么一到夜里就有巨大的飞蛾漫天飞舞。她的汽车司机——就是那个驾着深绿色梅赛德斯小轿车把我送到她家来的男人，一个很有尊严的人——曾经毒死了自己的妻子，后来从魔鬼岛[②]上逃了出来。她还描述了一个村子，坐落在北方群山的高处，那里居住的尽是些白化病患者："那些长着粉红眼睛的小个子，浑身白得就像白粉笔。你偶尔能够在法兰西堡的大街上看到几个。"

“没错，我当然相信您的话。”

她倾侧了一下满是银丝的头。“不，你不相信。可我会证明我的话是对的。”

于是她一边说着，一边款款地走进她那凉快的加勒比式客厅，这是一间幽暗的房间，天花板上悬着几架徐徐转动的风扇，她在一架调好音的钢琴前摆好姿势。此时我仍旧坐在阳台上，不过我可以看到她，这位时尚的年长女人，这个多种血统的混合体。她开始弹奏一首莫扎特的奏鸣曲。

终于，变色龙聚集过来：十二只，甚至更多，它们大多数是绿色的，也有些是猩红色的，淡紫色的。它们掠过阳台，迅疾地蹦进了客厅，对于她弹奏的这首曲子而言，这是一群敏感专注的听众。随后，演奏停了下来，它们的表现同样敏锐，因为我的女主人突然站了起来，在地板上跺了跺脚，结果那群变色龙四散逃逸，就像是从一颗爆炸的星球上迸溅出来的火星。

这时她注视着我。“现在怎么样？我说的没错吧？[3]”

“果真是这样。可这似乎太奇怪了。”

她微微一笑。“是啊[4]。整个小岛就漂浮在奇怪之中。这座房子就闹鬼。许多鬼魂就住在这儿。他们可不是在黑夜里才出现。

---

① 马提尼克，法国的海外大区，位于加勒比海安地列斯群岛的向风群岛最北部，岛上自然风光优美，有火山和海滩，盛产甘蔗、棕榈树、香蕉和菠萝等植物，曾被哥伦布喻为“世界上最美的国家”。马提尼克居民克里奥尔人还保留着传统的民俗习惯，催长身高的传说更使得该岛充满了神秘色彩。

② 魔鬼岛是法属圭亚那外海的一个小岛，自 1852 年起成为法国流放重刑犯的监狱，1952 年关闭。

③ 此处原文为法语 Et maintenant？ C’est vrai？

④ 此处原文为法语 Alors。

有些在中午的光天化日之下出现，你简直可以说是莽撞无礼。”

“这种情况在海地也很常见。那儿的鬼魂常常在大白天就出来游荡。有一天我看见一群鬼在佩蒂翁维尔附近的一块地里干活来着。他们在给咖啡树捉虫。”

她认为这些都是事实，继续说道：“是的。是的。[①]海地人让死人干活。他们在这方面可是出了名的。而我们会让死者自己悲伤去。或者让他们自己快乐去。海地人真粗鄙。真“克里奥尔”。而且你不能在那儿游泳，鲨鱼可吓人啦。还有他们那儿的蚊子：长得那么大，闹得那么放肆！在我们马提尼克这儿，根本就没有蚊子。一只也没有。”

“我已经觉察到了这一点；还觉得奇怪来着。”

“我们也觉得很奇怪啊。马提尼克是加勒比海这一带唯一不受蚊子侵扰的小岛，可也没有谁能够解释为什么会是这种情况。”

“也许是夜里的飞蛾把他们都吃光了呢。”

她笑出了声。“要不就是那些鬼把他们给吃了。”

“不。我觉得鬼更喜欢吃飞蛾。”

“没错，飞蛾也许是更适合鬼吃的饲料。要是我是个饿鬼，我吃什么东西都行，就是不肯吃蚊子。要不给你杯子里再加点儿冰？或者加点儿苦艾酒？”

“苦艾酒。在我们家乡喝不到苦艾酒。即使在新奥尔良也喝不到。”

“我的祖母就是在新奥尔良出生的。”

---

① 此处原文为法语 Oui. Oui.。

"我的祖母也是啊。"

她从一个炫目的翡翠绿细颈玻璃瓶里倒出苦艾酒："这么说，也许我们还是亲戚呢。我祖母出嫁前姓杜芳。她叫阿卢埃特·杜芳。"

"阿卢埃特？真的吗？这名字真美。我知道在新奥尔良有两家姓杜芳。我跟这两家都没有亲戚关系。"

"遗憾啊。要是能称呼你表弟倒是挺有趣的。对了，克劳迪恩·波洛告诉我，您这是第一次到马提尼克来。"

"克劳迪恩·波洛？"

"克劳迪恩和雅克·波洛。前天晚上您在总督的宴会上还见过他们呢。"

我记起来了：他个子挺高，相貌英俊，是法属圭亚那和马提尼克（包括魔鬼岛在内）上诉法院的首任院长。"没错，波洛夫妇。他们有八个孩子。他非常赞同死刑。"

"您似乎挺爱好旅行的，为什么没有早一点到这儿来观光呢？"

"到马提尼克来吗？嗯，我觉得有点不大愿意来这里。我有一个好朋友就是在这儿被人谋杀的。"

夫人那双可爱的眼睛显得些许不像先前那么友好了。她慢条斯理地发表了一番声明："谋杀在这儿几乎不怎么发生。我们不是一个残暴的民族。我们严肃，但并不残暴。"

"严肃。正是这样，在饭店里，在大街上，甚至在海滨，你都可以看到人们那种严峻的表情。他们仿佛满脑子心事。就像俄国人那样。"

"必须记住，这儿直到 1848 年才废除奴隶制。"

我看不出这一点与我们谈论的事情有什么联系，但我也并不问她，因为她已经接着说下去了："何况，马提尼克的物价非常昂贵①。在巴黎买一块肥皂五个法郎，在这儿要花上两倍的价钱。样样东西都比原价要贵一倍，因为样样东西都得靠进口过来。要是那些惹是生非的人得手了的话，马提尼克从法国独立了，那它也就完了。没有法国的补贴，马提尼克根本就没法生存下去。我们会活活饿死的。是啊，我们有些人就是那样表情严肃。可总的来说，你觉得这儿的人招不招人喜欢呢？"

"女人让人喜欢。我看到了一些非常美的女人。她们轻盈，温婉，仪态如此高傲又美丽；骨骼长得像猫一样纤巧。而且，她们还有一种魅力十足的攻击性姿态。"

"那是因为塞内加尔人的血统。我们这儿有许多塞内加尔人。可是男人呢——你不觉得他们挺吸引人的吗？"

"不觉得。"

"我同意你的看法。男人并不吸引人。跟我们女人相比，他们似乎对什么都漠不关心，也缺乏个性：一杯淡酒②。你知道，马提尼克是一个以女性为中心的社会。只要是这种状况，比如像印度，那么，男人就算不上什么了。我看这会儿你在瞧我那面黑镜子。"

我是在瞧那面黑镜子。我的眼睛情不自禁就要往那儿看——即使违背我自己的意愿，它们也会被吸引到那面镜子上去，就像有时眼睛被一台没有调好的电视那没有意义的闪烁画面吸引一

① 此处原文为法语 très cher。
② 此处原文为法语 vin ordinaire。

样。那面镜子就具有这种无意义的力量。所以，我准备把它过度描述一番——那是采用那些法国“先锋派”小说家的手法，决意摒弃叙述、人物和结构，而是严格使用整页长的段落，详细描写某个事物的轮廓，某个孤立动作的机制：一面墙，一面白墙和一只漫无目的飞过墙面的苍蝇。我的描述如下：夫人客厅里的那件东西是一面黑色的镜子。它有七英寸长，六英寸宽。镜子镶在一个陈旧的黑皮匣子里，匣子的形状就像一本书。的确，匣子打开置于桌上，仿佛是一本供人把玩浏览的精装书；可是你既没有可读也没有可看的东西——只有你自身影像的秘密从这面黑镜的表面投射出来，随后便遁入它那无尽的深处，它那黑暗的重重回廊。

“它原先是属于，”她解释说，“高更的。当然，你知道他在波利尼西亚群岛定居以前，曾经在这儿住过，画过画。那就是他的黑镜子。在上个世纪的艺术家当中，这些玩意儿是很常见的工艺制品。凡·高曾经用过这种镜子。雷诺阿也用过。”

“我没太弄明白。他们为什么要用这种镜子呢？”

“为了恢复他们的视力。使他们对色彩，对色调变化的反应得以回复。他们画了一段时间以后，眼睛就会疲劳，于是他们就盯着这种黑乎乎的镜子瞧一阵子，好让自己休息一下。这就像在筵席上，美食家总要在品尝一道又一道精美的菜肴中间，喝一点儿柠檬汁[①]一样，好让他们的味觉重新苏醒过来。”她从桌上把那本嵌着镜子的小书拿起来递给我。“每当我的眼睛给阳光刺得难受的时候，我就常常使用这面镜子。它可以起到使人镇静的

① 此处原文为法语 sorbet de citron。

作用。”

能使人镇静，但也使人不安。那种黑暗，你盯着看的时间越长，它就不再是黑色的了，而是变成一种很古怪的浅蓝色，变成通向隐秘幻境的门槛；正如爱丽丝一样，我感到我马上就要穿透一面镜子，踏上远航了，这样的远航是否应启程，我犹豫不决。

我从远处听到她的声音——飘渺如烟、宁静、文雅：“这么说，您有一个朋友在这儿被人谋杀了，是吗？”

“是的。”

“是个美国人？”

“是的，他是一个才华横溢的人。是位音乐家。也是位作曲家。”

“啊，我记起来啦——那个写歌剧的男的！是个犹太人。蓄着一副八字胡。”

“他的名字叫马克·布利茨斯坦。”

“可这是很久以前的事啦。至少有十五年了。也许还要早。我知道你现在下榻一家新旅馆。叫‘战斗’。你觉得那儿怎么样？”

“挺舒适的。只是有点儿乱哄哄的，因为他们在准备开一个赌场。掌管赌场的那个人叫雪莱·济慈。起先我以为是开玩笑，可那恰巧还真是他的名字。”

“马塞尔·普鲁斯特在‘围巾’饭店干活呢，那是在那个叫舍尔歇的渔村里的一家小餐馆，供应海鲜。马塞尔是那儿的一个服务员。你对我们这儿的餐馆是不是已经感到失望了？”

“也是也不是。它们比加勒比群岛任何地方的饭馆都好，可是价钱太贵啦。”

“是啊。我说过，这儿什么都靠进口。我们这儿甚至自己都不种蔬菜。本地人太懒啦。”一只蜂鸟穿过阳台，漫不经心地在空中保持着平衡。“可我们的海味却很出众。”

“也是也不是。我从来没有见到过这么大的龙虾。简直像是鲸鱼；史前生物。我点了一份，可是却淡而无味，像吃了白粉笔似的，而且老得嚼不动，弄得整整一份都浪费了。正像加利福尼亚的水果：看上去诱人，吃起来无味。”

她微微一笑，却并不开心：“嗯，我向你表示歉意”——我后悔我不该这样信口雌黄，而且我意识到我有失礼貌。

“上个礼拜我在您那家酒店吃过午餐。在阳台上俯视游泳池的时候，我简直惊呆了。”

“怎么呢？”

“那些游泳的人。那些聚集在游泳池边的外国女士上身一丝不挂，下身也穿得很少。在您的国家，允许她们这个样子吗？近乎赤身裸体的女人在人们面前炫耀自己？”

“在酒店游泳池这么公开的场合可不行。”

“一点没错。我也觉得这儿不该纵容这种行为。不过，当然啦，我们得罪不起这些游客。你游览了我们这儿的旅游胜地了吗？”

“我们昨天去参观了约瑟芬皇后出生的房子。”

“我绝不会建议任何人去参观那个地方。那个老头子，就是那里的管理员，简直是个话匣子！他讲法语、讲英语、讲德语——可我说不上到底哪种语言他讲得更糟。真是个叫人腻烦的家伙。好像人家大老远到那儿去还不够累人似的。”

我们的蜂鸟飞走了。我们听到加勒比海国家特有的钢鼓乐队的演奏声，铃鼓声，还有醉汉合唱的歌声从远处传来（“Ce soir, ce soir nous danserons sans chemise, sans pantalons”[①]：今晚，今晚我们跳舞，不穿衬衫，也不穿裤子），这些声响提醒我们，这是马提尼克的狂欢周。

“通常情况下呢，”她说，“碰到狂欢节的日子，我就离开这个小岛。那种喧闹，那种臭味。真叫人受不了。”

我之前在计划这次马提尼克之旅的时候——我的计划中还包括三个旅伴——并不知道我们的行程会恰巧碰上狂欢节；作为一个新奥尔良人，这样的事情我可是经历得多啦。然而，马提尼克式的狂欢节却是惊人地生龙活虎，自然奔放，活力四射，仿佛是烟花厂里引爆了一颗炸弹似的。“我跟我的朋友们都挺喜爱这儿的狂欢节。昨天晚上一群不同寻常的人在街上游行：五十个男的撑着黑布伞，戴着高高的黑丝礼帽，身上装点着发出磷光的骷髅。我喜欢那些戴了金箔假发，脸上贴满金属小圆片的老太太。还有那些男的都穿着他们妻子的白色婚纱！还有数不清的孩子举着蜡烛，闪闪发光，就像萤火虫。实际上，我们差一点儿就遭了殃。我们从酒店里借了一辆小汽车，就像我们到法兰西堡来的时候一样，正当我们在人山人海中爬行的时候，一只轮胎爆了，我们顿时给手举干草叉的小红鬼团团围住了——”

夫人乐了：“没错。没错。那些小孩子都穿得像红鬼。这是几百年前的传统。”

“是的，可他们在汽车顶上活蹦乱跳。简直要把车子都踩坏了。车顶成了跳桑巴舞的地板。可是我们不能把车子扔下不管，

① 此处原文歌词为法语。

生怕这样他们就会干脆把车子全给毁啦。所以我那个最冷静的朋友——鲍勃·麦克布赖德就自告奋勇地当场把轮胎换上。问题是他穿了一身白色亚麻布新装，而他又不想糟蹋那套新衣服。”

“于是，他就把衣服脱掉了。这是个明智之举。”

“这至少是件挺有趣的事啊。你瞧这麦克布赖德，他原本是个挺严肃的人，这时身上脱得只剩下内裤，在狂欢节那疯狂的漩涡中设法更换一只轮胎，还有那些小红鬼，不停地用干草叉戳他。幸亏啊，那些干草叉是纸做的。”

“可是麦克布赖德到底还是换成了。”

“要是他没换成，我就不知道我还能不能上您这儿来尽情享受您的款待了。”

“出不了什么事儿的。我们可不是一个残暴的民族。”

“对不起。我的意思不是说我们当时有危险。只是说——呃，有些滑稽。”

“苦艾酒？来一点儿[①]？”

“来一点儿吧。谢谢您。”

那只蜂鸟又飞了回来。

“您的朋友，那位作曲家？”

“马克·布利茨斯坦。”

“我一直在想。他有次到我这儿来吃晚饭。是德兰太太带他来的。那天晚上斯诺登勋爵也在这儿。跟他一起的还有他的叔父，就是那位英国人，马斯蒂克岛上所有房子都是他盖的——”

“奥利弗·梅塞尔。”

---

① 此处原文为法语 un peu。

“没错。没错。那时我的丈夫还在世。我丈夫对音乐很有鉴赏力。他请你的朋友演奏钢琴。他弹了几首德国歌曲。”这时，她站立着，来回踱步，我发现她的体态是多么的优美，从那身薄薄的镶着花边的巴黎款式的绿色衣装里，隐隐透出身形轮廓，看上去是那般优雅。“我还记得这些，不过已经记不起他是怎么死的了。是谁干的？”

这一阵子，那面黑镜子一直就搁在我的大腿上，我的眼睛又一次向它的深处窥探过去。我们的激情总是把我们带向奇异之境，总是紧紧地驱赶着我们，把我们不想去做的梦、不愿接受的命运强加给我们。

“两个水手。”

“是这儿的吗？是马提尼克的？”

“不是。是港口里一条船上下来的两个葡萄牙水手。马克·布利茨斯坦在一家酒吧遇见了他们。当时他正在这儿写一部歌剧，他租了一所房子。他把他们带到了家里——”

“我还记得清清楚楚。他们抢走了他的东西，然后狠狠揍他，把他给打死了。真是可怕极了，那是一场叫人毛骨悚然的悲剧。”

“一次悲剧性的意外。”那面黑镜子在嘲笑我：你为什么这么说？那不是什么意外。

“可是我们的警方抓住了那两个水手。他们受到了审判，判了刑，押到圭亚那的监狱。我不知道他们是否还关在那儿。我可以问问波洛。他也许知道。毕竟他是上诉法院的首任院长呢。”

“这真的无关紧要啦。”

“无关紧要！那两个歹徒就该把他们押上断头台。”

“是啊。要是我看到他们在海地的田野里工作，给咖啡树捉虫，我是不会介意的。”

我从那面镜子恶魔似的光亮中抬起视线，看到我的女主人暂时从阳台又回到了她那间阴暗的客厅。一组钢琴的和弦回响着，接着是另一组和弦。夫人在漫不经心地弹奏着同一支曲调。不久，那些音乐爱好者们便聚拢过来，这些猩红色的、绿色的、淡紫色的变色龙，这群听众在陶土阳台的地板上排列成行，好似一种对乐曲音符的书写改编，一幅莫扎特音乐的马赛克镶嵌画。

事已至此

(1979)

地点：加利福尼亚圣昆廷监狱里一间高度戒备的牢房。牢房里有一张单人床，这张床的永久使用者——罗伯特·博索莱伊和他的探视者不得不相当拥挤地同坐在床上。牢房很干净，很整洁；角落里放着一把吉他，上面的蜡打得很光亮。但在这个冬日的下午，天色已经有点晚了，空气中飘荡着一股寒意，甚至像是有一丝雾气，仿佛是从圣弗朗西斯科湾袭来的海雾渗入到这个监狱里面。

尽管寒风习习，博索莱伊还是连一件衬衫也没穿，只穿了一条监狱发放的牛仔长裤，但显然他对自己的外貌很满意，尤其是他的体型：他体态轻盈，像猫一样优雅，身材健美，而他已经幽闭在这个地方有十年多了。他的胸膛与手臂上纹满了各式各样的刺青图案：飞腾的巨龙，盘绕的菊花，躯体展开的蟒蛇。有人认为他英俊得无与伦比；的确如此，但却是那种度假村里的男妓风格。不出所料，他小时候就是个演员，在几部好莱坞的电影中露过脸；后来，他一度是肯尼斯·安格尔——先锋派制片人(《天蝎星升起》)和作家(《好莱坞巴比伦》)的门徒；事实上，安格尔曾让他主演一部未完成的电影作品——《撒旦叛乱》里的同名角色。

罗伯特·博索莱伊现年三十一岁，是查尔斯·曼森团伙中真正的神秘人物；说的更准确些——这一点在之前有关这个团伙的记述中从未被明确提出过——若要解开所谓的曼森家族所犯下的那些杀人狂欢之谜(尤其是莎朗·塔特—洛·比安科凶杀案),他才是那个关键人物。

一切始于加里·欣曼谋杀案,他是个中年职业音乐家,此前同曼森家族里的几个成员交上了朋友,而且不幸的是,他一个人住在洛杉矶县托潘加谷的一间与世隔绝的小屋里。欣曼被捆绑折磨了好几天(他的一只耳朵被剜了下来,除此以外还受到了其他的各种羞辱),直到这时他们才仁慈地、一了百了地割破了他的喉咙。后来等警察发现欣曼的时候,他的尸体已经浮肿,上面嗡嗡地飞着一群八月的苍蝇,他们还发现了他陋舍的墙上用血迹写的涂鸦("肥猪去死!")——这涂鸦与不久以后在塔特小姐和洛·比安科夫妇家发现的很像。

然而,就在塔特与洛·比安科凶杀案事发前几天,罗伯特·博索莱伊在开车的时候被捕入狱,因为这车是受害者的生前财产,他因谋杀无助的欣曼先生而遭到指控。就在这时,曼森和他的朋友们满心希望能够解救博索莱伊,于是想到一个点子,就是制造一系列与欣曼案件类似的命案;如果博索莱伊在这些谋杀案发时仍然关在狱中,他又怎能对欣曼犯下滔天罪行呢?或者说,至少曼森家族是这样推理的。也就是说,正是出于对"博比"·博索莱伊的深爱,泰克斯·沃森和那些杀人不眨眼的年轻女士——苏珊·阿特金斯、帕特里西亚·克伦温科、莱思莉·范·胡滕——才踏上了邪恶之旅。

罗伯特:挺奇怪吧。博索莱伊。这明明是个法国人的名字。我的名字是法语。意思是美丽的太阳。操。在这里面没人能看见什么太阳。听那雾角的声音。就像火车的汽笛。呜，呜。在夏天还要糟糕。也许是夏天比冬天的雾大吧。说什么天气。操他妈的。我哪儿去不了。但是你听。呜，呜。你今儿个在忙什么？

我：就在这儿转转。跟希尔汗聊了几句。

罗伯特（笑了起来）：希尔汗 · B。希尔汗。我是在给他们带到法庭审讯的时候认识的他。他有病。他不该来这儿。他应该是在阿塔斯卡德罗。来不来点口香糖啊？是的，嗯，看来你对这儿很熟悉。我在院子里一直看着你。我很奇怪，狱警允许你一个人在院子里走动。有人会宰了你的。

我：为什么呢？

罗伯特：就图个好玩儿呗。但是你经常到这儿来，对吧？有些人总跟我说起。

我：大概有六次吧，都是做不同的研究项目。

罗伯特：这儿就是有一样玩意儿我从没见过。我就想见识一下那间苹果绿的小屋子。他们在欣曼案件上不由分说给我定罪，我被判了死刑，嗯，他们把我在死牢里关了好一阵子。一直关到法庭废除死刑为止。所以我那时总是对那间小绿屋很好奇。

我：实际上，那里更像是三间房。

罗伯特：我以为会是个很小的圆形房间，中间有一个玻璃密封的圆顶小屋，就像冰屋，里面有窗户，好让旁人站在外面也能看到那些家伙给那桃子香水活活呛死。

我：没错，那就是毒气室。但当囚犯被从死囚室带过来的时候，他是从楼梯上直接走下来的，走进一个紧挨观察室的“看押”室。这个“看押”室有两间牢房，两间，以备有两人同时行刑所需。它们都是普通的牢房，就跟这间差不多，行刑前的那个晚上，囚犯就在这里过夜，读书，听收音机，与狱警打牌，第二天早晨，他们就会被处决。但我发现有件事情挺有意思的，那个小套间里面还有第三间房。就在紧挨着“看押”室的一扇紧闭的门后面。我推开门，走了进去，那里的门卫没有一个人上来阻拦我。这是我见过的最难以忘却的房间。因为你知道里面是什么吗？所有的遗物，所有的随身物品，全是那一个又一个被定罪的人在“看押”室里随身带着的。书籍。《圣经》和平装的西部小说、厄尔·史丹利·加德纳、詹姆斯·邦德。发黄的旧报纸。有些已经有二十年之久了。还有没做完的猜词游戏。没有写完的书信。心上人的快照。模糊、破碎的柯达照片上的小孩。真可怜。

罗伯特：你见过有人被毒死吗？

我：见过一次。但他却是视同儿戏。他很高兴能上路了，他想要一了百了；他坐在那把椅子上，就像是等待牙医给他做牙齿清洁理疗。但是在堪萨斯，我见过两个人被绞死。

罗伯特：佩里·史密斯？还有一个叫什么名字来着——迪克·希科克？嗯，绳子一拉直，我猜他们就没什么感觉了。

我：别人也是这样对我们说的。但是吊在绞架上面以后，他们还在喘气——十五分钟，二十分钟。极力挣扎。苟延残喘，身体还在做求生的抗争。我不能自已，吐了出来。

罗伯特：你大概还不够镇定，对吧？你看上去挺镇定的样子。那希尔汗有没有抱怨被关在特别监管室呢？

我：有点吧。他很孤单的样子。他想和其他的囚犯关在一起，加入到群体中去。

罗伯特：他真是不识好歹。要是在外面，别人非宰了他不可。

我：此话怎讲？

罗伯特：跟他杀肯尼迪的理由一样。为了出名呗。一半的人杀人，他们就是想着：这样可以出名了。这样的话，他们的照片就能见报了。

我：这可不是你杀加里·欣曼的理由啊。

罗伯特：（沉默）

我：那是因为你和曼森想让欣曼把钱和车给你们，但是他不愿意这么做——于是……

罗伯特：（沉默）

我：我在想，我认识希尔汗，我也认识罗伯特·肯尼迪。我认识李·哈维·奥斯瓦尔德，我也认识杰克·肯尼迪。这该有多巧啊——一个人同时认识这四个人——真让人吃惊。

罗伯特：奥斯瓦尔德？你认识奥斯瓦尔德？真的吗？

我：我就是在他叛逃之后，在莫斯科碰见的他。一天晚上，我正和一个朋友一起吃饭，他是一家意大利报纸的记者，他过来接我时，问我介不介意先和他去跟年轻的美国叛逃者李·哈维·奥斯瓦尔德谈几句。奥斯瓦尔德当时正待在“大都会”，那是一家沙皇时代的老酒店，就在克里姆林广场的附近。大都会的厅堂很大，也很阴暗，都是黑影，还有枯死的棕榈树。他就在那儿，坐在一棵枯死的棕榈树下。他身材纤瘦，肤色苍白，嘴唇很薄，看上去饿极了的样子。他穿着斜纹棉布裤和网球鞋，还有一件伐木工式的短茄克衫。他马上发火了——咬牙切齿，眼睛往各个方向转动。他对一切都是怒火中烧的样子：对美国大使；还有俄国人——他恨透了这帮家伙，因为他们不同意让他留在莫斯科。我们大约跟他聊了半个小时，我那位意大利朋友觉得这个人身上没什么值得写的地方。不过又是一个偏执人格的癔症患者罢了；莫斯科的森林里随处可见这样的货色。我再也没有想起过这个人，直到多年以后。直到暗杀发生以后，我才看见他的照片在电视上一闪而过。

罗伯特：这是不是就让你成了唯一一个同时认识他们俩的人？我说的是奥斯瓦尔德和肯尼迪。

我：不是。还有一个美国女孩儿，普里西拉·约翰逊。她在莫斯科合众社供职。她认识肯尼迪，差不多跟我在同样的时间见过奥斯瓦尔德。不过我可以告诉你一些同样令人好奇的事情。关于被你朋友谋杀的一些人的事。

罗伯特：（沉默）

我：我认识他们。那天晚上在塔特家里被杀的五个人，我至少认识其中的四个。我在戛纳电影节上见过莎朗·塔特。杰伊·西布林为我理过几次发。我有一次在圣弗朗西斯科与阿比盖尔·福尔杰和他的女友弗莱克斯基一起吃过午饭。换句话说，他们几个人，我单独都认识。然而一天晚上，他们聚在一起，聚在同一间屋子里，等着你的那几个朋友来。真是巧合。

罗伯特（点了一根烟，笑了）：知道我想说什么吗？我想说，认识你可真不走运啊。妈的。你听。呜，呜。我很冷。你冷不冷？

我：那你为什么不把衬衫穿上？

罗伯特：（沉默）

我：这文身真是挺奇特的啊。我跟几百个被判刑的谋杀犯谈过话——大多数都是多重谋杀案的案犯。他们唯一的共性是，在每个人身上我都可以发现文身。这些人当中，有百分之八十以上文身的地方还挺多。理查德·斯派克。约克和莱瑟姆。史密斯和希科克。

罗伯特：我要穿上毛衣。

我：如果你不在这里，如果你可以去你想去的地方，做你想做的事情，你会去哪里，会做什么呢?

罗伯特：旅游。开着我的本田车，沿着海岸路边一路轰鸣，急转弯，波涛，充足的阳光。开出圣弗朗西斯科，直奔门多西诺，驾车穿越一片红色森林。我会做爱。我会在海滩上，在一堆篝火旁边做爱。我会放着音乐，跳着舞，吮吸着上好的阿卡普尔科金大麻，望着太阳落山。往火里扔一些浮木。有好妞儿上，有好乱炖吃。就这么一路开下去。

我：你也可以在这里弄到乱炖。

罗伯特：还有其他的所有东西。任何的毒品——花钱就能买到。除了滑板上以外，这里任何东西上面你都可以看到男的。

我：这是不是你被捕前生活的样子？就是旅行？你难道没有工作吗?

罗伯特：有过。我在几家酒吧弹过吉他。

我：我知道你那玩意儿挺厉害的。你是个闺房的统治者。你当过多少孩子的父亲?

罗伯特：(沉默——但耸肩，咧嘴笑，抽烟)

我：你这儿有把吉他，我很惊讶。有些监狱不允许把吉他带进来，因为吉他弦可以拆下来当做武器。绞索。你弹了多久的吉他?

罗伯特：噢，从小就开始弹了。我是那种好莱坞童星。我演过几部电影。但是我家里人却持反对意见。他们都是些很正经的人。反正，我从未对演戏有过兴趣。我只想作曲，然后自弹自唱。

我：那你与肯尼斯·安格尔合作的电影——《撒旦叛乱》是怎么回事？

罗伯特：哦。

我：你与安格尔磨合得怎样？

罗伯特：还行。

我：那为什么肯尼斯·安格尔在他的脖子上挂着吊链，有一面的图像是你；另一面，是一只青蛙的图案，还配有一行字："博比·博索莱伊被肯尼斯·安格尔变成了一只青蛙。"这可以说是个巫术护身符。他往你身上施了魔咒，因为据说你把他给坑了。半夜开着他的车跑掉了——还拿走了其他一些东西。

罗伯特（眯着眼）：他跟你说了？

我：没有，我没有见过他。但别人告诉我了。

罗伯特（伸手去够吉他，调音，轻轻地拨弄琴弦，唱了起来）："这是我的歌，这是我的歌，这是我忧郁的歌，忧郁的歌……"每个人都想知道我跟曼森是怎么搞到一块儿去的。就是通过音乐。他也弹一点吉他。有天晚上，我带着一群娘儿们四处兜风。嗯，我们到了这家旧旅馆，喝啤酒的地方，外面停了许多车。我们就这么进去了，查理在那儿，还带着一些娘儿们。我们聊天，一起弹琴；第二天，查理到我的货车里找我，我们所有人，他的人跟我的人，就一起在外面露营。兄弟姐妹。一家人。

我：你把曼森当头儿看吗？你有没有觉得很快受到了他的影响？

罗伯特：见鬼吧，才不呢。他有他的人，我有我的人。要说受影响的，是他才对。受我的影响。

我：他被你吸引了。对你迷恋得很。他就是这么说的。看来你对很多人都有过影响，男男女女。

罗伯特：该发生什么，就让它发生吧。没什么不好。

我：你认为滥杀无辜对吗？

罗伯特：谁说他们无辜？

我：嗯，我们回头再说这个吧。但是眼下：你自己的道德观是什么？你如何区分好与坏？

罗伯特：好与坏？全是好的呀。一旦发生，它就是好事儿。要不然，就不会发生了。生活就是以这种方式在流淌。一切都在运动。我跟着它一起动。没什么好去质疑的。

我：换句话说，你不会去质疑谋杀的行为。你觉得它“好”，是因为它“发生了”。合情合理，无可非议。

罗伯特：我有我的正义观。我按照我自己的原则去行事。我对这个社会的法则不尊重。因为这个社会对它自己的法则就不尊重。我创立了自己的法则，依此行事。我有我自己的一套正义观。

我：那你的正义观是什么？

罗伯特：转过去的会转回来。上去的会下来。生活就是这样流动，我就跟着它一起流动。

我：你的话没有什么意义——至少我没听出来。我觉得你不傻。我们再说一遍。你觉得，曼森派泰克斯·沃森和那些女的到那间屋子里，去屠杀素不相识的人，那些无辜的人，这对吗——？

罗伯特：我说了，谁说他们无辜？莎朗·塔特和那帮人，他们做毒品交易把别人害惨了。他们把斯特里普大街上的小孩弄来带回家，用鞭子抽。把这个拍成电影。你去问警察；他们发现了那部片子。不过他们可不会告诉你真相。

我：可真相是，洛·比安科一家，莎朗·塔特还有她的朋友为了保护你，都丧命了。他们的死与加里·欣曼有着直接关系。

罗伯特：我听明白了。我明白你要说什么了。

我：那些都是欣曼谋杀案的翻版——为了证明你不可能去杀欣曼。以此放你出狱。

罗伯特：放我出狱。（他点了点头，笑了笑，又叹了一口气——感觉受到了恭维）这些话没有在任何一场审判上说出来过。那几个女的站在台上，真的是一个劲儿地说这一切归根到底是为什么，可就是没人去听。大家除了相信媒体的话，不会相信任何话。媒体找他们录节目，让他们相信，发生这一切，全是因为我们在图谋搞一场种族战争。也就是说这些讨厌的黑鬼到处去伤害那些善良的白人。只是——其实就你说的才对。那些媒体，他们把我们叫做“家族。”这是他们说得唯一正确的话了。我们是一家人。我们是母亲、父亲、兄弟、姐妹、女儿、儿子。如果我们家有人遇到危难，我们不会抛下他不管。对于兄弟的爱也是这样。一个兄弟以谋杀的罪名入狱，所有的杀戮就随之而至。

我：你对此并不后悔吗？

罗伯特：不后悔。如果是我的兄弟姐妹干的，那就是没什么不好的。生命中任何一件事情都是好事儿。它们都在流淌。它们都是好事儿。它们都是音乐。

我：你被关进死囚区那会儿，如果你被迫要顺流漂进毒气间，吸一口桃香气，你会不会给这件事盖上你那颗认同的印章？

罗伯特：要是事情到了这份田地。那所有发生的事情就都是好事儿。

我：战争、饥饿的儿童、疼痛、残暴、失明、监狱、绝望、冷漠，这些也全都是好事儿？

罗伯特：你这么看着我是什么意思？

我：没什么。我是在观察你的面部有没有什么变化。有一刻，你的脸稍稍转过一丁点角度，你看上去就有了孩子气，完全是天真无邪，让人迷恋。可下一刻——嗯，你简直就像是四十二街的撒旦。你看过《荒林艳骨》吗？罗伯特·蒙哥马利出演的老电影？没看过？好吧，这部电影讲的是一个快乐的年轻人，顽皮，看上去一脸天真无邪，他旅行到了英国乡村，遇到几个充满魅力的老妇人，然后砍下她们的头颅，把头颅放在皮帽盒里，带着一起走。

罗伯特：这跟我有什么关系？

我：我在想——要是这部电影翻拍一下，要是让它美国化一些，把蒙哥马利的角色换成年轻的流浪汉，淡褐色的眼睛，沙哑的嗓音，你演这个角色倒是不赖。

罗伯特：你是不是想说我心理变态？我可不是疯子。要是我非使用暴力不可，我会用的，但是我不赞成去杀人。

我：那我一定是聋了。是我听错了吗，难道不是你刚告诉我一个人对他人犯下的滔天罪行没什么要紧的吗，这是好事儿，全都是好事儿？

罗伯特：（沉默）

我：告诉我，博比，你对自己怎么看？

罗伯特：一个被定罪的人。

我：那除此以外呢。

罗伯特：一个男人。一个白人。一个白人所代表的一切。

我：没错，有一个看守告诉我，你是雅利安兄弟会的头目。

罗伯特（带着敌意）：你对兄弟会知道些什么？

我：这个组织由一帮不讲情面的年轻白人组成。某种程度上是个有着法西斯思想的兄弟会。创办于加利福尼亚，遍布美国监狱系统，东南西北。监狱负责人把这个组织视作是危险、惹祸的帮派。

罗伯特：男人必须得自卫。我们人少。你不知道这里有多危险。我们害怕彼此胜过我们害怕这里的那群猪。如果你不想背后给人捅刀子的话，你每一秒钟都得提心吊胆。黑人，还有墨西哥裔美国人，都有各自的帮派。印第安人也是一样；或者应该叫"美国原住民"——这些红鬼就是这么称呼自己的：真是好笑！是的，危险。种族对立、政治、毒品、赌博和性，全赶在一块儿了。这些黑人确实是对白小子有"性趣"。他们想要把黑乎乎的大肉棒塞进那些夹得紧紧的白花花的屁股里。

我：你有没有想过你会怎么度过人生，如果有可能保释出狱的话？

罗伯特：这是一条我看不到尽头的隧道。他们不会放了查理的。

我：我希望你是对的，我觉得你也是对的。但说不定你有朝一日会被保释。或许比你想象的还要提前。然后呢？

罗伯特（拨弄吉他）：我想录一些我自己的音乐。在广播里播放。

我：这也是佩里·史密斯的梦想。同样也是查理·曼森的梦想。也许除了纹身之外，你们几个人还有更多的共同之处。

罗伯特：这话你不要说出去，查理没有什么才华。（弹奏着和弦）"这是我的歌，我忧郁的歌，我忧郁的歌。"我十一岁的时候拥有了我的第一把吉他；是在我祖母的阁楼找到的，然后就自学弹奏，从此以后，我就对音乐痴狂。我的祖母是个慈祥的女人，她的阁楼是我最喜欢去的地方。我喜欢躺在那里，聆听雨水的声音。或者是等我爸拿着皮带四处找我的时候，我就藏在那里。妈的。你听到了吗？呜，呜。能让你疯掉。

我：听我说，博比。认真回答。假如，你离开这里之后，有人过来找你——比如说查理——他让你犯一次罪，杀一个人，你会这么干吗？

罗伯特（又点了一根香烟，抽了一半之后）：我或许会吧。看情况。我绝不是有意……有意……要去伤害加里·欣曼。但是事情一旦发生。就接二连三了。然后就一发不可收拾了。

我：都是好事儿。

罗伯特：都是好事儿。

手刻棺材

一起美国犯罪案件的非虚构描述

（1979）

1975 年 3 月。

这是西部某个小州的一座城镇。镇子周围有许多大农场和饲养牲口的大牧场。镇上居民不到一万，有十二个教堂和两家餐馆。还有一家影院，尽管十年未曾放映过一部影片，依然坐落在主街之上，荒凉阴郁。这儿也曾有过一家酒店，不过也已经关门。如今游客唯一能在此投宿的地方，只有“牧场汽车旅馆”了。

这家汽车旅馆很干净，房间供暖系统也很不错；你对这里也只能说这些了。有个人已经在此居住了快五年的时间。此人名叫杰克·佩珀，现年五十八岁，妻子去世了，有四个儿子，都已长大成人。他身高五英尺十英寸，身体很棒，比他的实际年龄看上去要年轻十五岁。他的长相朴实而俊朗，一双眼睛蓝得像是长春花，薄薄的嘴唇总是抽搐，样子很奇怪，有时看上去像是在笑，有时又不像。他之所以看起来这样年轻，其秘诀不是因为他消瘦，不是因为他胖乎乎的面颊像熟透的苹果，也不是因为他笑的时候很顽皮、很神秘；而是因为他的头发看上去像是谁家的娃娃弟弟：一头暗色金发，剪得很短，额前翘起的刘海很不听话，他不能把它梳平，只能用水把它浸湿后抹下去。

杰克是一名警探，在州调查局供职。我们第一次见面，是通过一位我们相互都很熟悉的朋友介绍，我那个朋友也在另一个州当警探。1972 年，杰克给我写了一封信，说他正在处理一桩谋杀案，他觉得我可能会对此感兴趣。于是我给他打了电话，我们一谈就谈了三小时，对于他要告诉我的这件事儿，我很感兴趣，可是当我提出要去那里亲自调查一番情况时，他却变得有些惊慌；他说这样做为时过早，可能会危及他的调查工作，不过他答应我，会不断地告诉我案情的进展情况。此后的三年，我们每隔几个月就互通几次电话。案情就这样一直发展，其脉络就像是老鼠洞里的迷宫一般错综复杂，终于似乎是陷入了僵局。最后，我对他说：就让我去你那儿查个究竟吧。

就这样，三月里一个寒冷的夜晚，我与杰克坐到了一起，就在这家荒凉的西部小镇郊外的汽车旅馆房间里，外面是凄风冷雨。事实上，房间里舒适又惬意；毕竟，这五年来，杰克一直时断时续地住在这里，这地方已经成了他的家，他还做了一个书架，把家人的照片摆放在上面，有他的儿子和孙子们，还放了几百本书，大部分都与美国内战有关，而所有这些书都是一个有智慧的人精心挑选的：他偏爱狄更斯、梅尔维尔、特罗洛普和马克·吐温的作品。

杰克盘腿坐在地板上，旁边放着一杯波旁威士忌，面前摆着个棋盘；他心不在焉地移动着棋子。

我：对于这起案件，看起来没人知道其中的内情，因为几乎就没怎么报道宣传，真是挺奇怪的啊。

杰克：这是有原因的。

我：我一直就没理顺这里面的来龙去脉，就像是拼图游戏里的拼图少了一半似的。

杰克：那我们从哪儿说起呢？

我：就从头说起吧。

杰克：你到那个办公桌那儿去。看看最底下那层抽屉。瞧见里面那个小硬纸盒了吗？看看盒子里面放的是什么吧。

（我发现盒子里有个小棺材，用香脂木刻成，制作精巧。虽然没有装饰，但打开棺材的合页盖一看，棺材里面居然有件东西。那里面放着一张照片——一张随意的抓拍快照，上面是两个中年人——一男一女——过街时的情景。这并非一张摆好造型拍摄的照片，你可以感觉得到，被抓拍的对象并未发觉自己被偷拍了。）

那个小棺材，我猜或许就可以称之为这起案件的开头吧。

我：还有那张照片呢？

杰克：那上面是乔治·罗伯茨和他的妻子阿米莉娅·罗伯茨。

我：罗伯茨夫妇。应该就是第一对受害者了。罗伯茨先生是位律师对吗？

杰克：没错，是位律师。有天早上（准确地说：是 1970 年 8 月 10 日），他收到一件邮递的礼物，也就是那个小棺材，还有里面那张照片。罗伯茨是个逍遥自在的人。他把小棺材拿给法院大楼周围的一些人看，那架势，就好像这只是个玩笑。一个月后，乔治和阿米莉娅就被人给杀害了。

我：你们是过了多久赶到案发现场的呢？

杰克：立马就赶过去了。人们发现他们出事一个小时之后，我就同调查局另外两名警探一起赶到了现场。我们到那儿的时候，两具尸体仍然在车内，杀死他们的毒蛇也在里面。那番情景我永远都不会忘记。永远不会。

我：接着说下去吧，描述得准确些。

杰克：罗伯茨夫妇膝下无子，也没有与人结怨。大伙儿都挺喜欢他们的。阿米莉娅给她丈夫当秘书。他们只有一辆小轿车，总是一起开车去上班。出事那天上午，热得要命。他们出了门，准备上车的时候，发现所有的车窗都给摇了起来，所以我想他们那时一定很吃惊。然后呢，他们各从各的车门上车。可等他们一上车——刷！盘成一团的响尾蛇就像闪电一样向他们袭了过来。我们发现车里一共有九条大响尾蛇。全都注射过安非他命①；它们发狂地在罗伯茨夫妇身上到处乱咬：脖子、手臂、耳朵、脸腮、双手。他们的头肿得很大，就像万圣节的南瓜给涂成了绿色。二人几乎肯定当场就毙命了。希望如此。我真的只有这一个希望。

我：可响尾蛇在附近一带并不怎么常见啊，特别是这么粗的。这些蛇想必是从别处弄来的吧。

杰克：没错，是从得克萨斯州诺加利斯的一个养蛇场弄来的。

（屋子外面，地面上满是一道一道的雪壳；春天还遥不可及——凛冽的寒风鞭笞着窗户，宣告冬天依然与我们同在。然而在我的脑海里，比起响尾蛇那揪心的格格摇尾声，大风的声音只算得上是喃喃低语了。我看见烈日下恐怖的小轿车，里面是盘作一团的毒蛇，让人的头颅变成了绿色，随着毒性发作逐渐肿胀。我在聆听大风的声音，好让这大风将这些画面吹散。）

① 安非他命是刺激剂的一种，能够增加人的机敏性，暂时减轻疲劳感并增加攻击性。

杰克：当然，巴克斯特夫妇是否也收到过这样的小棺材，我们就不得而知了。我确信他们收到过，不然就不符合作案模式了。但是，他们从未提起收到过小棺材的事儿，我们也从未发现有任何的蛛丝马迹。

我：说不定是在那场大火中被烧掉了呢。当时不是还有一对夫妇跟他们在一块儿吗？

杰克：你说的是霍根夫妇吧，他们从塔尔萨来，是巴克斯特的朋友，正好经过这儿。凶手倒不是有意要杀死他们。这是个意外。

喏，事情是这样的：巴克斯特夫妇正在修建一所别致的新房。而真正完工的那部分只有地下室，其他部分都还在施工中。罗伊·巴克斯特是个有钱人；在新房施工期间，他原本租得起整个汽车旅馆，但他却偏偏要住这个地下室，而进入房间的唯一入口就是一个活板门。

那是十二月的时候——在那起响尾蛇凶杀案事发之后的三个月。我们可以确信的是：巴克斯特夫妇邀请霍根夫妇从塔尔萨到这儿来，跟他们一起在地下室过夜。而就在天亮前不久，地下室突然起火，火势大得匪夷所思，四人全部葬身火海，可以毫不夸张地讲：化为了灰烬。

我：可他们难道不能从活板门那儿逃走吗？

杰克（嘴唇抽搐了一下，鼻子轻蔑地哼了一声）：开玩笑吧，当然不能啦，那个纵火犯、杀人犯，他早已用大水泥块从上面把活板门给压住了。就是金刚来了也挪不动。

我：可是纵火案与响尾蛇案之间肯定存在某些联系啊，这是明摆着的嘛。

杰克：现在这样讲当然容易咯。可那时我他妈要是把两件事儿联系在一块儿就好了。我们有五个人办理此案；我们对罗伯茨夫妇、巴克斯特夫妇和霍根夫妇的了解比他们对自己的了解还多。我敢打赌，罗伯茨决不知道他的妻子十五岁那年曾经生过一个小孩儿，后来交给别人领养了。

当然咯，这个巴掌大的一块小地方，每个人都多少知道一点儿别人的底细。但是，我们却发现不了什么事情能把这些受害者联系在一起，也找不到任何动机。为什么有人想要杀害这些人，没有任何理由，我们找不出任何理由。(他端详着棋盘，点起一只烟斗，抿了一小口波旁威士忌)所有这些受害者对我来说都是陌生人。命案发生之前，我没有听说过有关他们的任何事情。但是，接下来的一个受害者却是我的一位朋友——克莱姆·安德森。他是第二代美国籍挪威人；他继承了父亲在这儿留下的一座牧场，那是一片辽阔美丽的土地。我们曾经在同一所大学念书，尽管他读大一的时候，我已经在读大四了。他与我的前女友艾米结成了夫妻，她是个好女孩儿，也是我所见过的女孩儿里面，唯一一个眼睛是淡紫色的，就像是一块紫水晶。有时，当我喝得醉醺醺的时候，我就会说起她，还有她那淡紫色的眼睛，而我的妻子却觉得一点儿也不好笑。反正，克莱姆和艾米结了婚，婚后在这儿安了家，养了七个孩子。克莱姆遇害的前一天晚上，我在他们家吃的饭，艾米还说她一生中唯一的遗憾就是没能再多生几个孩子。

但我和克莱姆一直经常见面。他有个狂放的嗜好，就是总喜欢喝得醉醺醺的；但是他处事很精明，他教了我关于这个城镇的很多事。

有天晚上，克莱姆打电话给我，说是要到我这个汽车旅馆来，声音听上去挺古怪的。他说他立马就要见我。我说那就来吧。我当时还以为他喝醉了，其实不然——他是给吓住了。你知道是怎么回事儿吗？

我：圣诞老人送了他一件礼物。

杰克：是啊，可你瞧，他竟不知道这礼物是什么，也不知道这意味着什么。那个小棺材及其与响尾蛇凶杀案可能存在的关联从来都没有公诸于众。我们一直都在保密。我跟克莱姆从来就没提起过这件事儿。

于是，他来到我这间房以后，取出一个小棺材给我看，跟罗伯茨收到的那个一模一样，这个时候，我就知道我的朋友处境十分不妙了。小棺材是通过邮寄递到他手上的，装在一个盒子里，外面又套了一层牛皮纸包装；那是件匿名包裹，上面用印刷体写着他的姓名和地址，用的是黑墨水。

我：里面有他的照片吗？

杰克：有。这事儿我得细说，因为这张照片与克莱姆死的方式有很大关系。实际上，凶手是想用这张照片戏弄一番克莱姆，狡猾地暗示他会是怎么个死法。

照片中的克莱姆坐在一辆吉普车上，这是他自己发明的古怪车子。车上既没有顶棚，又没有挡风玻璃，没有任何东西可以保护开车的人。这车其实就是一个安有四个轮子的引擎。他说他此前从来都没有见过这张照片，也想不起来是谁拍的，什么时候拍的。

这时我面临一个两难抉择。我究竟该不该告诉他实情呢？告诉他罗伯茨一家在他们遇害之前，也收到过一个类似的小棺材，还有巴克斯特夫妇也有可能收到过？某种程度上，不告诉他，说不定还好一些：换句话说，要是我们严加监视，兴许他还可以帮我们查出真凶呢，因为没有意识到他所处的危险，他说不定还能更轻松地做到这一点呢。

我：但是，你还是决定告诉他了。

杰克：是的。因为，在掌握了这第二个小棺材以后，我就可以确信这些凶杀案是有关联的。我觉得克莱姆一定得知道答案。他一定得知道。

可等我向他解释了收到小棺材意味着什么的时候，他竟然昏厥了过去。我只好扇他的耳光。后来，他就像个小孩儿似的，躺在床上哭了起来："有人要杀我。为什么？为什么啊？"我对他说："没有人能杀的了你，我可以向你保证。但是想想吧，克莱姆！你与那些已经遇害的人之间有什么共性呢？这其中肯定会有。也许只是些很不起眼的共性。"但他只是说："我不知道，我不知道啊。"我逼着他喝酒，直到他醉得不行，方才睡着。他就在我这儿过了一夜。第二天早上，他就比较平静了。但是他还是想不出来，他跟那些案件之间会有什么联系，也不明白他在什么方面符合选择作案的模式。我告诉他，不要同任何人谈论小棺材的事，哪怕是他的妻子；我还告诉他，不用担心——我甚至还找来了另外两名警探负责照看他。

我：那个刻小棺材的人是隔了多久才开始动手的？

杰克：噢，我估计他准在自得其乐呢。他就这样一直戏弄着克莱姆，就像渔夫把鳟鱼放在钵子里，怎么样也逃不出去。调查局后来召回了那两名警探，到后来，连克莱姆似乎也不再理睬这事儿了。六个月过去了。艾米打电话给我，邀请我过去吃晚饭。那是个闷热的夏夜。空中满是萤火虫。几个孩子嬉戏追逐着在捉萤火虫，把捉到的萤火虫放进罐子里。

我离开时，克莱姆陪我出来，一直走到我的汽车旁。一条狭窄的小河沿着汽车停靠的那条小路流过，克莱姆说：“要说有什么联系，有一天我忽然想起来了，就是这条河。”我问他是什么河，他说：“就是这条从我们身边流过的河。这事儿有点复杂。或许还挺荒唐的。下次，我跟你见面的时候再跟你说吧。”

当然，我永远都没有再见到他。至少是他还活着的时候。

我：看来，他好像已经偷听到了你们的谈话。

杰克：哪个他？

我：圣诞老人啊。我是说，那几个月都相安无事，可克莱姆·安德森一提到这条河，就在他说会告诉你为什么会突然想到这条河的第二天，凶手就动手了，这事儿难道不蹊跷吗？

杰克：你的胃坚强吗？

我：还好吧。

杰克：我给你看几张照片吧。不过你最好给自己倒杯烈酒。你会用得上的。

（照片共有三张，都是夜里用闪光灯相机拍的黑白照。头一张里面是克莱姆·安德森自制的吉普车，车身已经翻倒在牧场的窄路上，前灯还亮着。第二张里面是一具无头尸体，横尸在这条路上：尸体穿着靴子、李维斯牌牛仔裤，还有一件羊毛夹克衫。最后一张里面是这名受害者的人头，恐怕只有用切纸的铡刀或是熟练的外科医生才能切得这般干净利落。人头遗弃在树叶中，就好像是有人搞恶作剧扔在那儿似的。克莱姆·安德森的眼睛是睁开的，可看起来却并不像是断了气的样子，而是那样平静安详，要不是他前额上参差不齐的伤口，他的脸看上去是那样气定神闲，如同他那双纯真的、挪威人的浅色眼睛一样平静，丝毫没有暴力的印记。我在审视这些照片的时候，杰克在我的肩头俯下身来，同我一起看着。）

杰克：当时已近黄昏，艾米正等着克莱姆回家吃晚饭。她让她的一个孩子去大路上等他。正是这孩子发现了克莱姆。

他先是看到翻倒的车子，接着在一百码远的地方，又发现了尸体。这孩子飞快地跑回家中，随后他母亲给我打了电话。我不断地咒骂自己。等我们开车赶到那里时，我的一名警探发现了这颗人头，离开身躯很有一段距离。实际上，那人头还在钢丝撞上他的地方。

我：没错，钢丝。我一直没明白那根钢丝是怎么回事儿。真的是太——

杰克：巧妙了？

我：岂止是巧妙。简直是荒谬。

杰克：其实没什么荒谬的。我们的朋友只不过是想了个干净利落的办法把克莱姆·安德森的头削掉罢了。既可以把他干掉，又让人找不到任何的证据。

我：我想这里面包含有数学的基本原理吧。我总是对跟数学有关的东西摸不着头脑。

杰克：干这事儿的那位绅士肯定有数学头脑，至少是做过许多极为精确的计算。

我：他在两棵树之间拉了根钢丝？

杰克：是在一棵树和一根电线杆中间拉的。那是一根硬钢丝，磨得像剃刀一样薄。几乎就看不出来，哪怕在大白天也是如此。那时正是傍晚，克莱姆驶离公路，正驾着那辆车沿着小道往前飞奔，他瞅不见钢丝，而钢丝刚好按照其设想的方式撞上了他：恰好在他下颌下方。你可想而知，削掉他的头就像砍瓜切菜那样轻而易举。

我：那么多的环节都有可能出错啊。

杰克：就算是出错了又怎么样？就算是失手了又怎么样？他会再次尝试的。他会一直尝试，直至得逞为止。

我：这就是荒谬之处啊。他总是能得逞。

杰克：这话说对了一半吧。不过我们等会儿再说这事儿。

（杰克迅速地把这些照片装进一个牛皮纸信封，吸了一口烟，用手指捋了一下翘起的刘海。我默不作声，因为我感觉得出来，他的内心正被悲伤所占据。最后我问他是不是累了，是不是我走了就会好些？他说不是；才九点钟呢，他从未在半夜之前睡觉。）

我：眼下就是你一个人在这儿办案吗？

杰克：才不是呢，上帝啊，那样我会疯的。我同另外两名警探轮班。不过我还是办理这起案件的主要负责人。而这正是我所希望的。我在这儿从事的是真正值得付出的工作。哪怕这事儿难上加难，我也要逮住我们那个老伙计。他会犯错误的，实际上，他已经犯了一些错误，虽说我还不能断言他处置帕森斯医生的方式就是错误之一。

我：那个验尸官吗？

杰克：没错，就是那个瘦小驼背、皮包骨头的验尸官。

我：那我们就说说吧。起先你认为他是自杀的吧？

杰克：要是你对帕森斯医生这个人很了解的话，你也可能以为他是自杀。这个人要自我了断，理由实在是太充分了。他的妻子人长得挺漂亮。他当初是用吗啡让她上了瘾，然后就这么娶了她的。他这个家伙放高利贷，还给女人堕胎。至少有十二个半痴呆的老妇人在遗嘱中把所有的东西都留给了他。帕森斯医生，真是个不折不扣的无赖。

我：那就是说你不喜欢他咯？

杰克：没人喜欢他。但我之前的话却说错了，我说帕森斯有充分理由自我了断。或者是让人取了性命。实际上呢，他根本没有任何理由。上帝还在天堂待着，阳光也日复一日地照耀着他。他唯一的烦心事儿是得了溃疡。还患上了一种慢性消化不良症。他经常带着大瓶的马洛克斯酒，一天要干掉几瓶。

我：不管怎样，大伙儿听说帕森斯医生自杀的事儿，一定都感到很诧异吧？

杰克：呃，那倒没有。因为没人想过他是自杀。至少一开始没有。

我：对不起，杰克。我又给弄糊涂了。

（杰克烟斗里的烟丝已经燃尽；他把残渣倒进烟缸里，又打开了一包香烟，但是并没有点着，只是拿来咀嚼而已，而不是去抽，就跟狗嘴里含的骨头一样。）

首先，这两场葬礼相隔多久呢？我说的是克莱姆的葬礼跟帕森斯医生的葬礼。

杰克：大概四个月吧。

我：那圣诞老人给帕森斯医生送礼物了吗？

杰克：慢着，慢着。你把问题扯得太快了。帕森斯死的那天——呃，我们以为他就这么死了。简简单单。他的护士发现他倒在办公室的地板上。镇上另一位医生阿尔弗雷德·斯金纳说他可能死于心脏病发作；不过要最终确定死因，还需要等做完尸体解剖才行。

当天晚上，我接到帕森斯的护士的电话。她说帕森斯太太要找我谈谈。我说行，我现在就开车去她那儿。

帕森斯太太是在她的卧室里接待的我，据我所知，她很少离开这个房间；我猜想，她准是在里面吸食吗啡吸得乐不可支，寸步不离了。她当然不是什么病人，不是通常意义上的病人。她是个可爱的女人，看上去还挺健康的，脸颊气色不错，尽管她的皮肤和珍珠一样光滑苍白。但是她的双眼太亮了，有瞳孔放大的迹象。

她躺在床上，倚着一团花边套枕。我注意到她的指甲——很长，而且指甲油涂得也很精心；她的手也同样很漂亮。但是，她手里拿的那件东西却不能说漂亮了。

我：一件礼物？

杰克：与其他几件一模一样。

我：那她都说了些什么呢？

杰克：她说“我想我的丈夫是被人杀害的”。但是，她说这话的时候显得很平静，看上去一点儿也不消沉，丝毫没有承受精神压力的迹象。

我：看来是吗啡起了作用。

杰克：但还不止于此。她是个早已超脱了生命的女人，正从天堂的一扇门里回望此生——毫无遗憾。

我：她明白小棺材的涵义吗？

杰克：应该不明白。她的丈夫也可能不明白。虽然他是镇上的验尸官，理论上是我们团队中的一员，但我们从未向他吐露过秘密。他对小棺材的事儿一无所知。

我：那她为什么会认为她的丈夫是被人杀害的呢？

杰克(嚼了一口烟草，皱了皱眉头)：因为那只小棺材呀。她说，几周前，她丈夫曾给她看过这个东西。那时，他还不以为然；还以为这只是有人怀恨在心，用这种方法警示一下罢了，或许只是他一个仇人送给他的。但是，她说——她说就在她见到这个小棺材和里面的帕森斯照片的那一刹那——她就感到“一道阴影”降临了。说来奇怪，我觉得她还是爱他的。这个漂亮的女人啊，还有这个精神抖擞的小驼背。

我们互道晚安后，我带走了那只小棺材，并且叮嘱她，一定不要对任何人讲起这件事。在此之后，我们唯一能做的就是等待尸体解剖报告。报告的结论是：中毒致死，很可能系自杀。

我：但你知道这是谋杀。

杰克：我知道。帕森斯太太也知道。但是其他人都以为是自杀，他们当中大多数人直到现在仍然认为是自杀。

我：我们那个朋友选用的是什么牌子的毒药?

杰克：液化尼古丁。一种很纯的毒药，起效快，毒性大，无色无味。我们也弄不准他是怎样下毒的，但我猜想，要是有人将毒药与那个医生心爱的马洛克斯酒混一些在一起，只要一口下肚，立马就完蛋。

我：液化尼古丁。我可从来没听说过这种毒药。

杰克：嗯，这的确算不上是砒霜那样的名牌产品。说起我们那个朋友，有一天我偶然读到马克·吐温的几句话，感觉极为贴切，令我印象深刻。(杰克在书架上查阅了一番，找到了他要的那一卷，他在房间里踱着步，大声读出书中的内容，那声音，跟他自己的并不相像：沙哑，愤懑)“天地万物生，人类最可憎。在所有的造物中，唯独他心怀恶意。这是一切本能、激情和劣性中最卑鄙的东西——最可憎的东西。他是唯一一种明知何为痛苦却偏要将痛苦强加给他者以自娱的生物。他也是唯一一种心思卑鄙的生物。”（杰克砰的一声把书合上，扔在床头）可憎。恶毒。心思卑鄙。没错，这是对奎因先生极好的写照。但还不全。奎因先生是个多才多艺的人。

我：你此前从未告诉过我他的名字。

杰克：我自己也是最近半年才知道的。他叫奎因，仅此而已。

（杰克一次又一次地将一只攥紧的拳头狠狠砸在另一只手的手心里，就像一个愤怒的囚徒关得太久，一腔沮丧的无名火。没错，他已经在这桩案子的监牢里幽闭了多年；强烈的愤怒，如同浓郁的威士忌，需要长时间才能酝酿而成。）

罗伯特·霍利·奎因先生。一位非常受人尊重的绅士。

我：但他是一个犯了错误的绅士。否则，你也不会知道他的名字。或者说，你也不会知道他曾经是我们的朋友。

杰克：（沉默不语，也没有注意听我说话）

我：是通过那些蛇吧？你刚才说它们是从得克萨斯的一个养蛇场弄过来的。如果这件事儿你都知道的话，那你一定知道买蛇的是谁。

杰克（不见了愤怒；打了个呵欠）：什么？

我：顺便说一句，为什么要给那些蛇注射安非他命呢？

杰克：你说呢？那是为了给它们刺激啊，让它们变得更凶悍啊。这就好比是往一桶汽油罐里扔上一根点着了的火柴。

我：不过我还是很好奇。我不知道他是怎么才能给那些蛇注射药物，又把它们放进汽车里，而自己却不被咬着的。

杰克：有人教他怎么弄。

我：谁教的啊？

杰克：卖蛇给他的那个女的。

我：一个女的？

杰克：这些蛇是从诺加利斯养蛇场弄来的，养蛇的是个女的。你觉得很好笑是吧？我的大儿子娶的媳妇在迈阿密警察局工作，她是职业深海潜水员。我认识的最棒的汽车修理工也是一个女的——

（这时电话来了，打断了我们的谈话；杰克看了看表，笑了起来。这微笑是那样真实又轻松，不仅向我表明他知道电话是谁打来的，而且还说明他很高兴听到这个来电人的声音。）

喂，艾迪。是的，他在这儿呢。他说纽约现在已经是春天了；我说他应该待在那儿的。没什么，没事儿。只不过是喝了几杯，聊了聊你知道的那事儿。明天是礼拜天吧？我还以为是礼拜四哩！我大概是昏头了。还用说嘛，我们很想去你那儿吃饭。我说艾迪——你甭担心。你做什么，他都喜欢吃。论厨艺，你在落基山两边儿都是最棒的，不管是东边儿还是西边儿。不用弄得太丰盛啦。好哇，嗯，就是那种葡萄派加苹果酥吧。把门锁好哈，睡踏实点儿。好的，我会的。你知道我会的。晚安[①]。

（杰克挂上电话，脸上笑容依旧，甚至有增无减。最后他点了根香烟，惬意地抽了起来。他指着电话机笑道）

这就是奎因先生犯的错误。阿德莱德 · 梅森。她请我们明天去吃饭。

---

① 此处原文为西班牙语 Buenas noches。

我：梅森太太是谁？

杰克：是梅森小姐。她做菜的手艺没得说。

我：除此之外呢？

杰克：艾迪·梅森就是我一直在等待的那个人。她是我的重大突破口。

你知道我岳父是位卫理公会①的牧师。我妻子生前对于一家人去教堂这事儿十分认真。我原来一直都是能不去就不去，她死后，我就再也没去过教堂。但是，大概六个月前，调查局准备结了这桩案子。我们已经花了大量的时间和金钱，但我们拿不出任何成果来，结不了案。八条人命啊，可没有一点儿线索能将这些受害者给联系在一块儿，也就没法找到一丁点儿作案动机。除了那三只手刻小棺材外，没有任何线索。

我对自己说：不对！不对，这肯定不对！这一切背后肯定有个动机，有个原因。于是我又开始上教堂了。反正星期天待在这儿也是无所事事。甚至连个高尔夫球场都没有。于是我祈祷说：上帝啊，千万不要让这个狗崽子跑了！

在这个镇子的主街那边有个“好好酒馆”。所有的人都知道，每天早上 8 点到 10 点，准能在那儿找到我。我总是在角落的隔间里吃早饭，然后待在那里读读报纸，同顺路到那儿喝杯咖啡的人聊一聊，那儿什么人都有，包括当地的生意人。

去年的感恩节那天，我照常在那儿吃早饭。那天店里差不多就我一个人，因为是过节嘛；反正我的心情也不好——调查局向

① 卫理公会，是基督教新教卫斯理宗的美以美会、坚理会和美普会合并而成的基督教教会。

我下了最后通牒，让我结案走人。天啊，我何尝不想拍屁股离开这个鬼地方！我他妈肯定想啊。可一想到要离开，一想到让那魔头在坟堆上手舞足蹈，我就难受啊，真的是心如刀绞。有一次，想起这件事儿，我就吐了。真的吐了。

忽然，阿德莱德·梅森走进了咖啡馆，径直走到我的桌子跟前。我见过她许多次，但从没跟她谈过话。她是个小学教师，教一年级。她跟他姐姐——寡妇玛丽李住在一起。艾迪·梅森对我说："佩珀先生，你肯定不会在这家'好好酒馆'过感恩节吧？要是你没别的安排，不如到我们家去吃饭吧？只有我和我姐姐在。"艾迪并非一位神经质的妇女，但尽管她面带笑容，诚挚可亲，却依然显得有些心神不宁。我在想：或许是她觉得一个独身的女人请一个只有点头之交的独身男人去她家不太妥当吧。可就在我未置可否的时候，她说道："佩珀先生，我就照实说了吧，我有个问题需要跟你商量一下。这样可以给我们一个机会。我们说定了就在中午好吗？"

我从来没有吃过这样的好饭好菜——她们并没有上火鸡，而是端上了乳鸽配菰米，还有一瓶上乘的香槟酒。整个用餐期间，艾迪用极为风趣的方式不停地与我交谈。她丝毫没有表现出紧张的样子，倒是她的姐姐显得有些不安。

饭后，我们来到客厅里坐下，喝着咖啡与白兰地。艾迪说她出去有点儿事，而当她回来时，她拿着——

我：给我两次机会猜猜看！

杰克：她把东西递给我，说道："这就是我要跟你商量的。"

（杰克薄薄的嘴唇吐了一个烟圈，然后又吐了一个。而后，他叹了一口气，房间里唯一的声音就是猫叫一般的风像猫爪一样抓着窗户玻璃。）

你旅途劳顿。也许我们今晚该就此打住了。

我：你的意思是留我在这儿将就一晚上？

杰克（严肃的表情，不过带有一丝他那种顽皮又模棱两可的笑容）我只留你到明天早上。我想，你应该听听艾迪本人讲她自己的故事。走吧；我带你去你房间。

（说来奇怪，我倒头便睡着了，就好像是小偷给了我一闷棍；这的确是趟很远的旅程，我的鼻窦疼得要命，我确实是累了。但没过几分钟，我就醒了；或者说，我处在一种半寐半醒的状态，我的脑子就像是颗菱形水晶，一个悬挂在半空的仪器，捕捉到一幅幅螺旋上升的画面映像：一个人头落在树叶间，车窗上毒液斑斑，毒蛇的眼睛从热雾中缓缓滑过，地面上流淌着一片火海，烧焦的拳头奋力捶打着地下室活板门，紧绷的钢丝在暮色中微微闪光，一具无头尸体横在路上，头颅落在树叶间，大火，大火，大火流淌如河流，河流，河流。这时电话响了。）

男子的声音：情况如何？你打算睡一整天吗？

我（窗帘关着，屋子里很暗，我不知道身处何处，也不知道我是谁）：喂？

男子的声音：我是杰克·佩珀啊。还记得吧？那个坏蛋？长着一双坏坏的蓝眼睛？

我：哦，杰克！几点了？

杰克：十一点过一些吧。艾迪·梅森在等着我们过去呢，一个小时之内。快起来去冲个澡。穿得暖和点儿。外面在下雪呢。

（雪下得很大，雪花太重，竟无法飞舞，就这样砸向地面，盖上了厚厚的一层。我们坐杰克的车从汽车旅馆出发，他打开了挡风玻璃上的雨刷。主街上天色灰暗，白雪茫茫，空无一人，只有一些孤单的交通信号灯变换着颜色。家家户户都关上了门，哪怕是“好好酒馆”。那种昏暗，那种落雪无声的阴郁，浸染了我们；二人都默不作声。但是我感觉得到杰克的心情不错，似乎是企盼着什么高兴事儿。他健康的脸上露出奕奕神采，有种刮过胡须之后残留的护肤液的气味，这气味也许过于浓郁了些。虽然他的头发依旧还是那么凌乱，但是他的着装却十分考究——尽管看上去似乎不像是要上教堂的打扮。他打的那个红色领结倒是更适合节日场合。莫非是个打算求婚的人要赶去约会？我昨晚听到他在和梅森小姐交谈的时候，就产生了这个想法；那语气，那音色，显得很亲昵。）

但是我见到阿德莱德·梅森的那一瞬间，我立刻把这种念头从脑海中划去了。不论杰克的生活有多乏味、多孤寂，这个女人实在是太相貌平平了。至少，这是我的第一印象。她比她年近五旬的姐姐玛丽李·康纳看着要年轻一些；她的脸长得很可爱，很亲切，就是太过硬朗，太过阳刚——要是化妆，只会让这种特征变得愈加明显，而她并未化妆，这是明智之举。她外表特征中最吸引人的地方，就是她很干净——她那头棕色的短发，她的指甲，她的皮肤：仿佛是她在一场非比寻常的春雨中沐浴过一般。她和她姐姐是这个镇上的第四代居民，自从她大学毕业以后，就一直在这里教书；你会好奇——以她的聪明才智、她的性格特点以及她的文化修养，为什么就没有找一个更加广阔的平台去展现她的才华，而是待在教室里，满屋子净是些六岁左右的学龄儿童，这的确让人感到诧异。“不，”她告诉我说，“我感到很快乐，做我喜欢做的事儿。教一年级，从起点开始，我就喜欢这个样子。你看，我教的是一年级，这样我就可以教他们所有的科目。还包括礼仪。礼仪非常重要啊。我那群小学生当中，几乎没人在家里接受过这方面的教育。”

姐妹二人居住的这座布局凌乱的老房子是祖传下来的，它以温馨惬意的方式展现出文雅坚实的色彩和情调“风格”，而那正是妹妹的个性，因为康纳太太虽然性格也挺随和，但是少了阿德莱德·梅森那种有鉴别力的眼光与想象力。

客厅的主基调是蓝色和白色，里面满是开花的绿色植物，还有一个维多利亚时代的巨大鸟笼，里面关着六只会唱歌的金丝雀。厨房是黄色、白色和绿色三种色调，铺的是松木地板，地板并未着色，而是打磨得如同镜面般光亮；壁炉里圆木烧得正旺。梅森小姐的厨艺比杰克说的甚至还要精湛。她做了一份美味绝伦的爱尔兰炖菜，一份苹果和葡萄派；还有红葡萄酒、白葡萄酒、香槟。康纳太太的丈夫给她留下了一份殷实的家产。

正是在吃饭的时候，我对梅森小姐最初的印象开始有了改变。没错，杰克和梅森之间存在一种默契，这一点十分明确。他们是情人。我用更加仔细的眼光观察她——应该说是通过杰克的眼睛去看她，这时我开始明白他对梅森确凿无疑的肉体欲望。没错，她的容貌长得是有缺陷，但是她的身段在一件紧身针织衫的包裹之下很是丰满，的确不赖；而且她表现得仿佛自己就是性感女神：足以与你能想象出的最性感的影星匹敌。她的臀部在扭动，水果一样圆润的胸脯恣意颤动，还有她女低音般的嗓子，她纤弱的手势：一切都是超乎寻常地性感撩人，超乎寻常地女人味，却并不柔弱得做作。她的魅力存在于她的姿态之中：她表现得就好像她笃定自己的魅力无法抵挡；无论这个女人此前的际遇如何，她的风度让人觉得她似乎拥有一段写满注脚的艳史。

吃过午饭，杰克盯着她看的架势简直像是希望直接送她回到卧室一样：二人之间的张力就像割断克莱姆·安德森头颅的钢丝一样紧绷。不过，他只是拿出了一支雪茄，梅森小姐随即给他点上。我笑了起来。

杰克：咋啦？

我：这就像伊迪丝·华顿的小说《欢乐之家》——里面的女士永远都为先生点雪茄。

康纳太太（带着戒备心理）：这就是这儿的习惯。我的母亲就总是给我的父亲点雪茄。即便是她不喜欢烟草的气味。对吧，艾迪？

艾迪：没错，玛丽李。杰克，你要不要再来点儿咖啡？

杰克：坐着别动，艾迪。我什么都不需要。这一餐我吃得真是挺开心的，你也该歇息一会儿了。艾迪？你觉得香烟的气味怎么样？

艾迪（差点儿涨红了脸）：我对好雪茄的气味特别偏好。我要是抽烟的话，我就抽雪茄。

杰克：艾迪，你还记得上次感恩节的时候吗。我们坐在一起，就像现在这样。

艾迪：然后我给你看了那口小棺材？

杰克：我想让你跟我朋友讲讲这个故事。就跟你讲给我听的一样。

康纳太太（把椅子放回原处）：噢，天啊！我们一定得讲吗？老是这样！老是这样！我都做噩梦了。

艾迪（站了起来，一只手揽住姐姐的肩膀）：没事儿的，玛丽李。我们不会讲这事儿的。我们待会儿去客厅，你可以给我们弹弹钢琴啊。

康纳太太：真是讨厌极了。（然后，看着我）你肯定觉得我是个讨厌的小女人吧。没错，我就是的。不管怎样，我今天酒喝多了。

艾迪：亲爱的，你需要的是睡个午觉。

康纳太太：睡个午觉？艾迪，我跟你说了多少次了？我晚上会做噩梦。（这时，她又恢复了常态）当然，如果允许我失陪一下的话，那就去睡个午觉咯。

（艾迪的姐姐走了，她往自己杯里倒了一杯红酒，举起酒杯，让壁炉的火光将那鲜红的闪烁照得更加耀眼。她的目光从炉火转到酒杯，再转到我这里。她的眼睛是棕色的，但是各种光源——火光、桌上的烛光——将它们上了色，使它们变成了猫一样的黄色。远处，笼子里的金丝雀唱起了歌，雪花如撕裂的挑花窗帘般拍打着窗户，凸显着屋内的舒适惬意、炉火的温暖，还有酒色的鲜红。）

艾迪：哈哈，来说说我的事儿吧。

我四十四岁，从未结过婚，周游世界两次。每隔一个夏天，我都要去欧洲一趟；但是，准确地讲，除了在一艘瑞典货船上有个喝醉的水手发狂，想强奸我之外，直到今年——感恩节的前一周——我还从未遇到过稀奇古怪的事儿。

我和我姐姐在邮局里有个专用信箱；按他们的话说，叫做“抽屉”——倒不是因为我们有大量的信件，而是我们订阅了许多杂志。有一次，我从学校回家途中顺路到这儿来取邮件，我们的信箱里有件包裹，很大，但很轻，外面还裹着一层褶皱的旧牛皮纸，看起来似乎是别人之前用过的，而且绑包裹的那根麻绳也是旧的。包裹盖的是本地邮戳，是寄给我的。我的名字清清楚楚地用浓浓的黑色墨水印在上面。甚至在我打开包裹之前，我都在想：这是什么乌七八糟的东西？当然，你已经知道那些小棺材的事儿了吧？

我：没错，我见过一个。

艾迪：噢。我那时可不知道。没人知道。这是杰克和他的警探们之间的秘密。

（她冲杰克使了个眼色，仰起头，将杯中所剩的红酒一饮而尽，姿势之优雅简直令人惊讶，这敏捷的动作也凸显出了她漂亮的脖子。杰克也回了她一个眼神，朝她的方向吐了个烟圈，这个空心的椭圆，在空中悬浮，仿佛是传递着某种情欲的信息。）

实际上，直到那天深夜，我都没有打开包裹。因为我到家时，发现我姐姐正在楼梯底部；那是因为她从楼梯上摔了下来，扭伤了脚腕。医生赶来后，好一阵忙乱。我都忘记了包裹的事儿，直到上床后才想起来。我决定：嗯，好吧，反正等到明天也不迟。我在想，要是我坚持了这一决定该有多好；至少我就不会一整晚都失眠了。

因为，因为这件事令人震惊。我也曾收到过匿名信，一封真正歹毒的匿名信——它尤为令人心神不宁的地方在于——这话只在你我之间说啊——信中写到的好多事情碰巧是真的。（她大笑着，又往杯里加了一些酒）真正让我吃惊的不是那只小棺材，而是里面那张抓拍的照片——一张我在邮局外边台阶上的近照，那是在人毫无察觉的情况下拍的照——这简直是一种侵犯和盗窃行为。我会同情那些见着照相机就逃之夭夭的非洲人，他们害怕摄影师偷走他们的灵魂。我当时只是感到吃惊，却没有受到惊吓。而我的姐姐却给吓住了。我给她看这件小礼物时，她说："难道你不觉得它跟一些别的事儿有关吗？"她所说的"别的事"指的就是过去五年来发生的一些事情——谋杀、意外或自杀，不管你怎么叫它们：这取决于你在和谁说话。

起初我只把它当作是匿名信之类的东西一笑置之；但后来我越去想这件事儿就越觉得——说不定我姐姐无意中发现了什么。那个包裹不是某个怀恨在心的女人给我的，不单单只是某个不怀好意的人搞的恶作剧而已。这是某个男人干的。那个小棺材是一个男的刻的。是一个手指粗壮的男人用印刷字体把我们的名字写在了那个包裹上面。整个行径意味着一种恐吓。可这又是为什么呢？我想：也许佩珀先生会知道吧。

我曾经见过杰克·佩珀。实际上，我已经迷上了他。

杰克：别跑题。

艾迪：我没跑题。我只是用了这个故事骗你到我这儿来。

杰克：这不是真的。

艾迪（悲伤地说，应和着金丝雀那唧唧喳喳的小夜曲，仿佛是一个低沉的对位声部）：没错，这不是真的。因为就在我决定跟杰克说之前，我已经断定，有人的确蓄意要杀我；我也相当清楚这个人是谁，即便杀人动机是如此荒谬。完全不值一提。

杰克：它既不荒谬，也说不上不值一提。因为你已经研究了这个禽兽的行事风格。

艾迪（忽略了杰克的话；语气中不带任何感情色彩，似乎她是在学生面前背诵乘法表）：大家互相都认识，这是大伙儿对镇上居民的说法。但事实并非如此。我有些学生的家长，我就从未见过。每天我都会从一些人身边经过，他们看起来几乎都是陌生人。我是个浸礼会教友，我们的会众规模并不算大；但是我们有一些会众——嗯，就算是你拿一把左轮手枪抵着我的脑门儿，我也说不上来他们的名字。

问题是：我一想起那些已经死去的人，我就发觉，这些人我都认识。除了那对从塔尔萨来的夫妇外，他们跟巴克斯特夫妇一块儿住宿——

杰克：你说的是霍根夫妇。

艾迪：没错。嗯，不过他们也不属于计划内。他们是局外人——可以说，属于惹火烧身。

我并不是和这些死难者都算得上是很熟的朋友——不过，也许安德森夫妇除外。我曾经教过他们所有的孩子。

但是其他人，我也都认识：比方说罗伯茨夫妇、巴克斯特夫妇，还有帕森斯医生，我对他们相当熟知。只是因为某个缘故。（她凝视着杯中的红酒，仔细观察着酒杯里闪烁着红宝石一样的光，就像一个吉卜赛人在端详模糊的水晶球，幽灵般的玻璃）就是那条河。（她把酒杯举到嘴边，再次一饮而尽，十分惬意，不费气力）你见过那条河吗？还没有？好吧，现在不是一年当中最好的季节。不过夏天的时候，这条河真是挺不赖的，它是这里最美的景观，毫不夸张。我们管它叫“蓝河”；河水是一片蓝色——不是加勒比海的那种蓝，但也十分清澈，河床全是沙子，有些平静的深潭里可以游泳。它发源于北面的高山，流经平原和大牧场，是我们灌溉的主要来源，这条河有两条支流——都比它要小得多，一条叫“大哥”，另一条叫“小弟”。

麻烦正是因这两条支流而起。许多依靠支流的牧场主觉得应该让“蓝河”分流，好加宽“大哥”和“小弟”。自然，靠主河滋养其产业的牧场主们反对这一倡议。反对呼声最高的是 B. Q. 牧场的大牧场主鲍勃 · 奎因，因为“蓝河”最宽最深的一段正好流经他的牧场。

杰克(往火里吐了一口痰)：罗伯特 · 霍利 · 奎因先生。

艾迪：这场争吵已经酝酿了几十年了。众所周知，即使要以“蓝河”为代价(削减其流量，使河流的美景减色)，加大两条支流的流量也是件公平、合乎逻辑的事情。但是，奎因家族和其他“蓝河”边富裕的牧场主们通过各种手段阻挠人们采取任何行动。

后来发生了两年旱灾，事态愈发变得严重起来。靠“大哥”和“小弟”过活的牧场主们叫苦不迭。旱灾可把他们给害惨了；他们损失了好多牲口，于是眼下呢，他们使出全力，要求共享“蓝河”的资源。

最后，镇政会专门指派了一个委员会来处理此事。我不知道委员们是怎样产生的，我肯定并不具备什么特殊资质；我只记得老法官哈特菲尔德——他现在已经退休，住在亚利桑那州——打电话问我想不想干；就这样，我当了委员。1970 年 1 月，我们在镇政大楼的议事厅开了第一次会。其他几名委员分别是克莱姆 · 安德森、罗伯茨夫妇、帕森斯医生、巴克斯特夫妇、汤姆 · 亨利，还有奥利弗 · 耶格——

杰克(对我说道)：耶格，他就是那个邮政局长，是个疯狗杂种。

艾迪：他并不真疯。你这么说他，完全是因为——

杰克：因为他真疯。

（艾迪有些手足无措。她注视着酒杯，走过去斟酒，发现酒瓶已经见底了，于是她从顺手搁在大腿上的小提包里掏出一个精致的银色小盒子，里面装满了蓝色药片：安定剂；她抿了一口水，吞下一粒。刚才杰克说过艾迪并不是个神经质的女人吧？）

我：那汤姆·亨利又是谁呢？

杰克：也是个疯子。比奥利弗·耶格疯得还厉害。他有座加油站。

艾迪：没错，我们一共九个人，每两个月抽一周时间出来开一次会。支持与反对动议的正反两派都请来专家作证。许多牧场主都是亲自出面——向我们进言，摆明他们的理由。

但奎因先生却没有来。鲍勃·奎因没有来——要是我们投票决定将“他的”河分流的话，作为B. Q. 牧场的主人，他铁定会蒙受最大的损失；可即便如此，我们却从未听到他说过一句话。我想：他高傲自大，又实力雄厚，一定不屑与我们这个小得可怜的委员会打交道。鲍勃·奎因忙着跟镇长、众议员、参议员们交涉；他觉得他可以把这些个家伙全都给收入自己的囊中。所以无论我们表决结果如何，都无关紧要，因为他的那帮大佬兄弟们会否决掉的。

但是事情并非如此。我们投票表决的结果是，在蓝河刚好流入奎因地界的地方对其进行分流；当然，这倒并不会让他全无河水可用——只不过他不会像此前那样总能拿到大头了。

要不是汤姆·亨利跟我们唱反调的话，那结果就会是全票通过了。你说对了，杰克。汤姆·亨利真的是个疯子。于是呢，投票结果是八比一。这说明这个决定是人心所向，这个决定对任何人都没有实质性的伤害，但却可以造福多数人，奎因在政界的狐朋狗友们对这个结果基本上也是无能为力，如果他们还想继续在政府部门里待下去的话。

投票几天后，我在邮局碰上奎因，他还专门向我脱帽致敬，面带笑容，问寒问暖的，生怕怠慢了我的样子，根本不是我想的那样，我先头还以为他会冲我身上吐唾沫呢；我从来都没有见过他这么谦恭的样子。你绝对不会想到他心怀怨恨。可他哪里是心怀怨恨？他是疯狂！

我：那个奎因先生——他长什么模样？

杰克：千万别告诉他！

艾迪：怎么呢？

杰克：就是因为……

（他站了起来，走到壁炉跟前，把雪茄的烟头扔进炉火里。他起身的时候是背对着炉火的，双腿微微分开，双臂交叉：我从来都没有觉得杰克很自命不凡，但是显然，他有点儿摆造型的意思——尽量让自己看起来有吸引力一些，这点他做到了。我笑了。）

怎么啦？

我：这简直就是简·奥斯丁小说里的情景。她的小说里面，性感的绅士总是在壁炉前烘屁股。

艾迪（笑了起来）：噢，杰克，还真是呢！还真是呢！

杰克：我从来都不读女性文学。以前从没读过。以后也绝对不会去读。

艾迪：就冲这一点，我要再开一瓶红酒，一个人全喝了。

（杰克又回到桌子跟前，坐在艾迪的旁边；他拿起艾迪的一只手，与他的手十指紧扣，这个举动给她带来的尴尬显而易见——她的脸刷地一下红了，一直红到脖子根。而杰克呢，他似乎没有注意到她的反应，没有注意到自己此时的举动。相反，他看着我；仿佛就我们两个单独在一起。）

杰克：嗯，我知道。听了你刚才听到的这些，你肯定在想：嗯，这案子已经明了嘛，不就是奎因先生干的嘛。

我以前也是这么想的。去年，艾迪把她对你讲的这些说给我听以后，我拔腿就往外跑，就像一只黑熊屁股上面停了只大黄蜂。我开车直奔城内。那天不记得是不是感恩节了，就在那天晚上，我们全调查局开会。我列明了情况：这就是动机，这就是作案人。没有人对我的话不屑一顾——除了局长。局长说，“慢着，佩珀。你指控的人可不是个无足轻重的家伙啊。你的证据何在？这些全都是推测。全都是猜想而已。”大家都同意他的话，于是都问我：“你的证据何在？”

当时我气得直叫；我说：“你们想想，我到这儿究竟是来干吗的？我们必须齐心协力，找出证据。我知道就是奎因干的。”局长说：“呃，你最好留神点，这话可不是跟谁都能乱讲的。上帝啊，你会弄得我们全体都被解雇的。”

艾迪：第二天，杰克又回到了这里，我真希望当时给他照张相。干这一行，我打过许多小男孩儿的屁股，但还从来没有哪个看上去像你这么难过的，杰克。

杰克：我的确不太高兴。事实就是这样。

调查局还是力挺我；我们开始侦查罗伯特·霍利·奎因自打一岁以来的情况。但必须得小心翼翼——局长的神经紧张得就像是死囚室中的杀人犯。我要求上面授权搜查 B.Q. 牧场，包括所有房屋和整片地产。申请遭拒。他甚至不让我盘问此人——

我：奎因知道你怀疑他吗？

杰克（鼻子哼了一声）：他立马就知道了。州长办公室的人向他走漏了风声。很可能就是州长本人。还有我们局里的一些人——他们也可能将此事告诉了奎因。我任何人都不相信。任何与这起案件有关的人。

艾迪：还没等你说“妖怪来了”，全镇的人就都知道了。

杰克：拜奥利弗·耶格所赐。还有汤姆·亨利。这也怪我。因为他俩都是河道处理委员会的成员，所以我觉得我必须向他们吐露实情，于是就跟他们讨论关于奎因的情况，告诫他们棺材的事情。他们都向我保证会严守秘密。哎，跟他们说同开个全镇大会，做个演讲也没什么区别了。

艾迪：在学校里，有个小男孩儿举手说，“我爸爸跟我妈妈说有人送了你一个棺材，就像墓地里的那种。说是奎因先生干的。”我说：“哦，博比，你爸爸跟你妈妈说着玩儿的，那是在跟她讲童话故事呢。”

杰克：这就是奥利弗·耶格的童话故事！这个狗杂种跟天底下每个人都打了电话。你还说他不是个疯子？

艾迪：你觉得他是个疯子，因为他觉得你才是个疯子。他真的只是觉得你弄错了。他觉得你是在迫害一个无辜的人。（她继续看着杰克，却对着我在说话）不论是论魅力，还是论智力，奥利弗都不出众。但他是个理性的人——他爱嚼舌头，心肠却是好的。他与奎因家族是亲戚；鲍勃·奎因是他的二表兄，这恐怕也是他态度如此激烈的原因之一。即便“蓝河”委员会的决定与发生的命案有联系，但为什么将矛头指向鲍勃·奎因呢？他又不是唯一一个可能心怀怨恨的“蓝河”牧场主。那沃尔特·福布斯呢？吉姆·约翰尼斯呢？还有斯洛比家族、米勒夫妇、赖利夫妇。为什么独独认定是鲍勃·奎因？独独把他挑出来，难道有什么特别的隐情？这是奥利弗的观点，对此很多人都表示赞同。

杰克：就是他干的。

艾迪：没错，就是他干的。我们都知道。可你连他买了响尾蛇这事儿都不能证实。即便是你可以——

杰克：给我来杯威士忌吧。

艾迪：你确实该喝一杯，先生。还有人要吗？

杰克（等艾迪去拿酒之后说）：她说得没错。我们没法证明响尾蛇是他买的，即便我们知道就是他干的。你看，我总是觉得那些蛇是从一个很专业的渠道获得的；养蛇的人养它们是为了获取毒液——他们把毒液卖给医学实验室，虽说主要的供应商来自佛罗里达和得克萨斯，但是养蛇场遍及全国。在过去的几年里，我们给他们当中的大多数都发了警方调查函——但是一封回信都没收到。

但是我心里明白，这些响尾蛇来自孤星州[①]。只有这样才符合逻辑——如果一个人明明可以从几乎就在隔壁的地方买到他所需要的东西，那他为什么还要一路跑到佛罗里达去呢？嗯，奎因一进入我们的视线，我就决定把注意力放在响尾蛇这件事儿上了——我们早就该把注意力放在这上面，可是却没这么去做，主要是因为办案需要个人调查和差旅费用。一说到要让局长出钱——妈的，用从店铺里买的假牙咬碎核桃都比这要容易。但我认识一个家伙，他以前在得克萨斯警察局做侦查员时，欠我一个人情，于是我给他拿了些东西：我想方设法搜集到的奎因的照片，还有响尾蛇的照片——我们宰了那九条蛇，挂在晾衣绳上面。

① 孤星州，得克萨斯州的别称。

我：你们是怎么干掉那些蛇的呢？

杰克：开枪呗。把它们的头打爆。

我：我有一次杀过一条响尾蛇，用的是一把园林锄。

杰克：我觉得你不可能用什么锄子就把那些狗杂种置于死地。你甚至伤不了它们的皮肉。最小的一条也有七英尺长啊。

我：有九条蛇啊，而“蓝河”委员会正好也是九名成员。这巧合也太有戏剧性了吧。

杰克：比尔，也就是我在得州的这位朋友，是个意志坚定的家伙；他把得州从这头到那头地跑了个遍，休假的大部分时间都是在访问养蛇场，跟那些养蛇人聊天。眼下，大概一个月前吧，他打来电话说他觉得他已经找到了我要的人：加西亚太太，一个得克萨斯-墨西哥裔，在诺加利斯附近拥有一家养蛇场。你要是开州警车，每小时能够跑到九十英里的话，从这儿开车过去大概需要十个小时吧。比尔答应就在那儿见我。

艾迪与我一同前往。我们连夜驱车，然后和比尔一起在一家假日酒店吃的早餐。随后我们拜访了加西亚太太。有的养蛇场可以吸引游人参观，但是她的这家却绝非如此——这家养蛇场离高速公路有很长一段距离，而且经营规模很小。但她那儿的确有一些与众不同的品种。我们在那儿的时候，她就一直不停地将这些巨大的响尾蛇拉出来，缠绕在她的脖子和手臂上：她大声笑着；满嘴几乎全是金牙。起初我还以为她是个男的呢；她长得像庞丘·维拉[①]，还穿着一条有拉链的牛仔裤。

---

① 庞丘·维拉是1914年出品的无声电影《维拉将军的一生》（The Life of General Villa）中的主人公，这部电影属于传记式的动作戏剧类型，由庞丘·维拉饰演他自己，整个电影情节以墨西哥革命为中心。

她有只眼睛患有白内障；另一只眼睛视力也不太好。但是她认出了奎因的照片，而且毫不含糊。她说他在1970年来过她这儿，不是6月就是7月的样子(罗伯特夫妇是1970年9月5日遇难的)，此外，陪同他的还有一个墨西哥人；他们是开着一辆小卡车过来的，车上的是墨西哥的号牌。她说她从未跟奎因说过话；根据她的描述，奎因也一句话没说——在她与那个墨西哥人交涉的过程中，奎因始终只是在听。她说，按照她的行事原则，她不会去过问客户为什么要买她的东西；但是，她告诉我们说，这个墨西哥人主动透露了信息——他要买十二条成年响尾蛇，用作宗教仪式。这并没有让她觉得有什么惊奇的地方；她说，人们买蛇用于仪式，倒也挺寻常的。但是那个墨西哥人希望她能够保证他买的这些蛇可以在袭击一头重达一千磅的公牛后，将其置于死地。她说行啊，倘若在这些蛇接触到公牛之前，给它们注射一些药剂，比如安非他命这样的刺激性药物，那是有可能的。

她给那个墨西哥人演示了如何操作，奎因就在一旁观看。她也给我们演示了一遍。她使用一根竿子，大约有马鞭的两倍长，像柳条一样柔韧，竿子的尾部绑着一个皮环。她用皮环将蛇的头部圈住，将它吊在空中晃荡，然后将注射器猛地戳向蛇的腹部。她让那个墨西哥人尝试着练习了几次，做得还挺不错。

我：那她之前见过这个墨西哥人没有呢？

杰克：没有。我让她描述一下那个人的特征，而她描述的所谓特征呢，套在墨西哥卡利罗斯边境小镇上任何一个二十到三十岁之间的人身上都行。他给了她钱；她将蛇分开装在各自的容器里，然后他们就离开了养蛇场。

加西亚太太是个非常乐于助人的女性，非常乐于合作。不过我们问了她一个重要问题：要是让她签一份宣誓书，证明 1970 年夏日的某一天，两名男子从她那里买了十二条响尾蛇，罗伯特·霍利·奎因是其中之一，她愿意吗？这时，她明显态度变得不太好。她说她才不会去签什么字。

我对她说，有人用那些蛇谋害了两条人命。你真应该看看她那个时候脸上的表情。她走进屋里，把门锁上，把窗帘也拉了下来。

我：她那份宣誓书也不会有太大的法律效力吧。

杰克：这在和奎因对簿公堂的时候，或许还可以派上用场：一个开场白。情况极有可能是，那个墨西哥人将蛇放进了罗伯特夫妇的车；当然，是奎因雇他这么做的。你知道吗，我敢打赌那个墨西哥人的小命已经玩儿完了，尸体就埋在那个荒凉的大牧场里，拜奎因先生所赐。

我：但是可以肯定，一定有什么事儿可以表明奎因有过丧心病狂的暴力前科吧？

（杰克不停地点着头。）

杰克：这个绅士对杀人很在行。

（艾迪拿着酒回来了。杰克对她表示了一番谢意，亲了亲她的脸颊。她坐在杰克旁边，二人的手再一次放在了一起，手指交叉。）

杰克：奎因家族是这儿最老牌的一个家族。鲍勃·奎因是三兄弟中的老大。他们共同拥有 B. Q. 牧场，但他是当家的。

艾迪：不是，他的妻子才是当家的。他娶了他的堂妹，胡安妮塔·奎因。胡安妮塔的妈妈是西班牙人，她的脾气火辣得就像墨西哥卷，他们的第一个孩子在出生的时候就死了，从此她拒绝再生育。不过大伙儿都知道，鲍勃·奎因有孩子，那是在别的镇子跟别的女人生的。

杰克：他在战争时期是个英雄，在二战中是海军陆战队的一员上校。他自己从不提这事儿，而只是让别人去讲述，讲述他是如何凭借一已之力杀死众多日本人的，比广岛原子弹中死去的人还要多。

但是战后不久，他就干了件杀人的勾当，这事儿就不那么爱国了。有天深夜，他让行政司法官到 B. Q. 牧场收尸，尸体有两具，说是他捉住了两个偷牛贼，开枪打死了他们。他就是这么去描述的，没人会去质疑，至少不会在公开场合去质疑。但事实真相却是，那两个人不是什么偷牛贼，而是从丹佛来的赌徒，因为之前奎因欠了他们一笔钱，答应还给他们，所以他们是来 B. Q. 牧场要账的。不料却吃了一筒铅弹。

我：你曾就那件事质询过他吗？

杰克：质询谁？

我：奎因啊。

杰克：严格意义上讲，我从未质询过他。

（他的嘴角上翘，发出诡秘而嘲讽的一笑；他将威士忌中的冰块捣腾得叮当作响，喝了一口，又笑了起来——这是一声低沉粗鲁的偷笑，就像一个人要吐出一口浓痰。）

也就是最近，我才同他话多了起来。可在我办理这桩案子的五年当中，我从未会见过此人。我看到过他，知道他长什么样。

艾迪：但是现在他俩就像是一个豆荚里的两粒豆子，真正的死党。

杰克：艾迪！

艾迪：哦，杰克。我只是开开玩笑嘛。

杰克：这事儿可开不起玩笑。这对我来说是不折不扣的折磨。

艾迪（挤挤他的手）：我知道。对不起。

（杰克将杯中的酒一饮而尽，然后砰的一声把杯子重重地拍在桌上。）

杰克：看着他的样子，听着他的声音，听着他的下流段子大笑。我恨他，他也恨我。这点我俩都心知肚明。

艾迪：我再给你倒杯威士忌，消消气儿吧。

杰克：坐着别动。

艾迪：或许我该去瞅一眼玛丽李，看看她是不是还好。

杰克：坐着别动。

（但是艾迪想逃离这个房间，因为杰克的愤懑和他脸上那股麻木的怒火让她感到如坐针毡。）

艾迪（看了一眼窗外）：外面雪停了。

杰克：每个礼拜一的早晨，“好好酒馆”里总是挤满了人。周末过后，大家总会顺便进来坐坐，生怕错过什么新闻。牧场主，生意人，县治安官和他的人马，还有法院的人。但是在这个特殊的礼拜一——感恩节过后的这个礼拜一——酒馆拥挤得人满为患；有些人几乎都蹲在别人的大腿上，大伙儿就像一群上了年纪的婆婆妈妈在喋喋不休。

你能猜得出他们在瞎扯些什么。因为汤姆 · 亨利和奥利弗 · 耶格利用周末散布言论，说是那个从调查局来的家伙，那个叫做杰克 · 佩珀的，指控鲍勃 · 奎因杀人。我坐在隔间里装作没有注意。但是，当奎因本人走进来时，整个酒馆里的人都屏住了呼吸，这一点，我没法不去注意。

他挤到行政司法官隔壁的一个隔间；县治安官拥抱了他，像牛仔一样大叫了一声哈喽。许多人也学着他高喊，鲍勃，好呀！鲍勃，嗨呀！没错，全酒馆的人都彻头彻尾地支持鲍勃·奎因。我那时有种感觉——那就是，即便我可以无数次证实此人就是杀人凶手，但还没有等我把他捉起来，他们就会动用私刑将我置于死地。

艾迪（将一只手搁在她的前额上，仿佛是头疼的样子）：没错，全镇的人都站在鲍勃·奎因这一边。这就是为什么我姐姐不想听我们谈论这件事儿的原因。她说杰克弄错了，奎因先生是个好人。按照她的逻辑，帕森斯医生应当对这些案件负责，这就是为什么他会自杀。

我：可是帕森斯医生在你收到小棺材很久以前就死了啊。

杰克：玛丽李人倒是挺好，可是判断力却不怎么灵。对不起，艾迪，可事实就是如此。

（艾迪将她的手从杰克身上拿开：那是一种略带责备的动作，但却并不严重。无论如何，这样一来，倒是让杰克可以站起来，朝门口走去，他就是这么做的。他的脚步在打磨过的松木地板上发出回声。）

接着说说“好好酒馆”的事情。当时我正要离开，那个县治安官却伸手抓住我的胳膊。那个混蛋是个爱尔兰人，精力充沛，腐化不正得就像是恶魔的脚趾。他说：“嘿，杰克，我想让你见见鲍勃·奎因。鲍勃，这位是调查局来的杰克·佩珀。”我握了握奎因的手。奎因说：“久仰大名啊，听说你是位棋手，我找不到多少人对下，不如我们一起切磋一下如何？”我说没问题，他说：

“明天可以吧？五点左右来。我们喝点儿酒，下个几盘。”

就这样，第二天下午，我去了 B. Q. 牧场。我们下了两小时的棋。他的棋比我下得好，但我赢的次数也不至于少得让我们的对弈显得无趣。他是个话匣子，什么都讲：政治，女人，性，钓鳟鱼，排便，他的俄国之旅，养牛还是种麦子，杜松子酒还是伏特加，约翰尼·卡尔森，他在非洲狩猎的经历，里诺[①]的妓女对拉斯维加斯的妓女，股市，性病，玉米片还是小麦片，金子还是钻石，死刑（他完全赞成），橄榄球，棒球，篮球——无所不谈。就是不谈为什么我会待在这个镇上。

我：你是说，他不愿讨论这桩案子？

杰克（刚才还在踱步的他，突然停了下来）：不是他不愿讨论，而且他分明就表现出这事儿好像压根儿就不存在似的。我提起这事儿，他毫无反应。我拿出克莱姆·安德森的照片给他看：我本希望可以刺激他做出某种反应。但他只是回头看了眼棋盘，走了步棋，给我讲了个下流的笑话而已。

最近几个月，每周的几个下午，我和奎因就这样玩着棋中之棋。其实，今天晚些时候，我就要去他那儿。你呢——（冲我这边翘起一根指头）也同我一块儿去吧。

我：我可以去吗？

杰克：我今天早上给他打了电话。他只问了句：他下棋吗？

我：我下棋。但我还是观棋好了。

（一根木柴塌了下来，噼噼啪啪的声音将我的注意力引向了壁

---

① 里诺，美国有名的“离婚城市”，在内华达州西部，凡欲离婚者，只需在该市住满三个月，即可离婚。

炉。我目不转睛地望着噼噼啪啪的炉火，心生疑惑，为何杰克坚决不让艾迪描述奎因，不让她告诉我奎因长什么模样呢。我尽力想象着他的样子；可我就是想不出来。相反，我倒是想起了杰克先前朗读过的马克·吐温的一段文章："天地万物生，人类最可憎……唯有他，唯独他，心怀恶意……他是唯一一种心思卑鄙的生物。"艾迪的声音将我从不安的冥想中拽了回来。）

艾迪：噢，亲爱的。外面又开始下雪了。不过下得不大，只是在飘雪而已。（然后，似乎是因为雪又开始下了，这一下子又唤起了她关于死亡、关于时间流逝的思绪）你知道，差不多已经有五个月了。对他来说时间够久了。他一般是不会等那么久的。

杰克（烦恼的样子）：艾迪，你在说什么呢？

艾迪：我说的是我收到的那个小棺材啊，已经差不多过去五个月了。就像我说的，他一般是不会等那么久的。

杰克：艾迪！有我在。你不会有事的。

艾迪：当然，杰克。我对奥利弗·耶格很好奇。我想知道他什么时候会收到他的那个小棺材呢。你想啊，奥利弗是邮政局长。整理邮件的人就是他，那么——（她的声音突然开始发颤，听上去非常脆弱，令人不由得一惊——那种惆怅愈发凸显出金丝雀无忧无虑的欢唱。）嗯，应该不会那么快。

我：为什么呢？

艾迪：因为奎因得先装我的棺材。

我们离开艾迪家的时候，已经过了五点钟。空气凝滞，漫天飞雪，微曦隐若，那是落日的余晖，还有月亮升起时的第一抹浅色光亮：一轮满月从地平线上徐徐升起，宛若一个白色的车轮，又像是一个面具，一个狰狞的、没有五官的白色面具，正透过车窗盯着我们。车开到主街尽头，就在镇子与草原的交界处，杰克指着一个加油站说：“那就是汤姆·亨利的地盘。汤姆·亨利、艾迪和奥利弗·耶格——最初的河道处理委员会，现在只剩下这三个人了。我就说亨利是个疯子，他的确是个疯子。不过这疯子真够走运的。他投了反对票，这倒让他落得一身清净。汤姆·亨利没有收到小棺材。”

我：给迪米特里奥斯的棺材。

杰克：怎么讲？

我：埃里克·安伯勒的一本书。是部惊悚小说。

杰克：小说？（我点了点头；他做了个鬼脸）这种垃圾书你也读？

我：格雷厄姆·格林是个一流的作家，直到罗马教廷俘获了他。不过自那以后，他就再也没有写出过像《布赖顿棒糖》这样优秀的作品了。我喜欢阿加莎·克里斯蒂，钟爱她的作品。还有雷蒙德·钱德勒也是个独具风格的伟大作家，他是个诗人，虽然他的情节是一团乱麻。

杰克：垃圾。这些人全是些不切实际的家伙，就知道白日做梦——整天趴在打印机前，在那里自娱自乐，他们就只干这活儿了。

我：汤姆·亨利没有收到过小棺材，那奥利弗·耶格呢？

杰克：他会收到的。会有那么一天早上，他在邮局前面把东西搬来搬去，将寄过来的邮包倒空的时候，那东西一定会出现在那里的，一个棕色的纸盒，他自己的名字就用手写体写在上面。

忘记什么表兄弟的事情吧；忘记他一直在往鲍勃·奎因的头顶上戴光环吧。就是嘴里念着圣母马利亚，圣鲍勃也不会放过他的。以我对圣鲍勃的了解，他是绝对不会放过他的。很可能他已经用他那磨好的小刀，雕出这个小玩意儿，再把奥利弗·耶格的照片扔在里面——

（杰克的声音在惊慌中突然停了下来，脚下也踩了一脚刹车踏板，仿佛这是一个与说话连锁的动作：车突然减速，急转了一个弯，车身又直了过来；我们继续驱车前行。我知道方才发生了什么。那是艾迪悲悯的控诉："奎因会先装我的棺材。"他想到的是这个，我想到的也是这个，我试着管住我的嘴；但还是没能管住。）

我：那就是说——

杰克：最好把我的车前灯打开。

我：那就是说艾迪性命难保啦。

杰克：该死的，不会的！我就知道你要这么说！（他用一只扁平的手掌猛地拍了一下方向盘）我已在她周围筑了保护墙。我给了她一支侦探专用的38式左轮手枪，教她学会怎么用，她可以在一百码以外正中一个人的前额。她学了空手道，足以单掌把一块厚木板给劈开。艾迪人很聪明的；她不会上别人的当。有我在呢，我在密切看护着她，我也在密切监视着奎因，还有其他一些人。

（强烈的感情——一步一步向恐惧发展的恐慌——足以摧毁一个即便像杰克·佩珀这样逻辑清晰之人的逻辑——纵使他采取防备措施，也没能救得了克莱姆·安德森的性命。我并不打算去与他争辩什么，不会在他现在这种非理性的精神状态下去与之争辩；既然他能够估测到奥利弗·耶格会厄运当头，那他为什么就这么确信艾迪不会有事？她真的会平安无事吗？因为如果奎因按照所设计的方案来执行，那么他绝对需要先干掉艾迪，将她这个眼中钉给除掉，然后再开始实施他计划中的最后一步——递一份邮包给他的二表弟，这个坚定维护他的人，这个小镇的邮政局长。）

我：我知道艾迪已经环游过世界。不过我觉得她该是再去一次的时候了。

杰克（暴躁地说）：她不能离开这里。现在可不行。

我：哦？我觉得她倒不会自杀。

杰克：嗯，这主要呢，是学校那边走不开。不到六月，学校还没放假。

我：杰克！我的天啊！你怎么可以扯到学校的事？

（尽管光线很昏暗，我还是可以依稀看出他面露愧意的表情；与此同时，他依然扬起了下巴。）

杰克：我们已经讨论过了，说起过她和玛丽李远航的事儿。但是她哪儿也不想去。她说："鲨鱼需要诱饵啊。要想让鲨鱼上钩，那一定要有鱼饵才行嘛。"

我：那就是说艾迪会受到持续监控？就像一只等待猛虎扑过来的山羊？

杰克：淡定些。我不太喜欢你对这件事情的描述方式。

我：那你怎么描述这件事情？

杰克：（沉默）

我：（沉默）

杰克：奎因惦记着艾迪，这一点千真万确。他有意要坚守承诺。我们要等适当的时机才会把他给拿下：在他企图行凶时。等窗帘全都拉开，等灯火全都亮起，我们再一把将他抓住。当然，这会有些冒险；但是我们只能去冒这个险。因为——好吧，说句他妈的实在话，这他妈很可能是我们逮住他的唯一机会了。

（我将头倚靠在车窗上：看见了艾迪漂亮的颈部，她正仰起头来，将那耀眼的红酒酣畅地一饮而尽。我感到虚弱，无力，对杰克充满厌恶。）

我：我喜欢艾迪。她很真实；不过有一个谜。我不知道她为何一直没有结婚。

杰克：你要保守这个秘密啊：艾迪就要嫁给我了。

我（我的心灵之眼还在别处；实际上，它仍然在注视着艾迪喝酒的样子）：什么时候呢？

杰克：明年夏天吧。等我放假的时候。除了玛丽李之外，我们没有对任何人讲。所以现在你明白了吧？艾迪很安全；我不会让她有事的；我爱她；我会娶她为妻。

（明年的夏天：一生的距离。那一轮满月，现在已经升得更高，变得更白了，牧场上的狼群在月下嗥叫，叫声穿过白雪皑皑的土地。牛群伫立在冰冷的雪地里，成群结队，挤作一团，相互取暖。我见到两只花牛犊并排蜷在一起，给予彼此慰藉、庇护：就像杰克，就像艾迪。）

我：嗯，恭喜啊。那太好了。我相信你们俩会很幸福的。

不久，高速公路的两边竖起了两排显眼的铁丝网围栏，就像是集中营高高的围墙；这就标志进入B. Q. 牧场了：一万英亩上下的土地。我将车窗摇了下来，让一股寒风吹了进来，风很犀利，带着初降的雪和陈干草的幽香。“好戏开始了，”杰克说道，于是我们驶下高速公路，开车穿过了几扇洞开的木门。在入口处，我们的车灯照在一个门牌上，只见上面清晰工整地写着：B.Q.牧场/R·H·奎因/牧场主。所有者的名字下方，画着一对交叉成十字的战斧；你会好奇这究竟是牧场的标识，还是家族的饰章。管他呢，这对不祥的战斧，真是恰如其分。

道路很窄，两旁是光秃秃的树，一片黑暗，除了在现出黑影的枝头间，偶有动物的眼睛发出寒光。我们穿过一座木桥，桥身在我们的重压下发出辘辘的声响，我听见了流水声，水流翻滚发出低沉的声音，我知道那一定就是"蓝河"了，但是我看不见，因为它藏匿在树木与雪堆之下；我们继续沿着这条路行驶，声音也一路跟随，因为河水就在我们旁边流淌，偶尔会静得出奇，然后突然迸发出由瀑布声与水帘声织成的那破碎的音乐。

道路逐渐变得宽阔起来。电灯透过树木，洒下点点亮光。一个英俊的男孩，长着一头蓬松的黄发，正骑在一个没有马鞍的马背上向我们挥手。我们经过一排平房，里面有灯光，屋宇伴着电视里传来的嘈杂声微微震颤：那是牧场雇工的住所。再往前是一处主建筑，明显区别于其他平房，那是奎因的住处。那是一座巨大的两层白色建筑，装着护墙板，还有一个与楼身齐长的有顶阳台；房子看起来像是没人居住，因为所有的窗户全是漆黑一片。

杰克按了一声喇叭。顷刻间，一排耀眼的泛光灯沿着阳台一字开启，仿佛是欢迎仪式上的鼓乐齐鸣；楼下房间的灯光也突然亮起。正门开了，一个男人走出来准备接待我们。

我与B.Q.牧场的主人见上了第一面，可这似乎并未回答此前的那个问题，那就是为何杰克不愿让艾迪向我描述奎因。尽管他的长相不属于从你身边路过，你都不会去瞅一眼的那种，然而他的样貌也并非十分特别；一见到他，我就感到一阵错愕：我认识奎因先生。我肯定认识他，我敢拿性命担保，那毫无疑问是很久以前的事了，但我确实曾鬼使神差地碰到过罗伯特·霍利·奎因，实际上，我们在一起共度了一段令人胆战心惊的经历，那次历险实在是让人心神不宁，因此记忆仁慈地将其淹没了。

他穿了一双昂贵的高跟靴，不过即使他不穿，也有六英尺多高，如果他笔直站立，而不是那样弯腰驼背，双肩耷拉，他定会显得高大威武。他的手臂很长，仿佛是类人猿；双手垂落，长度及膝，手指修长而灵巧，带着一种古怪的贵族气度。我想起了拉赫玛尼诺夫的某场音乐会；拉赫玛尼诺夫的手指就跟奎因的一样。奎因脸很宽，但却很消瘦，两颊深陷，饱经沧桑——一副中世纪农民的形象：一个扶犁的农人，世上所有的痛苦与悲哀如同鞭子一样抽打在他的脊背上。但是奎因可不是什么头脑愚笨、逆来顺受的农民。他戴着一副薄薄的金丝边眼镜，在这副学者风范的眼镜那厚厚的镜片背后，一双灰色的眼睛暴露了他的实质：他的眼睛透着警惕、怀疑、才智，有种以恶为乐，自鸣得意的优越感。他的笑声和说话声充满热情，却又有些故作亲切。但他不是个骗子。他是个理想主义者，是个有成就的人；他给自己制定目标，而他的目标就是他的十字架、他的宗教和他的身份；没错，他不是个骗子——他是个狂热分子；而眼下，当我们聚在阳台上时，我深藏的记忆又渐渐露出轮廓：我记起了我是在哪个场合、哪种状态下，曾经见过奎因先生。

他朝杰克伸出一只长长的胳膊；另一只手则是捋着一头灰白的头发，他头发浓密，参差不齐，是那种饱经沧桑的拓荒者的发型——这么长的头发在他的牧场主同行中间并不流行：那些人看上去就像是每周六都会去一趟理发店，把头发剪短，再用爽肤洗发水洗过。一簇簇的灰色毛发从他的鼻孔里和耳朵里往外冒。我注意到他的皮带扣，上面装饰有交叉成十字的战斧，是金色和红色的瓷釉材质。

奎因：嘿，杰克。我刚跟胡安妮塔说，我说亲爱的，那个坏蛋要临阵退缩了。瞧这雪下的。

杰克：这也能叫雪吗？

奎因：开个玩笑嘛，杰克。（对着我说）你应当看看我们经历的那场大雪！那是1952年，一整个星期的时间，你要想从房子里到外面，唯一的办法就是从顶楼的窗户爬出去。损失了七百头牛啊，我的老天。哈哈！哦，所以我跟你说，那场雪才真叫一个大呢。嗯，先生，你会下棋吗？

我：就跟我说法语一样。略懂一二[①]。

奎因（咯咯笑了起来，拍了一下大腿，露出虚伪的笑容）：是啊，我知道。你是城里人，过来宰我们这些乡巴佬。我敢打赌，你可以同时跟我和杰克下，闭着眼睛都能赢。

（我们跟着他沿着一条宽大的走廊来到一间偌大的房间，活像一个大教堂，里面塞满了巨大笨重的西班牙式家具，衣橱、座椅、桌子和巴洛克式的镜子与这里宽敞的空间比例一致。地板上铺着砖红色的墨西哥地砖，点缀着小块的纳瓦霍地毯。整堵墙由不规则的切割花岗岩砌成，墙壁上有块像洞穴一样的地方，装着一个壁炉，大得足以串上一头牛在里面烘烤；因此，壁炉里那团

① 此处原文为法语 un peu。

温雅的小火相形之下就像树林里的一根树枝一样微不足道。

但是坐在壁炉边的那个人却一点也不微不足道。奎因把我介绍给了她：“这是我的妻子，胡安妮塔。”她点了点头，但是却并未从她面前的电视屏幕上分心：电视机调成了静音状态——她正专注的是些无声的画面，里面的人做着滑稽的动作，像是某个看上去十分喧闹的游戏节目。她坐的那把椅子，要是放在以前，完全可供伊比利亚城堡里的王室御用；一同坐在椅子上的，还有一只哆嗦的吉娃娃狗，还有一把黄色的吉他，就放在她的大腿上。

杰克和我们的主人坐到一张桌子跟前，桌上放有一只精致的乌木象牙棋盘。他们开棋后，我听见他们在相互打趣，气氛很和缓，感觉却很奇怪：艾迪说得没错，他们看上去就像是对真正的哥们儿，是一个豆荚里的两粒豆子。但是后来，我走到壁炉旁，决定进一步试探一番默不作声的胡安妮塔。我坐在壁炉旁的她跟前，想找个话题好把话匣子打开。那把吉他？还是那个哆嗦的吉娃娃狗？它正嫉妒地冲着我汪汪直叫呢！）

胡安妮塔·奎因：佩佩！你个傻讨厌鬼！

我：没关系的。我喜欢狗。

（她看着我。她的头发从中间分开，黑得简直像是假发，光滑地贴在她消瘦的颧骨上。她的脸就像一个拳头：细小的五官紧紧地蜷在一起。她的头对于她的身躯来说，显得太大了一些——她不算胖，但体重还是偏重了一些，大部分的赘肉都分布在胸部和腹部。但是她的腿却很纤细，很有型，穿着一双意大利式的软皮平底鞋，上面镶着珍珠，十分漂亮。讨厌鬼汪汪直叫，但是她已经不再理会。她的注意力重新被电视节目给吸引了过去。）

我有点弄不明白：您看电视的时候怎么不开声儿呢？

（她那双缟玛瑙一般的疲倦眼睛再次转向我这边。我又重复了一遍刚才的问题。）

胡安妮塔·奎因：你喝龙舌兰酒吗？

我：嗯，棕榈泉有一个仓库，他们在里面酿造玛格丽塔酒[①]。

胡安妮塔·奎因：男的喝龙舌兰酒应该什么都不加。不加柠檬，不加盐，什么都不加。你想来点儿吗？

我：没问题啊。

胡安妮塔·奎因：我也想。可是啊，我们没有。我们根本就不能把这酒放在屋子里。要是放在屋子里的话，我就会把它给喝了；我的肝就会脱水……

（她打了一个响指，似乎暗示着某种不幸，然后触碰了一下那把黄色的吉他，拨弄了一声琴弦，弹拨了一段旋律，那调子难以捉摸，听起来不怎么熟悉，有一阵，她一边弹，一边伴着旋律欢乐地哼唱。而她停下来时，那张脸又拧成了一个结。）

我以前每天晚上都会喝酒。每天晚上，我都会喝上一瓶龙舌兰酒，然后上床睡觉，睡得就像个婴儿。我一天也没有病过；我看起来气色不错，感觉身体状况不错，睡得也不错。就是这样。可这段时间，我的感冒害个不停，还有头疼、关节疼；片刻也睡不安生。这都是因为医生说过，我得戒掉喝龙舌兰酒的习惯。但是你先不忙下结论，我不是什么酒鬼。你可以把世界上所有的红酒和威士忌全都倒进大峡谷。可我就是对龙舌兰酒情有独钟。深黄色的那种，是我的最爱。（她指着电视机）你问我为什么看电视

① 玛格丽塔酒，由墨西哥龙舌兰酒、酸橙或柠檬汁以及橙味酒混合调制而成。

不开声儿。我唯一把声音打开的时候，那准是在听天气预报。除此以外，我就这样看，然后想象里面在说些什么。要是我真去听的话，我会被搞得昏昏欲睡的。而就这么去想象，才能够让我清醒。我必须得保持清醒——至少是半夜之前。不然的话，我就完全睡不着了。你住在哪儿呢？

我：纽约吧，大多数时候。

胡安妮塔·奎因：我们以前每一两年会去趟纽约。彩虹屋餐厅[①]：那里的风景真不错。但是现在看来也没什么意思了。没有什么有意思的东西了。我丈夫说你是杰克·佩珀的老朋友。

我：我认识他有十年了。

胡安妮塔·奎因：为什么他觉得我丈夫跟那事儿有牵连呢？

我：那事儿？

胡安妮塔·奎因（惊愕的样子）：你一定听说过那件事儿。嗯，为什么杰克·佩珀认为我丈夫与这事儿有瓜葛呢？

我：杰克认为您丈夫与这事儿有瓜葛吗？

胡安妮塔·奎因：有些人就是这么说的。我的姐姐告诉我说——

我：可您是怎么看的呢？

胡安妮塔·奎因（把她的吉娃娃狗托了起来，把他搂在胸前）：我为杰克感到难过。他一定很孤单。可他错了；根本就没什么事。一切都应当忘记。他应当回家去才对。（她眼睛紧闭，疲倦

---

① 彩虹屋是位于洛克菲勒中心顶楼的奢华餐厅，楼下是美国国家广播公司（NBC）的总部。该餐厅于1934年开业，当时正值美国经济大萧条时期。这家餐厅一直是纽约最著名的奢华消费场所和纽约最重要的标志性场所之一。

不堪）哎，谁知道呢？或者说谁在乎呢？我不会的。我不会的，“蜘蛛”对“苍蝇”如是说。我不会的。

外面棋桌那边传来一阵喧闹。奎因赢了杰克，正在恣意地为他自己叫好庆贺：“他奶奶的！还以为你把我困住了呢。但是你一动‘后’①——等着伟大的佩珀的，就是热啤酒加马尿浇在你头上！”他沙哑的男中音响彻这间拱形屋子，有种歌剧明星的中气。“现在轮到你了，年轻人，”他冲着我大喊。“我要下一盘，来一次真正的挑战。老佩珀这个臭棋篓子根本就不是我的对手。”我开始寻找托辞，因为一想到跟奎因下棋，我就感到既胆怯，又疲惫；要是我觉得自己可以赢他，可以胜利攻占那座自负的城堡，那或许感觉就会有所不同。我曾经在预科学校象棋比赛中拿过冠军，但那已经是上辈子的事儿了；我对这项游戏的认知早就堆放在心间的阁楼里了。然而，杰克朝我招了招手，随后站了起来，将他的椅子让给我，我只得默认，而胡安妮塔·奎因则坐在她丈夫的对面，接着看她的电视；杰克就站在我的椅子旁，为我打气。但是奎因见我开局的几步就举棋不定，犹豫不决，料想我不堪一击，于是继续他先前与杰克的话题，聊的好像是照相机和摄影的事儿。

奎因：德国的相机还不错，我总是用一些德国的相机。莱卡啊，禄来福来啊。不过日本人在后面拿鞭子抽他们的屁股呢。我买了一部新款的日本相机，大小不超过一副纸牌，一卷胶卷可以照五百张呢。

---

① 国际象棋中的重要棋子，又称“皇后”。

我：我知道您说的那种照相机。我跟许多摄影师共事过，也见过他们当中一些人用过。理查德·艾夫登就有一部。他说这相机不咋地。

奎因：说句老实话，我自己的那部还没试过呢。希望你朋友的话是错的。我在这个新玩意儿上花的钱可以买一头参展得奖的公牛了。

（我顿时感到杰克的手指急促地捏了一下我的肩膀，我感觉这一行为是向我传递一种信息，他想让我就这个话题追问下去。）

我：那么，照相是您的爱好吗？

奎因：噢，三天打鱼两天晒网而已。当初爱上这一行，是因为我厌倦了花钱请所谓的职业人士给我的得奖公牛照相，我要把这些照片送给不同的饲养员和买家看。我想我也可以做得一样好，还可以给我省下一点零花钱哩。

（杰克的手又戳了我一下。）

我：您拍的肖像多吗？

奎因：肖像？

我：拍人的那种。

奎因（冷冷一笑）：我才不会管他们叫肖像呢。或许，可以叫做抓拍吧。除了拍牲口以外，大多数时候我都是拍摄自然风光。风景啊，雷雨啊，牧场四季啊。先是嫩绿，然后是金黄的小麦。还有我的河——我那里有一些极棒的照片，照的就是我那条河水量最汹涌的样子。

（那条河。我听见杰克清了清嗓子，神情紧张，似乎是打算说些什么；可他没有开口，而是更加坚决地用手戳我。我心不在焉地拿着小卒，拖延时间。）

我：那您拍了好多彩照吧。

奎因(点头)：所以我自己冲洗啊。你要是把这些东西交给冲洗间，你根本不知道你拿回来的会是什么样的鬼玩意儿。

我：哦，您有暗室?

奎因：你管这个叫暗室也成吧。那没有什么稀奇的。

(杰克的嗓子再度发出低沉的声音，这次有着十分认真的意图。)

杰克：鲍勃，你还记得我给你说的那些照片吗?小棺材里的照片。他们都是用快拍相机拍的。

奎因：(沉默不语)

杰克：是用一部莱卡相机拍的。

奎因：哦，那不是我的。我的那部旧莱卡早就在黑非洲弄丢了。哪个黑鬼给顺手牵羊了。(他盯着棋盘，脸上弥漫着一种又好气又好笑的神情)哎呀，你这个坏家伙!真该扒了你的皮。瞧这棋，杰克，你的朋友差点儿就将了我的军。差点儿……

没错；我凭借潜意识中突然浮现的棋艺，以一种虽不自知但却犀利的将才一路指挥着我的乌木大军前行，而且我也的确将奎因的“王”逼入了险境。某种意义上，我对自己的得逞感到后悔，因为奎因正趁势回避杰克的质询，突然间把关于照片的这一敏感话题引回到象棋的对局上去；而另一方面呢，我又有些洋洋得意——因为我的棋下得滴水不漏，我兴许可以获得一局完胜。奎因用手挠了挠下巴，他灰色的眼睛全身心地投入到了救“王”于水火这一宗教使命之中。但是于我而言，这棋盘已经变得模糊不清；我的意念落入了一个时空裂缝之中，在几乎半个世纪以前的记忆面前失去了知觉。

那是一个夏日，当时我只有五岁，住在亚拉巴马小镇的亲戚家中。镇子旁边也有一条河；河中泥沙淤积，水流极慢，令我心生厌恶，因为里面满是水蝮蛇和胡须鲶。然而，尽管我一万个不喜欢它们的大嘴，我还是很热衷于逮住它们，然后扔进油锅，炸熟之后蘸着番茄酱吃；我们有个厨子就经常做这道菜。她名叫露西·乔伊，不过在我认识的人当中几乎再找不出一个比她更沉闷的人了。她是个黑人妇女，体格强壮，性格保守，不苟言笑，她似乎每日都生活在礼拜天之中，因为到了礼拜天，她会随松木教堂的唱诗班一同演唱。然而有一天，露西·乔伊整个就像变了一个人似的。我跟她单独待在厨房的时候，她开始跟我说起某个叫做鲍比·乔·斯诺的牧师，描述他的时候，显得兴高采烈，一下子把我的想象给点燃了：他是个创造奇迹的人，是个福音传教士，他不久就会到这个镇子上来；斯诺牧师下个礼拜就会专程到这儿来，来传教布道，来施行洗礼，来拯救众生！我恳求露西带我去见他，她微微一笑，答应会带我去的。事实上，是她需要我的陪同。因为斯诺牧师是个白人，他的听众被按种族隔离开来，露西早已想好了对策，她要想参加，唯一的办法就是带一个白人小男孩儿去接受洗礼。自然，露西并没有向我透露，有这样一件大事在等着我。第二周，我们出发去参加那个牧师的信徒野营集会，而此时的我，却只想着目睹一个戏剧性的场景：一位来自天堂的圣人帮助瞎子获得光明，帮助瘸子抬脚走路。但是我一想到要往那条河的方向走，我的心中就惴惴不安；我们到那儿的时候，我看见数百人聚集在河岸：乡下人，山沟沟里的白人穷光蛋，都在重重地跺脚，大声地嚷嚷，我迟疑了。露西非常恼火——她把我拽到闷热的一众人群里。叮铃铃的铃声，欢呼雀跃的人群；我可以听到有个声音盖过了其他的声音，那是一个声如洪钟的男中音在吟唱。露西也在吟唱；她的声音低沉，身体在摇摆。神奇的是，有个陌生人将我举了起来，骑在他的肩膀上，我很快看了一眼声音最为震撼的那个人。他伫立在河中，穿着白袍，河水没过了腰；他的头发灰白，湿漉漉地缠作一团，他的手很长，伸向天空，向润湿的正午太阳祈祷。我努力想看清他的脸，因为我知道这个人肯定就是鲍比·乔·斯诺牧师，但是还没等我看清，托我起来的那个家伙就把我扔回令人生厌的人群中去了，狂喜的脚步、挥舞的手臂、震颤的铃鼓乱作一团。我央求着要回家；可是露西呢，她正痴迷在这荣耀之中，把我紧紧揽住。日光令人眩晕；我嗓子眼儿感到一阵作呕，但是却没有发作；相反，我开始又喊又踢又叫：露西把我往河里推，人群分列，给我们腾出一条路来。我一路挣扎，直到最后，我们走到了河岸；这时我不闹了，眼前的情景令我噤了声。那个身着白袍的人站在河水里，揽着一个身体后仰的小女孩儿；他口中吟诵着《圣经》中的经文，随后迅速地把她没入水中，然后又将她从水中拽出：在尖叫声与抽泣声中，她跌跌撞撞地上了岸。这时这个牧师类人猿一样的手臂又伸向了我。我咬了一口露西的手，奋力挣脱她的钳制。但是有个乡巴佬男孩儿拽住了我，将我拖入水中。我闭上双眼；我嗅到了耶稣头发的气息，我感到这个牧师的手臂拖着我向下沉入一片将我淹没的黑暗之中，几个小时以后，才让我重见天日。我睁开了双眼，看着他灰色狂躁的眼睛。他的脸很宽，却很瘦削，这张脸凑了过来，亲吻了一下我的嘴唇。我听见一阵大笑，那笑声，如同炮火迸发：“将军！”

奎因：将军！

杰克：鲍勃，混蛋。他是讲客气呢，他让你赢的。

（那一吻，已经散去；那个牧师的面孔，也渐渐远去，取而代之的，是一张现实中的脸，与牧师的那张面孔，一模一样。那是在亚拉巴马，大约五十年以前，那就是我第一次见到奎因先生。或者说，是他的双生子：鲍比·乔·斯诺，那个福音传教士。）

奎因：怎么样，杰克？你已经准备好再输我一块钱了吧？

杰克：今晚就算了，我们明天早上还要开车去丹佛呢。我的朋友要去那儿赶飞机。

奎因（冲着我说）：嗤！这才坐了多久啊，赶紧找机会再来吧。你要是夏天的时候再来，我就带你去钓鳟鱼。不过现在不比从前了。以往的那个时候，我第一竿下去，保准就可以钓起一条六磅重的七彩鳟。那是在他们毁掉我的河之前。

（我们连晚安都没有跟胡安妮塔·奎因说一声，就离开了那里；她已经酣眠，正打着鼾。奎因送我们走到车旁，告诫我们："要当心哦！"他冲着我们挥手告别，一直等我们车上的尾灯亮光消失在夜色中。）

杰克：嗯，多亏了你啊，让我了解到一件事。现在我知道了，是他亲自冲洗那些照片的。

我：那——为什么你不让艾迪告诉我他长什么模样呢？

杰克：因为这样的话，或许会影响你的第一印象。我希望你不带任何的先入之见，用自己的眼睛去看他，然后告诉我你看到了什么。

我：我看到了一个我此前见过的人。

杰克：奎因？

我：不是，不是奎因。但是跟他很像，是他的孪生兄弟吧。

杰克：说点儿人话吧。

（我将我在那个夏日接受的受洗礼描述了一番——这对我而言真的是一目了然，奎因与那个斯诺牧师之间具有太多相似之处，他们之间的关联有千丝万缕；但是我说这些话的时候，情绪太过激动，太过神乎其神，使得我无法传递自己的感受，我可以感觉到杰克很失望：他原本是期待我能道出一些理性的认识，一些新鲜务实的洞见，以帮助他明晰自己对奎因的性格和他作案动机的认知。

我让杰克失望了，我变得沉默、懊恼。不过等我们上了高速公路，直奔小镇的时候，杰克让我明白了，虽然我的回忆似乎有些扭曲混乱，不过他还是能够从我那糟糕的表述中破译一些信息。）

嗯，奎因的确以为他是无所不能的上帝。

我：不是“以为”，是“知道”。

杰克：还有什么值得怀疑的吗？

我：没有了，毫无疑问，奎因就是那个刻棺材的人。

杰克：过不了多久，他就要刻他自己的棺材了，不然我就不叫杰克·佩珀。

以后的几个月，我至少每周给杰克打一次电话，通常都是在礼拜天，因为那个时候他在艾迪家中，这样我就有机会跟他们俩通话了。每次通话，杰克总是上来就说：“对不住了，伙计，没什么新情况可汇报的。”但是有个礼拜天，杰克告诉我说，他和艾迪举行婚礼的日子定下来了：8 月 10 日。接着艾迪说：“我们希望你能来。”我答应他们我会来的，不过那天跟我去欧洲旅行的日子冲突了，这次旅行为期三周，早就定好了行程；好吧，我还是把日程改改吧。可是，最后改期的，却是新郎和新娘，因为调查局原打算在杰克度蜜月期间（“我们要去檀香山了！”）找人顶替他的工作，结果那人突发肝炎，婚期不得不因故推迟，要到九月一日了。“真是倒霉透顶了，”我对艾迪说。“不过那个时候我已经可以回来了；我一定会去的。”

于是，八月初，我搭乘瑞士航空公司的客机飞往瑞士，接下来几周的时间，我就在阿尔卑斯山的度假村里无所事事，在终年不化的雪山上晒着太阳。我又是睡，又是吃，把普鲁斯特的作品全部重读了一遍，这就像是一头扎进海啸当中，不知道会被卷往何处。然而奎因先生却总是在我的思绪中挥之不去；偶然间，在我睡觉的时候，他会敲门，进入我的梦乡，有时是他本人，那副金丝眼镜后面，那双灰色的眼睛露着寒光，不过时不时地，他也会乔装成身着白袍的斯诺牧师的形象出现。

阿尔卑斯山的空气，只吸一口是令人振奋的，但是连日在群山中度假，也可能让人患上幽闭恐惧症，引发一种无可名状的抑郁心绪。长话短说，有一天当这种阴霾的心情降临时，我租了一辆小轿车，取道大圣伯纳德山，行至意大利，向威尼斯进发。在威尼斯，你总是穿着戏服，戴着面具；也就是说，你并非是你自己，也可以不用为自己的行为负责。下午五点到达威尼斯、半夜之前登上火车去往伊斯坦布尔的那个人，其实并不是真实的我。这一切从哈利酒吧开始，正如许多的威尼斯大冒险一样。我刚刚点了一杯马提尼酒，这时，有个人砰的一声把弹簧门推开，此人名叫詹尼尼·保利，是个精力旺盛的记者，我是在莫斯科认识的他，那时的他在一家意大利报社担任驻外记者：我俩一道在伏特加的鼓舞下，曾经令许多沉闷的俄国餐馆生辉。詹尼尼准备去往伊斯坦布尔，眼下暂且在威尼斯逗留；他准备搭乘半夜的“东方快车”。六杯马提尼过后，他说服我与之同行。这趟行程为期两天两夜；列车蜿蜒穿越南斯拉夫与保加利亚，但是我们对这些国家的印象，却仅限于我们从卧铺车厢的车窗向外瞥见的景象，我们一直就没有离开过车厢，除了去续红酒和伏特加。

房间开始旋转。然后停了下来。然后又开始旋转。我下了床，脑子就像一大块打碎了的玻璃，在我的脑袋里叮当直响，令我头痛欲裂。可是我无法站立，无法行走；我终于想起了我身处何处：伊斯坦布尔的希尔顿酒店。我小心翼翼地走到阳台上，俯瞰博斯普鲁斯海峡。詹尼尼·保利正晒着日光浴，吃着早餐，读着巴黎的《先驱论坛报》。我眨了眨眼，目光扫到了报纸的日期。正是九月一日。为什么这个日子会引起我这般强烈的反应？难受；内疚；自责。天啊，我竟错过了杰克和艾迪的婚礼！詹尼尼无法探究我为什么会如此忧郁(意大利人总是很忧郁；但是他们无法理解其他国家的人为什么也会这样忧郁)；他往自己的橙汁里倒了一些伏特加，递给我说，喝，喝倒了就好：“不过还是先跟他们发个电报吧。”我采纳了他的建议，完全照做。电报内容如下：*滞留在所难免祝二人大喜之日幸福美满*。后来，我睡了一觉，忍住了酒瘾，手不再抖了，这时我给他们写了一封短信；我并没有说谎，可我就是没有解释我为什么会“滞留在所难免”；我说我几天之后要飞往纽约，等他们一度完蜜月回来，我就给他们打电话。我在信上写下收件人的名字：杰克·佩珀先生和太太，我把写好的信放在桌上，等待投递的时候，心中感到一阵释然与豁免；我想象着艾迪头上戴着一朵鲜花，和杰克一道，二人在晚霞中沿着怀基基海滩漫步，身边就是大海，头顶就是繁星；我在想艾迪年龄都这么大了，还能不能生小孩儿。

但是我并没有回家；因为发生了一些事。我在伊斯坦布尔碰到了一位老友，他是个考古学家，他的工作就是在土耳其南部的安纳托利亚[①]海岸进行考古发掘；他邀请我与他一同前往，他说我准会喜欢上这趟旅程的，他说得没错，我确实喜欢。我每天游泳，学会了跳土耳其的民族舞蹈，喝着茴香烈酒，每天夜里在当地的小酒馆外面跳舞，一跳就是一整夜；我待了两周的时间。随后，我又乘小船去了雅典，又从雅典乘飞机去了伦敦，我在那里试了一身套装。等我回到纽约的家中，扭转钥匙打开房门的时候，已经是十月了，秋天都要来了。

有个朋友一直去我的住所给植物浇水，帮我把一摞信件在书桌上码放得整整齐齐。那堆信件里有几封电报，我连大衣都没脱，就迅速翻阅了一番。我打开了其中一封；是邀请我参加万圣节派对的。我又打开一封；署名杰克：速回电。日期是 8 月 29 日，那是六周之前的事儿了。我还没顾得上考虑脑中的想法，就赶忙找到了艾迪的电话，拨了过去，却无人应答。于是我又给“牧场汽车旅馆”打了一个定人呼叫电话：还是不行，杰克先生现在已经不登记在那儿了；没错，话务员觉得打州调查局的电话，兴许能找到他。于是我打了过去；一个家伙——那是个脾气暴躁的狗杂种——告诉我说杰克警探请假了，他不会告诉我他的

① 安纳托利亚，又名小亚细亚或西亚美尼亚，是亚洲西南部的一个半岛，位于黑海和地中海之间，现时安纳托利亚的全境属于土耳其，但亚美尼亚及争取独立的库尔德斯坦都宣称拥有该半岛的部分主权。

下落（“这么做是违反规定的”）；我告诉他我的名字，跟他说我是从纽约打过来的，他说了声哦，我说请听好，这事儿很重要，这个狗杂种就把电话给挂了。

我需要撒泡尿；这尿意在我从肯尼迪机场到这里来的一路上就从未停歇过，但此时当我目不转睛地看着这些堆放在书桌上的信件时，忽然尿意全无。一种直觉让我的注意力转移到这些信件上面。我以一个职业邮件分拣员的速度匆匆翻阅这堆信件，搜寻有杰克笔迹的信件。我找到了。信封上邮戳的日期是9月10日；这封信是用调查局的官方信纸写的，由州首府寄出。信的内容很短，但是遒劲有力的手笔掩藏了作者的痛楚：

> 你从伊斯坦布尔的来信今天收到。我读信的时候，还很清醒。但现在我已经不那么清醒了。就在八月，艾迪死的那天，我给你发了一份电报，让你给我打个电话。但是我估计你不在国内。但是这件事我不得不告诉你——艾迪已经去世了。我仍然不相信此事，今后也不会相信，直到我弄清真相的那天。就在我们举行婚礼的前两天，她和玛丽李在“蓝河”里游泳。艾迪淹死了；但玛丽李却没亲眼看到她淹死。详情我就不写了。我得离开这里。我已经不信任自己。我的去处，玛丽李·康纳会知道。此致……

玛丽李·康纳：啊，你好！啊，是的，我开始就听出是你的声音了。

我：整个下午，我每隔半小时就给您打个电话呢。

玛丽李：你现在在哪儿？

我：纽约。

玛丽李：天气情况如何？

我：在下雨。

玛丽李：这儿也在下雨呢。但是这雨对我们可是件好事，今年夏天旱极了，头发里全是沙尘。你说你一直给我打电话来着？

我：整个下午。

玛丽李：嗯，我已经回家了。但是恐怕我的听力不怎么好。我一直都在地下室，要么就在顶楼，收拾东西呢。现在就剩我孤身一人，这座房子对我来说太大了。我们还有个表姐——她也是个寡妇——她在佛罗里达买了套房子，是套公寓单元房，我准备搬去跟她一块儿住。嗯，你怎么样？你最近跟杰克通过话吗？

（我解释说我刚从欧洲回来，还没能联系上杰克；她说，杰克现在和他一个在俄勒冈的儿子住在一起，还给了我他的电话号码。）

可怜的杰克。他把一切重担都一个人扛着。他好像有点儿自责。哦？哦，你还不知道？

我：杰克给我写了信，但是我直到今天才拿到。别提我有多难过了……

玛丽李（声音中有一丝哽咽）：你之前不知道艾迪的事儿？

我：今天才刚刚知道。

玛丽李（半信半疑）：杰克是怎么说的？

我：他说她淹死了。

玛丽李（心存戒备的口吻，似乎我们是在争论什么）：嗯，她确实是淹死的。我不管杰克怎样想。当时奎因根本连影子都见不着。他不可能与此事有一点关系。

（我听见她深吸了一口气，然后是一段长时间的沉默——似乎她是要试图控制自己的情绪，正在从一数到十。）

要说这事儿该怨谁，那就怨我好了。去“沙湾”游泳是我的主意。“沙湾”甚至都不属于奎因的地盘，那儿是米勒的农场。我和艾迪经常去那儿；那个地方很阴凉，可以不受阳光的照射。那里是“蓝河”最安全的区域，里面有一个天然的游泳池，我们小的时候，就是在那儿学会的游泳。出事那天，整个“沙湾”只有我们两个人；我们先是一起下的水，艾迪说等到下周的这个时候，她就该在太平洋里游泳了。艾迪水性好，可我游了一会儿就觉得累了，于是我上岸乘了一会儿凉，在树下铺开一块浴巾，开始读我们带过来的杂志。艾迪还在水里游着，我听见她说：“我要沿着河湾再游一会儿，到那边小瀑布的石脊上坐坐。”河水从“沙湾”流出，蜿蜒流过一个弯道；过了弯道，有个石脊横贯河流，形成一个小型瀑布——那是个小小的水位落差，不超过两英尺。我们很小的时候，就是坐在那个石脊上，让河水冲过我们的腿，好不快活。

我正在读着杂志，没有注意到时间，直到后来，我感到一阵哆嗦，才看见太阳已经渐渐地落了山；不过我那时并不担心——我以为艾迪还在享受着瀑布的乐趣。但是过了一阵，我走到河边，一遍一遍大声喊着艾迪的名字，我在想：说不定她是在逗我玩儿呢。于是我爬上河堤，直到“沙湾”的最高处；从那个地方，我可以看到小瀑布和北去的河流。但是那儿没有人，艾迪不在那里。后来，就在小瀑布下边，我看到一片白色的睡莲叶子漂在水面上，上下起伏。这时我才意识到那不是睡莲；那是一只手——上面还有一枚钻石闪闪发光：那是艾迪的订婚戒指，是杰克送给她的小钻戒。我顺着河堤滑下河去，蹚进河里，沿着小瀑布前的石脊往前爬。河水十分清澈，不是很深：我可以看到艾迪的脸就在水面下，头发与沉树[1]的树枝缠在一起，已经没救了——我拽住她的手，使尽全身力气，一次又一次地拉她，但她却纹丝不动。总之，我们永远也不会知道她是怎么从小瀑布前的石脊上掉下去的，又是怎么被树枝绞住头发，让她在水中不能动弹的。验尸官的结论是意外溺亡。喂？

我：嗯，我在听。

玛丽李：我的祖母梅森从来都不用“死”这个字眼。只要有人死了，特别是她关心的人死了，她总是说他们被“召回”了。她的意思是说，我们并没有将他们埋葬，并没有永远失去他们；其实，那个人只是被“召回”，去往童年的一片乐土，一个生灵居住的世界。我就是这么看待我妹妹这事儿的。艾迪被召回，和她喜爱的东西住在了一起。有孩童。有孩童和鲜花，还有小鸟，还有她在山间发现的野生植物。

我：我很难过，康纳太太。我……

玛丽李：没关系，亲爱的。

我：我希望有什么可以……

玛丽李：嗯，你能打电话来，真的挺好。你给杰克打电话的时候，记得给他捎上我的问候。

我冲了个澡，在床头放了一瓶白兰地，钻进被子，将电话机

---

① 沉树，水力术语，是用石块等重物系于新伐下来带干枝的柳树，沉至凹岸河底，以缓溜挂淤和防波浪淘刷的透水河工措施。

从床头柜上拿了过来，放在肚子上，拨起那个之前给我的俄勒冈的号码。电话是杰克的儿子接的；他说他父亲出去了，他不知道去了哪儿，也不知道什么时候回。我给他留了个口信，说让他一回来就跟我打个电话，不管是什么时候。我口里含着白兰地，满得不能再满，然后就像漱口液一样漱口，这是让我的牙齿停止打颤的药。我让白兰地顺着我的嗓子一滴一滴地流下去。睡梦，就像低语的河流那曲曲折折的河道，蜿蜒流过我的脑海；最后，永远都是这条河；一切皆归于此。奎因也许用过响尾蛇，用过大火，用过尼古丁，用过钢丝；可正是这条河激起了这些行为，而如今，它又夺去了艾迪的性命。艾迪：她的头发，绞在湿漉漉的矮树丛里，漂浮着，进入到我的梦境，就像新娘的面纱，蒙在她上下起伏的脸上——一张溺水而亡的脸。

一场地震爆发了；这场地震就是电话的铃声，电话机在我的肚子上隆隆作响，我刚才打盹的时候，它并未从我的肚子上移开。我知道是杰克打来的。我让它就这么响着，喝了一口酒，确保自己处于清醒状态。

我：杰克？

杰克：这么说你最后还是回美国来了？

我：今天早上刚到的。

杰克：嗯，你总算还是没有错过婚礼啊。

我：我收到你的来信了。杰克——

杰克：不用了。你不用再多作什么长篇大论了。

我：我跟玛丽李·康纳太太打过电话。我们长谈了一番——

杰克（警觉起来）：是吧？

我：她把出的事儿全都告诉我了——

杰克：噢，没有，她没有！要说她全都告诉你了，那可真是一派胡言！

我（他反应之严厉让我很是震惊）：可是，杰克，她说——

杰克：没错。她说什么？

我：她说这是个意外。

杰克：你信吗？

（杰克的语调带着一种阴冷的嘲讽，你能够从中想象出他当时的表情：他的眼神坚毅，古怪的薄嘴唇在不停地抽搐。）

我：从她跟我讲的情况来看，这似乎是唯一的解释。

杰克：她不知道情况。她不在场。她坐在自己的屁股墩上看杂志。

我：好吧，要是奎因干的——

杰克：我听你说说看。

我：那他一定是个魔术师了。

杰克：不见得吧。但是现在我不能跟你讨论这件事情。也许很快就可以了。也许再发生一丁点小事儿，就会加速事态的进程。圣诞老人今年来早了。

我：你指的是耶格吗？

杰克：是的，邮政局长收到了给他的包裹。

我：什么时候的事情？

杰克：就在昨天。（他笑了起来，不是出于喜悦，而是出于兴奋，那是一种能量的释放）对耶格来说，是个坏消息，可对我来说，却是个好消息。我的计划是一直在这儿待到感恩节之后。但是伙计，我都要疯掉了。我唯一能听到的只有门被重重摔上的声音。我唯一能想到是：假如他不打算对耶格下手呢？假如他不给我最后一次机会呢？好了，你明天晚上可以打电话到“牧场汽车旅馆”找我。因为到时我就在那儿。

我：杰克，等会儿。这一定是个意外。我说的是艾迪这事儿。

杰克（一副装腔装过了头的耐心姿态，像是在训诫一个智力低下的原住民一样）：现在我留点东西给你，让你今晚睡觉的时候想想。

发生这次“意外”的“沙湾”，是一个叫做 A · J · 米勒的人的领地。要去那里有两条途径。最短的路线是抄小路穿过奎因的领地，那样可以直接穿到米勒的牧场。这条路就是那两位女士选择的路线。

朋友，再见。

杰克让我一晚上考虑的问题，令我度过了一个不眠之夜，一直持续到破晓，这是情理之中的事。图像浮现出来，又黯淡下去；这就像是我在脑子里编辑一部电影。

艾迪和她的姐姐沿着高速公路开车，她们下了高速公路，转到一条属于 B. Q. 牧场的土路上。奎因正站在房子的阳台上；要么就是从窗子里往外看：不管是什么时候，不管是以什么方式，有那么一刻，他窥视着这辆擅自闯入的小轿车，认出了车上的人，也猜出了她们正准备去“沙湾”游泳。他决定跟踪她们。是开车？还是骑马？还是步行？总之，他选择了一条迂回的线路靠近了那两个女人游泳的地方。就是在那儿，他藏匿在“沙湾”上面阴翳的树下。玛丽李正坐在一条浴巾上面休憩，读着杂志。艾迪正在水里。他听见艾迪对她姐姐说的话了：“我要沿着河湾游一会儿，到那边小瀑布的石脊上坐坐。”理想状况出现了；此时的艾迪没有任何保护，只身一人，她的姐姐又看不见她。奎因一直等到他确信艾迪正在瀑布下尽情嬉耍。这时，他顺着河堤滑入水中（后来玛丽李寻找她妹妹时，也是从这个河堤下到水里的）。艾迪没有听见他的声响；瀑布飞溅的响声盖住了奎因入水的声响。但是奎因又是如何避开她的视线的呢？因为可以肯定的是，艾迪看见他的那一瞬间，她一定会意识到自己有危险，会反抗，会高声尖叫。不，他用枪让她保持安静。艾迪听见了声音，向上面看去，看见了奎因正敏捷地大步穿过石脊，用左轮手枪向她瞄准——他狠狠地将艾迪推下瀑布，并且跟着她纵身跃下，把她往水里拖，将她牢牢按住：这是最后的洗礼。

这不是没有可能。

但是到了破晓，纽约大街上车水马龙的喧嚣声开始响起，给我那亢奋的遐想打了一剂退烧针，很快便让我坠入那万分沮丧的深渊——现实。杰克别无选择：就像奎因一样，他给自己设定了一项充满激情的任务，而他的任务——他的人生职责——便是要证明奎因应当对那九起离奇的死亡负责，尤其是他此前希望迎娶的那个女人，那个热情友善的女人。但是除非杰克能推导出一个比我的设想更有说服力的说辞，否则我宁愿选择忘记；想想验尸官根据常识得出的结论：*意外溺亡*，我便会心满意足地睡去。

一个小时以后，我还是全无睡意，这全是时差惹的祸。虽然全无睡意，人却身心疲惫，烦躁不安；而且还饥肠辘辘。这一点儿也不奇怪，因为我很长一段时间都不在家，冰箱里没有东西可供食用。放酸的牛奶、变质的面包、发黑的香蕉、恶臭的鸡蛋、干瘪的橘子、脱水的苹果、腐烂的西红柿、发霉的巧克力蛋糕。我冲了一杯咖啡，里面放了些白兰地提神，好让我能仔细阅读积压的邮件。我的生日是9月30日，有几个人寄来了贺卡表达美好祝愿。其中一张是弗雷德·威尔逊寄的，他是个退休的警探，是我和杰克都很熟悉的朋友，就是他介绍我和杰克认识的。我知道他很熟悉杰克的这个案子，杰克也经常向他请教，但是出于一些原因，我们从未讨论过这件事，于是我给他打了个电话，好弥补这一疏漏。

我：喂，请问威尔逊先生在吗？

弗雷德·威尔逊：请讲。

我：弗雷德，你的声音听上去像是得了重感冒一样啊。

弗雷德：你说得没错。确实是重得很啊。

我：谢谢你给我寄来贺卡。

弗雷德：噢，天啊。你可不用专门为了这事儿花钱。

我：是这样，我想跟你谈谈杰克·佩珀的情况。

弗雷德：我说，这里面肯定是有心灵感应。电话铃响的时候，我正在想杰克的事儿。你也知道，他所在的调查局让他休假了。他们想强行让他与此案脱离。

我：他又回来处理这个案子了。

（我把头天晚上同杰克的对话跟他讲述了一番，弗雷德问了我几个问题，大多数是关于艾迪·梅森的死以及杰克对于此事的态度。）

弗雷德：我真他妈觉得奇怪，调查局居然又让他回这儿来了。杰克是我见过的人当中，为人最正派的一个。我们这个行当里面，我最敬重的就是杰克·佩珀了。但是他的判断全错了。他拿脑袋往墙上撞了太久，把他所有的理性都给撞没了。没错，他的女朋友出的那事儿是挺惨的。可这就是个意外，她是淹死的啊。但是杰克接受不了这个现实。他公开宣称这是起谋杀案，他要起诉这个叫做奎因的人。

我(忿忿不平)：杰克没准儿说得对啊。这事儿不是没有可能。

弗雷德：但是另一种可能也同样存在呀——也许他指控的那个家伙百分之百地清白。实际上，这反倒是大家的共识。我跟杰克所在调查局的人谈过，他们说就凭他们手头现有的证据，就连一只苍蝇也拍不死。他们说这事儿真够让人觉得丢脸的。连杰克自己的局长都对我说，就他所了解的情况，奎因没有杀过任何人。

我：他杀过两个偷牛贼啊。

弗雷德(轻声笑了笑，而后是一阵咳嗽)：啊，先生。准确地说，我们把那个不叫做杀人。我们这片儿不那么叫。

我：可问题是他们并不是偷牛贼啊。他们是丹佛的两个赌徒；奎因欠他们的钱。还有，我觉得艾迪的死可不是个意外。

（我以一种桀骜不驯、不容置疑的方式，将这起“谋杀”按我想象中的情景讲述了出来；黎明时被我否定的那些推测，此时看起来不仅合情合理，而且惟妙惟肖，颇具说服力：奎因的确是跟踪这对姐妹到了“沙湾”。他藏匿在树林里，沿着河堤滑入水中，拿枪指着艾迪，将她困住，摁入水里。）

弗雷德：杰克就是这么说的。

我：不是吧。

弗雷德：那这些全是你自个儿想出来的？

我：多多少少，算是吧。

弗雷德：话虽如此，可杰克就是这么说的。你先别挂，我擤个鼻涕。

我：你说——“杰克就是这么说的”，这又是什么意思啊？

弗雷德：就像我刚说的，这里面肯定有心灵感应。可能在细节方面稍有一些出入，但是杰克的确就是这么说的。他起草了一份报告，也给了我一份。他在报告里面就是这样再现事件的来龙去脉的：奎因看见了那辆车，他跟了过去……

（弗雷德继续说了下去。一股羞愧之情如热浪般向我涌来；我就像一个考试作弊被抓的学生；我当时非但没有责怪自己，反倒是责怪杰克，回头一想，真是缺乏理智啊；我怪他没有给出一个确凿有力的谜底来，而且他的推测一点儿不比我的强，这同样令我失望。我信任杰克，信任这个专业人士，而当我感觉到这种信任发生了摇摆时，就觉得非常难受。但是奎因、艾迪，还有瀑布——这样的拼接也太过随意了些。即便如此，不管弗雷德·威尔逊的评语多么令人沮丧，我知道我有理由对杰克保持最基本的信任。）

调查局处境很艰难。他们不得不让杰克停止办理这桩案件。他的行为使自己丧失了办案资质。噢，他会和他们抗争的！但是他们这么做是为了他的名誉，也是为他的安全着想。有天晚上，就在他失去未婚妻之后，他在凌晨四点给我打了个电话，比一百个在玉米地里跳舞的印第安人还要醉得厉害。大意是：他准备与奎因决斗。我第二天回电问了问他的情况。妈的，他甚至不记得给我打过电话。

任何一个开高价的精神病专家都会告诉你，焦虑是由抑郁引起的；同样是这位精神病专家会让你再来一趟，再出一遍费用，然后告诉你，抑郁是由焦虑引起的。我一整个下午就这样乏味地兜着圈子。到了夜幕降临时分，这两个恶魔合二为一了；焦虑与抑郁交媾，我坐在那里，盯着贝尔先生具有争议的发明，担心我不得不打电话到“牧场汽车旅馆”的那一刻，会听到杰克亲口承认调查局不让他办理此案了。当然，一顿美餐也许让这种情绪有所缓解；但是我吃过发了霉的巧克力蛋糕，早已不再饥饿。或者我可以去看场电影，吸点大麻。但是你一旦陷入这种焦灼当中，唯一的，也是最后的补救办法，就是和它一起兜风：接受焦虑，抑郁下去，放松下来，让这股湍流带你去它想去的地方。

话务员：晚上好。这里是“牧场汽车旅馆”。佩珀先生？嘿，拉尔夫，你看见杰克·佩珀没有？在酒吧里？喂，先生——您要找的人在酒吧。我这就给您转过去。

我：谢谢了。

（我记得这个牧场酒吧；跟汽车旅馆不同，这里有一种连环画式的魅力。顾客都是牛仔，生皮墙上装饰着露点的性感女郎海报和墨西哥草帽，酒吧里的两个卫生间，一间给“猛男”，另一间给“美女”，自动点唱机里不停地播放着乡村音乐和西部音乐的拨弦声。这时，点唱机发出的一声轰响表明，吧台招待已经接起了电话。）

男招待：杰克·佩珀！有人找。喂，先生，他想问一下是哪位找他。

我：一个纽约的朋友。

杰克的声音(声音从远处传来；随着他走近话筒，音量也渐渐变大了)：我当然有纽约的朋友。还有东京的朋友，孟买的朋友。喂，我纽约的朋友！

我：你听上去还挺高兴的哈。

杰克：差不多跟乞丐的猴子一样高兴吧。

我：你现在说话没问题吧？还是等会儿再打给你？

杰克：没事儿。这儿很吵，没人听得到我的声音。

我(带着试探性的口吻；因为怕揭他的伤疤，所以格外小心翼翼)：嗯，事情进展如何？

杰克：不咋地。

我：是因为调查局的原因吗？

杰克(疑惑不解)：调查局？

我：嗯，我还以为他们让你为难了。

杰克：他们可不敢找我的麻烦。不过我可在拼命地找他们的麻烦。一帮蠢货。不，让我头疼的是耶格那个蠢货。我们敬爱的邮政局长。他是只胆小的小鸡鸡。他想逃出鸡笼。我不知道该怎么阻止他。但是我非这么做不可。

我：为什么呢？

杰克："鲨鱼需要诱饵。"

我：你跟耶格谈过了吗？

杰克：谈了好几个钟头。现在他跟我在一起，就坐在那边的角落里，像只小白兔要跳进洞里。

我：嗯，我挺同情他的。

杰克：我可没工夫同情他。我必须得抓住这个老娘儿们不放。可怎么办呢？他已经六十四岁了，手头有大捆的钞票和养老金。他是个单身汉；他在世的亲戚当中和他血缘最近的就属奎因了！看在上帝的分儿上。要知道：他还是不相信这就是奎因干的。他说，没错，也许是有人要蓄意害我，但这人不可能是奎因；他跟我可是血脉相通啊。只有一样东西让他拿不定主意。

我：跟包裹有关？

杰克：没错。

我：是笔迹吗？嗯，不会是这个。一定是照片。

杰克：猜得真准。这张照片不一样。不像其他几张。比如说，这张照片是大约二十年前在州博览会上拍的；当时耶格就在国际同济会[①]的游行队伍中行进——他戴着一顶同济会的帽子。照片是奎因拍的。耶格说，奎因拍照的时候，他看见了。他之所以还记得，是因为他曾经找过奎因，想要一张过来，但奎因从未给他。

我：那该让这位邮政局长对这件事重新审视一番了。我很怀疑这件事对陪审团能起多大作用。

杰克：实际上，这对邮政局长也起不了多大作用。

我：可他真的是吓得不轻，所以要离开镇子，对吗？

杰克：他确实是吓得够呛。可就算是没有这场惊吓，也没有什么能把他留在这里。他说他早就计划好，要利用余生外出旅行。我要做的就是推迟他的行期，无限期推迟。听着，我最好还是别让我的小兔子一个人待得太久。祝我走运吧。保持联系。

我祝福了他，但他并未走运；不出一周，邮政局长和警探已

---

① 国际同济会是一个以“关怀儿童，无远弗届”为任务目标的服务性组织，1915 年 1 月 21 日创建于美国密歇根州的底特律。

经分道扬镳了：前者已背上行囊，环游世界，后者呢，已被调查局调离了这起案子。

以下是我个人日志里的摘录(1975 年至 1979 年)：

1975 年 10 月 20 日：与杰克通过话。他满腹怨恨，直往外喷火。他说“给他两根大头针，外加一块钱伪币”他就乐得退出——他会写上一封辞职信，然后去俄勒冈，到他儿子的农场上干活儿。“但是只要我还在调查局一天，我就还会秉公执法的。”还有，要是他现在就退休，他就等于是自动放弃了养老金，这项福利我确信他不会放弃。

1975 年 11 月 6 日：与杰克通过话。他说他们州东北部的牲口偷窃现象十分猖獗。偷牛贼晚上把牛偷走，然后把它们装上卡车，再一路把它们运到达科他[1]。他说他和其他几个探员这几个晚上都是在牧场露天度过的，藏匿在牛群中间，等着那些偷牛贼出现，可他们却始终没有现身：“我说伙计，外面真冷啊！我太老了，这种硬汉类的工作我可扛不住了。”他提到说玛丽李·康纳已经搬到萨拉索塔[2]去了。

1975 年 11 月 25 日：感恩节。早上一觉醒来，想起了杰克，这才记起来刚好是在一年前，他取得了“重大突破”：他去了艾迪家里吃晚餐，她告诉他关于奎因和“蓝河”的事儿。我决定还是不给他打电话；因为这么做会加重而不是缓解这个特别的周年纪念日背后那令人痛苦的讽刺意味。我倒是打电话给了弗雷德·

---

① 达科他，美国过去一地区名，现分为南、北达科他州。
② 萨拉索塔，美国佛罗里达州西部城市。

威尔逊和他的妻子爱丽丝，祝愿他们“好胃口”。弗雷德问我杰克的情况；我说我上次听到他的消息时他正忙着追捕那些偷牛贼。弗雷德说：“没错，那些家伙让他忙得屁颠屁颠的。他们尽量让他不再去想那件事，那起被调查局的伙计们叫做‘响尾蛇宝贝’的案子。他们已经委派了一个年轻的家伙去负责这项工作了，那人名叫纳尔逊；但那只是装装样子罢了。从法律上来讲，案子还没结；但实际上，调查局已经把它从清单上划去了。”

1975 年 12 月 5 日：与杰克通过话。他说到的第一件事是：“邮政局长正在檀香山呢，安然无恙，你听说这事儿，肯定挺高兴的。他一直在给所有人寄明信片。我肯定他也给奎因寄过一张。唉，他去了檀香山，可我没去成。的确啊，生活就是这么奇怪。”他说他还在负责“偷牛贼的案子。真他妈的腻烦透了。我应该也加入偷牛贼的行列。他们赚的钱可是我的一百倍呢”。

1975 年 12 月 5 日：收到了一张来自玛丽李 · 康纳的圣诞贺卡。她写道：“萨拉索塔真是不错！这是我头一次在温暖的气候下过冬呢，说句实话，我不想家。你知道萨拉索塔之所以出名，是因为那里冬季有林林兄弟马戏团吗？我跟我表姐经常开车过去看他们的表演排练。真是太有乐子了！我们跟一个训练杂技演员的俄国女人混熟了。愿上帝保佑你平安度过新的一年，请查收附上的小礼物。”这个小礼物就是艾迪年轻时的一张家庭写真快照，拍得很业余，那时的艾迪大概十六岁吧，站在花园里，穿着一件白色的夏裙，头上扎着一根丝带，跟裙子很相称，手里还抱着一只白色的小猫，那只小猫正打着呵欠，看上去和周围的树叶一样弱不禁风。照片的背面，玛丽李写道：阿德莱德 · 米纳瓦 · 梅森。生于 1930 年 6 月 14 日。于 1975 年 8 月 29 日被召回。

1976年1月1日：杰克打了个电话过来——“新年快乐！”他的声音听上去就像个掘墓人在掘自己的墓。他说他的除夕夜是在床上读《大卫·科波菲尔》。“调查局举行了一个大型派对，不过我没有参加。我知道，要是我去了的话，我会喝个大醉，然后在那儿闹上一番，或许还是大闹。不管是醉还是醒，只要局长在我周围出现，我唯一能做的就是克制自己不去拿沙袋砸他的大肚子。”我告诉他，我收到了玛丽李寄来的圣诞贺卡，也对随卡附上的那张艾迪的照片描述了一番，他说是的，玛丽李也给他寄了一张照片，跟这张很像：“但是她说——‘被召回’，这是什么意思？”我尽量按照我对这个词的理解向他解释，这时，他嘟囔了一声，打断了我：这种想法对他来说太异想天开了；他接着说：“我爱玛丽李，我总是说她是个可爱的女人，但是她太单纯，单纯得有一点点过了头。”

1976年2月5日：上周我买了个相框，好安放艾迪的照片。我把相框放在卧室里的桌上。昨天，我把相框又放进了抽屉里。因为它太让人心神不宁、太栩栩如生了，尤其是那个小猫打呵欠的样子。

1976年2月14日：三张情人节贺卡——一张是我过去的一位老师——伍德小姐寄过来的；另一张是我的税务会计寄过来的；第三张署名为“爱你，鲍勃·奎因”。这是个玩笑，毫无疑问。莫非是杰克想出的黑色幽默？

1976年2月15日：给杰克打了个电话，他坦言道，没错，那张情人节贺卡就是他寄的。我说，好吧，你当时一定是喝醉了。他说：“我是喝醉了。”

1976年4月20日：收到杰克的一封来信，是用“牧场汽车旅馆”的信纸写下的，篇幅不长，笔迹潦草：“已经到这儿两天了，搜集了一些传言，大部分是在‘好好酒馆’。那个邮政局长还在檀香山。胡安妮塔·奎因发作了一次很严重的中风。我喜欢胡安妮塔，所以听到这个消息，我很难过。但是她的丈夫却还硬朗得很啊。我正希望这样。在我最后打败奎因之前，我不希望他出什么事儿。调查局也许会忘了这件事儿，但是我不会忘记。我绝对不会善罢甘休。绝对不会……”

1976年7月10日：昨夜给杰克打过电话，两个月没他的消息了。跟我通话的人是一个崭新的杰克·佩珀；或者说，是往昔的那个杰克·佩珀：精神焕发，乐观向上——他似乎终于从这场醉死的沉睡中苏醒过来了，充满能量的肌肉正蓄势待发。我马上就得知了将他唤醒的究竟是什么：“我抓住了一只恶魔的尾巴。这是场大戏。”说起这场大戏，尽管它确实含有某种非常诡异的元素，但归根到底它只是起十分平常的凶杀案；或者说，这就是我的印象。一个二十二岁的年轻人跟他上了年纪的祖父住在一座不起眼的农场上。今年初春，这个家伙杀了他的祖父，妄图继承他的财产，还偷走了死者生前藏在床垫下面的私房钱。左邻右舍觉察到这个老农不见了，还发现这个年轻人开着一辆新车招摇过市。于是有人报了警，警察很快发现这个年轻人是拿旧钞买的新车，而且他解释不出为什么自己的亲人一下子就人间蒸发了。这个疑犯既没有承认，也没有否认他的祖父就是他杀的，尽管当局认定是他所为。问题是：他们没有发现尸体。没有发现尸体，也就不能将他绳之以法。他们尽管四处搜寻，可就是找不到那具尸体。当地的治安部门向州调查局求援，杰克奉命办理此案。“真是太惊心动魄了。这小子可真他妈狡猾。不管他对那个老人做了什么，其行为一定是令人发指的。但要是我们找不到尸体，他就可以逍遥法外了。不过我确信尸体就藏在这座农场的某个地方。我的本能告诉我，他把他祖父的尸体剁成了碎块，将不同的部分分别埋在了不同的地方。我要找的就是头部。哪怕我得一英亩一英亩地挖，一英寸一英寸地挖，我也要找到它。”我们挂上电话以后，我感到一股愤懑涌上心头；还有嫉妒：那不是刺痛，而是狠狠的一刀，仿佛是情人背叛了我，而我却是刚刚知晓。实际上，除了那起令我感兴趣的案子之外，我不希望杰克再对任何案子感兴趣。

1976年7月20日：杰克发了一封电报。已找到头部一只手两只脚句号杰克钓鱼去了。他为什么要发电报，而不是打电话呢？我很好奇。会不会是他猜到了我对他的这次成功感到忿恨呢？但我很高兴，因为我知道他的自信心至少在某种程度上得到了恢复。我只是希望不管他去什么地方“钓鱼”，那地方只要是在“蓝河”的某处就好。

1976年7月22日：给杰克写了封祝贺信，并且告诉他我要去国外三个月。

1976年12月20日：从萨拉索塔寄来一封圣诞贺卡。“你要是往这个方向走，请顺路过来玩儿。上帝保佑。玛丽李·康纳。”

1977年2月22日：收到玛丽李的一张便条：“我还在订阅家乡的报纸，我估计附上的剪报你兴许会感兴趣。我给她的丈夫去了封信。他在艾迪出事的时候也曾好心地给我写过一封信。”剪报是胡安妮塔·奎因的讣告；她是在睡梦中去世的。奇怪的是，既没有举行礼拜仪式，也没有入土为安，因为死者生前要求将遗体火化，并且将骨灰撒进“蓝河”。

1977年2月23日：给杰克打了电话。他有些腼腆地说："哎呀，伙计！你都成陌生人了。"实际上，我从瑞士给他寄了封信，不过他没回；尽管没能联系上他，但我还是在圣诞节期间给他打过两次电话。"噢，是啊，我在俄勒冈呢。"然后我就切入正题，告知他胡安妮塔·奎因的死讯。不出所料，他说："我觉得这很可疑"；我问他为什么可疑，他回答道："火化总是让我觉得可疑。"我们又谈了一刻钟左右，但这是一次不自然的谈话，一件让他费力的事。或许我勾起了他对那些事的回忆，而不论他的道德力量有多强大，他已经开始想要忘却了。

1977年7月10日：杰克打了个电话过来，得意洋洋的样子。没有什么开场白，他开门见山地宣告："我当时就跟你说了吧，火化总是让我觉得可疑。鲍勃·奎因当新郎官儿了！嗯，大伙儿以前就都知道他还有个家，一个女的带着四个孩子，父亲是大牧场主奎因先生。他把母子五人藏在阿普尔顿，从这儿往西南方向约一百英里。上周他娶了这个女人，把他的新娘和孩子们都接回了牧场，一副趾高气扬的样子。胡安妮塔在坟墓里会辗转反侧的，要是她有坟墓的话。"杰克飞快的讲述一下子让我愣了神，于是我傻傻地问了句："他的小孩儿有多大？"他说："最小的十岁，最大的有十七岁了，全是女孩儿。我跟你说啊，整个镇子一片哗然。没错，他们可以接受谋杀，弄死几个人吓不倒他们；但是让他们的楷模骑士、他们的大战英雄带着这个厚颜无耻的荡妇还有她四个小杂种耀武扬威，这大大超出了镇上的元老们所能容忍的程度。"我说："我替这些孩子们感到遗憾，还有这个女人。"杰克说："我还是把我的同情留给胡安妮塔吧。要是有尸体可以挖掘的话，我敢打赌验尸官会在她体内发现大剂量的尼古丁。”我说：“我表示怀疑，他不会伤害胡安妮塔的。她是个酒鬼。奎因是她的救星。他是爱她的。”杰克沉默了，接着又说道：“依我看，你肯定会觉得艾迪那次‘意外’跟奎因一丁点儿关系都没有对吧？”我说：“他想要杀艾迪，他最终是会动手的。但就在那时，艾迪淹死了。”杰克说：“替他省去了麻烦对吗？那好，解释一下克莱姆·安德森，还有巴克斯特夫妇的事儿吧。”我说：“没错，那全是奎因干的。肯定是他干的。他是个带着使命的弥赛亚。”杰克说：“那为什么他会让那个邮政局长从他的魔掌中逃脱呢？”我说：“他真的已经逃脱了吗？我猜测，老耶格先生在萨马拉有个约会[①]，奎因某天会动手的。他一天不动手，就一天不会善罢甘休。你也知道，他的心智不正常。”杰克挂上了电话，不过在此之前，他尖刻地问了句：“你呢？”

1977年12月15日：在当铺窗口看见了一个黑色的鳄鱼皮钱夹。成色挺新的，签着首字母J.P.。我买下了，因为我们上次的交谈是在怒气中结束的(他很愤怒，我倒没有)，我就买了这个钱夹送给杰克，既是份圣诞礼物，又算是作为和解的一番表示。

1977年12月22日：“你忠实的”康纳太太寄来一张圣诞贺卡：“我在马戏团工作啦！不对，我可不是杂技演员，我是在那儿当接待员。工作挺开心的！祝新年快乐！”

1978年1月17日：杰克给我写了潦潦草草的四行字，感谢我送他钱包——简短生硬，缺乏真情。对于暗示我是敏感的。我不会再写信或者打电话了。

1978年12月20日：玛丽李寄来了一张圣诞贺卡，上面只有

---

① 意即与死亡的约会。

她的签名；杰克什么都没有寄来。

1979年9月12日：弗雷德·威尔逊和他的妻子上周到纽约来了，他们打算去往欧洲（这是他们的首次欧洲之行），二人高兴得就像是去度蜜月。我邀请他们共进晚餐；聊天的所有内容仅限于他们对即将开始的旅行充满了兴奋之情，直到最后，在选甜点的时候，弗雷德说："我发现你没谈到杰克的情况啊。"我假装吃惊，很随意地说了句，我都一年多没有杰克的消息了。弗雷德十分精明地问道："你们俩翻脸了？"我耸了耸肩："算不上吧，但我们也不可能永远意见一致啊。"于是弗雷德又说道："杰克近来身体状况有些糟糕，得了肺气肿。他这个月底就要退休了。虽说不关我什么事儿，不过我觉得你最好还是给他打个电话，做出个友好的姿态。眼下需要有人安慰安慰他。"

1979年9月14日：我一定会对弗雷德·威尔逊心存感激；他让我得以收起自己的傲慢，给杰克打个电话。我们是今天早上通的话；感觉就像是我们刚刚在昨天说过话，还有前天。你简直不会相信我们之间的友谊曾经有过中断。杰克证实了他即将退休的消息："还有十六天了！"——还说他准备搬去跟他在俄勒冈的儿子一块儿住。"但是在此之前，我打算在'牧场汽车旅馆'住上个一两天。我在镇上还有些杂事儿没处理完，法院大楼里还有些记录我想偷出来充实到我的资料里面。嘿，听着！要不咱俩一块儿吧？来个真正的再聚首。我可以在丹佛等你，开车带你一起去。"杰克用不着逼我；就算他不提出这个邀请，我也会自己提出来的：此前，不管是醒着的时候还是睡着的时候，我时常梦想回到那个凄凉的村庄，因为我希望再见奎因一面——去会会他，跟他谈一谈，就咱俩。

那是十月的第二天。

杰克婉拒了与我一起前往奎因家的邀请，他把车借给了我，午饭过后，我离开了“牧场汽车旅馆”，去 B. Q. 牧场赴约。我记得此前最后一次经过这片土地的场景：一轮满月，遍地积雪，寒意刺骨，牛群相互依偎，成群结队，它们呼出的气息在冰冷的空气中好似青烟。此时已是十月，风景大为不同：柏油碎石高速公路就像是一湾狭长的黑色海水，将金色的大地一分为二；公路两旁，小麦脱粒后残留的麦茬被日光晒得褪白，发出耀眼的光亮，泛起黄色的涟漪——无云的天空下一道道深褐色的阴影。公牛在这片牧场上昂首阔步，而母牛，则在它们中间呵护着牛犊，吃着青草，打着瞌睡。

牧场的入口处，一个小女孩儿正倚靠在一个标牌上，上面还是那个交叉成十字的战斧。她微笑着向我挥手示意停车。

小女孩：下午好！我叫南希 · 奎因，我爸爸让我出来接你。

我：哦，谢谢。

南希 · 奎因(打开车门，上了汽车)：他在钓鱼呢。我带你去他钓鱼的地方。

(她长得像个快快活活的假小子，十二岁上下，牙齿生得不齐。她黄褐色的头发剪得很短，从上到下都长满了雀斑。她只穿了件旧式的泳衣，一只膝盖上还缠着弄脏了的绷带。)

我(询问她绷带的情况)：自己碰伤的？

南希 · 奎因：不是。唉，我给摔出去了。

我：摔出去？

南希 · 奎因：“坏孩子”把我给摔的。他是匹坏马。这就是为什么他们管他叫坏孩子。牧场上每个孩子都被他摔过。还有一大半的男人。我说等着瞧吧，我敢打赌我可以骑在他身上，我确实做到了，骑了差不多整整两秒钟。

你之前来过这儿吗？

我：来过一次；好几年前吧。但是那次是晚上来的。我还记得那座木桥——

南希·奎因：就在那边！

（我们驶过木桥：我终于见到“蓝河”了；但只是匆匆一瞥，转瞬即逝，如蜂鸟飞过，那些垂悬的树木，上次见到时，枝头已树叶尽落，而如今，它们正骄傲地展示着被秋日裁剪过的繁茂枝叶。）

你去过阿普尔顿吗？

我：没有。

南希·奎因：从来没有？有意思。居然有人从来没去过阿普尔顿，我倒还是头一次碰上呢。

我：那我错过什么了吗？

南希·奎因：哦，没什么。我们原来就住在那儿。但是我更喜欢现在住的这个地方。这里更方便你一个人出来，做自己想做的事情。钓鱼啊，打草原狼啊。我爸爸说，我只要打中一只草原狼，他就奖励我一美元；但是他给我的奖励超过两百美元的时候，他就减成十美分一只了。唉，反正我也用不着什么钱。我可跟我那些姐姐们不一样，她们老是在镜子跟前臭美。

我有三个姐姐，我跟你说，她们在这儿过得不怎么开心。她们不喜欢马；她们几乎什么都不喜欢。小伙子，她们脑子里就只想着这个了。我们住在阿普尔顿的时候，我们跟爸爸见面次数不太多，估计大概一周一次吧。所以呢，她们就喷上香水，涂上口红，交了好些个男朋友。我妈倒没觉得怎么样，有些方面，她跟她们倒挺像的。她喜欢把自己弄得很讲究，打扮得漂漂亮亮的。但是我爸爸确实够严的。他不许我姐姐她们交男朋友，也不许她们涂口红。有一次，她们有几个以前的男朋友从阿普尔顿开车过来，我爸爸就拿着猎枪站在门口迎接这伙人，还对他们说，下次要再让他在他的领地上看到他们的话，就把他们的脑袋给崩掉。哇！那些家伙跐溜一下子就逃走了！我的那些姐姐们都哭坏了身子骨，不过整件事儿叫我可乐坏了。

看见前面那个岔路了吗？就停在那儿吧。

（我停下车；我和她走下车来。她指着树下的一片开阔地：那是一条下坡的小路，一片昏暗，枝叶丛生。）

顺着这条路走就行了。

我（对于一人独行顿时感到一阵恐慌）：你不跟我一块儿去吗？

南希·奎因：我爸爸谈生意的时候，不喜欢旁边有人。

我：哦，再次感谢。

南希·奎因：不客气！

她吹着口哨离开了。

这条小路有些路段树木茂盛无比，我只得俯身钻过枝桠，同时将脸护住，以免被枝叶划伤。奇怪的荆棘挂住了我的裤子；高高的枝头，乌鸦在尖声啼鸣。我看见一只猫头鹰；要说大白天见着猫头鹰，这可是件稀罕事儿；那只猫头鹰眨了眨眼，但身子却一动不动。我一度踉踉跄跄地险些撞到蜂窝——那是一个中空的老树桩，里面挤满了一大群黑色的野生蜜蜂。我一路都能够听见水流的声响，那是一种缓慢、轻柔但翻滚着的咆哮；然后，在小路的转弯处，我看见了这条河，也看见了奎因。

他穿着一件橡胶服，手里举着一根柔韧的鱼竿，仿佛那是一根乐队指挥手里的指挥棒。他站在齐腰深的水中，没有戴帽子的脑袋现出一个侧影；他的头发不再是灰白夹杂——而是已经白得像是围绕着他臀部的水泡。我想要转身逃跑，因为这个场景是如此强烈地让我想起过去的那个日子：那是在很久以前，那个跟奎因看上去十分相像的鲍比·乔·斯诺牧师，正在齐腰深的水中等候着我。突然，我听到有人喊我的名字；是奎因在喊我，他一边蹚着水往岸上走，一边向我挥手示意。

我想起了我看见过的那些在金色牧场里漫步的小公牛；是奎因，这个穿着一身橡胶服，身上闪闪发光的男人，让我想到了它们——生气勃勃，能量充沛，充满危险；除了头发变白了，在他身上几乎看不到岁月的痕迹；说真的，他看上去倒还年轻了几岁，像是个五十多岁的人，身体状况极好。

他微笑着，蹲在一块岩石上面，朝我打了个手势，让我也过来。他给我看了看他捕获的几条鳟鱼。“鱼不怎么大，不过味道嘛，应该还不错。”

我提到了南希。他笑了笑，说道：“南希啊，嗯，没错，这孩子挺懂事儿的。”说到这里，他就没再往下继续说了。他没有提及他前妻的死，也没有提及他再婚的事：他料想我已经知道他的近况了。

他说：“你打电话给我的时候，我感到挺诧异的。”

“哦？”

“我也不知道，就是觉得挺诧异。你现在住哪儿？”

“‘牧场汽车旅馆’，还能住哪儿呢？”

他沉默了一会儿，有些难以启齿地问道：“杰克·佩珀，也跟你在一块儿？”

我点了点头。

“有人告诉我，说是他就要离开调查局了。”

“是的。他要去俄勒冈住了。”

“嗯，不用说，我再也见不到这个老混蛋了。真可惜啊。如果他没有那些怀疑，兴许我们本来还可以成为真正的朋友。该死的家伙，他甚至认为是我把可怜的艾迪·梅森给淹死的！”他大笑着，然后沉下脸来。“我是这样看待这件事情的：这出自上帝之手。”他举起自己的手，而那条河，从他伸开的指缝中望去，就像一条交织其间的黑丝带。“上帝的杰作。上帝的意志。”

一日的工作

(1979)

场景：1979 年 4 月里一个淫雨霏霏的早晨。我沿着纽约第二大街一路前行，肩上扛着一个油布购物袋，里面鼓鼓囊囊地装满了清洁用具，这些都是玛丽·桑切斯的，她此刻就正在我身边，手里撑着一把伞，努力地把我们俩都罩在伞下，这对她来说并不难，因为她有六英尺高，比我要高得多。

玛丽·桑切斯是一位专职清洁女工，按钟点计酬，每小时挣五美元，每周工作六天。她每天工作将近九个小时，从周一到周六每周平均要造访二十四户形形色色的家庭：通常情况下，她的主顾只要求她一星期做一次清洁。

玛丽现年五十七岁，她出生于南卡罗来纳州的一座小镇，过去的四十余年一直是“在北方度过的”。她的丈夫是一位波多黎各人，于去年夏天去世。她有个女儿，已经成家，住在圣地亚哥，她还有三个儿子，一个是牙医，一个因为持械抢劫在牢狱里服刑十年，第三个则是“人间蒸发了，只有上帝才知道他的去向。去年圣诞节他给我打来电话，听上去是从很远的地方打来的。我问你在哪里，皮特，但是他不肯说，于是我告诉他，他爸爸死了，而他却说死得好，说这是我送给他最好的圣诞礼物，于是我就狠狠地把电话给挂上了，但愿他再也别打电话过来。他居然这样在老爹的坟墓上吐唾沫。当然咯，话说回来，佩德罗从来就没有好生对过孩子们，也没有好生对过我。就知道喝得醉醺醺的，就知道赌钱。还跟那些坏女人鬼混。一天有人发现他死在中央公园的一条长凳上，两腿间的纸袋里有一瓶喝掉大半的杰克·丹尼尔；他这个家伙啊，不是最好的酒他不喝。话说回来，皮特还是太过分了些，居然说他为他爸爸的死感到高兴。他爸爸至少给了他生命，是吧？而佩德罗也给了我一样东西。要不是因为他，我现在还会是一个无知的浸礼会教友，无缘于我主的恩典。可是结婚的时候，我是在天主教堂举行的婚礼，天主教会给我的生活带来了阳光，这阳光从来就没有消失，以后也不会消失，哪怕是在我死后。我就是靠着这种信仰把孩子们拉扯大的，其中的两个都还算有出息，我把这更多的归功于教会，而不是我自己。”

玛丽·桑切斯身材很壮实，却长着一张白皙圆润、讨人喜欢的脸，她的翘鼻子很小巧，左侧的面颊长着一颗美人痣。她讨厌用“黑人”作为种族称谓。“我并不黑。我是棕色的。一个肤色浅棕的女人。我还要跟你讲点儿别的。我认识的其他有色族裔当中，很少有人喜欢被人叫作‘黑人’。也许有些年轻人喜欢这种叫法。还有那些激进分子。但是像我这个年纪的人，甚至小我一半的人，都不喜欢别人这么叫。连那些真的很黑的人也不喜欢。尼格罗人（Negro）有什么错？我就是个尼格罗人，还是个天主教徒，而且我对此很自豪。”

自打1968年起，我就认识玛丽·桑切斯了，这些年来，她一直断断续续地为我清扫房间。她生性善良，对自己的主顾抱以极大的热忱，尽管许多人她都难得碰上一面，有的甚至从来就不曾见过，因为好些人都是未婚职业男女，她前去清扫房间时，他们通常并不在家；她跟他们联系，或者他们跟她联系，都是通过字条留言的形式："玛丽，请给天竺葵浇水，还请喂猫。希望你看到这个。格罗丽娅·斯科托。"

有一次我提议说，哪次她再去做清洁的时候，我就跟着她，看她做完一整天的工作。她说行啊，她觉得这样没有什么不好的，况且，她很乐意能有个伴儿："干这种活有时候还挺孤单呢。"

这就是为什么我和她在这个春雨绵绵的四月早晨走在一起的缘故。我们启程前往她的第一站：一位名叫安德鲁·特拉斯克的先生，家住在东七十三街。

我：你在这袋里到底放了些什么鬼东西啊？

玛丽：来，给我吧。我可不想听你骂人。

我：哦，对不起。我是想说，它好沉啊。

玛丽：大概是因为那熨斗吧。

我：你还替他们熨衣服？你可从来没替我熨过呢。

玛丽：有的人没有这种设备。所以我才只好带上这么多的东西。我留下字条：把这个准备好，把那个准备好。可他们老是忘记。好像我的这些主顾个个儿都忙昏了头。就说我们要去的这家主人特拉斯克先生吧，我已经为他干了七八个月的活，可到如今都没跟他打过照面。他成天喝得醉醺醺的，她老婆就是因为这个离开了他，他还四处欠了一屁股债，我一接他的电话，就听见有人来向他讨债。如今他们连他的电话线也给掐了。

（我们来到了这个地方，她从挎包里掏出一个大大的钥匙圈，几十把钥匙叮铃作响。这是一幢四层楼的褐沙石建筑，配有一部小型电梯。）

我(走进门，把特拉斯克的家四下打量了一番——这是一间不大不小的屋子，四面色如砒霜的绿墙，一间小厨房，还有一间浴室，里面的一只破马桶哗哗地不停漏水)：嗯，这下我明白你的意思了。这家伙日子可不好过。

玛丽(打开一个衣橱，只见里面塞满了待洗的衣物，散发着刺鼻的汗臭味)：屋里一件干净的衣服都没有！你看那张床！蛋黄酱！巧克力！面包屑、饼干屑、口香糖、香烟嘴。还有口红！是什么女人居然还会爬上这种床？我已经有好几个星期都没法换床单啦。是好几个月。

(她打开了几盏灯罩歪斜的灯；趁她忙着收拾这一团烂摊子的时候，我更加仔细地把屋子里的情形查看了一番。说真的，这里好像刚被强盗洗劫过一样，书桌的几个抽屉，有些是打开的，有些是合上的。书桌上有一幅照片，装着皮革相框，照片里是一个矮壮敦实、皮肤黝黑、很有男子气概的男人和一个架子十足、一副青年女子联盟会员模样的金发女子，还有三个咧嘴笑的男孩，头发浅黄，牙齿不齐，肤色古铜，最大的大概十四岁上下。还有一幅没有相框的照片，贴在一面脏兮兮的镜子上：相片里也是一个金发女人，但显然不是女子联盟会员——也许是从“麦克斯韦家的李子”酒吧里搭来的；我猜想床单上的口红是她的。地板上摊着一本刊号为十二月的《警探本色》杂志，而在浴室里，就在不停漏水的马桶旁边，堆着一大摞色情杂志——《闺房》、《皮条客》和《爽》；除此之外，似乎完全见不到任何别的文化产品。不过这里到处都是伏特加空酒瓶，足有好几百个——都是飞机上提供的那种小酒瓶。)

我：你觉得他为什么只喝这种小瓶的呢？

玛丽：可能稍大瓶的，他买不起吧。只能买这种。他的工作还不错，要是他能保住这工作的话就好了，不过我猜他的家把他的钱都榨干了。

我：他在哪儿上班？

玛丽：飞机上。

我：怪不得。他不用花钱就能弄到这些小瓶装的酒。

玛丽：是吗？怎么会这样？他又不是空少，他是飞行员啊。

我：噢，天啊。

（电话铃响了起来，声音不算大，因为电话机埋在了一床皱皱巴巴的毛毯下面。玛丽皱了皱眉头，双手全是肥皂泡，还滴着洗碗水，她像考古学家发掘文物一样，小心翼翼地把话筒给翻了出来。）

玛丽：他准是又把电话线给接通了。喂？（没有应答）喂？

一个女人的声音：你是谁啊？

玛丽：这里是特拉斯克先生的宅邸。

女人的声音：特拉斯克先生的宅邸？（一阵笑声；然后，一副架子十足的语气）请问我在与谁通话？

玛丽：我是特拉斯克先生的女佣。

女人的声音：这么说，特拉斯克先生有个女佣咯，是吧？行啊，特拉斯克太太可没有。那特拉斯克先生的女用人，可不可以告诉特拉斯克先生一声，特拉斯克太太要跟他讲几句话？

玛丽：他不在家啊。

特拉斯克太太：别跟我来这套。叫他来接电话。

玛丽：对不起，特拉斯克太太，我想他是外出飞行去了。

特拉斯克太太（苦笑）：外出飞行去了？他一直在飞，亲爱的，一直在飞。

玛丽：我的意思是说，他上班去了。

特拉斯克太太：叫他往我新泽西的妹妹那里打个电话。一回来就打，要是他识趣的话。

玛丽：好的，夫人。我会给他留言的。（她挂上电话）刻薄的女人。难怪他落到这份田地。现在他失业了。我都怀疑他付不付得起我的工钱。好了。找着了。在冰箱上面。

（令人惊奇的是，过了一个小时左右，她就把乱七八糟的屋子收拾得井井有条，屋内看上去不仅整洁，而且还挺美观。她用铅笔草草写下一张便条，搁在书桌的镜子前："亲爱的特拉斯克先生你妻于要你往她妹妹那里打电活找她你真城的玛丽·桑切斯。"[①]然后她叹了一口气，坐在床沿，从购物袋里取出一只小锡罐，里面装着各种各样大麻烟的烟蒂；她抽出一根，安进烟嘴里，点着以后，深吸了一口，让烟直灌进肺里，然后闭上眼睛。她让我也吸一口。）

我：多谢。现在还太早。

玛丽：什么时候都不算太早。反正，你真该尝尝这种玩艺。简直屌爆了[②]。我是从一个主顾那儿弄来的，一个真正虔诚的天主教女士；她嫁给了一个秘鲁人，他家老给他们寄这个，就通过邮局寄送，我一般都不会为了追求什么飘飘欲仙的感觉去抽，只要能赶走那种糟糕的感觉。那种沉重。（她狠狠地吸着大麻烟，直到最后烟蒂都差点儿烧到了她的嘴唇）安德鲁·特拉斯克，这个可怜

---

① 此处原文句中没有标点，且有多处拼写错误。
② 此处原文为西班牙语 mucho cojones，属于粗话。

的胆小鬼啊，他的下场也许会像佩德罗那样，死在公园的长凳上，没有一个人在乎。这倒不是说我对那个男人毫不在乎，最近，我发现自己时常想念跟佩德罗度过的美好时光，我想对大多数人而言，要是他们曾经爱过对方，又失去对方，就会有这种感觉；所有的不愉快都消失了，只记得他们可爱的地方，那些让你一开始就心动的地方。佩德罗，那个我当年爱上的年轻人，跳起舞来真叫棒啊，哦，他会跳探戈，还会跳伦巴，他教我跳，跳得我神魂颠倒。我们当年老是光顾萨沃伊舞厅。他穿戴得干净整齐——哪怕是后来喝上了酒，他的指甲也修剪得平整光滑。他还做得一手好菜，这就是他当年的营生——干快餐店厨师。我说过他从来没有好生对过孩子；可是，他总是把他们的午餐盒塞得满满当当带到学校去，用蜡纸包把各种各样的三明治包起来。有火腿、花生黄油果冻、鸡蛋沙拉、金枪鱼，还有水果，苹果、香蕉和梨，还有一壶加了蜂蜜的热牛奶。如今一想起他在公园的样子，我就心疼，当时警察来告诉我这事儿，我怎么就没哭呢；我怎么就一直都没哭呢。我应该哭才是。我欠他两行眼泪，还要还他一记老拳。

我就把灯帮特拉斯克先生开着，免得等他到家的时候漆黑一片。

（等我们走出那幢褐沙石楼房时，雨已经停了，但是空气潮湿，一阵疾风吹过，将垃圾顺着人行道旁的排水沟吹了起来，行人纷纷抓牢自己的帽子。我们去的地方离这儿有四个街区，那栋住宅简朴却很现代，一个穿制服的门卫守在门口，那是伊迪丝·肖小姐的住所。肖小姐是位二十五六岁的年轻女子，在一家杂志社当编辑。“大概是一家新闻杂志社。她一定得有上千册书了。

可是看上去却不像那种书呆子，是个挺活泼的姑娘，男朋友可多着呢。太多了——她好像根本不可能跟哪个男孩相处太久。我们得小点声，因为……嗯，有一次我到她那儿去，她虚弱得像一只病猫。刚刚谋杀了一个胎儿。一般来说，我是不赞同那样做的，因为那违背我的信仰。我问她为什么不嫁给那个男人呢？实际情况却是，她根本就不知道该嫁给谁；不知道谁是孩子的父亲。反正呢，她最不想要的东西，不是丈夫，就是孩子。”）

玛丽（站在肖小姐两居室的前门口，透过打开的房门，环视屋内）：这儿没什么事可做。只有一点点落灰而已。她把自个儿照料得挺好。你瞧她那些书。从地板堆到天花板，简直就是个图书馆。

（除了那个沉重的书架外，房间里空旷得令人赏心悦目，一种斯堪的纳维亚式的闪亮白色。房间里有一件古董：一张拉盖书桌，桌上有一台打字机；打字机里卷了一页纸，我瞅了一眼，看看上面写了什么东西）。

莎莎·嘉宝[①]
三百零五岁了
我为何知道
因为她的年轮
我已经数过了

---

① 莎莎·嘉宝，匈牙利人后裔，好莱坞知名影视演员，20世纪五、六十年代在好莱坞曾红极一时，拍过49部电影和48部电视剧集。

下面隔了三行的地方，打着：

> 西尔维娅·普拉斯[①]，我恨你啊
> 还有你那该死的老爸。
> 我太高兴了，你听见了吧，
> 高兴的是你把你的脑袋
> 塞进火红的煤气炉里啦！

我：肖小姐是位诗人？

玛丽：她经常写点东西。我也不知道写的是什么玩意儿。从我翻到的来看，她像是在嗑药呢。来，我给你看样东西。

（她带我来到浴室，这间浴室大得出奇，里面闪闪发亮。她打开一扇柜门，指着架子上的一件东西：那是一只粉色的塑料自慰器，呈普通阳具的大小和形状。）知道这是什么吗？

我：你不知道？

玛丽：我在问你呢。

我：是个假阳具振动棒吧。

玛丽：我知道自慰器是什么玩意儿。但是从来没见过这种样子的。上面写着："日本制造"。

我：啊，是吧。东方人的思维。

玛丽：异教徒。她倒是弄了一些挺好的香水。不知道你喜不喜欢香水。我嘛，只在耳根抹点儿香草香精。

---

① 西尔维娅·普拉斯(1932—1963)，是继艾米莉·狄金森和伊丽莎白·毕肖普之后最重要的美国女诗人。

（这时玛丽开始干起活来，她拖着地，地板上打了蜡，没铺地毯，她用一个鸡毛掸子轻拂书架；她一边干活，还一边打开大麻烟罐，把烟嘴填上。我不知道她有多少“沉重”要缓解，不过仅仅是那种香味就让我有种飘忽的感觉了。）

玛丽：你真不想来两口？你这就亏了啊。

我：你这不是在逼我嘛。

（从小到大，我沾过一些非常带劲的大麻，虽说从来也没有抽到上瘾的程度，不过足以对这东西产生一些鉴赏力，分得清楚普通墨西哥大麻与诸如泰烟和顶级“魔法花园”之类的高级走私货之间的区别。不过我在抽完玛丽那盒烟罐里的一整根烟蒂，另一根抽到一半的时候，感觉好像被一个美味的魔鬼给抓住了，一种疯狂的、妙不可言的欢愉拥抱着我。那魔鬼搔着我的脚趾头，挠着我那颗发痒的脑袋，用他那甜甜的红唇热吻着我，还把滚烫的舌头直伸进我的喉咙里。一切都在闪闪发亮；我的双眼如同变焦镜头；我可以看清书架最高层上书的名字：凯伦·霍尼的《我们时代的神经症人格》；e·e·卡明斯[①]的《艾米》；《四个四重奏》；还有《罗伯特·弗罗斯特诗集》。）

我：我瞧不起罗伯特·弗罗斯特，他是一个邪恶、自私的混蛋。

玛丽：嘿，你要是骂人的话——

我：他乱蓬蓬的头上还罩着光环。一个极端利己的两面派自虐狂。他毁了他所有的家人。一些家人。玛丽，你跟你的忏悔神

① 卡明斯（1894—1962），美国诗人、画家，为嘲弄传统观念把自己的姓名全都改成小写，诗作形式奇特，语法用词别出心裁。

父探讨过这个吗？

玛丽：麦克海尔神父？探讨什么？

我：我们在这个如此神圣的时刻大口吞下的琼浆玉液呀，我可爱的黑山雀。你跟麦克海尔神父说起过这件令人其乐无穷的事情吗？

玛丽：他不知道的事情，也就不会让他受伤了。给，来一根“生命救星”吧。薄荷香型的。这样抽起来味道更好。

（奇怪，她看上去并没有飘起来，一点也不飘。我却刚刚飞过了金星，而木星，那快快活活的老木星，正隔着那丁香色的、闪着炫目星光的星际空间朝我招手。玛丽走到电话机跟前，拨了一个号，空响了好一阵子才把它给挂上。）

玛丽：不在家。幸好不在。伯科威茨夫妇。要是他们在家的话，我才不会带你去那儿呢。因为他们这些犹太人真的很没劲。你还真想不出他们有多没劲！

我：犹太人？天哪，没错。非常没劲。他们都应当送进自然历史博物馆，全部应该送进去。

玛丽：我一直想通知伯科威茨太太说我不干了。这家人麻烦就麻烦在：伯科威茨先生，他以前是做衣服的，现在退休了，老两口总待在家里，碍手碍脚的。除非他们开车去格林威治，他们在那里有些地产。今天没准儿是上那边去了。他们那儿，我打算不干了，还有一个原因。他们养了一只老鹦鹉——弄得到处都脏兮兮的，糟透了！那只笨鹦鹉只会说两句话：“不会吧！”和“哎呦喂！”每次你一走进屋子，它就开始喊“哎呦喂！”搞得我神经很紧张。怎么样？再来一根，我们就跑路。

（雨又下了起来，风也大了一些，风雨交加，使得空气看上去犹如一面破碎的镜子。伯科威茨夫妇住在公园大道临近九十街的地方，因此我建议叫辆计程车，但是玛丽不同意，说我真够娘儿们的，我们可以走着去嘛。这让我意识到，尽管她表面上看不出来，但玛丽其实也在进行着星际旅行。我们一路缓缓而行，就好像这是一个温暖宁静的日子，天空正如宝石一般湛蓝，湿滑的街道则是珍珠色的加勒比海滩。公园大道不是我最喜欢的街道；它富有但毫无魅力可言；就算拉斯克太太把郁金香从中央广场一路种到哈莱姆，那也是于事无补。不过这里还是有某些建筑物能够勾起我的回忆。我们经过一幢楼房，我最为倾慕的美国女作家薇拉·凯瑟与她的伴侣伊迪斯·刘易斯就是在这里度过了她一生的最后时光。我经常坐在她们的壁炉前，一边喝着芳醇的雪利酒，一边凝视凯瑟小姐那双静谧、天才的眼睛：火光点燃了这草原般的淡蓝。在八十四街，我又认出了一幢住宅，有一次，我曾经在那里参加由约翰·F·肯尼迪参议员及其夫人举办的一场小型正式晚餐会，那时候我还非常年轻无知。尽管主人的招待令人愉快，然而那天晚上并没有像我此前预想的那样给人以启迪，因为在女宾们散去之后，只剩下男宾们在大口地喝着烈性甜酒，大口抽着哈瓦那雪茄，这时一个叫奥列格·卡西尼的家伙——一个下颚有些歪斜的裁缝——主导了整场谈话，他讲述着他在拉斯维加斯的游记，他最近“面试”过的众多歌舞女郎：她们的身材，她们的风情万种，她们的开价几许——这滔滔不绝的讲述令众人听得如痴如醉，没有谁比未来的总统大人听得更加专注、更加忍俊不禁的了。

走近八十七街时，我指着公园大道1060号四楼的一扇窗户，告诉玛丽：“我母亲在那儿住过，那是她的卧室。她美丽、聪明，可是却觉得活着没意思。原因很多——至少她自己这样认为。但是最终的原因却是她的丈夫，我的养父。他是一个白手起家的人，算是比较成功吧——我母亲崇拜他，他确实挺不错的，但是他赌博，赌输了就挪用大笔款项，结果倾家荡产，被送进了纽约的‘新新监狱’。”

玛丽摇了摇头：“就像我那口子。跟他一模一样。”

我们都站着，朝那扇窗户望过去，倾盆大雨把我们浇了个透心凉。“一天晚上她梳妆整齐，举办了一场晚宴；大伙儿都说她看上去可爱极了。可是舞会过后，她在睡觉前吞下了三十粒司可巴比妥[①]，就再也没有醒过来。”

玛丽听了很是生气；她在雨中大步地走开了：“她没有权力那么做。我可不赞同她这么做。那样做违背我的信仰。”）

吱吱喳喳的鹦鹉：不会吧！

玛丽：听见了吧？我刚才怎么跟你说的来着？

鹦鹉：哎呦喂！哎呦喂！

（那只鹦鹉正在换羽，身上的羽毛，绿色的、黄色的、橙色的，像一幅超现实主义拼图，它此刻正舒舒服服地栖在伯科威茨夫妇家客厅高处的一根桃花心木上，这间客厅就好像整个都是由桃花心木做成的：镶花地板，木质墙板，还有这些家具，全都是昂贵浮华的仿古复制品——不过只有上帝才知道这些家具到底仿的是哪个时代，说不定要追溯到大广场[②]建成初期。直背座椅；足以对体态学教授进行耐力测试的长沙发。蚕丝天鹅绒窗帘遮住了

① 司可巴比妥，一种安眠药。
② 大广场，是纽约市布朗克斯区的主要交通枢纽，1890 年投入使用。

窗户，上面再叠加一层芥子酱色的百叶窗，看上去极不协调。在镂空的桃花心木壁炉架上面，有一幅桃花心木外框的肖像，画的是伯科威茨先生，他下颌宽厚，肤色蜡黄，一身行头，将自己塑造成一个乡绅猎人的形象：深红色的大衣，丝质的围巾，一只胳膊下面夹着一个号角，另一只下面夹着一根短马鞭。我不知道这座大而无当的住所剩下的地方会是什么样子，因为除了厨房，我什么都没看见。）

玛丽：有什么好笑的吗？你在笑什么啊？

我：没什么，都是因为我这支秘鲁烟，我的小可爱。我猜伯科威茨先生是位骑师吧？

鹦鹉：哎呦喂！哎呦喂！

玛丽：闭嘴！看我不拧断你该死的脖子。

我：嘿，你要是骂人的话……（玛丽嘀嘀咕咕；在自己身上划着十字架）这小家伙有名字吗？

玛丽：有啊。你猜猜看。

我：波莉。

玛丽（大为吃惊）：你怎么知道？

我：这么说它是只母的啦。

玛丽：那是个女孩儿的名字，这么说它一定是个母的。管她是什么，她都不是个东西。瞧瞧这一地的臭狗屎，都要我来扫。

我：文明，文明。

波莉：不会吧！

玛丽：我又开始不舒服了。我们顶好还是来腾云驾雾一番吧。（她取出锡罐，大麻烟蒂，烟嘴和火柴）咱们看看能不能在厨房找个地方歇歇。我可是真是饿得不行了。

（伯科威茨的冰箱是贪食者的乐园，是盛满增肥食品的丰饶角。难怪这里的主人长着双下巴呢。“哦，对了，”玛丽肯定地说，“他俩都是猪。她的肚子哦，看起来就像是马上要生五胞胎似的。他所有的衣服都是定做的：商店里根本买不到他能穿下的衣服。嗯，好吃，我真的是饿得不行了。那些椰果纸杯蛋糕看起来挺诱人的。还有那个摩卡蛋糕，我不介意来上一大口啊。我们可以整一些冰激凌在上面。”玛丽找来几个大汤碗，把纸杯蛋糕、摩卡蛋糕，还有拳头大小的开心果冰激凌搅拌在一起。我们回到客厅享受这盛宴，就像是受了虐待的孤儿，狼吞虎咽起来。没有什么比大麻更开胃的了。吃过第一轮之后，我们又点了几根大麻烟，玛丽又往那几个碗里盛了更多的蛋糕。）

玛丽：你感觉咋样？

我：还不错。

玛丽：有多不错？

我：确实不错。

玛丽：跟我说得更准确些，你感觉到底咋样？

我：我正在澳大利亚。

玛丽：你去过奥地利吗？

我：不是奥地利呀，是澳大利亚。我没去过，但是现在我就在那里。人人都说那是一个没意思的地方。他们知道什么呀，那儿是世界上冲浪冲得最带劲儿的地方。我在大海中，脚踏冲浪板，劈波斩浪，那浪头可高了，高得就像，就像——

玛丽：就像你一样。哈哈哈……

我：那浪是融化了的绿宝石。火辣辣的阳光烤着我的背，水花打得我的脸都变咸了，周围是成群的饥饿的鲨鱼。蓝色的海水，白色的死亡。像不像一部特棒的电影？到处都是饥肠辘辘的白色食人鱼，可是我并不担心——说真的，我他妈才不在乎呢……

玛丽（出于恐惧，眼睛睁得很大）：小心那些鲨鱼啊！它们的牙齿可是能吃人的。弄不好你这辈子就得瘸条腿，在街角里乞讨。

我：音乐！

玛丽：音乐！这就对了。

（她像个摇摇晃晃的摔跤手东倒西歪地走向一件丑八怪似的东西，这玩意儿幸好我之前没有看到：这是个桃花心木主控台，上面集成了电视机、留声机和收音机。她拨弄着那部收音机，直到调出一个电台，里面放着隆隆的拉丁舞音乐。

她的臀部扭了起来，打着响指，她舞姿优雅而又恣意放荡，仿佛是回忆起了年轻时某个热力四射的夜晚，与面前一个并不存在的舞伴跳着记忆中的某段舞蹈。这真是不可思议——她的身体在此刻超脱了岁月的羁绊，合着鼓点和吉他，随着最微妙的节奏变化扭动身姿：她已灵魂出窍，这是一种据说只有面对上帝显灵的圣徒才会体验到的圣恩。我也在听着那音乐；这声音就像是安非他命一样纵贯全身——每一个音符都听得分明，响得清脆，如同在某个宁静的冬日传来的教堂礼拜钟声一般。我朝她走了过去，走进她的怀里，我们彼此和着舞步，大声欢笑，尽情摇曳，即便是音乐忽然中断，蹦出一个播音员用西班牙语播报什么消息，就像是响板一样叽里咕噜，飞快地说个没完，我们也依然没有停下舞步，因为那吉他声已然植根在我们的脑海中，我们已经沉浸在自己的大笑中，融合在彼此的拥抱里：那声音愈来愈响，响到两人根本就没听见钥匙叮当，房门打开又关上的声音。倒是那只鹦鹉听见了。）

波莉：不会吧！

女人的声音：这是在干吗？怎么回事儿？

波莉：哎呦喂！哎呦喂！

玛丽：哎呀，您好，伯科威茨太太。伯科威茨先生。二位还好吧？

（他们站在那里，飘浮在视野中，就像是梅西百货的感恩节游行队伍中的米奇和米妮老鼠气球——这倒不是说这二人跟老鼠有什么相似之处。他们怒目圆睁，她的眼睛在一副镜框上布满亮片、模样可笑的眼镜后面喷着火，将这番场景一览无余：冰激凌奶油像胡须一样淘气地糊在嘴边，大麻烟蒂的刺鼻浓烟污染了整个房间。伯科威茨先生大步走向收音机，一把关掉电源。）

伯科威茨太太：这男的是谁？

玛丽：我没想到您二位会回来。

伯科威茨太太：这不是明摆着嘛。我在问你呢：这男的是谁？

玛丽：是我一个朋友。来给我帮忙的。我今天要干的活可多着呢。

伯科威茨先生：你喝醉了，婆娘。

玛丽（佯装一副温和的样子）：您在说啥呢？

伯科威茨太太：他说你喝醉了。说句老实话，你可把我吓着了。

玛丽：既然要说老实话，那我就老实告诉你：今儿个是我最后一天在你这里当牛做马了——我现在正式通知你。

伯科威茨太太：你要正式通知我？

伯科威茨先生：滚出去！要不然我们可要报警了。

（我们没有费多少工夫，就收拾好了自己的东西。玛丽朝那只鹦鹉挥了挥手："再见，波莉，你真好。你是个好姑娘。我只是开个玩笑。"在前门，也就是她的两位前雇主双双肃立的地方，她大声地说："我要郑重声明，我这辈子一滴酒都没碰过。"

到了楼下，雨依然下个不停。我们拖着沉重的步子走过公园大道，然后又拐进列克星敦大街。）

玛丽：我跟你说过他们很没劲吧。

我：该进博物馆啦。

（但是我们轻快的心情差不多都已烟消云散；烟草的效力渐渐褪去，一种沮丧开始侵入体内，我的冲浪板正在下沉，视线范围内的鲨鱼随时会吓得我屁滚尿流。）

玛丽：我还要去清扫克隆凯特太太家。不过她人挺好的；哪怕我明天才去，她也还是会原谅我的。也许我还是回家算了。

我：我帮你叫辆计程车吧。

玛丽：我才不会照顾他们生意呢。那些开计程车的人不喜欢有色人种，哪怕他们自己是有色人种。不用了，我可以到列克星敦八十六街乘地铁。

（玛丽住在靠近扬基体育场的一套租来的房子里；她说过去她跟自己的一家人住在一块儿的时候，那里真是拥挤不堪。现在她自个儿住，反倒似乎感觉有些太大了，而且还不安全："我在每扇门上都安了三把锁。窗户全都给钉了起来。我也许可以买一条警犬，可这就意味着他经常会独处，我知道孤身独处的滋味，所以我不会让一条狗也去承受独处之苦。"）

我：玛丽，我求你了，我还是为你叫辆计程车吧。

玛丽：乘地铁要快多啦。不过我有个地方要去，就从这儿下去不远。

（那地方是一座狭小的教堂，位于一条偏僻的街道上，夹在几幢高大的建筑物中间。教堂里面有两排高背长凳和一个小小的祭坛，祭坛上方挂着一个石膏做成的耶稣受难像。昏暗中，弥漫着熏香的气味，还有一个烛台。一个女人正点起祭坛上的一支蜡烛，除她之外，我们是唯一在场做祷告的人。我们一起跪在最后一排，玛丽从包里取出两串念珠——“我总是会多带一串”——她自己拿一串，另一串给了我，不过我并不怎么知道该如何捻，因为我从未用过这玩意儿。玛丽的嘴唇喃喃地动了起来。）

玛丽：亲爱的主啊，求您宽恕。主啊，请求您，帮助特拉斯克先生戒酒，帮他重新找到工作。主啊，请求您，别让肖小姐做书呆子和老姑娘；她应该把您的孩子带到世上。还有，主啊，我求您记得我的儿女子孙，哪个都不要忘记。请求您别让史密斯的家人把他送到养老院去；他不想去啊，他老是哭……

（她举出的名字比手上的念珠还要多，她为他们所作的祈祷，热切得如同祭坛上蜡烛的火苗。她停下来瞅了瞅我。）

玛丽：你在祈祷吗？

我：是啊。

玛丽：可我没听见呢。

我：我在为你祈祷啊，玛丽。我要你长生不老。

玛丽：不要为我祈祷。我已经得救了。（她抓起我的手，并且握住）为你的母亲祈祷吧。为所有那些迷失在黑暗中的灵魂祈祷吧。佩德罗。佩德罗。

眩惑

（1979）

她令我痴迷。

她令每个人痴迷，但是大多数人都耻于这种迷恋，尤其是那些掌管着新奥尔良花园区[①]里几个大家族的傲慢太太——花园区是那些大种植园主居住的地方，还有船东、石油运营者，以及最富有的职业人士。唯有这些花园区家族的仆人们毫不掩饰他们对弗格森太太的迷恋。当然，还有一些孩子，他们太过年少，太过实诚，藏不住心中感兴趣的事情。

我便是这些孩子当中的一个，那时的我八岁，跟花园区的亲戚住在一起。然而，碰巧的是，我却把这种痴迷藏在了自己的心中，因为我怀有某种负疚感：我曾经有个秘密，一件一直困扰我的事情，一件令我很是烦恼的事，一件我不敢告诉任何人的事，任何人——我无法想象他们会是什么反应，这件事十分奇怪，它一直困扰着我，困扰了我差不多两年的时间。我从未听说过有第二个人像我这样，遇到了这样一个一直烦扰着我的问题。一方面，它看起来或许很愚蠢，而另一方面……

我想把我的秘密告诉弗格森太太。我并非想要这么做，而是觉得非这么做不可。因为弗格森太太据说会魔法。听人说，她能够让出轨的丈夫变得老实，逼着不情愿的追求者去求婚，让失去的头发重新生长，让挥霍的金钱失而复得，对此，就连许多一本正经的人也相信。简而言之，她就是一个能够让愿望变成现实的女巫。我就有一个愿望。

弗格森太太看起来并没有聪明到足以拥有魔力的程度。她甚至连纸牌小魔术也不会。她就是一个普普通通的女人，大概已经有四十岁，但或许只有三十岁；很难判断她的年龄，因为她长着一张爱尔兰人的圆脸，一双满月形的眼睛，几乎没什么皱纹，也没什么表情。她是个洗衣女工，大概是新奥尔良唯一的白人洗衣女工，她在这个行当，算得上是艺术家了：镇上有钱有势的女人，她们最精致的花边衣物、家庭日用织品，还有丝绸制品，但凡需要打理，就交给弗格森太太。她们之所以交给她，还有个原因：为了愿望能够实现——找一个新的情人，为女儿找个归宿，咒丈夫的情妇去死，得到母亲遗嘱的附录，应邀成为司酒宴之神，当狂欢节晚会最重要的人物。她们青睐弗格森太太，并不仅仅因为她是个洗衣工。她成功的源头以及收入的主要来源在于，她据说能够从白日梦的沙子中筛出实实在在的东西——金色的现实。

现在，回头说我自己的这个愿望——这件烦心事从我早上睁眼到我晚上合眼，无时无刻不缠着我：这件事我又不能直接跟她讲明。需要一个恰当的时机，一个精心准备的时刻。她几乎不到我们家来，但只要她一来，我就离她很近，佯装是看着她又粗又丑的手指打理着花边餐巾，但真正目的是试图引起她的注意。我

---

① 花园区是新奥尔良的一个分区，北到圣查尔斯大道，东到第一街，南到弹药库街，西到托莱达诺街。该区最初开发于 1832 年到 1900 年之间，这可能是美国保存最完好的南部历史豪宅群，19 世纪花园区见证了那个时代的繁荣富裕。

们从未讲过话；我太过紧张而她太过愚钝。没错，愚钝。我就是这种感觉；且不说弗格森太太是不是个法力无边的女巫，她确是个愚钝的女人。但时不时地，我们的目光会交会，而她尽管愚钝，但我眼神中的那种专注，那种“痴迷”却给她传递了一个信息：我很想成为她的顾客。她大概是以为我想要辆自行车，或者是一支气枪；她才不想搭理我这么个小孩子呢。我又能给她什么呢？于是她抿了一下那小小的嘴唇，把她的满月眼睛转向了别处。

1932 年 12 月初，差不多是这个时候，我的祖母来我们家小住几日。新奥尔良的冬天很冷；阴冷潮湿的风从河边吹来，深深刺进你的骨头里。于是我的祖母很明智地带了一件皮毛大衣，衣服是找朋友借来的，黑色波斯羊毛材质，大衣的主人是个有钱的女人，而我的祖母不是；祖母住在佛罗里达，她在那儿教书。祖母年轻的时候就成了寡妇，膝下有三个儿子要抚养，生活很艰辛，但从不怨天尤人。她是个值得钦佩的女人；她思维活跃，心智健全，头脑清醒。受家庭条件所限，我们很少见面，但她经常写信，还给我寄些小礼物。她很疼爱我，我也希望能够爱她，但直到她活到九十多岁去世，我都与她保持着距离，表现得很漠然。她能够感觉到，但她却从不知道我这种表面上的冷漠背后的缘由，其他人也不知晓，因为个中缘由包裹在一团错综复杂的负罪感中，构成这种情感的是无数个琢面，就像是她经常佩戴的那条炫目精致的金项链上悬缀的黄宝石。珍珠也许更适合她，但她更看重这个有些夸张、华而不实的东西，我知道这是她自己的祖父在科罗拉多一场牌局中赢下来的。

当然这项链不值钱；但凡有人问到这块宝石，我祖母总是一本正经地跟他们解释说，这猫爪大小的宝石，不是一块“真正的”宝石，也不是孔雀钻石，甚至不是黄宝石，而是一块岩石水晶，精巧地雕琢出一个个琢面，再上色染成了金黄色。而弗格森太太并不知道这个小首饰的真正价值，一天下午，在我祖母逗留期间，这个体态丰腴、样貌年轻的巫女过来浆洗亚麻织品时，似乎被这一小片在祖母脖子上摇曳的璀璨玻璃施了魔法。她孤陋寡闻的满月眼睛闪着光，一点儿不夸张：它们真的在闪光。现在我要吸引她的注意，已经不是什么难事儿了；她饶有兴致地打量着我，这种兴致，此前从未有过。

她离开的时候，我跟她到了花园里，那里有棵百年藤萝古树——这是个神秘的地方，哪怕是在冬天，枝叶凋零，曾经的绿叶隧道不复再有让人隐匿其间的树荫。她走到树下，喊着我的名字。

她轻轻地说了声：“你有心事吗？”

“嗯。”

“那你想不想解决呢？要不帮你个忙？”

我点了点头，她也点了点头，但是她的目光不安地闪开了：她不想被别人看见在跟我说话。

她说：“我的儿子会过来。他会告诉你的。”

“什么时候？”

但她说了声嘘，然后急急忙忙地就走出了花园。我看着她一摇一摆地消失在暮色中。一想到自己把所有的希望都寄托在这个愚钝的女人身上，我就嘴巴发干。那天晚上，我吃不下饭；直到天亮，我都夜不能寐。除了这件令我烦心的事，现在我又多了许多新的麻烦。如果弗格森做了我想要她做的事，那我的衣服怎么办，我的名字怎么办，我何去何从，我又会是谁？天啊，这足以让我疯掉！还是说我已经疯掉了？这恰是问题的一部分：我一定是疯了，居然想要弗格森太太做这件我想要她做的事儿。这就是为何我不能对他们诉说的原因：他们会认为我准是疯掉了。或者更糟。我不知道那些更糟的事情会是什么，但出于本能，我能感觉到：让所有人——我的家人、朋友还有其他孩子——都说我疯掉了，这恐怕还仅仅是最轻的后果。

出于恐惧和迷信，再加上贪婪，花园区的仆人们——他们当中有最势利眼的女人和最目中无人的男仆，因为他们踩过镶木地板——说起弗格森太太的时候都带着敬意。他们轻声细语地谈论她，不仅仅是因为她的特异功能，而且因为她同样特异的私生活，其间，通过偷听这些优雅的黑人、白黑混血儿和克里奥尔人口中的流言蜚语——他们认为自己才是新奥尔良真正的皇室，理所当然地比他们的雇主更高一等——我逐渐收集了许多细节。而弗格森太太呢——她其实不是太太，只是小姐：一个未婚的女人，带着一大群孩子，少说也有六个，她来自东得克萨斯的一个闭塞村庄，就在从什里夫波特市过了州界的地方。十五岁那年，她就被绑到镇上邮局前面的邮筒上，在众目睽睽之下被他的亲生父亲拿着马鞭抽打。实施这个酷刑的理由是她生了个孩子，这孩子长着一双绿眼睛，但却毫无疑问是某个黑人爸爸的骨肉。她带着这个叫做斯基特的孩子——他现在已经十四岁了，据说也是个妖孽——来到新奥尔良，找了一份工作，在一个爱尔兰天主教神父家当管家，她色诱了这个神父，和他生了第二个孩子，又抛弃他另觅了一个新欢，从那以后，她接连跟几个英俊的情人同居；她能成功地得到他们，一定是往他们的酒杯里倒了魔药，毕竟，要是没有这特殊的力量，她算什么东西？从东得克萨斯来的穷光蛋白人，跟黑人私通，六个私生子的母亲，一个洗衣工，一个仆人。然而他们尊重她；即便是瓦加洛家族的女仆总管、拥有联合水果公司的茹埃太太，也总是很礼貌地称呼她。

在我与弗格森太太谈话之后的两天，也就是礼拜天，我陪祖母去了教堂，就在我们回家的路上——路程只有几个街区——我注意到有人在跟踪我们：一个身材匀称的小男孩，烟草色的皮肤，绿色的眼睛。我立马认出了这就是臭名昭著的斯基特，就是因为他的出生才让他的母亲受到鞭刑，我也知道他准是给我带口信来了。我感到有些恶心，但同时也很兴奋，甚至有些眩晕，我不禁笑了起来。

我祖母快活地问我："啊，你知道一个笑话？"

我在想：不，但我知道一个秘密。不过，我只说了句："只是那个牧师刚才说的话让我好笑。"

"真的吗？我很高兴你能发现里面的幽默。我感觉那就是一段非常枯燥的布道。但是唱诗班还是不错的。"

我把到了嘴边的话咽回了肚子里："嗯，要是他们想谈谈罪人与地狱，而又不知道什么是地狱，他们应该找我来布道。我可以跟他们指点一二。"

"你在这儿开心吗？"祖母问我，似乎她自打来这里以后就一直在思考这个问题。"我知道你过得很难。我说的是离婚的事儿。一会儿住这里，一会儿住那里。我想要帮你；但不知道怎样才能帮上忙。"

"我很好。好得不得了。"

但我希望她能闭嘴。她确实是闭嘴了，皱了一下眉头。所以至少我已经实现一个愿望。一个实现了，还剩下一个。

我们到家的时候，祖母说她有点偏头痛，也许吃粒药再睡个午觉会好一点；她亲了我一下，便回她屋里去了。我跑到花园里那棵大藤萝树下，藏在里面，就像一个匪徒藏在匪窝里等候同伙的到来。

不久，弗格森太太的儿子到了。就他的年龄而言，他的个头很高，将近六英尺，肌肉像码头工人一样发达。他跟他的母亲长得一丁点儿也不像。不仅仅是肤色黝黑；他的五官很分明，骨架的比例精准——他父亲当年一定是个英俊的男子汉。跟弗格森太太不同的是，他翡翠绿的眼睛不是连环漫画式的两个点，而是又窄又狠——它们是武器，是子弹，杀气腾腾地瞄准了猎物，装好了底火，随时准备击发。没过几年，我听说他在休斯敦犯过两起凶杀案，最后死在得州监狱的电椅上，对此我一点也不奇怪。

他穿着时髦挺括，就像一个在海滨的帮派地盘上游荡的成年大哥：一顶巴拿马草帽，两种色调的鞋子，一件紧身的白色亚麻布衬衣，上面有斑点，一定是某个身材比他瘦许多的人送给他的。一根雪茄从他的手帕口袋里露了出来，十分打眼：那是一根“哈瓦那莫罗堡”，一种上好的雪茄，花园区里的绅士们通常与餐后的苦艾酒和木莓白兰地一同享用。斯基特·弗格森点着了雪茄，动作像是黑帮电影里的演员，吐出了一个无可挑剔的烟圈，吹到我的面前，然后说：“我是来找你的。”

“现在吗？”

“你立马给我把那个老太婆的项链拿过来。”

任何缓兵之计都无济于事，但我还是试了一下：“什么项链？”

“少废话。去拿过来，然后我们去个地方。要不然我们就不去了。这可是你唯一的机会。”

“可她正戴着呢！”

他又吐了个烟圈，吐得专业，吐得毫不费力。“你怎么弄到手，不关我的鸟事。我就在这里等着你。”

“但是要花很长时间啊。要是我弄不到怎么办？”

“你会弄到的。你得手前，我会一直等下去。”

我穿过厨房房门的时候，屋里听上去空无一人，事实也的确如此，除了我的祖母；其他人都驱车拜访一位新婚的表兄去了，他住在河对岸。我喊了几声祖母的名字，除了一片寂静，什么都听不到，我蹑手蹑脚地上了楼，侧耳在她卧室的门口倾听。她一定是睡着了。我决定冒这个险，于是把门推开了一条一英寸大小的缝。

窗帘是拉上的，除了瓷炉里面燃烧的火光，房间里一片黑暗。我的祖母躺在床上，被子一直盖到了下巴；她肯定是吃了头疼药，因为她的呼吸深沉而平稳。我蹑手蹑脚、小心翼翼地将被子向后拉开，动作就像是强盗在破解银行保险柜的密码锁。她的脖子上什么都没有戴，身上只穿了件睡衣——一件粉色的衬裙。我在书桌上发现了项链；它正放在她三个儿子的相片前面，其中一个是我父亲。我很久都没有见过他了，都忘了他长什么模样——从今以后，也许我就再也见不到他了。就算见到了，他也认不出我了。但是我没时间考虑那么多了。斯基特 · 弗格森正站在那棵藤萝老树下面，用脚踩着拍子，抽着百万富翁的雪茄烟等着我呢。尽管如此，我还是迟疑了。

我之前从未偷过东西；嗯，最多也就在看电影的时候，从糖果柜台里拿过巧克力棒，还有图书馆里有些书没有归还。我偷这条项链，是不得已而为之，我的祖母要是知道原因的话，定会原谅我的。不对，她不会原谅我；没人会原谅我，要是他们真的知道原因的话。但我别无选择。就像斯基特所说的：要是我现在不做，他母亲是不会再给我机会的。而那件令我困扰的事情也就会继续缠着我，没完没了，也许永远也不会散去。于是我就拿了。我把项链塞进口袋，溜出房间，甚至连门都没关。我再去找斯基特的时候，我没有给他看项链，我只是告诉他，项链已经在我手里了，他那双绿色的眼睛变得更绿、更凶狠了，他吐了一口大大的烟圈，然后说："就知道你会得手的。你是个天生的混混。跟我一样。"

我们先是步行，而后乘坐有轨电车沿着卡纳尔街走，平日里，这条街上人群熙熙攘攘，充满生气，但是现在却有点阴森恐怖，店面都关门了，安息日的静寂笼罩在街道上空，就像是葬礼上的愁云。在卡纳尔和罗亚尔，我们换乘了电车，一路前行，穿过熟悉的法国区[①]——许多老牌的家族都住在这个街区，他们当中有些的家谱远比花园区能够报出的任何名头都要高贵纯正。最后，我们又开始步行了；我们走了几英里路。我脚上是那双上教堂穿的硬鞋，走得我生疼，这时的我已经不知道身处何处了，但不管这是什么地方，我都不喜欢这里。问斯基特·弗格森也没有用，因为你问他，他就笑眯眯地吹着口哨，或者吐口痰，继续笑

---

① 法国区是美国城市新奥尔良最古老、也是最著名的街区。当 1718 年新奥尔良建城时，原先的范围就集中于今日的法国区。有些人还会使用原名 Vieux Carré(法语，意为老广场)，但是今天通常都称为"法国区"。法国区被整体列为国家历史地标，包含了大量的私人历史建筑。

眯眯地吹着口哨。我在想他是不是一路就这么吹着口哨坐上了电椅。

我真的全然不知身在何方；这个城市的这个地方，此前我从未见过。然而这里没有什么不同寻常的，只是，你周围的白色面孔比你习惯的要少，我们走得越远，就越少：偶尔有白人居民，也是被黑人和克里奥尔人所包围。除此以外，这里就是一片由简陋木屋组成的建筑群——油漆剥落的公寓，样式朴素的家庭住宅，大多数缺乏维护，但偶有例外。当我们终于来到弗格森太太家时，发现她的房子就属于例外之一。

这是间旧房子，但却是一座真正的房子，有七八间屋子；它看上去不像是会被从海湾吹来的第一阵强风吹走的样子。房子被漆成了丑陋的棕色，但至少油漆没有被太阳晒得起泡，也没有剥落。而且房子坐落在一个打理得很好的庭院里，院子里有一棵成荫的大树——这是一棵楝树，树上挂着橡胶轮胎，有好几个，绳子绑在树枝上垂了下来：院子里还散落着各种玩具：三轮车啊，木桶啊，做泥馅饼的小铲子啊——这些都表明弗格森太太的孩子们没有父亲。一条杂种小狗被锁链拴住，绑在木桩上，一看到斯基特就开始蹦蹦跳跳、叫个不停。

斯基特说："我们到了。开门进去吧。"

"就我一个人进去吗？"

"她在等你。按我说的做。直接走进去。要是你看见她正在和人上床，就睁着眼睛看吧：我就是这么成了床上高手的。"

他说完最后一句话后咯咯一笑，虽然这话在我听来毫无意义，但我还是听从了他的指令，开始朝前门走去，一边往后瞥了他一眼。这听起来似乎不可思议，但他确实已经不见了，而我此后也再没有见过他——要么就是我虽然见过，但不记得了。

大门直接通向弗格森太太的客厅。至少它装饰成了客厅的样子(一张沙发，简易板凳，两把柳条摇椅，枫木茶几)，不过地上铺的是厨房使用的棕色油毡布，大概是为了和房屋的颜色相配。我走进房间的时候，弗格森太太正倚在摇椅上摇来摇去，一个长相英俊的年轻人——一个克里奥尔人，比斯基特大不了多少——正坐在另一张摇椅上摇摆。他们中间的桌上放着一瓶朗姆酒，两人唇边的玻璃杯中都倒满了这玩意儿。那个年轻人只穿了一件贴身背心，还有一条喇叭裤脚的水手裤，裤子上的纽扣差不多都解开了。弗格森太太并没有向我介绍他。他一句话都没说就停住摇椅，站了起来，大摇大摆地走进了过道，手上拿着那瓶朗姆酒。弗格森太太竖着耳朵，直到她听见关门的声音。

然后她只说了句："东西在哪儿？"

我流着汗，心跳得发慌。我感觉就像是在过去的几个小时里跑了一百英里，然后待了一千年。

弗格森太太停住了摇椅，又说了一遍："东西在哪儿？"

"在这儿。在我口袋里。"

她伸出一只厚厚的红手，手心向上，我把项链放在了她的手里。朗姆酒的效力改变了平常她眼中木讷的神色；这块炫目的"黄宝石"则让她改变得更多。她翻来覆去地摆弄着项链，盯着它看；我努力不去看它，而是尽量去想些其他的事情，结果发现自己想的是她背上是否有伤疤，是否有鞭痕。

"你是想叫我猜吗？"她问道，眼睛一刻也未离开这件挂在细金链上的小宝物。"嗯？难道是要我说你为什么到这儿来？你到底要什么？"

她并不知道，她也不可能知道，而忽然之间，我不想让她知道。我说："我想跳踢踏舞。"

一时间，她的注意力从这个璀璨的新玩物上转移开了。

"我想成为一名踢踏舞演员。我想出走。我想去好莱坞，演电影。"这里面倒有几句实话；逃往好莱坞在我的"出走幻想"榜单里是排名靠前的一个。但话说回来，这并不是我打算不告诉她的那件事。

"呃，"她拖长腔调，慢吞吞地说。"你确实长得够漂亮，可以演电影。作为一个男孩来讲，你实在是太漂亮了。"

这么说她确实知道。我听见自己的叫喊声："没错！没错！说得太对了！"

"对什么？别跟我喊。我可不是聋子。"

"我不想做男孩儿，我想做个女孩儿。"

起初那是一个奇怪的声音，一种被压抑的咯咯声从她喉咙深处流出，而后沸腾开来，化作一股大笑。她小而薄的嘴唇伸展，变宽；醉鬼的大笑就像呕吐的秽物，从她的嘴里喷洒出来，仿佛洒遍了我的全身——这听起来像是呕吐秽物的笑声散发着一股臭味。

"求求您，求求您，弗格森太太，你不明白。我很忧虑。我一直都很忧虑。有什么事情不对劲儿。求求您。你一定得理解。"

她继续大笑，她的摇椅也随着她的笑声在摇摆。

于是我说道："你是个蠢货。又呆又蠢。"我想从她手里把项链夺回来。

笑声突然停了下来，她仿佛是被一道闪电击中，脸上一阵暴风骤雨，怒不可遏。然而，她开口说话时，声音却轻柔地嘶嘶响着，像毒蛇吐信："小子，你不知道你想要什么。我会给你看你想要的东西。看着我，小子。看这儿。我会给你看你想要的东西。"

"求您了，我什么都不想要。"

"睁开眼睛，小子。"

屋子里某个地方，有个婴儿在啼哭。

"看着我，小子。看这儿。"

她想让我看的是那块黄宝石。她把它高举在头顶，轻轻地摇着。它似乎是聚集了整个房间的光亮，聚集了毁灭性的璨璨光亮，使周遭的一切都陷入了一片黑暗中。摇啊摇，转啊转，充满了眩惑，眩惑。

"我听见有个宝宝在哭。"

"你听见的是你自己。"

"愚蠢的女人。愚蠢。愚蠢。"

"看这儿，小子。"

转啊眩啊转啊转啊眩啊眩啊眩啊。

· · ·

天还亮着，还是礼拜天，而我已经回到了花园区，站在我家的房子前。我不知道我是怎么到这儿来的。一定是有人把我带到这儿的，但我不知道是谁；我最后的记忆停留在弗格森太太不绝于耳的大笑声中。

当然，那条失踪的项链激起了轩然大波。虽未报警，但全家上下都一连数日忙得不得安生；没有一寸地方没被搜寻过。我的祖母十分伤心。但即便是这条项链价值连城，变卖后能够保证她余生颐享天年，我都不会指控弗格森太太。因为如果我这么做了，她会揭穿我对她说的话，那些我再没有对任何人说起的话，再也没有。最后的结论是，有个小偷溜进祖母的房间，趁她睡觉的时候偷走了项链。好吧，事实也确实如此。祖母的这次探亲结束了，等她回到佛罗里达的时候，大伙儿都松了一口气。大家希望珠宝失窃这件令人不快的事能够尽快被忘却。

然而此事并没有被忘却。四十四年时光荏苒，此事却依旧没有被忘却。我已步入中年，脑子里塞满了各种稀奇古怪的想法。而我的祖母已经故去，她走的时候，尽管年事已高，却依然神志清醒。

一个堂亲打电话给我，告知了她的死讯，问我何时能够过去参加葬礼；我说我会让她知道的。我悲痛欲绝，泣不成声；可这真是荒唐，不合情理。我的祖母不是我所爱过的人。可我却悲痛万分！但我还是没有去参加葬礼，甚至没有送花。我待在家中，喝了一夸脱的伏特加。我喝得酩酊大醉，但我记得我接了一个电话，听到我父亲在电话那头说打电话的人是他。他苍老的声音颤抖着，这不仅仅是因为岁月的沉重；他发泄出了一生中压抑的愤懑，在我一言不发的时候，他说道："你个狗娘养的。她去世的时候，手里还拿着你的照片。"我说"对不起，"然后挂断了电话。我还能说什么呢？我如何交代这些年，一提起我的祖母，一收到她的信，或是一想起她，头脑中就浮现出弗格森太太的样貌？她的笑声、她的暴怒，还有那摇曳，旋转的"黄宝石"：转啊眩啊眩啊。

隐秘花园

（1979）

地点：杰克逊广场，广场以安德鲁·杰克逊命名——一片有着三百年历史的绿洲，怡然坐落于新奥尔良旧城区中央：这是一座中等规模的公园，其中最为醒目的是圣路易斯大教堂那些灰色的尖塔，还有全美历史最为悠久，在某些方面也最优雅肃穆的公寓大楼——彭塔尔巴大楼。

时间：1979 年 3 月 26 日，一个洋溢着活力的春日。九重葛挺过寒冬，杜鹃花傲然挺立，街上的小贩在叫卖（花生、玫瑰、坐马车、纸包的炸虾），在邻近的密西西比河上漂泊的轮船发出汽笛声，欢乐的气球拿在蹦蹦跳跳、咯咯直笑的孩子们手里，在蓝银色的空气中高高跃起。

“嗯，我得说，男孩儿就是坐不住”——我叔叔巴德是个旅行销售员——那是在他能够从阳台秋千和杜松子酒中抽身踏上一次旅程的情况下，他过去时常这样抱怨。的确没错，男孩儿就是坐不住；就在最近的几个月里，我到过丹佛、夏延、比尤特、盐湖城、温哥华、西雅图、波特兰、洛杉矶、波士顿、多伦多、华盛顿、迈阿密。但要是有人问起，我也许会说：哎呀，我哪儿也没去呀，我整个冬天就一直待在纽约。我也确实是这么想的。

但还是那句话，男孩儿就是坐不住。如今，我又回到了新奥尔良——我出生的地方，我的老家。我坐在杰克逊广场公园的长凳上晒着太阳，自我读书的时候起，我就最喜欢来这里伸伸腿，看一看、听一听，打打呵欠，挠挠痒，做做清梦，自言自语一番。或许你属于那种从未自言自语过的人。我指的是出声的那种。或许你觉得只有疯子才会这么做。对我个人而言，我把它看作是件有益健康的事情。这样能使你一直有人相伴：无人反驳，随心所欲，信口开河，从你的自我体系中收获许多东西。

譬如说，以那里的彭塔尔巴大楼为例。这是个非常漂亮的地方，楼房的正面是格式图案，高高的法式百叶窗颜色既深又暗。这里是美国最早修建的一批公寓大楼；那些高高在上、通风良好、贵族气十足的房间里面，依然住着这里第一批房客的亲属们。很长一段时间以来，我都对彭塔尔巴有着一种不满的抵触情绪。原因如下：曾经，在我十九岁左右的时候，我住在距离皇家大街几个街区的一间公寓里，那地方毫不起眼，年久失修，是蟑螂的天堂，但凡外面有街车隆隆而过，屋里就会如遭遇地震般震颤不已。那里没有供暖系统；冬日里，你简直不敢爬出被窝，而在沼泽般的夏日，你仿佛是置身于一碗温吞的肉汤里游泳。我一直在幻想，某个灿烂的日子，我可以搬出这个乱七八糟的地方，搬进彭塔尔巴天宫般的所在。但即便是我买得起，这愿望都无法实现。在那里得到一席之地的通常途径是里面有租户去世，立下遗嘱把它赠给你；或者是，如果有一套房空出，那么新奥尔良市的惯例是将它留给当地一位杰出的市民，只象征性地收取极少的费用。

许多稀奇古怪的家伙都到这个广场闲逛。海盗。拉法耶特阁下本人。伯尼·帕克和克莱德·巴罗。休伊·鲁恩。那边，在一把红太阳伞的伞荫下漫步的是威利伯爵夫人，红灯区里一家休闲屋[①]的老板娘：她的店因提供一种奇异的提神饮品而出名——新鲜樱桃浸在奶油里煮沸，配上芳香浓郁的苦艾酒，塞在一个斜躺着的混血美女的下体内呈上桌来。这里还有另一位女子，与威利伯爵夫人一点不像：安妮·克里斯默斯，一个划龙骨船的女船夫，身高七英尺，人们总能看见她两手各提一只木桶，里面装着一百磅重的面粉。还有吉姆·鲍威。以及内迪·弗兰德斯先生，他是个衣冠整洁的绅士，八十多岁，或许有九十多岁吧，他直到前几年，还每天傍晚来到广场，一边吹着口琴给自己伴奏，一边跳着踢踏舞，从半夜一直跳到黎明，像是个腿脚灵便的木偶人。都是些人物。我可以列出数百个。

啊哈。那头传来的是什么声音？有麻烦了。有人吵起来了。一个男的和一个女的，两个都是黑人：男的体格魁伟，脖子粗得像头牛，头发梳得很酷，但表现得却很软弱；女的身形瘦弱，柠檬肤色，声音刺耳，长得却几乎称得上漂亮。

· · ·

她：狗娘养的。你啥意思——瞒你？！老娘才不会瞒你呢。狗娘养的。

他：嗤，娘儿们。我都看见了。我数了的。三个家伙。赚了六十块。你得分我三十。

她：去你妈的，黑鬼。老娘要把你耳朵割了，把你的肝割

① 此处原文为法语 maison de plaisir。

了，拿出来喂猫，老娘还要把你的眼珠子放到松脂里面炸。听着，黑鬼。你再说一遍老娘我是个骗子。

他(安抚的口吻)：哎呀，真是的——

她：哎呀。老娘就要让你哎呀。

他：默特尔小姐，我知道自己看见了啥。

她(慢慢地：拖长声调)：狗杂种。黑狗杂种。其实，你就没有娘。你是从狗肚子里出来的。

(她扇了他一巴掌。下手很重。她转过身，走开了，昂着头。他没有跟过去，而是站在那里，一只手在揉着脸。)

我望着一群孩童蹦蹦跳跳地拿着气球，看着他们贪婪地围在一个推车小贩那里，小贩卖的是一款叫做“满口甜”的甜品：一勺一勺的刨冰，用色彩斑斓的各种糖浆调味。我忽然意识到我也饿了，渴了。我在想要不要去“法国集市”，塞上一肚皮的炸面圈，还有美味的菊苣口味苦咖啡，那可是新奥尔良的特产。这比安托万餐厅菜单上的任何东西都要好——顺便提一句，那家餐馆糟透了。这座城市里的大多数餐馆都是如此。加拉特瓦倒是不错，可惜人满为患；他们不接受订位，你只能排着长长的队，而且那里也不划算，至少对我来说是这样。正当我决定要缓步前往集市的时候，突然被一件事情打断了。

要是你问我讨厌什么的话，那就是有人鬼鬼祟祟凑到你背后，来了句——

声音(沙哑，浑厚，却是个女人的声音)：让你猜两次哈。(沉默)来呀，小伙子。你知道我是谁。(沉默；然后，她把捂住我眼睛的双手拿开了，有些不怎么高兴)小伙子，你是说你不认识我吗？

大甲虫？

我：我的天啊——大甲虫约翰逊！你好吗[1]？

大甲虫约翰逊（高兴地咧着嘴笑）：噢，别提了。站起来，小子。抱抱六月虫。天啊，你都瘦得皮包骨头了。跟我第一次见你的时候一样。你有多重啊，骑师？

我：一百二十五六磅的样子吧。

（我的双臂很难抱住她，因为她的体重有我的两倍，或许更多。我认识她前前后后已经有四十年了——最早是我独居在皇家大街那间昏暗屋子里的时候。那时我常常光顾她开的一家喧闹的海滨酒吧，现在依然如此。要是她有双粉色的眼睛，你也许会管她叫白化病人，因为她的肤色跟马蹄莲一样白；还有她稀疏的卷发也是如此。[有一次她告诉我她的头发是一夜之间变白的，在她十六岁前，我说"一夜之间？"她说："这都是因为坐过山车，还有艾德·詹金斯的那玩意儿。这两件事儿隔得很近。你看，有天晚上我在湖边坐过山车，我们坐在最后一节车位。哎，结果过山车脱节了，我们那节疯狂地向前飞，我们差一点点就脱轨了，第二天早上，我的头发就有了灰斑。大约一个星期以后，我又跟艾德·詹金斯有了这么一件事：他是我认识的一个男孩子。我一个闺蜜对我说，她兄弟告诉她艾德·詹金斯的那玩意儿是所有人见过的最大的。他长得很帅气，却骨瘦嶙峋，比你高不了多少，我不信，于是有一天，我跟他开玩笑说，'艾德·詹金斯，我听说你那玩意儿挺大的哈，'他说，'是啊，我来给你看看，'他给我看了，我尖叫了一声；他说，'我现在要把它放进你的身体里，'我

---

① 此处原文为法语 Comment ça va。

说，‘噢，不行，你不能这么做！’它大得像是婴儿的手臂，手里还拿着个苹果。上帝保佑！可他真这么做了。放进我的身体了。经过一番可怕的撕扭。此前，我还是个处女。算得上是吧。你可以想见，嗯，此后不久，我的头发就变得和女巫一样白了。”]

大甲虫约翰逊穿得像个搬运工：工作裤，男式蓝衬衫，袖口卷到胳膊肘，工人靴的鞋带系到了脚踝，她也没有借助化妆的手段去掩饰面部的苍白。尽管她的做派很务实，但她依然是一个很有女性气质、很端庄的人。她还抹着昂贵的香水，巴黎香水，闻一下就知道准是在运河街的“白房子”里买的。还有，她那现出金牙的笑容很灿烂；那就像是在冷雨过后从云隙射下的阳光，令人怦然心动。或许你会喜欢上她；大多数人都喜欢她。那些不喜欢她的人大都是一些与之在海滨竞争的酒吧老板，因为大甲虫的酒吧是个很受欢迎的去处，不过出了海滨和当地居民的圈子，她的店就鲜为人知了。酒吧由三个房间组成——一间是大酒吧间本身，屋顶是镀锌的，第二间房有三张六袋撞球台，打球的人络绎不绝，另外还有一间凹室，放着自动唱片点唱机，可以伴着音乐跳舞。这里昼夜开放，无论是黄昏还是黎明，里面都是人头攒动。水手和码头工人自然是这里的常客，开着卡车把农产品从偏远的乡村带到法国市场的农夫也常来光顾，还有警察和消防员，目光犀利的赌徒，以及目光更为犀利的妓女；日出时分，波旁街上那些专营旅游陷阱的娱乐从业人员会将这里挤得人满为患：袒胸露乳的舞者、脱衣舞女、男扮女装的家伙、陪酒女郎、服务生、酒吧间男招待，还有嗓音沙哑的门卫兼皮条客，不辞辛劳地招徕着乡巴佬到老广场来爽上一把。

说到“骑师”，这个绰号应该拜金吉尔·布伦南所赐。大约四十年前，金吉尔在法国市场里最老牌、最传统的一家通宵营业的甜面圈/咖啡吧里做柜台服务生领班；这家咖啡吧如今已经不复存在了，而金吉尔很久以前在庞恰特雷恩湖的突堤上垂钓时，被一道闪电劈中丧了命。反正，有天夜里，我无意中听见有个顾客问金吉尔那个角落里的"小混混"是谁，他告诉那人，我是个职业骑师："他在赛道上可是个炙手可热的角儿。"这可是个极高的赞誉了；我个子矮小，身轻如羽，很容易就使人联想起骑师的形象；说来也巧，这确实是我想去做的事情：我喜欢别人把我误当成是一个赛马跑道上的机灵小子。我开始阅读《赛马表》，学习专业术语，消息不胫而走，在你来得及发嘘声前，人人都叫我"骑师"了，都想向我打听赛马的窍门。）

大甲虫约翰逊：我减肥了。大概减了五十磅吧。自从我结婚以后，我就开始减肥。大多数女人戴上婚戒之后就开始发福。但我跟吉姆结婚以后，我很高兴我不再总是把冰箱掏空了。是忧愁让你变得肥胖。

我：你结婚了？没人写信跟我说起过啊。我还以为你一心想单身呢。

大甲虫约翰逊：姑娘家就不能改主意吗？自打我从艾德·詹金斯那件事当中走出来后，自打我从脑子里抹去这一幕后，我就和所有的姑娘一样想要男人了。当然，这花了许多年。

我：吉姆？他叫这个名字？

大甲虫约翰逊：吉姆·奥雷利。不过不是爱尔兰人。他来自普拉克明，他们那儿的人大都是移居路易斯安纳州的法国人后裔。我甚至不知道这是不是他真正的名字。我对他好多情况都不了解。他属于那种不怎么出声的人。

我：但却是个俘获你芳心的情人。

大甲虫约翰逊(眼珠子转了转)：噢，亲爱的，别让我开口。

我(笑了起来)：这是你让我印象最深的事儿之一。不管别人说什么，不管是天气还是什么，你总是说：“噢，亲爱的，别提了。”

大甲虫约翰逊：嗯，这样的话，就尽在不言中了，你说是吧？

(有些事我不得不提：她一口布鲁克林口音。这听上去奇怪，但其实不算什么。新奥尔良一半的人听上去一点南方口音都没有；如果你闭上眼睛，你会以为是在听一个本森赫斯特的计程车司机说话，这种现象的根源，应该来自于这座城市中一片叫“爱尔兰海峡”的城区，这里的居民以绿宝石岛①的移民后裔为主，因此这个地方具有爱尔兰裔所特有的语言模式。)

我：那你当奥雷利太太多长时间了呢？

大甲虫约翰逊：到明年七月就整整三年了。实际上，我没有太多的选择。我真是有些搞不懂。他比我要小许多，大概差了有二十岁。长得又帅，天啊。是女人炙手可热的对象。但是他就是对我很疯狂，对我寸步不离，每分钟都在央求我结婚，他说要是我不肯的话，他会从堤坝上跳过去。他天天都送我礼物，有一次送的是一对珍珠耳环，全都是天然珍珠：我咬过了，都没有碎开。还送过一窝小猫咪。他不知道我碰到猫的话会打喷嚏，眼睛还会肿胀。大家都提醒我说他只是看上了我的钱。要不然，为什么一个像他这样的帅小伙会喜欢上我这么个糟婆娘呢？但是这种猜测不对，因为他工作挺好，在斯特莱克福斯轮渡公司。但是他

① 绿宝石岛即爱尔兰的别称。

们说他破产了，跟瑞德·替博、安布罗斯·巴特菲尔德还有那些赌徒之间有麻烦。我问过他，他说这是个假消息，但我觉得这有可能是真的，我那时对他还有好多不了解的，现在也是这样。我只知道，他从没有找我要过一个子儿。我真是搞不懂。于是我去找奥古斯丁·吉尼特。你记得吉尼特太太吗？会读心术的那个？我得知她奄奄一息躺在病床，于是马上赶到她那儿，她的确是去日不多了。我敢打赌她只能再活一天了，而且她的眼睛全瞎了；她几乎不能发出声音，但她对我说：嫁给那个人吧，他是个好人，他会让你幸福的——嫁给他，答应我你会的。于是我就答应了。这就是为什么我别无选择。我不能无视自己对一个奄奄一息的妇人作出的承诺。但我真是非常非常高兴自己没这么做。我很幸福。我是个幸福的女人。即便是那些猫让我打喷嚏。你呢，骑师，你觉得自己幸福吗？

我：还过得去吧。

大甲虫约翰逊：你上次过狂欢节是什么时候的事儿了？

我（不太想回答，不想唤起狂欢节的回忆：它们对我来说不是什么好笑的事情，这些街道被那些戴着恶魔面具的人弄得天旋地转，一个个喝得醉醺醺的，鬼哭狼嚎；自打我儿时起领教过狂欢节的一锅乱粥后，我总是做噩梦）：自我长大起就再没过过了。我总是在人群中走丢。我最后一次迷路的时候，他们把我送到了警察局。我母亲找到我之前，我在那儿哭了一整夜。

大甲虫约翰逊：该死的警察！知道吗，我们今年没有过狂欢节，因为警察罢工了。想想看，在那个时候罢工。花了这个镇子数百万啊。完全就是敲诈。我有些警察朋友是好人，都是些好主顾。但他们都是一伙骗子，整伙人都是。对这里的法律，我从来就没有缺乏尊重，可他们是怎样对待肖先生的啊，这件事可让我把他们看透了。那个所谓的地方检察官吉姆·加里森。真是个狗杂种。我希望恶魔将他碎尸万段。他一定会的。只可惜肖先生看不到了。他正高高地坐在天堂上——我知道他一定在那里——一定看不到老加里森如何烂在地狱里。

（大甲虫约翰逊说的是克雷·肖，他是一位温文尔雅、颇有涵养的设计师，负责恢复了许多新奥尔良市一流的历史建筑。肖先生一度被詹姆斯·加里森起诉，这个行事粗鲁、疯狂追求知名度的地方检察官一度起诉他是传言中一起预谋暗杀肯尼迪总统案的关键人物。为这次莫须有的指控，肖先生两次出席审判，尽管两次都被宣判无罪，但是他也被整得倾家荡产。他的身子骨也搞垮了，几年之后就去世了。）

我：在他最后一次接受审判以后，克雷给我写信说："我总觉得我有点受迫害妄想症的迹象，但是经历了这件事后，我知道我以前没有犯病，以后也绝不会了。"

大甲虫约翰逊：你说什么——妄想症？

我：嗯，哦，没什么。妄想症不算什么。只要你别把它看得太重。

大甲虫约翰逊：我真的是非常想念肖先生。在他遭遇麻烦期间，有一种方式可以让你分出这个镇上谁是君子，谁是小人。如果是君子，他在街头从肖先生身边走过时，会将帽子微微拿起，表示致意；而如果是小人，则是眼睛盯着前方，形同陌路。（偷笑）肖先生，他讲笑话很有一套。每次他来我酒吧，他都让我笑个不停。你听过他讲的杰西·詹姆斯的故事没有？好像是有一天杰西·詹姆斯在西部打劫一列火车。他和他的团伙闯入一节车厢，手里拿着枪，杰西·詹姆斯大喝一声："举起手来！女的，我们劫财，男的，我们劫色。"有个家伙说："先生，有没有弄错？难道你的意思不是男的劫财，女的劫色吗？"但是火车上有这么个可爱的小基佬，他愣了一下之后，大声喝道："关你屁事！詹姆斯先生知道怎么劫火车。"

（两下、三下、四下：圣路易斯大教堂的钟声敲过：……五点……六点……钟声是个坟墓，就像镀了金的男中音在诵读，像古老的碎片在回响，这声音飘过公园，宛如即将到来的黄昏一样肃穆：音乐声交织着欢声笑语，交织着孩子们离开时的道别声，他们无忧无虑，满口甜蜜，手上拿着气球；也交织着远去的轮船汽笛声，孤寂而悲恸，还有春天里卖果浆刨冰的小贩推车上的铃声，叮当叮当地响个不停。大甲虫约翰逊极不情愿地看了看她那只难看的劳力士手表。）

大甲虫约翰逊：上帝保佑。平常这个点我都应该快到家了。吉姆一定要求七点整准时开饭，他不让任何人准备食物，除了我。不要问为什么。我根本就不会做饭。根本不会。我唯一拿得出手的就是打啤酒，还有……哎呀，这倒提醒我了：今天晚上酒吧该我当班哩。通常情况下，我是负责白天，其余时间由艾尔玛负责，但是艾尔玛有个孩子病了，她想回家陪孩子。你看，我都忘了告诉你了，我现在有个助手了，是个小寡妇，很有乐子，工作也很努力。艾尔玛嫁给了一个养鸡的农民，他死后，给她留下了五个儿子，其中两个是双胞胎，她还不到三十呢。于是她只好勉强靠农场过活——养鸡，然后拧断它们的脖子，用卡车送到集市。全是她一个人在忙活。她个子小得这么一点点，身段却很不错，一头自然的草莓色头发，跟我的一样卷。她去大西洋城参加选美比赛，没准都能赢，要不是她有斗鸡眼的话：哎哟，她眼睛斗鸡得怎么这么厉害，你都不知道她在看什么，也不知道她在看谁。她刚来酒吧的时候，还带了几个女卡车司机。我马上以为她是个女同性恋，跟大多数女卡车司机一样。但我错了。她喜欢男的，他们也很宠爱她，喜欢她的斗鸡眼，喜欢她的一切。事实上，我觉得我的男人也有点偷偷地喜欢她；我拿这事儿跟他开玩笑，这让他非常非常生气。可你要是想知道的话，我有种很明显的感觉：吉姆在旁边的时候，艾尔玛会感觉坐立不安。这个时候你就看得出来她在冲着谁看了。嗯，我也不可能长生不老，我死了以后，要是他们想在一起的话，我没什么意见。我已经享受了我的幸福。我知道艾尔玛会好好照顾吉姆的，她是个好孩子。这就是我劝她跟我一起做事的原因。嗯，能在这个时候再次见到你，真是太好了，骑师。以后再顺路来玩儿哈。我们要聊的东西还多着呢。不过现在我得让我这把老骨头动起来了。

六点……六点……六点……：大钟的报时声驻留在清新的空气中，震颤着，渐渐陷入了历史的沉睡中。

有些城市里面，就像圣诞树下包好的礼盒一样，藏着些出人意料的小礼物，藏着些神秘的快乐。有些城市是永远打不开的礼盒，盒子里的谜永远不会解开，而来此度假的游客——或者，进一步说——哪怕是最好打听、最为执着的旅行者甚至都看不到它们。要了解这些城市，要打开这个盒子，可以说，你只有出生在此才行。威尼斯就是如此，十月以后，亚德里亚的海风将最后一位美国人吹走，还有最后一位德国人，把他们的行李连同它们的主人一同吹回老家；这时，威尼斯就会化作另一番模样：一小群优雅的人物登场了，纤弱的公爵穿着惹眼的绣花马甲，细溜溜的伯爵夫人靠在苍白瘦高的外甥的手臂上；亨利·詹姆斯笔下的人物、邓南遮作品中的浪漫形象——他们绝不想在一个外国人出国来度假的夏日从他们宫殿的淡紫色阴影中浮现出来——而现在，他们出现了，在圣马可广场的拱廊下散着步，喂着鸽子，动身去达涅利的大厅里喝茶(格里蒂关门歇业，到来年春天才会开张)，最好笑的是，他们在哈利美国酒吧那惬意的环境中狂饮马提尼酒，吃着烤奶酪三明治，而直到不久前，这里除了成群结队的从阿尔卑斯山那边和大海那头过来的大嘴巴游客外，根本没有其他人。

费斯是另外一座神秘的、过着双面生活的城市，波士顿也是如此——众所周知，在路易斯堡广场上那些整洁的建筑物外表和紫色的拱窗里面，举行着古怪的部落仪式，但是除了几个屈指可数的波士顿人用文学手法透露的一些信息外，我们并不知道这些裹在谜团中的仪式是什么，也永远不会知道。然而，在所有神秘的城市当中，新奥尔良，于我而言，似乎是最神秘的一个，实际上，她是最不容许局外人观察的一个。随处可见的高墙，遮天蔽日的树叶，高高的铁门既厚实，又上了锁，紧闭的百叶窗，黑暗的隧道一直通往杂草丛生的花园，花园里含羞草和山茶花的颜色形成反差，还有慵懒的蜥蜴，伸出他们分叉的舌头，沿着棕榈叶快速爬行，这些景象都随处可见——所有的一切不是偶然的装饰，而是有意识调配出的一种建筑，就像是狂欢节舞会上的假面，用以伪装、用以遮掩里面的生活，而住在这里的人从降生起就生活在这些守护他们的宅邸之中了：两个表兄弟——他们之间还有其他数以百计的表兄弟遍布在这个城市纠缠不清的家族关系中——坐在一棵无花果树下，一起喃喃低语，旁边是一眼汩汩冒泡的喷泉，冷却着他们的隐秘花园。

有人在弹奏着钢琴。我不知道这声音从何方传来：手指遒劲有力，节奏感很强：“我想，我想……”是个黑人在唱；他唱得很不错——“我想，我想要个老妈，一个肥老妈，我想有个肥老妈，浑身是肉尽摇摆！”

脚步声。穿着高跟鞋的女性脚步声，慢慢近了，停在我的面前。身材纤瘦，还算漂亮，嗓门很大，下午早些时候，我无意听到她和她的“经理”有过争吵。她微笑着，冲我抛了个媚眼，先是眨了一只眼，然后又眨了另一只，她的声音听上去不再生气，而是有种香蕉的味道。

她：你好吗？

我：还行。

她：你想怎么打发时间？

我：我看看啊。我想是六点吧，稍稍过了一点。

她(笑了起来)：我是说你想怎么打发时间？我在这儿的角落里有个地方。

我：我可不想啊。今天就算了吧。

她：你很可爱哦。

我：人人都有权发表意见。

她：我可没开玩笑。我说的是真的。你很可爱。

我：嗯，谢谢。

她：可你看上去不像是很开心的样子。来吧，我让你开心。我们一起开心。

我：我可不想啊。

她：怎么呢？你不喜欢我吗？

我：不啊，我喜欢你。

她：那是怎么回事儿呢？给我个理由吧。

我：理由多着呢。

她：好。那就给我一个吧，就一个。

我：哦，亲爱的，别提了。

你好，陌生人

(1979)

时间：1977 年 12 月。

地点：纽约“四季餐馆”。

请我吃饭的这个人叫做乔治 · 克莱科斯顿，他建议我们中午见面，但并未解释为什么要把时间定得这么早。不过，我很快便发现了原因，自从一年多以前我最后一次见着他，这个素来饮酒还算节制的人已经变成了一个嗜酒无度的家伙。我们刚一坐下，他就点了双份的“野火鸡”酒(“请给我纯的，不要加冰”)，不到十五分钟，他又点了一杯。

我感到一阵惊诧，倒不仅仅是因为他的酒瘾。他的体重增加了至少有三十磅，细条纹背心上的钮扣几乎要崩落下来，往日的他因为经常慢跑，或是打网球，总是肤色红润，而如今，却是苍白吓人，仿佛刚从监狱里放出来一样。他还戴着一副墨镜，我暗想：真够戏剧性的啊！你怎能想像老实本分的乔治 · 克莱科斯顿，这个坚定保守的华尔街老伙计，这个跟妻子(是叫格特鲁德还是爱丽丝来着，要么就是其他什么名字)住在格林威治(要么就是西码头，或者其他什么地方)，还带着三四个还是五个孩子的人，竟然变成了眼前这个戴着墨镜咕噜咕噜痛饮双份“野火鸡”酒的人！

我本来完全可以直截了当地问他：嘿，你他妈这是怎么啦？

但我却只说了句：还好吗，乔治？

乔治：很好，很好。要过圣诞节了。天啊。简直就顾不过来啦。别指望我今年会给你寄贺卡，我一张也不会寄。

我：是吗？寄贺卡可是你的传统啊。那些家庭主题的贺卡，上面还有狗狗。你家怎么样了？

乔治：又添新丁了。我大女儿刚生了第二个宝宝，是个女孩儿。

我：恭喜恭喜啊。

乔治：怎么说呢，我们想要个男孩儿。要生的是个男孩儿的话，她就会让这孩子跟我姓了。

我（暗想：我干吗要来这儿？干吗要跟这个蠢货共进午餐？他让我心烦，他老是让我心烦）：那爱丽丝呢？她还好吗？

乔治：爱丽丝？

我：我是说格特鲁德。

乔治（皱起眉头，闷闷不乐的样子）：她在画画呢。你知道我们家就住在海湾那边，我们有一块自己的海滩。她整天把自己关在屋子里，画那些透过窗户看见的东西。小船什么的。

我：那挺好的啊。

乔治：好不好我可说不准。她上过史密斯学院，主修艺术。我们结婚前，她就时不时地画点儿画。后来她把这事儿给忘了，好像是忘了。现在她一天到晚地画啊画的。一天到晚啊，就这么关在自己的屋子里。服务员，麻烦你给这位先生拿份菜单过来吧，给我再上点这玩意儿，不要加冰。

我：纯威士忌，不加冰，十足的英式风格啊。

乔治：我牙痛嘛，喝冷的我可受不了啊。你知道我收到谁的圣诞贺卡了吗？米基·马诺洛。就是加拉加斯[①]的那个阔佬，他也是我们班的。

（我自然不记得米基·马诺洛是谁，但还是点了点头，装出记得的样子。虽然我与乔治·克莱科斯顿曾经在一所糟糕透顶的预科学校做过同窗，但要不是四十多年来他一直打听我的行踪，我也不会记得他的。他是宾夕法尼亚州一户上层中产阶级人家的孩子，他体格健壮，健步如飞；我与他并没有什么共同之处，不过两个人还是误打误撞地结成了联盟，因为我替他写读书报告和作文，作为交换，他包下了我的代数家庭作业，而且在考试的时候还偷偷给我递答案。结果四十年来，为了维系这段“友谊”，出于义务我们每一两年就非得一起吃上一顿午饭不可。）

我：这家餐馆很少能见到女人啊。

乔治：这正是我喜欢的地方。没那么多闲言碎语，很有点男性气派，这点很不错。对了，我可吃不了什么东西。我的牙，嚼起东西来疼得要命。

我：来点儿煮荷包蛋怎么样？

乔治：我想跟你说件事情，兴许你还可以帮我出出主意。

我：听我出主意的人可经常会后悔的哟。不过嘛……

乔治：这事儿还得从去年六月份说起。那时杰弗里——也就是我的小儿子——刚刚毕业。那天是礼拜六，我和杰夫到海滩上给船上油漆。杰夫回房间去拿啤酒和三明治，他走了之后，我一

① 加拉加斯，又译“卡拉卡斯”，是拉丁美洲国家委内瑞拉的首都，全国最大城市，政治、经济、文化中心。

下子把衣服脱了，一头就钻进水里游泳。海水还是非常冷的。七月份之前，你根本就不能在海湾里游泳，可我就是想游一下。

我游了相当远的一段距离，仰面漂浮在水面上，望着我的房子：这房子还真不赖——六个车位的车库、游泳池、网球场；不过可惜我们还从未带你去过那儿。反正呢，我仰面漂浮在水面上，对生活感到相当满意。就在这个时候，我发现了水面上有个瓶子在上下浮动。

那是一个透明的玻璃瓶，装过汽水。瓶口被人用软木塞塞得很紧，还贴上了胶带，密封得严严实实。我看见里面有一张纸，是张便条，不禁笑了起来；因为我小时候老是这么干——把一些字条塞进瓶子，然后扔到海里：救命啊！有人落水啦！

于是我捞起瓶子，游回岸上。我很想知道瓶里的字条上到底写了些什么玩意儿。嗯，这张字条是一个多月以前写的，留条的人是一个女孩儿，住在拉奇蒙特。上面这样写道：你好，陌生人。我叫琳达·蕾莉，今年十二岁。假如你看到这封信，请回信告诉我，你是在什么时候、什么地方看到的。要是你给我回信，我就寄给你一盒我自己做的软糖。

结果，等杰夫拿着三明治回来时，我并没跟他说起那个瓶子的事儿。我也不知道是为什么，但我就是没说。现在想想，要是那时说了就好了。也许之后什么事儿也不会发生了。可是这就像是一个我想独自保留的小秘密，一个小玩笑。

我：你真的不饿吗？我只点了一份煎蛋卷啊。

乔治：行啊。就要煎蛋卷吧，挺软和的。

我：这么说你给那个年轻的蕾莉小姐回了信？

乔治（支支吾吾）：没错，没错，我是回了信。

我：你是怎么回的呢？

乔治：礼拜一，我回到办公室，在翻公文包的时候发现了那张字条。之所以说“发现”，是因为我并不记得我把字条放在了里面。当时我脑子里就模糊地闪过一个念头，要给这个小女孩儿回信——你知道，只是做一个善意的表示。可是那天我跟一位主顾共进午餐，他喜欢喝马提尼酒。说到这里，我过去吃午饭的时候从不喝酒——其他时候也喝得不多。但是那天我喝了两杯马提尼，等回到办公室的时候，就感到天旋地转。于是我就给那个小姑娘写了一封相当长的信；我没有口述让别人代写，而是很快地手写出来，告诉她我住在哪里，是怎么发现她的瓶子的，并且说了一些诸如祝她好运之类的话，还说了些傻话，譬如，虽说我是个陌生人，但是向她致以朋友般真切的祝愿。

我：两杯马提尼下肚后写成的信。不过，这也不见得有什么错啊？

乔治：银色子弹，他们都这样称呼马提尼酒的。银色子弹。

我：来点儿煎蛋卷怎么样？你难道都不打算尝尝吗？

乔治：上帝啊！我的牙真的好疼。

我：味道真的不错啊。对于餐馆做的煎蛋卷来讲。

乔治：大约一个礼拜之后，我收到了一大盒软糖，是山核桃巧克力软糖，送到了我的办公室。于是我分给办公室的同事们吃，告诉大伙儿是我女儿做的。其中一个家伙却说：“嗨，得了吧！我敢打赌，老乔治偷偷谈了个女朋友！”

我：除了这些软糖，她是不是还附上了一封信呢？

乔治：没有。不过我回了一封感谢信。信很短。要不要来支烟？

我：我多年前就戒了。

乔治：是吧，我倒是刚开始抽，不过从来都不买，只是东讨一支，西要一支。服务员，给我拿包香烟过来吧，什么牌子的都行，只要不是薄荷醇香型的就成。再来一杯“野火鸡”好吗？

我：给我来点儿咖啡。

乔治：然而我的感谢信却引来了一封回信。一封长信。那封信着实让我感动。她附上一张她自己的照片，是张彩色的拍立得照片。她身穿泳衣站在海滩上。或许她是只有十二岁，可是看上去却像是十六岁。她是个可爱的小家伙，一头短短的黑色卷发，眼睛蓝得不能再蓝。

我：亨伯特·亨伯特[①]的影子。

乔治：这是个什么人？

我：没什么。小说里的一个人物。

乔治：我从不读小说。我讨厌读书。

我：是的，这我知道。要不然我怎么会帮你写读书报告呢。那琳达·蕾莉小姐都说了些什么呢？

乔治（足足沉默了五秒钟）：很伤感，也很感人。她说她在拉奇蒙特住的时间并不长，一个朋友也没有，于是她往海里扔了几十个瓶子，而我是唯一一个捡到瓶子并且给她回信的人。她说她原本住在威斯康星州，后来爸爸去世，妈妈改嫁，嫁的那个男的有三个女儿，没一个喜欢她的。那封信写了十页纸，一个拼写错误也没有。她讲了许多事情，口吻中透着机灵，但听上去却挺可

---

① 亨伯特·亨伯特，美国俄裔作家纳博科夫所著小说《洛丽塔》中的男主人公，迷恋 9 岁到 14 岁的早熟少女，常被用来喻指有恋童癖的人。

怜。她说她希望我再给她回信，又说或许我可以开车去拉奇蒙特，找个地方我们见上一面。听我讲这些你不会介意吧，要是你介意的话……

我：不介意。接着往下说吧。

乔治：我留着那张照片。这么说吧，其实我就放在我的钱包里，跟我那几个孩子的照片放在一块儿。你瞧，就因为那封信，我一想起她，就觉得她像是我自己的孩子。我总忘不了那封信。那天夜里，我乘火车回家时，做了一件我极少做的事情。我走进餐车，点了几杯烈酒，把那封信读了一遍又一遍，信的内容，简直都能背下来了。于是回到家中，我跟老婆说还有些公事要忙，就把自己关在书房里，开始给琳达写信，一直写到半夜。

我：你写信的时候是不是一直在喝酒呢？

乔治（一脸惊奇）：怎么了？

我：那也许会影响到你写出来的东西。

乔治：没错，我是一直在喝酒，我觉得那封信写得相当动情。我真的为那个孩子感到难过，真的想帮帮她。我跟她讲了我自己的孩子碰到过的一些麻烦事。比如哈莉特长了粉刺，一直没有男朋友，最后还是做了化学换肤后才有的。我还跟她讲了我小时候也过过那些苦日子。

我：是吗？我还以为你一直过着理想的美国青年所享受的理想生活呢。

乔治：我只是让别人看到我想让他们看到的东西。至于真相如何，那是另外一码事了。

我：差点儿把我也给骗了。

乔治：到了半夜的样子，我老婆过来敲了敲门，她想知道是不是出了什么事儿。我让她回去睡觉，告诉他我有一封很紧急的商务信函还没写完，等写完了，还要开车去邮局给寄出去。她说明天早上再寄吧，十二点都过了。我当时就火了。结婚三十年，我冲她发脾气的次数屈指可数。格特鲁德真的是个好得没话说的女人，我也是真心真意地爱着她。真的，我发誓！可是我当时冲她大声嚷嚷：不行，等不得。今晚就得发出去，事关重大。

（服务员递给乔治一盒已经开封了的香烟。他抽出一支含在嘴里，服务员给他点上了火。这服务真是做得挺到位的，因为乔治的手指颤抖得厉害，根本就拿不稳火柴。）

上帝保佑，确实事关重大，因为我觉得如果那天晚上不把这封信给寄出去的话，我就永远也不会寄了。或许，等到酒醒之后，我会觉得这信写得太过私密，或者有种近乎唐突的感觉。人家一个孤苦悲伤的小姑娘向我吐露了她的心声：要是我一丁点儿回音都没有，她又会怎么想呢？不行，我钻进车里，直奔邮局，直到最后，等把信塞进了邮筒后，我感到精疲力竭，连开车回家的劲儿都没有了，于是就倒在车里酣睡起来。等我醒过来的时候，天已经亮了，但是我老婆还在熟睡，并没有注意到我是什么时候进的房门。

这时我只来得及刮个胡子、换件衣服，然后就得匆匆忙忙地去赶火车了。我刮胡子的时候，格特鲁德走进洗手间。她面带微笑，并没有提起我昨晚发脾气的事儿。可是她手里拿着我的钱夹，对我说，“乔治，我打算把杰夫的毕业照扩洗一张寄给你妈，”说着，她就开始翻弄钱夹里的所有照片。对此我一直没有在意，直到她突然说了句：“这女孩儿是谁啊？”

我：是拉奇蒙特的那位年轻女士吧。

乔治：我本来应该把事情的原委都告诉她的，可是我……唉，我说这是和我一起上下班的一位朋友的女儿。我说他把这张照片拿给车上的一些人看，后来忘在吧台上了。所以我就把照片装进钱包里，准备下次遇到他的时候再还给他。

服务员，拜托再上几杯“野火鸡”！①

我（对服务员说）：来一杯就行了。

乔治（语气缓和，却并不随和）：怎么着，你是不是以为我喝得太多了？

我：要是你还得回办公室的话，确实多了点儿。

乔治：我不回办公室。从十一月初开始我就没回过办公室了。他们说我神经衰弱，操劳过度，体力不支，说我应该在家静养，让我那体贴的老婆来好好照顾一下。我那把自己关在屋子里画船的老婆。就是那一条船。同一条该死的破船，一遍又一遍地画个不停。

我：乔治，我得去方便一下。

乔治：就这样撇下我？就这样撇下给你递代数考试答案的老同学？

我：可是我考试还是没过啊！我一会儿就回来。

（我并不想去方便；我只是想整理一下自己的思绪。我没有胆量乘机溜出去，躲进某个安静的电影院，但我确实不想再回到那张桌子跟前了。我洗了个手，又梳了梳头。这时进来两个男的，站在便池前。其中一个人说道：“那个喝多了的家伙。有一阵我还以为我认识他呢。”他的朋友答道：“哎呀，你又不是真不认识

① 此处原文为法语：Garçon，un antre de Wild Turkey，s'il vous plaît!

他，他就是乔治·克莱科斯顿啊。”“瞎扯！”“我当然认识乔治，他以前是我老板啊。”“可是天哪！他出了什么事儿啊？”“众说纷纭哪。”后来，也许是因为意识到我在场，这两个家伙不再作声了。我又回到了餐厅里。）

乔治：你居然没溜走？

（他看上去比先前要平静一些，不再那么醉醺醺了。他可以神情自若地划着一根火柴，点起一支香烟。）

想不想听完后面的事。

我：（默不作声，但是点了点头，示意让他讲下去。）

乔治：我老婆什么也没说，就把照片塞回到我的钱夹。我继续刮着胡子，可是两次刮到了肉上。我已经有好久没有过宿醉了，甚至都忘了那是一种什么情形。浑身是汗，肚子直疼——好像要从屁股里拉出刀片来。我往公文包里塞了一瓶波旁威士忌，一上火车就直奔厕所。我做的第一件事就是把照片撕烂，冲进马桶里。于是我坐在马桶上面，打开那瓶酒。刚开始的时候，我简直想吐，因为里面热得像是炼狱。不过，过了一会儿，我就冷静下来，心想：我何苦这样自寻烦恼呢？我又没做错什么事情。可是等我站起来时，却看见那张被撕碎了的拍立得照片依旧漂浮在马桶中。我赶紧冲水，照片的碎片——她的脑袋和腿脚，还有胳臂——开始旋转起来，竟令我一时感到惶惶不知所措：这感觉就像是一个凶手用刀把她切成了碎片一样。

等火车开到中央车站的时候，我感到自己已经没有了工作的状态，于是下车走到耶鲁俱乐部开了一间房。我给秘书打了个电话说，我要去趟华盛顿，第二天才回来。然后我又打了个电话到家里，告诉我老婆我有些事情要处理，一些工作上的事情，所以要在俱乐部过夜。说完我就爬上床，心想：我要睡它个一整天；我要喝它个一醉方休，好好放松放松，抹平不安，然后再睡上一觉。可是我怎么也睡不着——直到把整瓶酒都灌下肚。伙计，这下我可真的是睡着了！一睡就睡到第二天早上十点钟。

我：睡了大概二十个小时。

乔治：差不多吧。不过等到一觉醒来的时候，我感觉全身都舒坦了。耶鲁俱乐部有个按摩师，手法出众，是个德国人，两只手像大猩猩一样粗壮。那家伙可以把你整得舒舒服服。于是我去洗了个桑拿，整个就像纳粹分子在蹂躏你一样啊，然后又冲了十五分钟的凉水浴。我继续留在那里，在俱乐部吃午餐。我没喝酒，可是伙计，我那是狼吞虎咽啊，吃掉了四块羊排、两个烤土豆、奶油菠菜、玉米粥、一夸脱的牛奶、两大盘蓝莓派……

我：我倒是希望你现在能吃点儿什么。

乔治：（非常粗鲁地大吼一声）住嘴！

我：（沉默）

乔治：对不起。我以为，我是在自言自语呢。我忘了你还在。你的声音……

我：我明白。管他的呢，你心满意足地吃了一顿，感觉挺好。

乔治：没错，没错。这个罪人心满意足地吃了一顿。要抽根烟吗？

我：我不抽烟啊。

乔治：好，不抽烟好。我之前也好多年没抽啦。

我：来吧，我来给你点。

乔治：我完全有把握搞得定一支火柴，不会把这儿给烧了。多谢了。

嗯，我们说到哪儿啦？哦，对，那个罪人正往办公室走，心情平静，容光焕发。

那天是个礼拜三，七月的第二个礼拜，热得要命。我正自个儿坐在办公室里，这时，我的秘书给我转了个电话过来，说是一位叫做蕾莉的小姐找我。我一时没有想到这上面去，便问道：谁啊？她找我干吗？秘书说她找我有点儿私事。我方才恍然大悟。忙说道：哦，对，快把电话转过来吧。

于是我就听见："克莱科斯顿先生，我是琳达·蕾莉，我收到您的信了。这是我所收到的最诚恳的一封信。我觉得您确实是一位朋友，所以就决定找机会给您打个电话。我希望您能帮帮我，因为出了一些事情，要是您帮不了我的话，我真不知道该怎么办才好。"她的声音有着小姑娘一般的甜美，但是过于激动，过于紧张，我只好叫她慢些说。"我没有多少时间了，克莱科斯顿先生。我在楼上给您打电话，我妈妈随时都可能在楼下拿起话筒。事情是这样的，我有一只小狗，叫吉米，他六岁了，调皮得不能再调皮了。我从小就跟他在一块，他是我唯一的宝贝。他真是个优雅的绅士呢，比您见过的哪只狗都要懂事。可是我妈妈却要把它弄死。我不想活了！我真的不想活了。克莱科斯顿先生，您能不能来一趟拉奇蒙特，跟我在西夫韦公司门口见一面？我把吉米带出来，您就可以把它带走了。先把它藏起来，再想想以后该怎么办。我不能再说下去了，妈妈上楼来啦。明天一有机会，我再给您打过去，我们可以定个日子——"

我：你当时怎么回答的？

乔治：什么也没说，她就把电话给挂上了。

我：那你打算说些什么呢？

乔治：她一挂上电话，我就拿定主意，等她再打过来，我就答应她。没错，我要帮这个可怜的孩子救她的狗。这并不是说我非得把那狗带回家，我可以把它养在狗舍或者其他什么地方嘛。如果事情的发展不是像后来的那个样子，说不定我还真会那样做。

我：我明白了，她再也没有打来电话吧。

乔治：服务员，再来一杯这黑色的玩意儿。还要一杯毕雷矿泉水。不是，她打来过。不过她话说得非常简短。“克莱科斯顿先生，真是对不起，我溜到邻居家给您打电话，所以得快些讲。昨天夜里，妈妈看见您的来信了。就是您写给我的那几封信。她简直快疯了，她丈夫也快疯了。他们把事情想得好可怕，今天一早，她做的头一件事儿就是把吉米给弄走了，我不能说了，晚点我再争取打给您。”

后来就再也没有她的消息了——至少我本人没听说。过了几个小时，我老婆打来电话；我记得大概是下午三点钟的时候吧。她说：“亲爱的，快点回来吧，拜托了，越快越好。”她的声音十分平静，却让我马上就意识到她正处于极度痛苦之中；虽然我已经隐约意识到了其中的原因，但是听了她的话还是显得很惊讶：“有两个警察来了。一个是从拉奇蒙特来的，一个是本地的。他们要跟你谈谈，但是不告诉我原因。”

我没去乘火车，而是叫了一辆豪华小轿车，就是里面能喝酒的那种。车程并不远，一个多小时而已，但是我叫了好几杯“银色子弹”。可是不怎么管用，我真的挺害怕的。

我：天啊，这是怎么啦？你做了什么错事啦？不过就是做了回好人，做了个笔友嘛。

乔治：事情要是真的这么简单、这么清白就好啰。反正，我回到家时，那两个警察还坐在客厅看电视。我老婆给他们端上咖啡。她说她想离开屋子，我说那可不成，不管发生什么事，我都要你留下来听听。两个警察都还年轻，有点不好意思。要知道，我毕竟是个有钱的人，一个杰出的公民，一个按时去教堂做礼拜的人，还是五个孩子的父亲。害怕他们的并不是我，而是格特鲁德。

那个拉奇蒙特的警察把大致情况讲了一遍。当地警察局收到亨利·威尔逊夫妇的诉状，说是他们十二岁的女儿——琳达·蕾莉——收到了一个五十二岁的“可疑分子”的信件，这说的当然就是我，威尔逊夫妇要我作出令人满意的解释，否则就打算对我提出指控。

我哈哈大笑，噢，笑得就像圣诞老人一样快乐。我把事情的全过程叙述了一番。说到如何捡到那个瓶子，说到我之所以回信，是因为我喜欢吃巧克力软糖等等。我把他们给逗乐了，他们跺着大脚，连声道歉，说：哎呀，你也知道，如今的父母总会生出一些稀奇古怪的想法。唯一认为这件事不好笑的人是格特鲁德。事实上，还没等我说完，还没等我反应过来，她就已经转身离开了客厅。

警察离开之后，我知道该去哪儿找她。就在那间屋子里，她画画的那间屋子。屋里光线很暗，她就坐在一只直背靠椅上，望着昏暗处愣神。她说：“你钱夹里的那张照片，就是那个女孩儿吧。”我矢口否认，但是她说：“乔治，拜托了。你没必要撒谎。你再也别撒谎了。”

那天夜晚她就睡在那间屋子里，打那以后，她每天夜晚就都睡在那间屋子里。把自己关在里面画着船。画着那条船。

我：或许你的所作所为确实有点冒失。但我还是不明白她为什么就容不得这事儿呢。

乔治：我来告诉你这是为什么吧。这并不是警察头一次来找我们了。

七年前，忽然下了一场大雪。我正驾车外出。虽然离家不是很远，但还是迷了好几次路。我找了好几个人问路，其中一个是个孩子，一个小姑娘。几天之后，警察来了，当时我不在家，于是他们就跟格特鲁德谈话。他们对她说，前些日子，下大雪的时候，有个男的，据描述跟我很相像，驾着一辆跟我车牌号相同的“别克”，那人钻出车外，朝一个小姑娘露出下体，还讲了些猥亵的话。那小姑娘说她在一棵树下的雪地上记下了车牌号，大雪过后，牌号依然可以辨认出来。毫无疑问，那就是我的车牌号，可是事情的真相并不是这样。我对格特鲁德发誓，对警察发誓，要么是那女孩在撒谎，要么是她记错了车牌号码。

可是现在警察又来了，事关另一个小姑娘。

于是我老婆就待在她的屋子里，画啊画啊。因为她不相信我，她相信在雪地上记下号码的那个小姑娘说的就是实话。可我是清白的啊，在上帝面前起誓，在我的孩子们面前起誓，我是清白的啊。可是我老婆却关上了门，望着窗外发愣。她不相信我。你呢？

（乔治取下墨镜，用餐巾纸擦拭镜片。这时我才明白，他为什么一直戴着这副墨镜。这并不是因为他那泛黄的眼白上已布满血丝，而是因为他的双眼如同一对破碎的三棱镜。我从未见过有哪双眼睛里植入过如此无法磨灭的痛楚与磨难，仿佛被一把外科医生的手术刀损毁得不成人形。我无法忍受那样的目光，那目光一朝我扫视过来，我的眼睛就不由自主地侧向一旁。）

你相信我吗？

我（把手伸过桌子，握住他的手，紧握不放）：当然相信，乔治，我当然相信你。

蛮勇

(1979)

时间：1970 年 11 月。

地点：洛杉矶国际机场。

我坐在电话亭里面。这时刚过上午十一点，我在这儿已经坐了半个小时，佯装是在打电话。从电话亭里，我能够很清楚地看到 38 号门，环球航空公司飞往纽约的午间直飞航班按时刻表将从那里起飞。我已经在那趟航班上预定了一个位置，票是用化名定的，但我非常怀疑我是否能够登机。一是因为入口处站着两个高个子，两个戴着圆边礼帽的狠角儿，此二人我都认识：他们是圣迭戈治安办公室的警探，而且他们有针对我的逮捕令。这就是为何我会藏身在电话亭里。事实是，我真的是身处窘境。

我之所以身处窘境，其根源是我在一年前跟罗伯特 · M 的一系列谈话，这个年轻人弱不禁风，看上去不像是坏人，那时他是圣昆廷监狱的死囚犯，正等候处决，被判三项谋杀罪名：谋杀他的母亲和妹妹——二人均是被他殴打致死，还有一个和他关在一起的囚徒，这个人是他在狱中就这两起谋杀案等候审判的过程中给掐死的。罗伯特 · M 是个有头脑的精神变态；我渐渐和他熟了起来，他与我可以很随意地聊着他的生活与罪行——他知道我不会把我们谈话的内容写出来，或者复述出去。我正在对连环杀人这个主题做研究，罗伯特 · M 成为我档案中的又一个案例。我当时的设想是，他将是最后一个案例。

于是，在我被钳闭在这个令人窒息的洛杉矶机场电话亭的两个月前，我接到了来自圣迭戈治安办公室警探的电话。他往棕榈泉给我打的电话，我在那儿有座房子。他口气很客气，轻言细语；他说他听说我跟犯人进行过很多次谈话，所以他想问我几个问题。于是我邀请他开车来棕榈泉，第二天和我共进午餐。

那位先生并不是一个人来的，而是和圣迭戈的另外三个警探一同前来。虽然棕榈泉地处沙漠深处，但这时空气中却飘浮着一股鱼腥味[①]。尽管忽然间来了四位客人，而不是一位，但我还是假装没有感到任何异样。可是他们对我的热情好客却并不领情；没错，他们拒绝了午餐邀请。他们想谈的就是关于罗伯特 · M 的事。我对他了解多少？对我他有没有承认杀人的事情？我们聊天有没有任何记录？我就这样让他们问着问题，但我避而不答，直到最后，我问了他们一个问题：他们为什么对我认识罗伯特 · M 就这么感兴趣？

原因是这样的：因为司法上的一个技术性细则，联邦法庭驳回了对罗伯特 · M 的定罪，责令加州对其重新进行审判。复审开始日期定在十一月下旬——换言之，距离现在大约两个月时间。于是，他们给我讲述这些情况之后，其中一个警探递给我一份材料，材料很薄，可看起来格外像是法律文书。这是一份法庭传票，要求我出席罗伯特 · M 的审判，似乎是指定我为控方证人。好吧，他们耍了我，我简直要疯了，但是我微笑着点了点头，他们也微笑着说我真是个好人，他们深表感激，因为我的证词可以

① 这是一句双关语，英语中鱼腥气可用以暗指一种可疑的氛围。

帮助他们把罗伯特·M直接送进毒气室。那个精神变态的疯子！他们大笑着，跟我道别："咱法庭上见。"

我无意接受这份传票的传唤，不过我知道我不这么做的后果：我会因藐视法庭遭到逮捕、罚款，甚至还要坐牢。我对罗伯特·M没什么好的评价，也不想去保护他；我知道他确实犯下了那三桩他正遭到指控的谋杀案，而且他还是一个危险的精神变态，绝不应当获得自由。但同时我也知道就算没有我的证词，州立法庭也有确凿证据可以给他重新定罪。但问题的关键是，罗伯特·M信任我，因为我发过誓，不会使用或者重复他告诉过我的话。在这种情况下背叛他，在道德上有些卑鄙，并且会向罗伯特·M以及我所访谈过的许多像他这样的人证明，他们将信任托付给了一个向警察告密的人，一个平凡而普通的诱饵。

我向几位律师咨询过。他们给我的都是同样的建议：要么按传票上的要求执行，要么作最坏的打算。对于我的左右为难，大家都抱以同情，但没人能找到解决办法——除非我离开加利福尼亚。藐视法庭不属于可引渡的罪行，一旦我离开加州，那么当局也就没有什么可以惩罚我的了。不过，有一件事，那就是：我再不可能回到加州了。这对我来说所受到的冲击并不算严重，不过，考虑到我在这里的各种财产和职业承诺，要在这么短的时间内离开，确实是件困难的事情。

我忘了时间，在审判开始那天，我还逗留在棕榈泉。那天早上，我的房东急匆匆地跑到我的房里大声喊叫："快点！都上收音机了。他们有拘捕令，要抓你呢。他们随时都有可能到这儿来。"房东名叫默特尔·本内特，是个忠心耿耿的朋友。

实际上，二十分钟之后，棕榈泉的警察就出动了全部警力杀了过来，而且备好了手铐(这情形有些杀鸡用牛刀了，不过相信我，加州的执法部门非同儿戏)。然而，尽管他们拆除了花园，把房子搜了个底朝天，却只发现了我停在车库里的车，还有卧室里忠诚的本内特太太。她告诉他们我头一天就离开这里去纽约了。他们不信，可本内特太太在棕榈泉可是了不起的人物，这位黑人女性在过去四十年里是一名杰出且有政治影响力的社区成员，所以他们也就没有向她追问什么。他们只是向全境发出警报通缉我。

那我当时在哪儿呢？嗯，我当时正开着本内特太太老式的浅蓝色雪佛兰沿着高速公路跑呢，她买下这辆车的时候，它一小时还跑不到五十英里。但我们思量了一下，觉得我开她的车比开我自己的车要更安全一些。倒不是说我真能找到任何安全的地方；我就像是一只嘴里咬着鱼钩的鲶鱼一样心惊肉跳。我到了棕榈沙漠的时候，距我离开棕榈泉已经有大约三十分钟了，我下了高速公路，转上了一条弯弯曲曲的僻静小路，这条路从沙漠直通圣哈辛托山脉。沙漠里很是炎热，超过了华氏一百度，但随着我在这座渺无人烟的大山上越爬越高，空气变得凉爽起来，后来变得有些冷，再后来就更加寒冷了。这倒问题不大，只是这辆老式雪佛兰的供热系统就运转不灵了，我出来的时候——也就是本内特太太匆匆忙忙地冲进我屋里用充满恐慌的声音向我发出警报的那一刻——身上穿的什么，这时也就只能将就了：凉鞋，白色亚麻宽松裤，还有一件很薄的波罗羊毛衫。我出发的时候，就只穿了这些，带了钱包，钱包里有信用卡和三百美金。

但我的脑子里有一个目的地，还有一个计划。在圣哈辛托山脉，就是在棕榈泉和圣迭戈中间，有一个阴冷的小村庄，村庄的名字叫做爱迪尔维尔德。夏季，沙漠里的人到此旅游避暑；而到了冬季，这里则是滑雪胜地，尽管这里的雪和滑道都差强人意。但眼下是淡季，这个满是中规中矩的汽车旅馆还有假木屋的地方倒是个隐匿的好去处，至少我还能够喘口气。

这俩旧车哼哧哼哧地翻过最后一座山头开到爱迪尔维尔德的时候，那里正在下雪：这雪是初雪，弥漫在空气中，刚落下来就融化了。村庄很偏远，大多数汽车旅馆都关了门。我最后驻留的那家旅馆叫做爱斯基摩小屋。天啊，这里的设施就像因纽特人的冰屋。这里有一个好处：旅店老板显然是这里唯一的人类，他是一个半聋的老人，耄耋之年的他对单人跳棋游戏要比对我感兴趣得多。

我给本内特太太打了电话，她十分兴奋："噢，亲爱的，他们到处在找你！都上电视了！"我决定最好不要让她知道我在哪里，但要让她放心地知道我没事，而且明天还会给她打电话。之后我又跟我洛杉矶的一个密友通了电话；他也很兴奋："你的照片都上了《检察官》了！"我让他平复下来以后，告诉了他具体要做的事：以"乔治·托马斯"的名义买一张飞往纽约的直飞航班机票，然后第二天上午十点前在他家等我。

我饥寒交迫，难以入眠；我在拂晓前就离开了，九点左右到了洛杉矶。我那位朋友正在等我。我们把雪佛兰停在他家，我狼吞虎咽地吃下一些三明治，喝了我所能承受的最大限量的白兰地，然后我们开着他的车去了机场，在那里道别，他给了我那张午间直飞航班的机票，这是他通过环球航空公司帮我预订的。

这就是为什么我会蜷缩在这个凄凉的电话亭里了，我正坐在这里冥思苦想着摆脱窘境的对策。机场大门出口上高悬的时钟显示着时间：11:35。乘客区里已经是人头攒动；飞机不久就要降落了。而就在那里——在大门的两侧，在我的必经之路上——站着的两位先生，正是在棕榈泉拜访过我的那两名身材高大、明察秋毫的圣迭戈警探。

我想过给我的朋友打电话，让他回到机场来在停车场的某个地方把我接上。但是他已经是仁至义尽了，要是我们给逮住了，他有可能会被指控私藏逃犯。对于那些许许多多准备帮助我的朋友们来说，他们都会面对这样的危险。或许向大门口的守卫自首才是我最明智的选择。要不然，怎么着？套用一句老话，除非奇迹发生，我才能得以幸免。

突然，奇迹发生了。

就在这时，有个人昂首阔步地从我这间狭小的玻璃门监狱边经过——一位倨傲不驯，相貌美丽的黑人女斗士，穿戴着价值亿万美金的钻石和金色貂皮，环绕在这个明星周围的是一群轻浮的随从人员，喋喋不休，穿着俗气，像是歌舞剧中的男歌手。这个夺目的魅影，她的出现以及华丽的着装在行人中引发了一阵骚动，她到底是谁呢？是我一个朋友！一个老朋友！

我(打开电话亭的门；高声呼喊)：珀尔！珀尔·蓓莉！(真是奇迹啊！她居然听到我的声音了。她那些随从们也都听见了，)珀尔！求求你到这儿来吧……

珀尔(斜着眼睛看着我，然后突然咧着嘴绽放出一个璀璨的笑容)：怎么啦，亲爱的！你躲在这儿干吗呢？

我(示意着让她走近些；低声说道)：珀尔，听着。我遇到大麻烦了。

珀尔(神情一下子变得严肃起来，因为她是个非常聪颖的女人，立刻就能领会到不管是什么麻烦，肯定不是什么好事儿)：跟我说吧。

我：你是不是要上那趟去纽约的飞机?

珀尔：对啊，我们都要上的。

我：我一定得上那趟飞机，珀尔。我有一张机票。但是有两个家伙等在入口，想要扣住我。

珀尔：那两个家伙?(我指给她看)他们怎么会扣住你呢?

我：他们俩是警探。珀尔，我没时间给你解释来龙去脉了……

珀尔：你什么都不需要解释了。

(她看了看随行合唱团里几名年轻英俊的黑人男演员；她带了六个——我记得珀尔总是喜欢带上一大帮子人出行。她向其中一个打手势示意他过来；那人戴着时髦的黄色运动牛仔帽，穿着一件运动衫，上面印着**“要他妈的吸，不要吹”**，一件有白貂皮的衬边的白色皮质防风夹克，一条黄色的吉特巴裤[大概是 1940 年款]，还有黄色的坡跟鞋。)

这是吉米。他比你块头大一点，但是我觉得你还是可以穿的。吉米，把我这位朋友带到男洗手间，跟他换衣服吧。吉米，别嘀嘀咕咕了，按你珀尔姐说的做。我们就在这儿等你。快点去!再多等十分钟，我们就要误机了。

(电话亭与男洗手间之间的距离只有十码，一下子就可以冲过去。我们到了一个付费公厕里面，锁上门，开始换衣服。吉米简直乐翻了：他不住地笑，就像是一个女学生刚刚抽完第一口大麻卷烟。我说：“居然见到珀尔了！这真是个奇迹。我从来没有见到过谁像见到她这么高兴的。从来没有。”吉米说：“哦，蓓莉小姐有精气神。她心眼实在，明白我说的意思吧？心眼实在。”

我曾经一度不同意他的观点，我曾经一度会将珀尔·蓓莉描述为一个无情无义的狗娘们儿。那时的她正在饰演福勒夫人的角色，也就是音乐剧《花房》的主角儿，这部剧的剧本是我写的，歌词系我与哈罗德·阿伦合写。参与这部剧的有许多才子：导演是彼得·布鲁克；编舞是乔治·巴兰钦；奥利弗·梅塞尔负责传奇魔幻色彩的布景和服饰。但是珀尔·蓓莉太过强势，一意孤行，要求按她的路子来设计，她主导了整部作品，极大地破坏了最终的效果。不过，我们应该活到老，学到老，不计前嫌，宽以待人；这出剧在百老汇演出结束后，珀尔和我又成了朋友。除了她的演技，我还尊重她的性格；虽然相处起来偶尔会有不愉快，但是这就是她的性格：她是个有个性的女人——你会知道她是谁，她的立场是什么。

吉米把腿伸进我的裤子，这对他来说紧得令人有些尴尬，我也穿上了他那件白貂皮衬边的白色皮质防风夹克，这时门口响起了愤怒的敲门声。）

男人的声音：嘿！里面在干吗？

吉米：你是谁啊，报上名来？

男人的声音：我是这里的服务员。不要对我无礼。你们在里面干的勾当是违法的。

吉米：靠，不会吧？

男人的声音：我看见里面有四只脚。我看见有衣服脱下来了。你们把我当傻子啊，以为我不知道你们在干吗？这可是违法的。两个男的同时把自己锁在一间厕所里，这可是违法的。

吉米：哈，操你自个儿的屁眼吧。

服务员：我要去报警。他们会让你们吃一张 L&L 的。

吉米：L&L 是他妈的什么玩意儿？

服务员：就是行为下流淫荡。好了，我要去报警了。

我：神啊，上帝啊，老天啊——

服务员：快开门！

我：你弄错了。

服务员：我当然知道我看到什么了。我看到你们的脚了。

我：我们在换衣服，是要演下一幕啊。

服务员：什么下一幕？

我：电影啊，我们准备拍摄下一幕。

服务员（又好奇又钦佩）：他们在这儿拍电影？

吉米（接了一句）：跟珀尔·蓓莉啊。她是个影星。还有马龙·白兰度，他也在里面演。

我：还有柯克·道格拉斯。

吉米（咬了咬他的指关节，以免笑出声来）：还有秀兰·邓波儿。她要回归影坛呢。

服务员（半信半疑）：好吧，那你们是谁？

我：我们只是临时演员。所以我们才没有专门的更衣室嘛。

服务员：我才不管哩。两个人，四条腿，这是违法行为。

吉米：你看外面，你可以看到珀尔·蓓莉本人。还有马龙·白兰度、柯克·道格拉斯、秀兰·邓波儿、圣雄甘地——她也在里面。不过只是客串而已。

服务员：谁？

吉米：梅米·艾森豪威尔。

我（打开门，衣服已经换完了；我的行头还算凑合，但我怀疑我的一身衣服他穿起来，会有一种让人目瞪口呆的效果，这名服务员——一个精神抖擞的矮个儿黑人——脸上的表情证实了这种怀疑）：不好意思。我们没想到我们的行为违反了规定。

吉米（带着帝王风范，从服务员身旁走过，他看起来一头雾水，没有挪动步子）：跟我们来啊，亲爱的。我们会跟他们介绍你的。你可以找他们要签名。

（我们终于进了走道，珀尔神情严肃地伸出她如貂皮一般柔软的手臂揽着我；她的随从也是紧紧地跟在我们周围，掩护着我们。这可不是闹着玩儿的。我的神经都在咝咝作响，就像是刚被闪电击中的猫，而珀尔呢，她身上那些曾经让我不安的特质——那种力量，那种任性——如瀑布的能量般在她体内流动。）

珀尔：从现在开始，保持安静。不管我说什么，你一个字都不许说。把你的帽子再往下拉一点，遮住脸。靠在我身上，就像是病体虚弱的样子。把你的脸靠在我的肩膀上。眼睛闭上。我带着你。

好了。我们正往检票口走。所有票都在吉米手上。最后一声登机通告已经播完，附近已经没有太多的人。那两个警探还是寸步不离，但是看起来已经有些疲乏和厌倦了。他们正看着我们呢。两个人都在看。我们等下从他们中间走过的时候，随行的小伙子会分散他们的注意力，跟他们叽里咕噜地扯淡。有人来了。靠近一点，稍微发出一点呻吟声——这是环球航空公司的一个贵宾。看着妈妈入戏……（她变换成另一种声音，开始扮演她的舞台自我，同时拖长了声音，用略显夸张的语调说）卡罗维先生？我们好像有麻烦了哟！嗯，你可不就是那个可以帮我们忙的贵人嘛！

我们确定你可以帮上忙。我们需要尽快登机。这是我的朋友——他是我的一个音乐师——他感觉有点难受。几乎走不了路了。我们先前一直在拉斯维加斯玩儿，大概是他太阳晒得太多了吧。太阳会让你头脑不清醒，也会让你的肚子难受。又或许他是吃坏肚子了。音乐家吃东西可有意思了。尤其是弹钢琴的。除了热狗，他几乎什么都不吃。昨天晚上，他吃了十个热狗。这不，属于不健康饮食吧。他感觉像食物中毒，对此我一点都不意外。卡罗维先生，你觉得意外吗？嗯，我想你也不会怎么觉得意外吧，你搞飞机这一行。什么劫机的都见过。犯罪分子潜伏在飞机上蠢蠢欲动。我们一到纽约，我就立马把这个朋友往医院送。我要跟医生讲，让他告诉我朋友远离日光，远离热狗。噢，谢谢你，卡罗维先生。不了，我还是走过道吧。我要把我朋友扶到靠窗的座位。他在靠窗的位置，可能感觉好点儿。有新鲜空气嘛。

好了，我说伙计，你可以把眼睛睁开了。

我：我想我还是继续闭着的好。这让我更会有一种做梦的感觉。

珀尔(放松下来，呵呵地笑着)：不管怎么样，我们成了。你那些朋友再也见不到你了。我们刚过关的时候，吉米拧了一下其中一个的屁股，比利踩了一下另一个的脚趾头。

我：吉米呢？

珀尔：那些小孩儿都去经济舱了。吉米的衣服倒是帮了你的忙哦。让你更精神了。我特别喜欢那双坡跟鞋——就是喜欢。

女乘务员：早上好，蓓莉小姐。给你来一杯香槟好吗？

珀尔：不了，亲爱的。不过也许可以给我朋友来点儿什么。

我：白兰地吧。

女乘务员：对不起，先生，飞机起飞前，我们只提供香槟。

珀尔：人家就要喝白兰地。

女乘务员：对不起，蓓莉小姐。我们不能违反规定。

珀尔(以一种平和而铿锵的语调，跟《花房》彩排时我所熟悉的那个语调一模一样)：给这位先生上白兰地。一整瓶。现在就上。

（女乘务员端上一瓶白兰地，我用一只颤抖的手给自己倒了一大杯：饥饿，疲倦，焦虑，还有过去二十四小时里发生的这一连串让我头晕目眩的事情正在向我出示账单。我又喝了一杯，觉得身体轻松了一些。）

我：我想我得把这事儿跟你说说。

珀尔：不必了。

我：好，那我就不说了。这样的话，你在良知上会觉得负担小一些。我只想说，我的所作所为，任何一个理性的人都不应将其归为犯罪所为。

珀尔(看了一下她的钻石手表)：我们这个时候都应该飞到棕榈泉上空了。我好久以前就听到舱门关上了。服务员！

女服务员：嗯，有什么事儿吗，蓓莉小姐?

珀尔：怎么回事儿啊?

女乘务员：噢，机长现在有话要说——

机长的声音(通过喇叭传来)：女士们，先生们，对于本次飞机晚点，我们十分抱歉。飞机马上就会起飞。请您耐心等待，谢谢。

我：神啊，上帝啊，老天啊。

珀尔：再喝一口呗。你在发抖呀，你就把这看成是首次登台吧。我是说，不会那么糟的。

我：比那还糟。我没法不发抖——除非是我们已经起飞。也许一直要等我们到了纽约着陆的时候。

珀尔：你还住在纽约？

我：谢天谢地。

珀尔：你还记得我丈夫路易斯吗？

我：路易斯·贝尔森。当然记得。世界上最伟大的鼓手。比基因·克鲁帕还要好。

珀尔：我们很多时间都是在拉斯维加斯工作，在那里买个房子是有道理的。我变成了一个真正是以家庭为重的人。我做了很多次饭。我正在写一本关于烹饪的书。住在拉斯维加斯跟住在别的什么地方一样，前提是你要远离那些不喜欢的人和事。那些赌棍。那些失了业的。只要别人对我说，他愿意工作，只要能找到工作的时候，我就总会告诉他去电话簿的GG栏里面找应征舞男的工作好了。他一定会找到的。至少是在拉斯维加斯。这座城里充满了绝望的女人。我很幸运；我找对了人，而且有这个头脑意识到我找对了。

我：你要去纽约工作吗？

珀尔：去波斯人的房间[1]。

机长的声音：女士们先生们，非常抱歉，我们还要再晚点几分钟。请不要离开座位。要吸烟的乘客可以自便。

珀尔（声音突然绷紧了）：我可不喜欢这样。他们把舱门打

① 波斯人的房间是一家高级餐馆，位于亚利桑那州的北斯科茨代尔，以烹饪美国以外的美食著称。

开了。

我：什么？

珀尔：他们把舱门打开了。

我：上帝啊，老天啊——

珀尔：我可不喜欢这样。

我：上帝啊，老天啊——

珀尔：倒在座位上。把帽子拉下来盖住你的脸。

我：我害怕。

珀尔(牢牢握住我的手，使劲儿地捏)：快打鼾。

我：打鼾？

珀尔：打鼾！

我：我都窒息了，打不了鼾啊。

珀尔：你最好开始尝试一下，因为我们的朋友已经走进舱门了。看样子是要清场了。要挨个清牙缝了。

我：上帝啊，老天啊——

珀尔：快打鼾，你个淘气包，快打鼾。

(我打起了鼾，她抓住我的手，握得更紧了；与此同时，她开始低声哼唱一首甜蜜的摇篮曲，仿佛是母亲在抚慰着不安的孩子入睡。不一会儿，另一阵哼哼的声音环绕着我们：四下响起了窃窃私语，议论着这飞机上到底发生了什么，这两个神秘人物在通道里进进出出，不时地停下来，仔细检查某名乘客。几分钟过去了。我计算着时间：六分钟，七分钟。滴答滴答。终于，珀尔停了下来，不再低声吟唱她那带有母性的旋律，并且把她的手也从我这里拿开了。然后我听见飞机关上舱门的巨大声响。)

我：他们走了吗？

珀尔：是啊。可不管他们在找谁，相信他们一定是迫不及待地要找到这个人。

的确如此。即便是罗伯特·M复审的结局跟我所预料的完全一样，即便是陪审团基于三起一级谋杀，作出了有罪判决，加利福尼亚州立法庭还是继续对我拒绝与之合作的态度采取了强硬的态度。我没有认识到这一点；我以为判决一完，这件事儿就会被遗忘的。于是我在一年之后，当我因某事需要在加利福尼亚至少作短期逗留的时候，便又毫不犹豫地回到了那里。好吧，我一到贝尔酒店登记入住，就被抓了起来，被一个不讲情面的法官传讯，罚了我五千美元，给我判了个刑期不定的徒刑，关在奥兰治县的监狱里，这就意味着他们会把我关上几周，或者几个月，甚至几年都有可能。不过，我很快就被释放了。因为我的逮捕传讯中有一个错误，虽然是个小错误，却影响重大：它将我列为加州的法定居民，而实际上我是纽约的法定居民才对，这一事实让我的判决和监禁也宣告无效。

但是这一切在那个银色容器载着珀尔和她的逃犯朋友升上天空，飞向天籁般的十一月天堂时，依然是遥远的，既想不到，也梦不见的。我看着飞机的影子如涟漪般泛过沙漠，漂过大峡谷。我们谈笑风生，吃着东西，唱着歌曲。空气中弥漫着繁星与暮光的淡紫色，覆盖着蓝色积雪的落基山脉在前方耸现，一弯柠檬色的新月悬浮在它的上方。

我：看啊，珀尔。一轮新月。我们许愿吧。

珀尔：你想许什么愿呢？

我：我希望我能够永远像现在这个时刻一样快乐。

珀尔：噢，亲爱的，这简直是在盼望奇迹了。许一个现实的愿吧。

我：但是我相信奇迹。

珀尔：那我唯一要说的就是：永远不要赌博。

夜间转向

又名连体儿意淫记

(1979)

我：他娘的！毫无睡意！发发慈悲吧，我们一刻也睡不着了。我们睡了多长时间了，亲爱的?

我：现在已经两点了。半夜的时候我们想入睡，可是我们太紧张了。你说为什么我们不自慰呢。我说行啊，自慰能让我们放松，通常总是可以的，于是就打手枪了，然后直接去睡觉。有时候我在想：我们要是没了拳头母亲和她的五个女儿怎么办？他们当然是我们这些年的好朋友啊。真正的好朋友。

我：难受的两个小时。上帝知道我们什么时候才能再次合眼。而且我们也无能为力啊。连半口镇定剂也不能喝，因为这样可不行。安眠药也不能吃，这样也不行。

我：来呀，别老去想《阿莫斯和安迪》[①]了。我今晚可没这个心情。

我：你从来都没有这个心情。你甚至都不想打手枪。

我：说句公道话好吧，你想要那个的时候，我什么时候拒绝过你？你想打手枪的时候，我总是躺下来，让你打。

我：你别无选择啊，这就是原因所在。

我：我更喜欢一个人享受快乐，而不是你逼着我去忍受一些鬼人。

我：那本来就取决于你。除了你我之间，我们可以不跟任何人发生关系的。

我：没错，想想那样做本可以为我们避免的痛苦吧。

我：不过那样的话，我们就不会爱上其他人了，除了你我。

我：哈哈哈哈哈。嚯嚯嚯嚯嚯。“这算是一场地震，还是就是冲击而已？这是真正的甲鱼汤，还是冒牌的？我见到的是利多[②]，还是阿斯伯里帕克[③]”还是憋了半天出来的是狗屎？

我：你从来都不会唱歌。就算是在浴缸里。

我：你今天晚上可真够贱的啊。也许我们光研究你的“糟践列表”就可以打发一些时间了。

我：我不想管它叫“糟践列表”。要说的话，这倒更像是一份“极端厌恶列表”。

我：那好，今天晚上有哪些人是我们极端厌恶的呢？要列活着的啊。死了的可不好玩儿。

我：比利 · 格拉汉姆
　　玛格丽特公主
　　比利 · 格拉汉姆
　　安妮公主
　　艾克牧师
　　拉尔夫 · 纳德
　　最高法庭大法官拜伦“脱水机”怀特

---

① 《阿莫斯和安迪》是1951—1953在美国CBS电视台播放的系列剧集，由两名白人演员模仿黑人方言出演。

② 利多，意大利威尼斯附近一个小岛，为著名的游乐地。

③ 阿斯伯里帕克，美国新泽西州蒙茅斯县的一座城市。

Z公主

沃纳 · 艾哈德

罗亚尔公主

比利 · 格拉汉姆

甘地夫人

马斯特斯和约翰逊

Z公主

比利 · 格拉汉姆

哥伦比亚广播公司　美国广播公司　全国广播公司　国家教育电视

小萨米 · 戴维斯

杰瑞 · 布朗先生

比利 · 格拉汉姆

Z公主

J · 埃德加 · 胡佛

沃纳 · 艾哈德

我：等会儿！J · 胡佛已经死了。

我：没有，他没死。他们克隆了老胡佛，他无处不在。他们还克隆了克莱德 · 托尔森，这样他们就可以继续缠绵了。红衣主教斯佩尔曼——也是克隆版——偶尔也加入他们，来个三人同床。

我：为什么跟比利 · 格拉汉姆过不去呢？

我：比利 · 格拉汉姆、沃纳 · 艾哈德、马斯特斯和约翰逊、Z公主——他们都是一堆马粪。而比利牧师却是塞满了马粪。

我：目前为止"粪"量最足的一个？

我：不，Z公主"粪"量更足。

我：此话怎讲？

我：嗯，毕竟，她就是匹马。马肚子里能装的粪便可比人多，哪怕人有再大的能耐。你难道不记得Z公主了吗，在贝尔蒙跑在第五道的那匹小母马？我们赌她赢，结果输个精光，把最后一美元都输了。你还说："就像巴德叔叔总是说的——'不要把钱押在一只叫公主的马上面。'"

我：巴德叔叔真是聪明。虽比不上我们的老表姐苏克，但他很聪明。对了，我们**极端**喜爱的人有哪些呢？至少是今晚喜欢的。

我：一个没有。他们都死了。有些是刚死，有些死了几百年了。许多人都在拉雪兹神父公墓。兰博不在里面；可在里面的人可真让你吃惊。格特鲁德和爱丽丝。普鲁斯特。萨拉·贝纳尔。奥斯卡·王尔德。我不知道阿加莎·克里斯蒂埋在哪里——

我：不好意思打断一下，可现在还在世的人当中一定有我们**极端**喜爱的吧？

我：很难。真的很难找。好吧。理查德·尼克松太太。伊朗皇后。威廉·"比利"·卡特先生。三个受害者，三个圣人。要是比利·格拉汉姆是比利·卡特的话，那么比利·格拉汉姆就是比利·格拉汉姆了。

我：这让我想起了一个女人，我有天吃饭坐在她旁边。她说："洛杉矶是个住人的好地方——如果你是墨西哥人的话。"

我：最近听过别的什么好笑的笑话吗？

我：这不是个笑话。这是个准确的社会观察。居住在洛杉矶的墨西哥人有他们自己的文化，真正的文化；其他人什么都没有。一座满是古铜肤色的尤利亚·西普的城市。

不过，有人倒是告诉我一些事儿让我觉得挺好笑的。D · D · 莱恩对格丽塔 · 嘉宝说的。

我：哦，没错。她们住在同一栋楼里。

我：而且住了二十多年。她们不是好朋友，这真是遗憾，她们会喜欢上彼此的。她们都有幽默感，都有自己的主张，但是只聊一些顺带的客套话，别的就没有了。几个星期以前，D. D. 上了电梯后，发现只有她和嘉宝单独在一起。D. D. 的打扮是她惯常的那种令人怦然心动的样子，而嘉宝呢，仿佛她此前都没有真正注意过她一样，说了句："哎呀，莱恩夫人，你太美了。"而 D. D. 呢，觉得好笑，却真的被感动了，说了句："瞧瞧谁开口了。"

我：讲完了？

我：讲完了[①]。

我：我根本没听出什么道道来啊。

我：嗯，那就忘掉吧。没什么大不了的。我们把灯打开，拿出笔和纸。去给杂志写写文章吧。躺在这里跟你个白痴唠唠叨叨一点儿用都没有。还不如去赚点儿钱呢。

我：你说的是你采访自己的那篇自我访谈文章？自问自答？

我：是啊。可为什么你不安安静静地躺在这里，让我去干这事儿呢？我要从你那邪恶的轻浮中脱身喘息片刻。

我：好吧，人渣。

我：好，那就开始吧。

问：什么东西令人感到害怕？

---

① 此处原文为法语 C'est tout。

答：想象中的花园里真正的蟾蜍。

问：不是，是现实生活中的——

答：我说的就是现实生活。

问：我换个问法吧。你亲身经历的事情当中，什么，最令人害怕？

答：背叛。抛弃。

你想听更详细的吗？那好，我早期的童年生活记忆可谓骇人听闻。我那时大概三岁，或许还不到三岁，我有次到圣路易动物园去玩，我母亲雇了一个大块头的黑人保姆陪我一起去。突然，一阵骚动。孩子、妇女、成年男人，都大喊起来，朝四面八方慌慌张张地跑。两头狮子从笼子里跑了出来！两头嗜血的野兽正在动物园里四下走动。我的保姆慌了神。她转头就跑，把我一个人丢在路上。我记得的就是这些了。

我九岁那年，被一条水蝮蛇咬了。那时我跟几个表姐在一起，到偏僻的树林里去探险，这片树林距离我居住的亚拉巴马乡下小镇大概六英里的路程。那里有一条河从这片树林中流过，河水很窄很浅，晶莹透亮。有根倒下来的粗圆木横跨小河两岸，就像是一座小桥。我的表姐保持着身体平衡，从圆木上面跑了过去，但是我却决定从这条小河里蹚过去。就在我马上要到达对岸的时候，我看见一条巨大的水蝮蛇游了过来，在浅浅的河水表面蜿蜒而行。我的嘴里干得像棉花一样，腿都吓软了，浑身麻木，仿佛整个身体被打了一剂麻醉针。那条蛇还在游着，朝我这边扭了过来。在它离我只有不到一英寸距离的时候，我身体打了个转，滑倒在河床的鹅卵石上。这条水蝮蛇咬伤了我的膝盖。

真是一团糟啊。我的表姐们轮番地驮着我，终于到了一个农舍。农夫套上了他的骡车，这是他唯一的交通工具，他的妻子抓了一些小鸡，把它们活生生地拧断脖子，将这些冒着热气，还在流血的小鸡敷到我的膝盖上。“这样可以把毒吸出来，”她说，的确，小鸡的肉全都变成绿色的了。在回城的路上，我的表姐一路不停地杀鸡，把它们敷在我的伤口。我们一到家，我的家里人就跟蒙哥马利的医院打电话，医院距离这里有一百英里之遥，五小时后，医生带着血清赶了过来。我是个得了病的孩子，唯一的好处，就是我有两个月没去上学。

还有一次，在我去日本的途中，我跟多丽丝·杜克在夏威夷待了一整夜，我们住在她修建在戴蒙德角某个悬崖上的宫殿里，那宫殿非同寻常，有些波斯风格。天几乎没亮我就醒了，决定去探险一番。我睡的那间房有扇玻璃门，一直通往一座花园，能够俯瞰大海。我在花园里闲逛，大概过了半分钟，一群可怕的多伯曼短尾狗出现了，不知是从哪里冒出来的；它们把我团团围住，嗥叫着围成了一个圈。没人告诫我每天晚上，在杜克小姐和她的客人歇息以后，这群嗜杀成性的犬类动物会被放出来吓人，可能是惩罚那些不受欢迎的闯入者。

那些狗没打算碰我；它们只是站在那里，冷冰冰地瞪着我，在受控的暴怒中抽动着身体。我连气都不敢喘一口；我怕万一挪动了一丝一毫，这群野兽就会冲过来将我撕个粉碎。我的双手在发抖；双腿也在发抖。我的头发湿得就像刚从海里走出来的一样。没有什么比站在原地一动不动更让人筋疲力尽的了，然而我居然站了一个多小时。救兵驾到，园丁看到这番情景，吹了声口哨，拍了拍手，所有这些凶神恶煞的狗都跑过去友好地摇着尾巴向他致敬。

这都是些恐怖的具体例子了。而我们真正的恐惧是我们心中走廊里的脚步声，以及它们所创造的焦虑和浮动的魅影。

问：你会做些什么事儿？

答：我会溜冰。我会滑雪。我会倒着读书。我会滑滑板。我可以用一支38左轮手枪击中一个扔在半空中的废罐头瓶。我曾经以每小时170英里的速度驾驶过一辆玛莎拉蒂(黎明无人的时候，在宽阔的得克萨斯公路上)。我会做弗斯滕伯格奶蛋酥(这可是绝活：要把奶酪和菠菜调和在一起，还要把六个荷包蛋放到面粉牛奶和成的面糊里；这道菜的绝妙之处就在于上菜的时候，奶蛋酥里的蛋黄很软，而且还是稀的)。我会跳踢踏舞。我可以每分钟打六十个单词。

问：那你有什么做不了的呢？

答：我不会背字母表，至少是背得不准确，或者不能从头到尾背下来(更不用说是在昏昏欲睡的情况下；这个障碍令好几个精神治疗医生都感兴趣)。我在数学方面也是个低能儿——我会加法，多少会一点儿，可是我不会减法，我第一年学代数考了三次都没通过，哪怕我有私人家教可以帮我。我可以不戴眼镜阅读，但是不能不戴眼镜开车。我不会说意大利语，尽管我前前后后在意大利居住了有九年的时间。我不会有准备的演讲——非得是即兴的才行，“即兴发挥。”

问：你有“座右铭”吗？

答：算有吧。我上学的时候把它写在日记本上：我渴望。我不知道为什么要选这几个词；很奇怪，我喜欢这种歧义——我是渴望上天堂呢，还是下地狱呢？管他呢，不可否认，这句话听上去有一种高贵的音调。

去年冬天，我在门多西诺附近的一座海边公墓里闲逛——门多西诺是新英格兰的一个村庄，在加利福尼亚北部的偏远地区，那里环境艰苦，水温太凉，不能游泳，连鲸鱼都绕道而行。公墓不大，但很可爱，海水般灰绿色的墓碑上镌刻的日期大都十九世纪的；几乎所有的墓碑都有某种形式的碑文，透露着墓中之人的哲学。有个写的是：**无可奉告**。

于是我开始思索，我的墓碑上会镌刻什么碑文呢——不过我很可能根本就没有墓碑，因为两个很有才华的算命人——一个是海地人，另一个是意大利革命分子，现住莫斯科——告诉我说，我会葬身大海，但是我不知道是因为突发事件还是因为心甘情愿（就像那个哈特·克雷恩）。反正，我想到的第一个碑文是：**明知不可为而为之**。而后，我又想出了一句远比这更有个性的。那是一句借口，用来解释我做出的几乎每一个承诺：**我想要脱身的，可是我做不到**。

问：前一阵子，你完成了作为电影演员的处子秀（在《怪宴》里），然后呢？

答：我不是什么演员；我也不想成为演员。我去拍电影纯属好玩儿；我觉得这件事会挺有意思，事实上乐趣确实是有的，多少有一些，但这工作也很辛苦：早上六点起床，从来没有在晚上七八点之前离开过摄影棚。大多数情况下，评论家给我的是些令人作呕的评价。但是我早有预料；所有人都预料到了——你可以说这是一种下意识的反应。实际上，我已经尽力了。

问：你如何应对“名人的烦恼”？

答：这没有太让我烦心，作为名人，你在一些陌生的场所想要兑换支票的话，这一点还是挺有用的。还有，偶尔还会有些有趣的效果。譬如说，一天晚上，我和朋友们坐在喧闹的基韦斯特酒吧桌前。在附近的一张桌子旁边坐着个微醺的女人和她烂醉的丈夫。这时，那个女的走到我跟前，让我在纸巾上给她签名。这下子似乎是惹恼了她的丈夫；他踉踉跄跄地走到桌前，解开裤子，掏出他的那玩意儿，说道："你不是要签名吗，你怎么不在这上面签呢？"坐在我们周围餐桌上的人都变得沉寂了，而后很多人听到了我的回应，我的回答是："我不知道我能不能在它上面签名，不过或许我可以签上我名字的首字母。"

通常，我都不介意给人签名。但有一件事会让我为难：每个成年人只要是在餐馆里或是在飞机上问我要签名，都会小心翼翼地说，他要这个签名，是送给他的妻子或是女儿或是女朋友的，但从来，从来都不是自己索要的。

我有个朋友，我经常和他在城市的街头散步，一直走到很远。经常，有些行人会从我们身边经过，迟疑一阵，又皱起眉头，挤出一丝"是还是不是"的疑惑，然后停下来问我，"您是杜鲁门·卡波蒂吗？"我就回答说，"是啊，我就是杜鲁门·卡波蒂。"而我的朋友会沉下脸来，推搡着我，大声说道，"天啊，乔治——你什么时候才能不这么做啊？有一天你会惹上大麻烦的！"

问：你认为谈话是一门艺术吗？

答：是的，一门濒临灭绝的艺术。大多数善于谈话的著名人物——塞缪尔·约翰逊、奥斯卡·王尔德、惠斯勒、让·科克多、阿斯特夫人、丘娜德夫人、爱丽丝·罗斯福·朗沃思——都是善于独白，而非善于谈话。谈话是对话，不是独白。这就是为何精彩的谈话这么少：由于缺少这样的人，两名富有智慧的谈话家几乎很难会面。刚才列的名单当中，我本人认识的是科克多和朗沃思夫人。（关于她呢，我收回刚才说的话——她并非一个独白演员；她能够与你共同呼吸。）

跟我交谈过的人当中，最善于谈话的人要属戈尔·维达尔了（如果他不是在温文尔雅地拿你打趣的话，当然有时也不那么温文尔雅），塞西尔·比顿（毫不奇怪的是，此人几乎完全以视觉图像表达自我——有些非常漂亮而有些则邪恶得离谱）。故去的丹麦天才布里克森男爵夫人以伊萨克·迪内森为笔名写作，尽管她容颜老去，却享誉盛名，在勾引男人方面，她善于言谈，名副其实。啊，她真是够吸引人的，她坐在她那座位于一个丹麦海滨村庄的漂亮房子里，坐在炉火旁，一根接一根地抽着银色烟蒂的黑香烟，一口接一口地喝着香槟，冷却她那活跃的舌头，引诱着你从这个主题跳到那个主题——她在非洲务农多年（她的自传文学《走出非洲》是本世纪最好的书籍之一，你要是还没有机会去读一读，那一定要拜读一番），纳粹势力占领下的丹麦人的生活（“他们喜欢我。我们争论了起来，但他们并不在意我的话；他们不在意任何女人的话——这是个彻头彻尾的男权社会。除此以外，他们也不知道我把犹太人藏在我的地窖里，跟冬季的苹果和装香槟酒的箱子藏一起。”）

就说说此刻从我脑海中跳出的头几个名字吧，我可以打高分的其他几位交谈大师还包括克里斯托弗·伊舍尔伍德（说句客观公道的话，总体上还没人能胜过他），还有像猫一样的科莱特。玛丽莲·梦露呢，但凡她完全放松下来，酒喝得很到位的时候，也挺好玩儿的。带有悲剧色彩的电影编剧哈利·库尼茨也是这样，他是个外表极为平凡朴素的绅士，以驾驭语言的能力征服了各个阶层的人——男人、女人、还有儿童。戴安娜·弗里兰，一个古怪的高级时装界的女掌门人，一度长时间担任《时尚》杂志的编辑，她的谈话就是魅惑，有着美女蛇一般的无限魅力。

我十八岁时碰到了一个人，他的谈话留给我的印象最为深刻，或许是因为这个人本身给我的印象难以磨灭吧。事情的经过是这样的：

在纽约东七十九街上，有个非常惬意的去处，叫做纽约社会图书馆，1942年，我常常整下午整下午地泡在那里，研读一本我打算去写却终究没有写成的书。偶然之间，我看见那里有个女人，像施了法术一样一下子就把我给迷住了——尤其是她的眼睛：蓝色，像北美大草原万里无云的天空那样蔚蓝。但就算她没有这双眼睛，她的容颜也很有意思——下颚很结实，俊朗，略带中性，胡椒粉颜色的头发从中间分开，六十五岁上下。莫非她是个女同性恋？嗯，没错。

一月的一天下午，我从图书馆里出来时，已是黄昏，外面正下着大雪。这个长着蓝眼睛的女人穿着一件剪裁十分得体、配着紫貂皮毛领的黑色大衣，正等在人行道边上。她伸出一只戴着手套的手来，摆出要拦车的姿势，但是没有计程车要来。她望着我，微笑着说："你觉得喝一杯热巧克力是不是会好点儿？街角有一家朗香。"

她点了杯热巧克力；我叫了一杯"超"干马提尼酒。她带着几分严肃说："你到了可以喝酒的年龄了么？"

"我十四岁就开始喝酒了。还有抽烟。"

"你现在看起来也不像是过了十四岁的人啊。"

"我今年九月就满十九岁了。"随后我告诉她一些事情：我是新奥尔良人，我发表了好几篇短篇小说，我想当一名作家，写小说。她想知道我喜欢什么样的美国作家。“霍桑、亨利·詹姆斯、艾米莉·狄金森……”“不，在世的。”啊，这个嘛，呃，让我想想：对于一个当代作家——或者是未来的作家来说，要坦言对其他作家的崇拜之情可真不是件容易的事儿，因为存在竞争的因素。最后我说道，“反正不会是海明威——他真是个不老实的家伙，把什么东西都藏着掖着。也不会是托马斯·沃尔夫——他让人作呕；当然，他也不在世了。要说的话，福克纳算一个吧：《八月之光》。还有，呃，菲茨杰拉德也算得上是：《一颗像里茨饭店那么大的钻石》、《夜色温柔》。不过我真正喜欢的是薇拉·凯瑟。你读过《我的死敌》没有？”

她并没有显露出特别的表情，只说了句，“实际上呢，那书是我写的。”

我见过薇拉·凯瑟的一些照片——都是很久以前拍的了，大概是在二十年代吧。她比和我一起喝酒的这个人看上去要柔和一些，相貌也更加平庸一些，没有她这般优雅。然而我立刻知道了她就是薇拉·凯瑟，这是我一生中的几次战栗时刻之一。我就像个学生一样一一列举她的作品——我的最爱有：《迷途的女人》、《教授的住宅》、《我的安东妮亚》。倒不是因为作为作家而言，我和她有何相似之处。我也许永远都不会为自己选择她那类题材，或者是去仿效她的风格。这仅仅是因为我觉得她是一位伟大的艺术家，跟福楼拜不相上下。

我们成了朋友；她读我的书，并且总是给出公正而有帮助的评判。她充满惊喜。一方面，她与她一生的挚友刘易斯小姐同住在公园大道上一间宽敞的房子里，房间装修得很迷人——但不知怎的，当你想到凯瑟小姐住在公园大道上的公寓里时，你会觉得这事儿似乎与她从小在内布拉斯加州所受的熏陶不协调，也与她的小说质朴哀婉的特质不协调。其次，她主要的兴趣点并非文学，而是音乐。她经常去听音乐会，她几乎所有的密友都是音乐界的名流，尤其是耶胡迪·梅纽因，还有她的妹妹海普奇巴。

与所有真正健谈的人一样，她十分善于倾听，而轮到她说的时候，她绝不会喋喋不休，而是言简意赅，一语中的。有一次她对我说，我对于批评太过敏感。而实际情况是，面对带有蔑视的批评意见，她比我更加敏感；旁人对她的作品所作的任何贬低性评论都会令她情绪低落。我把这点跟她指出的时候，她说："没错，可是难道我们不正是总从别人身上找出我们自己的缺陷，然后因此对他们加以苛责吗？我是个活生生的人，我也有致命的弱点，这一点毫无疑问。"

问：你有没有什么喜欢观看的运动？

答：焰火。五彩斑斓的图案在夜空闪耀，转瞬即逝。我所见过最精彩的焰火表演是在日本——这些日本的高手可以在空中变出火一般的生灵：蜿蜒的巨龙，炸开的小猫，异教圣人的容貌。而意大利人，尤其是威尼斯人，也能够在大运河上空创造杰作。

问：你有没有许多性幻想？

答：我一旦有性幻想，通常都会努力将其转化为现实——有些会成功。不过，我的确经常发现我自己会飘移到意淫的白日梦当中，并且保持这个状态：白日梦。

我记得有一次和已故的E·M·福斯特聊到过这个话题，他是我心目中本世纪最好的英国小说家。他说他在上学的时候，满脑子都是性的念头。他说："我以为等我长大一点了，这种狂热就会降温，甚至是离我而去。可是情况并非如此；在我二十到三十岁的时候，它继续熊熊燃烧着，然后我又想：那好，等我四十岁的时候，我就可以从这种折磨、这种不断追求完美爱情对象的痛苦中解脱了吧，可是根本不是我想的那样；我过了四十岁后的整整十年，肉欲依然总是潜伏在我的心头。然后我又到了五十岁，到了六十岁，没有任何改观：有关性的画面持续在我脑海中回旋，就像是坐在旋转木马上的人影。如今我已经七十多岁了，我依然是我性幻想的囚徒。我就黏上它了，可到了这把年纪，我已经不能在这事儿上面整出什么动静了。”

问：你有没有想过自杀呢？

答：当然咯。也许除乡巴佬没想过外，每个人都想过吧。就在备受尊敬的日本作家三岛由纪夫自杀后不久——这个人我很了解——他的一本传记就出版了，让我感到沮丧的是，作者引用他的话说：“哦，没错，我总是想着自杀。我知道许多人确定会自杀。譬如说杜鲁门·卡波蒂就算是一个。”我无法想象究竟是什么让他得出这番结论。我拜访三岛的时候，氛围总是欢乐与友好的。但三岛是个很敏感，也很相信直觉的人，不是可以随随便便打交道的那种人。但是在这件事儿上，我觉得他的直觉可不准确；我绝对没有那番勇气去做他做过的事情（他让一个朋友拿刀砍去他的头颅）。总而言之，就像我此前说过的，大多数人选择了结自己的性命，其实是因为他们想去结果他人的性命——拈花惹草的丈夫，红杏出墙的爱人，背信弃义的朋友——但是他们没有那份胆量去这么做，于是就反过来选择自杀了。我可不是这种人；如果有人把我逼到上面所说的份上，那他会发现，步枪的枪口正对着的是他自己。

问：你相信上帝吗，或者说，某种高高在上的力量？

答：我相信有来世。换句话说，我赞同灵魂转世的说法。

问：那你自己如果有来世的话，你想怎么个转世法？

答：重新投胎做一只鸟吧——最好是一只秃鹫。秃鹫不必受困于自己的长相如何，或是欺瞒与取悦他人的本事多大；他不必去装腔作势。话说回来，没人会喜欢他；他外表丑陋，遭人厌烦，到处不受待见。但由此带来的种种自由简直无法尽数。而另一方面呢，我也不介意变成一只海龟。他们既可以漫步于陆地，又能够知悉海洋深处的奥秘。还有，他们很长寿，而且他们耷拉着眼皮，在半睁半闭之间积聚着大智慧。

问：如果允许你许个愿的话，你会许什么愿呢？

答：某天早上醒来，发现自己终于长大了，不再有忿恨与复仇的心理，也不再有肆意挥霍的幼稚情绪。换句话说，发现自己是个大人了。

我：你还是醒着吗？

我：有些厌倦，但还是醒着。你不睡，我又怎么睡得成？

我：你觉得我写的这些东西怎么样？到目前为止？

我：呃……既然你都问了。我只好说比利·格拉汉姆这个疯子不是唯一一个肚子里装着马粪的人。

我：呸呸呸。你个狗日的贱人！你就只好这一口，没一句好话。

我：嗨，我倒不是说你的话有什么大错特错的。都只是些东扯西拉罢了。鸡毛蒜皮。我的意思是，你并非像对我装出来的那样诚实。

我：我可不是装出来的诚实。我本来就诚实。

我：对不住哈，我不是有意要放屁的。这不是评论，纯属偶然。

我：这是个转移注意力的伎俩。你说我不诚实，把我拿来跟比利·格拉汉姆比，看在上帝的份上，如今你又想推诿逃避。你倒是说说，我到现在为止写的内容哪些不诚实？

我：没什么。小事罢了。就说拍电影那事，纯属好玩儿，对吧？可你是为了票子才拍的——还有就是为了取悦你小丑的一面，他可真让人恼火。摆脱那个家伙吧。他是个怪人。

我：哦，我不知道。他有点不可捉摸，但是我抓住了他的软肋。他是我的一部分——跟你一样。那么还有一些什么小事？

我：下一件嘛——嗯，可不是小事。是你回答那个问题：你相信上帝吗？你却闪烁其词，避而不答了。说什么关于来世，灵魂转世，投胎做秃鹫之类的东西。我给你说说新鲜事儿吧，伙计，你不必等到转世以后别人像对秃鹫一样对你了；许多人已经在这么做了。一大群呢。但这还不是你回答中虚伪的部分。事实上，你不想明摆着说你确实是相信上帝的。我听到过你的声音，异常冷静地忏悔那些令狒狒都脸红的事情，可你竟然不肯承认你相信上帝。怎么着，你是怕被人叫做再生派基督徒，耶稣狂？

我：事情没那么简单。我先前是相信上帝。而之后就不信了。你还记得吗？我们很小的时候，常常和我们的小狗奎尼和老表姐苏克跑到树林去。我们采野花，挖野芦笋。我们捉到蝴蝶，又把它们放生。我们逮到鲈鱼，又把它们扔回小溪。有时候我们发现巨大的毒蘑菇，苏克告诉我们这是小精灵居住的地方，就在这些美丽的毒蘑菇下面。她对我们说，上帝已经安排好了它们住在这里，就像他已经安排好了我们所见到的一切一样。好的和坏的。蚂蚁、蚊子、响尾蛇、每一片树叶、天上的太阳、满月和新月、下雨天。我们都相信她说的。

但是接下来发生的一些事摧毁了这种信仰。首先是教堂，听某个无知的乡巴佬神父信口雌黄，我浑身上下都不自在；接下来就是那些寄宿学校了，他们规定每个可恶的早上都要去做礼拜。还有《圣经》本身——没人会相信它让人们去相信的东西。那些毒蘑菇在哪里？那些月亮在哪里？最终生活——平凡的生活——将任何残留的信仰都带走了。我自己并非是我在生命路途中见到过的最坏的一个人，我差远了，但我也犯下了一些严重的罪孽，其中有些是有意而为的残暴；祈祷这事儿从没有让我有过一丝困扰，我甚至想都没去想。除非是我不得不去想的时候。雨滴开始落下，一场黑压压的暴雨，就这么下个不停。而这时我也开始重新考虑上帝的问题了。

我想起了圣徒于连。想起了福楼拜的作品《圣徒于连的传说》。这部作品是我很久以前，在一个很遥远的地方读的(那时的我在一家离图书馆很远的疗养院)，所以此刻我的手头没有这本书。但是我记得(至少我认为情节或多或少就是这么进展的)于连在小的时候，喜欢在树林里游荡，喜欢所有的动物和生灵。他住在一座很大的房子里，他的父母都很宠着他；他们希望他能拥有这个世界上的一切。他的父亲给他买了最好的马，最好的弓箭，教他打猎，去猎杀那些他原本无比喜爱的动物。这可不是件什么好事儿，因为于连发现他喜欢杀戮。只有在经过一天血淋淋的杀戮之后，他才会感到快乐。屠杀鸟兽成了一种疯狂的病态，起初羡慕他捕猎射术的邻居们，后来变得讨厌他，畏惧他，因为他嗜血成性。

现在，这个故事的某个部分在我脑海里已经相当模糊了。反正，于连杀了他的父母双亲。是打猎中出的意外？好像是类似的情况吧，真是可怕。他变成了一个社会的弃儿，也变成了一个忏悔者。他光着脚，穿得破破烂烂地浪迹天涯，寻求宽恕。他老了，也病了。一个寒冷的夜晚，他在河边等着一个船夫渡他过河。大概是冥河吧？因为于连已经奄奄一息了。他等船的时候，一个长相极为可怕的老人出现了。他是个麻风病人，眼中充满怒火，嘴巴已经溃烂，发出恶臭。于连并不知道，这个模样令人憎恶的老人竟然是上帝。上帝是要考验于连，看看他所经历的这些痛楚是否真的改变了他暴戾的性格。他对于连说他很冷，请求与他共用一条毛毯，于连答应了；然后这个麻风病人让于连抱抱他，于连也答应了；接下来，他提出了一个最后的请求——他请求于连亲吻他染病的、溃烂的嘴唇。于连就这么做了。于是，这个年老的麻风病人摇身一变，变成了一副容光焕发，光彩照人的模样，于连和他一起上了天堂。就这样，于连成了圣徒于连。

而我也在这里淋着雨，雨下得越大，我就越想起于连。我祈祷我也有幸能够将一个麻风病人拥入怀中。就是在那个时候，我又开始相信上帝了，而且明白了苏克的话没错：旧月和新月，倾泻的大雨，一切都是上天的安排，只要我能够请求上帝帮助我，他一定会答应的。

我：他帮了吗？

我：嗯。而且越帮越大。但是我还不是一个圣人。我酗酒。我吸毒。我是个同性恋。我是个天才。当然，虽说上面这四件不光彩的事儿我全占了，但我依然可以成为一个圣人。但我肯定还不是圣人，肯定还不是。

我：罗马非一日建成嘛。咱们就此打住，合眼睡觉吧。

我：不过我们先祈祷吧。我们先念一段旧日的祷文。就是我们很小的时候经常说的那段，那时我们和苏克还有奎尼挤在一张床上同眠，把一条条被褥堆在身上，因为那屋子又大又冷。

我：我们旧日的祷文？行啊。

我和我：现在我让我自己躺下入睡，我祈求上帝让我保住灵魂。若是醒来之前我已不在人世，我祈求上帝带走我的灵魂。阿门。

我：晚安。

我：晚安。

我：我爱你。

我：我也爱你。

我：你最好爱我。因为归根究底，我们唯一拥有的就是彼此了。一个人。直到入土。真是个悲剧啊，对吧？

我：你忘了。我们还有上帝呢。

我：嗯，我们还有上帝。

我：哼……

我：哼……呼……

我和我：哼……呼……哼……

美丽的孩子

(1979)

时间：1955 年 4 月 28 日

地点：纽约市列克星敦大街和第五十二街交汇处的世界殡仪馆礼拜堂。礼拜堂里，一排排靠背长条凳上星光璀璨：各路名流——大部分来自戏剧界、电影界和文学界——济济一堂，他们都是前来出席康斯坦斯·科利尔的告别仪式的，这位英国裔女演员前一天离开了人世，享年七十五岁。

科利尔小姐出生于 1880 年，出道时在音乐厅歌舞剧里担任女配角，其后成长为英格兰首屈一指的莎翁戏剧女演员之一(而且，长期以来，科利尔小姐都是以麦克斯·比尔博姆爵士未婚妻的身份出现，但她始终没有嫁给他，或许是从中有感而发，麦克斯爵士①在自己的小说《朱莱卡·多布森》中描写的那个女主人公，淘气而永远无法企及)。后来她移居美国，在纽约舞台上和好莱坞电影里扮演了引人注目的角色，一举奠定了其声誉。在生命中的最后几十年里，她居住在纽约，在戏剧表演指导方面展现出独树一帜的过人才华。她只收专业演员为徒，而且通常只收已经达到“明星”水准的专业演员为徒——譬如说凯瑟琳·赫本就一直是她的爱徒：而另一个赫本，奥黛丽·赫本，跟费雯丽一样，也是她的得意门生，还有一位，是在她去世前的几个月刚刚入门的新弟子，科利尔小姐称之为“专门让我头疼的家伙”，她便是玛丽莲·梦露。

我最初是通过约翰·休斯顿介绍认识玛丽莲·梦露的，当时约翰正在导演《沥青丛林》，这是梦露首部有台词的电影。梦露之所以能投奔科利尔小姐的麾下，还是拜我力荐。我认识科利尔小姐已有六七年时间了，作为一个真正的女性英才，无论是外形条件，还是情感流露，抑或是创作才能，她素来都令我钦慕有加；此外，尽管她无时无刻不显露出一种威仪凛然的气质，嗓音庄严洪亮，但她却是一个惹人喜爱的人儿，虽略带刻薄，却极其热忱，虽彰显高贵，却平易近人[②]。她将曼哈顿中部的工作室布置成暗调的维多利亚风格，时常在那里举办小型午餐派对，我时常喜欢去凑凑热闹；她的趣闻轶事不胜枚举：身为女主角，她与比尔博姆·特里爵士和伟大的法国男演员科克兰演对手戏时，有一大堆的历险趣闻；她与奥斯卡·王尔德还有青年时代的卓别林也有过私交，还与发迹前的嘉宝打过交道，那时的嘉宝，还身在瑞典，默默无闻。她的确是个让人心生好感的人，她忠心耿耿的秘书兼女伴菲莉丝·威尔伯恩也是如此。菲莉丝沉静中自有熠熠神采，雇主去世后她成了凯瑟琳·赫本的女伴，而且现在也依然是。科利尔小姐介绍我结识了许多人，后来我和他们也都成为了朋友：伦特夫妇、奥利维尔夫妇，尤其是奥尔德斯·赫胥黎。然而，把玛丽莲·梦露介绍给她的人却是我，起初，她并非十分渴求结识这个人：她非常挑剔，玛丽莲·梦露出演的电影，她一部也没看过，对她也几乎是一无所知，只知道她是个金发的性感炸

---

① 麦克斯爵士指麦克斯·比尔博姆（1872—1956），英国漫画家和作家，主要作品有《二十五个绅士的漫画》和长篇小说《朱莱卡·多布森》等。

② 此处原文为德语 gemütlich。

弹，在全球尽人皆知。总而言之，玛丽莲这块料看上去显然不适合用科利尔小姐那严苛的经典模具来塑造，但我觉得，她们说不定会是一对激情澎湃的组合。

她俩的确如此。“哦，没错，”科利尔小姐告诉我说，“她身上有某种潜质。她是个美丽的孩子，我说的不是显而易见的美——也许她的那种美太显而易见了。我认为她根本就不是个演员，不是任何传统意义上的那种演员。她身上所具有的——那种仪态风度、那种光彩照人、那种时隐时现的敏慧——根本就无法在舞台上呈现出来。它是那么纤巧精细，那么难以捉摸，只有镜头才能捕捉得到，正如振翅飞翔的蜂鸟：只有照相机才能凝固其中的诗意。可要是有谁以为这姑娘不过是另一个哈洛[1]、或是娼妓、或是那种货色，那他准是疯了。说到发疯，这正好是我们一直在努力追求的：呈现奥菲丽娅。我估计有人准会对这个想法感到好笑，可是，说真的，她完全可以塑造出最绝妙的奥菲丽娅。上个星期我跟葛丽泰·嘉宝闲谈，我告诉她关于让玛丽莲扮演奥菲丽娅的想法，葛丽泰也赞同我的意见，她相信玛丽莲能演好，因为她看过两部玛丽莲出演的电影，虽然非常粗俗低劣，但她还是管窥到了玛丽莲在表演方面所具备的潜质。事实上，葛丽泰有个绝妙的想法，知道吗？她想根据《多里安·格雷的画像》拍一部电影，当然咯，演多里安的是她自己。嗯，她说她想让玛丽莲和她一起演对手戏，在剧中出演被多里安勾引和糟蹋的女孩儿之一。这个葛丽泰！真是别出心裁！真有天赋灵气——你要是琢磨

① 哈洛(1911—1937)，好莱坞金发艳星，她因《地狱天使》而一夜爆红，成为性感偶像。据说30年代之前，染金发的只有妓女，是哈洛带动了新风潮，良家妇女也开始狂爱金发造型。

一下，发现这方面倒还真和玛丽莲挺像的。当然，葛丽泰是信奉完美主义的艺术家，也是一位掌控力达到极致的艺术家；这个美丽的孩子却全无自律或牺牲的概念。不知怎的，我觉得她活不长。我这么说，听起来也许荒唐，但说真的，我觉得她会是红颜薄命。我希望，我真心祈祷，她能活得长久，这样的话，可以让她不可多得的可爱灵气，像囚禁的精灵一样，从她身上释放出来。”

但是现在，科利尔小姐已经与世长辞，我在世界殡仪馆礼拜堂的前厅四处徘徊，在等待着玛丽莲；头天晚上，我们通过电话，约好要一起坐在礼拜堂里参加告别仪式。仪式定在正午举行，可现在，她已经迟到了半个小时；她老是迟到，而我本以为，这回她总该不至于迟到吧！看在上帝的份上，真该死！等她突然冒出来时，我却没认出她来，直到她说了句……

玛丽莲：噢！宝贝儿，真是不好意思啊。可你看啊，我化齐了妆，又觉得好像不应该画睫毛、涂口红，所以呢，我又不得不把妆全给卸了，然后就想不出该怎么打扮才合适……

（她想出来的装扮，或许更适合女修道院院长秘密觐见教皇大人。她的头发被一条黑纱巾遮得严严实实；一身黑裙松松垮垮，又长又大，看上去像是从别处借来的；黑色的长筒丝袜令她纤细白皙的秀腿变得很是黯淡。你可以肯定，女修道院院长绝不敢穿上她脚上那双暧昧挑逗的性感黑色高跟鞋，也不敢戴那副猫头鹰眼似的墨镜。那副墨镜把她那鲜奶般光洁的皮肤衬托得如香草冰激凌般格外苍白。）

我：你这样子挺好看的。

玛丽莲：（咬着一只拇指甲，都快咬到指节了）：你敢肯定？我是说我太神经过敏了。洗手间在哪儿？我真想进去一小会儿吞——

我：吞片药？不行！嘘……是西里尔·理查德的声音，他开始致颂词了。

（我俩蹑手蹑脚地走进拥挤的礼拜堂，挤到最后一排一个狭小的空位里。西里尔·理查德致辞已经结束，接下来讲话的，是科利尔小姐的终生合作人凯瑟琳·奈斯比特，最后由布莱恩·艾亨向吊唁者致辞。在整个过程当中，玛丽莲不时摘下墨镜，从她蓝灰色的大眼睛里拭去夺眶而出的热泪。我见过几次她素颜的模样，可是今天她展示了一个和以往迥然不同的形象，一张我从未见识过的脸蛋，一开始我没察觉为什么会是这样。啊！原来是因为那块黑乎乎的丝巾遮住了头。不见一头秀发，加上未施粉黛，她看起来就像个十二岁的小姑娘，就像个正当豆蔻年华却刚被送进孤儿院的处女，在为自己悲哀孤伶的遭际而潸然落泪。最后，追悼仪式结束了，人群也渐渐散去。）

玛丽莲：来，咱们就坐在这儿吧。等所有人走光了为止。

我：怎么啦？

玛丽莲：我不想在不情愿的情况下跟任何人说话，我总是不知道该说什么好。

我：那你坐这儿吧，我到外边等你，我得去抽支烟了。

玛丽莲：你可不能把我一个人撇在这儿不管啊！上帝啊！就在这儿抽吧。

我：在这儿？在殡仪馆礼拜堂吗？

玛丽莲：那又怎么样？你想抽什么？大麻？

我：这笑话真好笑。得了，咱们走吧。

玛丽莲：拜托，楼下的摄影记者多得很。我可不想让他们把我这副模样拍下来。

我：你有这想法也没错。

玛丽莲：你刚说过我这样子挺好看的。

我：是挺好看的啊。简直无可挑剔——假如你出演《弗兰肯斯坦的新娘》[①]的话。

玛丽莲：你是在取笑我吧。

我：我像是在取笑吗？

玛丽莲：你是在心里取笑，这种取笑才是最可恶的。（她皱着眉头；咬着拇指甲）其实，我本来是可以化化妆的。我看见这里所有人都化妆了。

我：我是在笑呢。笑得眼泪都流出来了。

玛丽莲：不过呢，说正经的，这其实是因为我的头发又该染色了，可我就是没时间去弄啊。这事儿来得让人始料不及。科利尔小姐就这么突然去世了，你懂我的意思吧？

（她微微掀起一角头巾，露出额前开分处一绺深色的刘海儿让我看。）

我：可怜可怜无知的我吧，我可真是后知后觉。我还一直以为你是个地地道道的金发尤物呢。

玛丽莲：我当然是啦。可是谁的金发也不会天生就那么漂亮的呀。对了，我想顺便说一句，去你妈的吧。

我：好了，大伙儿都出去了，起来吧，走啦。

玛丽莲：那些拍照的还在下面呢，这我可知道。

---

① 《弗兰肯斯坦的新娘》，是1935年的一部恐怖电影，1931年《科学怪人》的续集，詹姆斯·惠尔担任导演，鲍里斯·卡洛夫饰演怪物，埃尔莎·兰彻斯特饰演他的女人和玛莉·雪莱。

我：要是你进来的时候没人认出你来，那出去的时候也不会有人认出来的。

玛丽莲：有个家伙就认出来了，还好我赶在他大声嚷嚷之前就溜进来了。

我：我敢保证这儿准有后门。我们可以从后门出去啊。

玛丽莲：我可不想看见死人。

我：我们干吗要去看死人？

玛丽莲：这里是殡仪馆大厅嘛，他们肯定把尸体搁在一处。难道今儿个我非得闯进一间满是尸体的太平间不成？耐心等等吧。我会带你去个地方，咱俩美美地喝它一瓶香槟。

（于是我们就坐着闲聊。玛丽莲说："我讨厌葬礼。幸好用不着参加我自己的葬礼。只是，我不想举行什么葬礼——就让我的一个孩子把我的骨灰撒到大海里去吧，如果我有孩子的话。要不是科利尔小姐这么关照我，关心我过得好不好，我今天才不会来呢。她就像个老奶奶，一个坚强的老奶奶，可她教会了我很多东西。她教会我怎么样调整呼吸。我把这招儿派上用场了，不单只是在演戏的时候。还有其他一些时候，呼吸也能成问题。当我刚刚听说这事儿，听说科利尔小姐去了的时候，最先冒出的念头就是：啊，天啊，菲莉丝可怎么办呀？！科利尔小姐就是她生活的全部啊。不过我听说她已经打算搬去和赫本小姐一块儿住了。菲莉丝真幸运，她现在可以享福啦。我恨不得马上跟她换换位置。赫本小姐是个了不起的女人，这可不是什么胡说八道。真希望她也是我的朋友啊。这样的话，我就可以时不时给她打打电话，然后……嗯，我也不知道然后干吗，反正可以给她打打电话。"

我们谈到了自己是多么热爱纽约，又是多么厌恶洛杉矶［"虽然我是在那儿出生的，可我还是想不出一样好东西能说说的。我一闭上眼睛，在脑子里描绘洛杉矶的样子，眼前就只会浮现出一根粗大的曲张静脉。"]；我们还谈到了几个演员及其表演["大伙儿都说我演不好戏，他们以前也这么说伊丽莎白·泰勒，可是他们都错了。她在《郎心似铁》里演得棒极了。我总是没有合适的角色可演，没有我真正喜欢的角色可演。我的长相对我不利。它太鲜明了。"]；我们又多聊了一会儿伊丽莎白·泰勒，她想知道我是不是认识她，我说是的，她说，那好，她是个什么样的人，她究竟是个什么样的人，我说，嗯，她有点像你，心直口快，言语刻薄。玛丽莲说，去你妈的，又说，假如有人问起玛丽莲·梦露是个什么样的人，玛丽莲·梦露究竟是个什么样的人，我该说什么好呢，我说我真得好好想想。）

我：现在总可以离开这个鬼地方了吧？你答应请我喝香槟的，没忘吧？

玛丽莲：没忘，可我没带钱啊。

我：你总是迟到，又总不带钱，真是搞不懂你，是不是老觉得自个儿是伊丽莎白女王啊？

玛丽莲：谁啊？

我：伊丽莎白女王啊，英国女王。

玛丽莲（皱起眉头）：那个狗娘儿们和这事儿有什么关系？

我：伊丽莎白女王也从来不带钱，她是不允许带钱的。绝不容许让肮脏的钱财玷污了皇族的御手。有这么一条法律规章什么的。

玛丽莲：他们要是也为我通过一项这样的法律就好了。

我：你就照这样子继续努力吧，说不定哪天他们就会的。

玛丽莲：哎呀，天啊。那她买东西的时候怎么给钱呢？比方说去商店购物的时候。

我：她的宫廷侍女提着一只装满铜钱的大包跟在她后面跑啊。

玛丽莲：你知道什么呀？我敢打赌，她想要什么东西，全是免费的。只消签个名儿就成。

我：那倒很有可能。真是那样的话，我倒是一点也不奇怪。只要说明陛下需要什么就行了：威尔士矮脚狗啊，福特纳姆和梅森百货公司里的好东西啊，吗啡啊，避孕套啊。

玛丽莲：她要避孕套干吗？

我：不是她要，小傻瓜，是她身后两步远的那个笨蛋要——菲利普亲王。

玛丽莲：他呀。哦，没错。他挺可爱的。瞧他那模样，看得出来他下面那玩意儿准不赖。我有没有跟你说过，有一次我见到埃罗尔·弗林[①]突然掏出下面那玩意儿，还用它弹钢琴？没说过，好吧，那都是些陈年往事啦，在我刚开始当模特那会儿，我去参加那个不像样子的派对，埃罗尔·弗林正自我陶醉其中，就在那儿，他掏出自己的那玩意儿，用它在钢琴上弹啊弹的，砰砰地在琴键上敲出响儿来。他敲了一曲《你是我的阳光》。天啊！人人都说，米尔顿·伯利[②]的那玩意儿是好莱坞最大的。可那又怎么样

① 埃罗尔·弗林(1909—1959)，出生于澳大利亚，美国好莱坞著名演员，曾主演《侠盗罗宾汉》、《江山美人》、《太阳照样升起》等数十部卖座电影。

② 米尔顿·伯利(1908—2002)，美国电影喜剧演员，五岁时在一次模仿卓别林的竞赛中获胜，然后便为比沃格拉夫影片公司和其他制片厂扮演儿童角色。十二岁时在纽约首次登台演出《弗罗拉多拉》一剧，之后又出演了《生命从八点四十分开始》、《齐格飞歌舞大会串》等戏。1937 年米尔顿·伯利第一次在影片中扮演成人角色，并继续在几部影片中展露他的表演才华，其中包括几部侦探片。1948 年至 1956 年间，他在电视屏幕上演出，这是他最成功的时期，博得“电视先生”的昵称，也有人戏呼其为“米尔顿大叔”。

呢？我说，你就没带一点儿钱么？

我：大概带了五十块吧。

玛丽莲：好，这下可以美美地喝它一瓶香槟了。

（外面，列克星敦大街空空荡荡，只有几个无关紧要的路人。此刻大约两点左右，这是一个你能想到的最晴朗迷人的四月午后：这天气最适合外出溜达了。于是我们信步走向第三大街，几个人扭过头来看傻了眼，倒不是因为他们认出了玛丽莲就是那个玛丽莲，而是因为她那身漂亮的丧服；她轻声地咯咯直笑，那是她招牌式的笑声，如同"好心情"冰激凌车上的银铃一般悦耳诱人，她说，"兴许我应该一直这样穿戴。绝对可以隐姓埋名。"

我们走近 P.J. 克拉克餐厅时，我建议进去喝点儿饮料，那地方或许挺不错，但她马上就否决了我的提议："那里面全是些做广告的讨厌鬼。还有桃乐茜 · 基尔加伦这个贱女人，老在那里醉成一团泥。跟那些爱尔兰佬混在一起有什么意思？瞧他们喝酒那样儿，比印第安人还难看。"

我觉得有必要帮基尔加伦说几句好话，她好歹也算是我的朋友吧，于是我说她有时候还挺机灵、挺风趣的。她说："虽然话是这么说，可是她写过一些狗屁文章来骂我啊。不过，那些臭娘儿们都恨我。海达啊，卢埃拉啊。我知道你应该习惯这一套了，但我可受不了。这的确很伤我的心。我又没招惹、没得罪那些个臭婆娘！唯一正面写我的记者就是西德尼 · 斯科尔斯基了。可他是个男人。男人们对我都挺不错的，也总算是把我当人看了。至少，他们不会无缘无故指责我。鲍勃 · 托马斯是个有教养的人。还有杰克 · 奥布莱恩也是。"

我们看着一家家古玩店的橱窗；其中一个橱窗的托盘里摆放

着些年代久远的戒指，玛丽莲说：“那只挺漂亮的。石榴石上镶嵌着小珍珠粒。我真希望能戴戴戒指啊，可是我讨厌人家老盯着我的手看，我的手太肥了。伊丽莎白·泰勒的手也挺肥的。可她有那双眼睛，谁还会去注意她的手呢？我喜欢一丝不挂地对着镜子跳舞，看着乳房上下颤动。我那儿倒是无可挑剔。可我还是希望我的手不要这么肥。”

另一个橱窗里摆放着一尊堂皇的落地大座钟，这又引发了她的感触：“我从来就没有过家，没有一个真正的家，里面的家具完全归我自己所有。可要是我哪天再结婚，而且赚了一大笔钱的话，我就去租它几辆大卡车，顺着第三大街一路开下去，把所有稀奇古怪的玩意儿通通买下来。我要买上一打落地大钟，统统放在一间屋子里，排成一溜儿，让它们同时嘀嗒嘀嗒走个不停。那才真像个家的样子呢，你说是吧？”）

玛丽莲：嘿！过马路去！

我：干吗？

玛丽莲：瞧见那画着手掌的招牌了吗？准是间算命馆。

我：你有兴致去算算命？

玛丽莲：嗯，去看看嘛。

（这地方不招人喜欢。透过一扇污渍斑斑的玻璃窗，我们只能辨认出一间空荡荡的屋子里，一个吉卜赛女人正坐在帆布椅上，骨瘦嶙峋，披头散发，头顶上一盏地狱烈火般火红的顶灯投下一片令人感到在经受拷问的灯光；她正织着一双婴儿的小鞋，根本就不理会我们的窥望。尽管如此，玛丽莲还是准备进去，不过随后她又改了主意。）

玛丽莲：有时候我很想知道将来会发生什么，但是后来又觉得，还是不知道的好。不过呢，有两件事儿我特别想知道。一件事儿是我会不会瘦下来。

我：另一件呢？

玛丽莲：那是个秘密。

我：得了，得了，咱们今天可没什么秘密。今天是悲伤的日子，悲伤的人儿就该推心置腹。

玛丽莲：好吧，这件事儿是关于某个男人的。有些事，我想知道。但我只能说这么多。这真的是个秘密。

（我心中暗想：那是你这么想。我非得把秘密从你嘴里套出来不可。）

我：我准备去买香槟酒了。

（最后，我们折回第二大街，走进一家中国餐馆，里面装潢俗丽，却门可罗雀。不过这里的酒吧间确实是货色齐全，我们要了一瓶穆姆香槟酒；酒送上来的时候并未冰镇过，也没有冰桶，于是我们就往高脚杯里加了些冰块，然后对饮起来。）

玛丽莲：真好玩儿。有点像在拍外景——要是你喜欢拍外景的话。我可是最最不喜欢了。《尼亚加拉》①。那部烂片真恶心。呸！

我：来，说说你的秘密情人吧。

玛丽莲：（沉默）

---

① 梦露于1953年拍摄的成名作，也是她第一次担纲主角。此前，玛丽莲在影评界虽时获赞誉，但电影公司总是把她拘囿于演“白痴美人”一类角色，为求发展，她上迈克尔契诃夫剧院听戏剧课，排古典剧。电影《尼亚加拉》以大瀑布为背景，烘托玛丽莲优美的体态。上映后，场场爆满，她不仅一跃成为第一流的明星，而且成了好莱坞一手炮制的最了不起的神话。

我：（沉默）

玛丽莲：（咯咯笑）

我：（沉默）

玛丽莲：你认识那么多女人，你觉得哪个女人最有魅力？

我：无可争议——芭芭拉·佩利[①]。别人都比不上。

玛丽莲（皱了皱眉头）：就是大家都管她叫“小宝贝”的那个女人？我看她实在不像是什么小宝贝。我看过她在《时尚》杂志上的那些照片。她非常优雅，也非常可爱。光是看她的照片就让我觉得自己像是喂猪的泔水。

我：她要听你这么一说，保准乐坏了。她特别嫉妒你哦。

玛丽莲：嫉妒我？我就说嘛，你又来了，就知道拿我取笑。

我：我根本就没取笑你啊。她确实是很嫉妒你。

玛丽莲：可这是为什么呢？

我：因为有个专栏作家，我估计是基尔加伦吧，写了一篇不负责任的报道，说是：“风传迪马乔夫人[②]约见电视界大亨，但并非是为洽谈业务。”嗨，她读了这则消息，居然信了。

玛丽莲：信什么了？

我：信她丈夫与你有风流韵事呗。就是那个电视界的至尊大亨威廉·S·佩利，他对身材惹火的金发女人情有独钟。还有深褐色头发的。

玛丽莲：那纯粹是胡说八道啊。我可连见都没见过那家伙。

---

① 芭芭拉·佩利（1915—1978），美国时尚界的标志性人物，曾在1945年和1946年入选《时尚》最佳着装品位奖；众多一线品牌赠予她时装，以她的造型为荣。

② 迪马乔夫人即梦露，她的第二任丈夫是乔·迪马乔。

我：哎呀，我说你少来了。你还是给我老实交代吧。你的这位秘密情人——就是威廉 · S · 佩利，是不是[①]？

玛丽莲：不是！他可是位作家。是位大作家。

我：这就像那么回事儿了。现在我们已经有点儿眉目了。这么说，你的情人是位作家。他准是个不入流的作家，写起文章粗制滥造，要不然，要不然你怎么会不好意思告诉我他的大名呢？

玛丽莲（一脸怒气，一阵狂乱）：那个“S”代表哪个字？

我：“S”？什么“S”？

玛丽莲：“威廉 · S · 佩利”里的那个“S”。

我：哦，那个“S”啊。什么也不代表。大概是为了装点门面才把它硬塞进去的吧。

玛丽莲：就只有一个首字母，后面没字吗？我的天呀，佩利先生准是对自己缺乏信心。

我：他经常抽搐。不过我们还是回到那个神秘作家的话题上来吧。

玛丽莲：住嘴！你不懂。要是说了，我可就惨了。

我：服务员，拜托再给我们上一瓶穆姆酒吧。

玛丽莲：你是不是打算把我灌醉了，好让我说出来？

我：正是，这么说吧，我们来做个交换故事的游戏怎么样，我跟你讲个故事，你要是觉得还有点意思呢，那我们就再回头来说说你的那位作家情人的事儿。

玛丽莲（有点动心，但不太情愿）：你的故事是准备讲什么的？

① 此处原文为法语 n'est-ce pas。

我：埃罗尔·弗林。

玛丽莲：（沉默）

我：（沉默）

玛丽莲（恨自己不争气）：那好，你讲吧。

我：还记得你刚才说的那件关于埃罗尔的事情吧？他对他那玩意儿多么自豪来着？我可以证实此事。我们曾经一起度过了一个温馨惬意的夜晚。你明白我的潜台词吧？

玛丽莲：你瞎编的吧。你就逗我玩儿吧。

我：我对天发誓。绝对没有骗你。（沉默；但我看得出来，她已经上钩了，于是我点起一根香烟……）嗯，那个时候，我十八、九岁的样子吧，那还是大战期间，应该是1943年的冬天。那天晚上，卡罗尔·马库斯为她最要好的朋友格罗丽娅·范德比尔特办了场派对，那时候她没准儿已是卡罗尔·萨洛扬太太了。场地就选在她妈妈位于公园大道上的公寓里，那派对可真是规模盛大啊。差不多来了五十位客人。大约到了半夜时分，埃罗尔·弗林带着他的密友一道撞了进来，那是个虚张声势的花花公子，叫做弗雷迪·麦克沃伊。他俩都喝得醉醺醺的。反正，埃罗尔开始跟我唠叨个没完没了，他这人脑瓜很灵，我们俩都说得对方哈哈大笑，后来，他突然说想去摩洛哥表演厅，还问我想不想跟他还有他的哥们儿麦克沃伊一块儿去。我说好啊，可是麦克沃伊舍不得离开派对，不想甩下派对上那些初进社交界的上流社会小妞儿，结果呢，到最后只有我和埃罗尔两个人走了。不过，我们没去摩洛哥表演厅。我们拦了辆计程车，一路开到了格拉梅西公园，我在那儿有套单间小公寓。他一直待到第二天中午才走。

玛丽莲：这故事你觉得该评几分？十分制的话。

我：说句实在话，要不是那人是埃罗尔·弗林，我大概都记不起来这事儿了。

玛丽莲：这根本就算不上是什么故事。不足以跟我的事儿交换——差了十万八千里啊。

我：服务员，我们的香槟怎么还没上？我们俩都快渴死啦。

玛丽莲：而且你也没说出什么新鲜事儿啊。埃罗尔那档子事儿，我也是知道的。我有个男按摩师，他差不多算是我的姐妹了，他也是泰隆·鲍华的按摩师，所以他把泰隆和埃罗尔的风流事儿都跟我说了。不行，你得再说个更像样的。

我：你可真会讨价还价啊。

玛丽莲：我还等着听呢。来吧，把你最精彩的事儿说出来吧。顺着刚才的讲。

我：最精彩的？最值得回味的？我觉得应该轮到你先说吧。

玛丽莲：还说我会讨价还价！哈哈！（一大口香槟下肚）乔还不错。能达到本垒打①的水准。要是光看他这一点的话，我们还不至于离婚。不过，我还爱着他。他很真诚。

我：丈夫不能算。我们这个交换故事的游戏里不能谈丈夫。

玛丽莲（咬着指甲；冥思苦想）：好吧，我遇到过一个男人，好像和加里·库柏②沾亲带故，是个股票经纪人，貌不惊人——六

① 本垒打，棒球比赛术语，是棒球比赛中非常精彩的高潮瞬间。

② 加里·库柏（1901—1961），美国著名演员，19 岁时离开了英国的家乡，来到美国，先是做律师，后来成为蒙大拿州高等法院的法官。1910 年的时候，加里和哥哥亚瑟随患病的母亲回到英国，在那里一直住到美国卷入第一次世界大战。1953 年凭《正午》获金球最佳男演员奖、奥斯卡最佳男演员奖；1936 年《迪兹先生进城》获得奥斯卡最佳男演员提名，1961 年获荣誉奥斯卡奖。

十五岁，总戴着一副厚厚的眼镜，厚得跟水母似的。具体我说不上来，不过——

我：你可以打住了。我已经从别的姑娘们那儿听过他的事儿了。那位老剑客挺会四处寻觅他的猎物。他叫保罗·谢尔德，是洛基·库柏的继父。他应该挺爱哗众取宠的。

玛丽莲：他确实是这个样子。行啊，聪明的狗东西。轮到你说了。

我：我看还是算了。我什么都不需要跟你说了。因为我知道你试图掩盖的神秘人物是谁了：亚瑟·米勒[①]。（她把墨镜推到眼睛下方：哦，天哪，什么叫目光能杀人，这就是啊，哇哦！）你一说他是个作家，我就猜到了。

玛丽莲（结结巴巴）：可是你是怎么猜着的？我是说，没有人……我的意思是，几乎没有人……

我：至少三年前，也许是四年前，欧文·德鲁特曼——

玛丽莲：欧文什么？

我：德鲁特曼。他在《先驱论坛报》上撰稿。他告诉我说，你正和亚瑟·米勒打得火热，被他迷得神魂颠倒。之前嘛，我太有绅士风度了，所以才没说。

玛丽莲：绅士风度！你个狗东西。（她又开始结结巴巴，但墨镜已经推回了原处）你根本不懂，那是很久以前的事了，已经了断了。这回是崭新的开始。这一次完全不同了，而且——

---

① 亚瑟·米勒（1915—2005），美国剧作家，他生于纽约一个时装商人的家庭，中学毕业后在一家汽车零件批发公司工作两年，后进入密执安大学，开始戏剧创作，写过4部剧本，并两次获奖，其一生著有大量的戏剧评论，还写过十几部广播剧和电影剧本以及报告文学和短篇小说。

我：反正别忘了请我参加婚礼就成。

玛丽莲：你要是再提起这事儿，我就杀了你，废了你。我认识好几个哥们儿，他们很乐意为我效劳。

我：这我可一点儿也不怀疑。

（服务员终于端上了第二瓶酒。）

玛丽莲：叫他把酒拿回去。我不想喝了。我要离开这个鬼地方。

我：很抱歉，惹你生气了。

玛丽莲：我没生气啊。

（可她的确生气了。我付账的时候，她去了洗手间，我真希望手上有本书可以读一读：她去洗手间磨蹭的时间，简直就跟大象怀孕一样漫长。时间一分一秒地过去，百无聊赖，我开始琢磨，她是在吞兴奋剂呢，还是镇静剂。毫无疑问，是镇静剂。酒吧里有张报纸，我拿过来一看，结果是张中文报纸。二十分钟过去以后，我决定去看个究竟。说不定她已经服了毒药，或是割了手腕。我找到了女洗手间，敲了敲门。她说："进来。"推门一看，她正对着黯淡灯光下的镜子在照。我说："你在干吗呢？"她说，"看**她**呀。"事实上，她刚才是在用红宝石色的唇膏涂口红。她还摘下了阴沉沉的头巾，梳齐了棉花糖一般松软顺滑的秀发。）

玛丽莲：但愿你的钱还够。

我：那得看情况。要是你想让我买珍珠给你弥补精神损失的话，那是不够的。

玛丽莲（咯咯地笑了，情绪又好了起来。我决定不再提亚瑟·米勒了）：不用。够付计程车的路费就行，路有点儿远。

我：我们这是要去哪儿呢——好莱坞？

玛丽莲：去你的，当然不是。去一个我喜欢的地方。到了那儿你就知道了。

（我不用等很久，因为我们刚拦到计程车，我就听到她让司机开到南街码头，不禁心想：那不就是搭乘渡轮去斯塔藤岛的地方吗？继而我又猜想：她方才借着酒劲吞了药，现在准是疯疯癫癫的。）

我：但愿我们不是去坐船远航。我可没随身带晕船药啊。

玛丽莲（开心地笑个不停）：就是去码头而已。

我：我可以问一下为什么要去那儿吗？

玛丽莲：我喜欢那儿。那码头的气息感觉就像是在外国，而且，我还可以喂喂海鸥。

我：拿什么去喂呢？你可什么都没有啊。

玛丽莲：我有，我带了。我的手袋里装满了幸运签饼。是从那间餐馆里偷出来的。

我（逗她玩儿）：哎呀呀。你去洗手间那会儿，我还拆了一个看呢。里面的字条上只写了个下流的笑话。

玛丽莲：天啊。下流话签饼？

我：我想海鸥肯定是不会在意的。

（我们乘车穿过鲍厄里街。沿路尽是些小当铺、卖血站、五毛钱一张帆布床的宿舍、一美元一天的小旅店，还有白人酒吧、黑人酒吧，到处都是流浪汉：年轻的、年老的、快入土的，有的蹲在马路边，有的蹲在玻璃碴和令人作呕的垃圾堆上，有的东倒西歪地靠在门廊上，还有的像一群企鹅在街角挤作一团。有一阵，我们的车停下来等红灯，这时，有个鼻头发紫、衣衫褴褛的人步履蹒跚地凑了上来，颤巍巍的手里抓了一块湿漉漉的破抹布，往我们的挡风玻璃上擦了起来。司机扯着嗓门抗议，用意大利语骂起了脏话。）

玛丽莲：怎么回事？出什么事儿了？

我：他擦了玻璃，想找我们要小费。

玛丽莲(用手袋遮住脸)：太可怕了！我可受不了。快给他点什么表示表示，快给啊，求你了！

(可是，计程车早已加大油门疾驰而去，差点儿就把那个老醉鬼给撞翻在地。玛丽莲哭了起来。)

我好难受。

我：你想回家吗?

玛丽莲：一切都毁了。

我：我送你回家吧。

玛丽莲：让我缓一下就没事了。

(于是我们沿着南街继续开，不出所料，这里果然有一个渡口。布鲁克林隔水相望，洁白的海鸥在海天相接的水面上欢快地飞腾，天空中缀着如花边般纤细的翩翩云絮——这幅美景很快就抚慰了她的灵魂。

我们下车的时候，看到一个男人用皮带牵着一条中国种的狗往渡口方向走去，显然是个等船的乘客，我们从他和那条狗身边经过时，我的同伴停了下来，伸手拍了拍小狗的脑袋。)

那个男的(口吻坚定，但算不上不友善)：你不该去碰陌生的狗。尤其是中国种的狗。弄不好它们会咬你一口的。

玛丽莲：小狗从来就不咬我。只有人才咬我。它叫什么名字?

那个男的：傅满洲[①]。

---

① 傅满洲，是英国小说家萨克斯·罗默创作的傅满洲系列小说中的虚构人物。1875年在《福尔摩斯遭遇傅满洲博士》一书中首次出现。号称世上最邪恶的角色。傅满洲是一个瘦高秃头，倒竖两条长眉，面目阴险。按照罗默的描写，这其实是黄祸的拟人化形象。

玛丽莲(咯咯笑了起来)：啊，跟电影一样。这名字真逗。

那个男的：你呢？

玛丽莲：我？玛丽莲。

那个男的：我想也是。我太太肯定不会相信我的。我可以请你签个名吗？

(他掏出一张名片和一支笔；她垫在手袋上写道：上帝保佑你——玛丽莲·梦露。)

玛丽莲：谢谢你。

那个男的：应该谢谢你才是。等回到办公室，我要把这个给大伙儿看看。

(我们继续往前走，来到码头边，倾听海浪哗哗地拍打着堤岸。)

玛丽莲：我以前也老问别人要签名。现在有时候也还这样做。去年在查森饭店，克拉克·盖博[①]坐在我旁边，我就请他签在餐巾纸上。

(她倚靠在泊船的拴柱旁，呈现在我眼前的身形轮廓，如同伽拉忒亚[②]在眺望尚未征服的远方。轻风拂过她的秀发，她朝我转过头来，动作飘逸轻盈，仿佛是一阵微风吹动了那颗头颅。)

---

① 克拉克·盖博，三十年代好莱坞最著名的男明星，1932年，一部《红色的尘土》使他得以跻身十位最叫座的明星之列。此后《一夜风流》、《乱世佳人》更使他在影视界足以有个立足之地。1938年，他还被加冕为电影皇帝。他是好莱坞一个神话式的人物，集中地体现了独特的美国式的魅力。

② 伽拉忒亚，希腊神话中的涅瑞伊得斯(海中女神)之一，其父为海神涅柔斯，母亲为海仙女多里斯。伽拉忒亚常在西西里的海滨出现，这使住在西西里岛的独眼巨人波吕斐摩斯为她着迷。巨人热烈地追求伽拉忒亚但没有得到回应，嫉恨之下用巨石砸死了她的情人阿喀斯。伽拉忒亚悲痛万分，把阿喀斯变成西西里岛的一条同名溪流。

我：我说，咱们什么时候喂鸟呀？我也饿了。时间不早了，咱们连午饭都没吃呢。

玛丽莲：还记得吗，我先前问过你，要是有人问你我是个什么样的人，问你玛丽莲·梦露究竟是个什么样的人——嗯，你会怎么回答？（她的语气里带着调侃、嘲弄，然而也不失诚恳：她想听到一个坦诚的回答）我敢打赌，你会跟他们说，我是个懒猫。是个香蕉船冰激凌。

我：当然。不过，我也会说……

（阳光正渐渐离去。她仿佛也随着天穹与浮云一同消逝。我提高嗓门，试图压过海鸥的鸣嚣，呼唤她回来：玛丽莲！玛丽莲，为什么一切非得落到这个地步？为什么他妈的生活非得这么惨？）

我：我会说……

玛丽莲：我听不见你说什么。

我：我会说，你是个美丽的孩子。

琼斯先生

（1980）

1945 年的冬天，我在布鲁克林的一间公寓里一连住了好几个月。这里的条件并不算简陋，相反，还装修得挺漂亮，这里的主人是一对未婚姐妹，她们将这座年深日久的褐沙石房子打理得像医院一样整洁。

琼斯先生就住在我的隔壁房间。我住的房间是整座房子里最小的一间，而他的则是最大的，房间很宽敞，光线敞亮，条件相当不错，琼斯先生从来就没有离开过这间房：他的所有需求——餐饮，购物，洗衣——都是由两位中年女房东来料理。此外，他也不乏访客；平均下来，每天到他房间去的访客有六位，形形色色，男男女女，老老少少，还有不老不少的，从早上很早的时候一直到傍晚很晚。他既非毒品贩子，又非算命先生，都不是；他们到这里来，就是想和他谈一谈，显然，他们还会送他一笔小钱，以感谢同他的交谈和他给出的建议。要不然，他就没有明显的经济来源了。

我从未跟琼斯先生有过交谈，这件事时常令我感到遗憾。他是个相貌英俊的人，大约四十岁。他身材纤细，头发乌黑，面部特征明显；他的面色苍白，面容消瘦，颧骨突出，左颊上有一块胎记，是一小块星形的深红色斑点。他戴着一副金丝眼镜，镜片是全黑的：他眼睛瞎了，腿也是瘸的——根据这对房东姐妹的描述，他双腿自从童年的一次事故以后，便再不能动弹，离开了拐杖，他寸步难行。他总是穿着一套深灰色或是蓝色三件套装，熨烫得很平整，领带也扎得很紧——这副行头，仿佛是马上就要赶赴华尔街的办公室。

不过，正如我所说，他从未离开过他的小天地，只是待在他欢乐的房间里，坐在一把惬意的椅子上，接待着访客。我不明白这些看上去很平常的人为什么要过来看他，也搞不懂他们在谈论什么，我自己的事儿都操心不过来呢，哪会去关心这事儿呢。但静下心来一想，我估计他的朋友们觉得他有头脑，人又好，对于那些向他吐露心声的人，总是善于倾听，对于他们的烦恼，能够提出些参考意见：他是牧师与治疗师的结合。

琼斯先生有一部电话。他是租户里唯一一个有私人线路的。电话总是在响，时常是过了半夜，还有大清早六点的时候。

我后来搬到了曼哈顿。几个月以后，我又回到了这座房子，收拾存放在这里的一箱子书。两位女房东在她们挂着花边窗帘的“起居室”里，给我又是倒茶，又是切蛋糕，这时，我打听了一下琼斯先生的境况。

两个女人的眼睛垂了下来。其中一个清了清嗓子说：“这只有问警察了。”

另一个人则说：“我们把他作为失踪人员报警了。”

第一个人又补充道：“上个月，二十六天前，跟往常一样，我姐姐帮他把早餐送上楼。他不在房里。他所有的东西都还在。但是他本人不见了。”

“真是奇怪——”

“——一个双目完全失明的人，一个可怜的瘸子——”

十年后。

这是十二月一个寒冷至极的下午，此时的我身在莫斯科。我正坐在地铁的一节车厢里。除我之外，只有为数不多的几名乘客。其中的一个就坐在我的正对面，他穿着靴子，一件厚厚的长款大衣，戴着一顶俄式皮帽。他眼睛清澈，像孔雀的眼睛一样宝蓝。

在一瞬的迟疑过后，我就这样盯着他看，因为就算没有了那副墨镜，那清瘦可辨的脸，那高高的颧骨，那猩红色的星形胎记是绝对不会弄错的。

列车进站的时候，我正打算走过过道，跟他搭个讪，而琼斯先生呢，他伸开那双健壮的大腿站了起来，昂首阔步地走出了车厢。列车的车门旋即在他身后关上了。

窗中明灯

（1980）

有一次我应邀参加一场婚礼；新娘让我和一对宾客——罗伯茨先生和罗伯茨太太从纽约一起开车过来，这两人我此前都没有见过。那是四月的一天，天气寒冷，在去往康涅狄格州的途中，罗伯茨两口子——这对刚刚四十出头的夫妇看起来挺随和——虽然不是那种你愿意与之共度一个长周末的人，但总归还不至于太糟。

然而，在婚礼招待会上，烈酒的消耗量极大——我得说，三分之一都是我的这两位司机喝的。他们是最后离开宴会的人——大约在晚上 11 点的样子——我陪他们的时候，得十二分小心才行；我知道他们喝醉了，但不清楚他们醉到什么程度。我们已经开了大约二十英里，车在路上左右穿行，罗伯茨夫妇用最不可思议的语言辱骂着对方（的确，这个场景就和《灵欲春宵》里的一模一样），罗伯茨先生转错了方向，在漆黑一片的乡间小道上迷了路——这完全可以理解。我一再请求他们，到了最后是乞求他们停车，让我出去，但是他们完全只顾着相互抨击，而忽略了我的存在。最后，车终于自己停了下来（暂时而已），因为擦到了树干。我趁机从车的后门里跳了出来，跑进树林。此时，这该死的车已经开走，只留下我孤身一人在这片冰冷的黑夜中。我确信我的两位东道主绝对不会想我；苍天在上，我也不想他们。

但是在这样的一个凄风冷夜，受困在此可不是件什么好玩儿的事情。我开始往前走，希望能走到高速公路。我走了半个小时，连一户住家也没有看见。然后，就在路旁，我看见一座有门廊的小木屋，窗户里点着灯。我蹑手蹑脚地走到门廊上，往窗子里面一看：一位老太太正坐在炉火旁看书，她的白发很柔软，脸圆圆的，慈眉善目。一只小猫蜷坐在她的大腿上，还有几只在她的脚边酣睡。

我敲了敲门，她开门的时候，我牙齿打着寒颤地对她说："不好意思，打搅您了，我出了点事儿；不知道能不能借用一下您的电话，好叫辆计程车。"

"哎呀，"她笑着说。"恐怕我没有电话啊。太穷了。不过请进来吧。"我进了门，走进一间惬意的房间，她说："天啊，孩子。你都冻僵了。给你来杯咖啡吧？或者来杯茶？我还有一点儿威士忌酒，是我丈夫留下来的——他六年前去世了。"

我说来一点威士忌就再好不过了。

她去取酒的时候，我烤着火，眼睛扫视了一下她的房间。这个快乐的地方有六七只各种各样的猫，看上去都是些流浪猫。我看了一下凯利太太看的那本书的书名——凯利是她的名，我是后来知道的：简·奥斯丁的《爱玛》，奥斯丁是我非常喜欢的作家。

凯利太太回来时，手里拿着一杯冰块，还有一瓶波旁威士忌，瓶子上落满了灰尘，瓶里还剩四分之一的酒，她说："坐吧，坐吧。能有人来陪我，可不是什么常事儿。不过，我有猫咪做伴。对了，你在这儿过夜吧？我有一间漂亮的小客房，已经好久没有等来客人了。到了早上，你可以再去高速公路，搭一辆去城里的车，等进了城你就可以找一个汽车修理站修车了。那边离这儿大概有五英里的路程。”

我不禁把心中的疑惑说出声来：她怎么能住在这样一个偏远的地方，既没有交通设施，也没有电话；她告诉我说，她有个好朋友，是个邮递员，帮她解决所有购物的需要。“阿尔伯特。他非常可爱，待人真诚。但是他明年马上就要退休了。他要退了，我可不知道我该怎么办好哦。不过山不转水转，兴许会有个好心的新邮递员哩。说说看，你是出了什么事儿？”

我跟她把实情讲述了一番，她很忿忿不平地回答说：“你做得太对了。那个人哪怕只是啜了一杯雪利酒，我都不上他的车。我丈夫就是这么没的。我们结婚四十年，四十个幸福的年头，就是因为一个醉驾的司机把他撞倒，我才失去了他。要不是为了我的那些猫……”她轻轻地抚摩了一下在她腿上打着呼噜的橘黄色小花猫。

我们在火炉边就这样聊啊聊，直到后来，我的眼皮沉得抬不起来。我们聊到了简·奥斯丁（“啊，简。我的悲剧就在于我读过她所有的书，读得太频繁，都能记住了”），还聊到了一些世人景仰的作家：梭罗、薇拉·凯瑟、狄更斯、刘易斯·卡罗尔、阿加莎·克里斯蒂、雷蒙德·钱德勒、霍桑、契诃夫、德·莫泊桑——她是个思想内涵丰富的善良女人；智慧点亮了她淡褐色的眼睛，就像是她身旁桌上闪烁的小灯。我们聊到了康涅狄格州严酷的冬天，聊到了政客，聊到了遥远的地方（“我从来就没有出过国，但是如果有机会的话，我要去的地方会是非洲。有时候我会梦见那里：青山、热浪、美丽的长颈鹿、四处走动的大象”），还聊到了宗教（“当然，我就是信天主教长大的，可是现在——说到这点我都有些不好意思——我的思想开放了。或许是读了太多书的缘故吧”），聊到了园艺（“我自己种菜，把它们装进密封罐中保存；这是必须的”）。最后：“我这样喋喋不休的，你可别见怪啊。你不知道这给我带来了多大的快乐呢。可现在已经过了你睡觉的点了。我知道我也该睡了。”

她送我上楼梯，我躺在一张双人床上，床收拾得很舒适，盖着一床由小碎布缝成的被子，很漂亮，很温馨，然后，她又回来跟我道了声晚安，做个好梦。我没有睡，而是在想。这可真是段非同寻常的经历啊——一位老太太独自一人在这荒郊野外生活，有陌生人在深夜里敲门，不仅开了门，还热情地欢迎他进来，给他地方住。要是我们换过来，我怀疑我不会有这份胆量，更不用说这样的慷慨之心了。

第二天早上，她在厨房为我做了早餐。有咖啡，还有热气腾腾的燕麦片，里面放了糖和罐装奶油，而我真的是饿了，而且味道也真的不错。厨房比房子的其他房间要简陋一些；炉子，轰轰作响的电冰箱，所有的东西仿佛都濒临散架，除了一件很大的物件，看上去带着点儿现代气息——那是个大冷柜，刚好放在屋子的角落。

她又不停地说着：“我喜欢小鸟。要是冬天不给它们喂面包屑，我会感到内疚。可我不能让它们聚集在我的屋子这里。因为有那些猫啊。你喜欢猫吗？”

“嗯，喜欢，我曾经养过一只暹罗猫，名叫托玛。她活到十二岁，我们一起到处旅行。游遍世界各地。她死的时候，我都不忍心去再养一只。”

“那或许这个你可以理解吧，”说着，她带我走到那个大冷柜跟前，打开柜门。里面全是猫：冰冻的猫摆放得整整齐齐，保存得完好无损——有几十只呢。这让我感到很惊讶。“都是我的老朋友。就这么安息着。因为我无法承受失去它们的痛苦。完全无法承受。”她大笑起来，说道：“我猜你会觉得我有点儿疯疯癫癫的吧。”

有点儿疯疯癫癫。没错，有点儿疯疯癫癫，我在灰色的天空下朝着她指给我的高速公路方向走的时候，心里就在这么想。疯疯癫癫，但却光彩照人：那是窗中的明灯。

好客之情

(1980)

从前，在南方的乡村，有这么一些农舍，里面的农妇会为几乎所有的路人摆酒设宴，无论是云游四方的传教士，还是磨刀工，抑或是四处奔波的工人，都会受到欢迎，并能享受一顿丰盛午餐的款待。今天像这样的农妇大概还有很多。我婶婶詹宁斯·卡特太太肯定是其中之一——她的名字叫玛丽·艾达·卡特。

我小的时候，在卡特婶婶的农场住了很长一段时间，那个时候农场的规模还很小，而如今已经相当可观了。那段岁月，屋里全靠油灯照明；水要从井里打，然后再运回来，唯一的温暖来自于壁炉和火炉，唯一的娱乐是我们自己做的东西。傍晚，吃过晚饭，我的詹宁斯叔叔会弹钢琴，他英俊阳刚的样子，仿佛那不是我的叔叔；旁边，有他漂亮的妻子——我妈妈的妹妹陪伴。

卡特一家都是些勤劳的人。詹宁斯在几个佃农的帮助下，依靠马拉犁耕种田地。而他的妻子呢，她的杂务琐事不计其数。我就帮她做过不少：喂猪啊，挤奶啊，把牛奶打成黄油啊，给玉米去皮啊，剥豌豆荚啊，去山核桃壳啊——这些都很有趣，只是有一项任务让我唯恐避之不及，但凡非做不可时，我都会把眼睛闭着去做：我就是讨厌弄断鸡脖子，不过我当然不反对随后吃掉它们的肉。

那是大萧条时期，但是在玛丽·艾达的餐桌上，一天的主餐中，食物还是非常丰盛的；主餐是在中午的时候吃，开饭时她会叮叮当当地摇着大铃铛招呼汗流浃背的丈夫和帮手们回来吃饭。我喜欢摇铃铛；这让我感到充满力量，满怀善心。

正是在这样的午餐餐桌旁，我们的客人们会时时出现：有时是请来的，有时是不请自来。桌上满是热饼干、玉米面包、蜂蜜、鸡肉、鲶鱼、炸松鼠、黄油豆、豇豆。“好吧，”当玛丽·艾达看见一个走路走得两脚酸痛的《圣经》推销员沿路走来时，她会叹口气说，“我们倒是不需要再买一本《圣经》了。不过我想我们要再摆一个桌位了。”

我们款待过的人当中，有三个人我永远都忘不了。第一个是长老会的传教士，他周游乡野，为他在那些不圣洁的土地上履行基督教的职责而募集资金。玛丽·艾达说她拿不出现金，不过倒是乐意请他和我们一起吃饭。这个可怜的家伙啊，他看上去真的需要好好吃一顿了。他穿着一身褪了颜色、落满灰尘、破旧不堪的黑色套装，踩着一双破旧的黑鞋，就像殡葬人员穿的那种，戴着一顶墨绿色的帽子，身板瘦得好似一根甘蔗。他还穿着一件长长的红色衬衣，衬衣都打了褶。我觉得他是个好人，我们都这么想；他手腕上刺着一朵花，目光柔和，说话也是轻言细语。他说他名叫班克罗夫特(后来得知，这的确是他的真名)。我叔叔詹宁斯问他：“我说班克罗夫特先生，您是干什么的呢？”

“这个嘛，”他慢条斯理地说，“我只是在找事情做。就像大家一样。我手艺不错。大多数事情都能做。你就没有什么事儿可以给我做的吗？”

詹宁斯说：“我这里缺倒是缺一个人，可我付不起工钱啊。”

“我便宜得就像不要钱一样。”

“哦，”詹宁斯说道。“可我的确是一分钱没有。”

出乎意料的是，犯罪的话题闯入到了谈话当中，因为这个主题在日常家庭几乎不会谈及。玛丽·艾达抱怨道：“帅小伙弗洛伊德。大盗迪林格。在村里到处射杀百姓。抢劫银行。”

“哦，我不知道，”班克罗夫特先生说道。“我倒不同情那些银行。而迪林格呢，他很聪明，这你可得承认。他打劫完银行总能全身而退，想到这个我就想笑。”然后他真的笑了，露出一口被烟熏黄了的牙齿。

“呃，”玛丽·艾达反驳道，“您这么说，有点儿让我觉得惊讶，班克罗夫特先生。”

两天后，詹宁斯驾着他的车进城去，带回来一桶钉子，一袋面粉，一份《莫比尔记录》。报纸头版便是班克罗夫特先生的照片——“双桶”班克罗夫特，当局用这样的绰号称呼他。他在三十英里外的埃弗格林给逮住了。玛丽·艾达看到他照片的时候，拿了一把纸扇子拼命地对着脸扇风，仿佛是要防止自己晕倒。“老天救救我吧，”她喊道。“他差点儿杀了我们全家。”

詹宁斯乖戾地说：“他头上可是有悬赏的。我们错过了。这才是让我最不高兴的。”

接下来的一位，是一个叫做奇拉·赖兰的女孩儿。房子后面的树林里有一条小溪流过，玛丽·艾达就是在溪流中发现她在给一个两岁的红头发婴儿洗澡。按照玛丽·艾达的描述：“我先看见的她，她才看见的我。她赤身裸体地站在水中央，给这个漂亮的小男孩洗着澡。岸上有一件白棉布上衣和孩子的衣服，还有一只旧箱子，用一根绳子绑着。小男孩在笑，她也在笑。然后她就看见我了，一副很吃惊的样子；很是害怕。我说：‘天气不错呀，就是热了点儿。水里感觉一定很舒服吧。’可是她一把抱起这个婴儿，惊惶失措地逃上岸来，我又说：‘你别被我给吓着了。我是卡特太太，就住在那边。要不上岸歇息一会儿吧。’然后她便哭了起来；她也只是个小家伙，自己也不过是个孩子。我问出了什么事儿，亲爱的？但是她没有回答。这时她已经穿上了衣服，给孩子也穿戴好了。我说要是你告诉我出了什么事儿，或许我还可以帮帮你呢。可是她摇了摇头，说没出什么事儿，我说哦，既然没出事儿，那我们干吗要哭呢？现在你只管跟着我到我家来，我们聊一聊吧。于是她照做了。”

她确实照做了。

我正一边在阳台上荡着秋千，一边读着《星期六晚邮报》，这时我注意到她们沿着小路走来了，玛丽·艾达提着一个破破烂烂的箱子，这个赤脚的小姑娘怀里抱着一个小孩儿。

玛丽·艾达向她介绍我：“这是我的外甥，亲爱的。嗯——不好意思，亲爱的，我还不知道你的名字呢。”

“奇拉，”那个女孩儿轻声地说，眼睛垂着。

“不好意思，亲爱的。我听不见你的声音。”

“奇拉，”她又轻声地说了一遍。

“啊，”玛丽·艾达兴奋地说，“这肯定是个不同寻常的名字。”

奇拉耸了耸肩。“我妈给我取的。她也叫这个名字。”

两周以后，奇拉还跟我们在一起；她证实了她本人确实跟她的名字一样不同寻常。她父母双亡，她的丈夫“和别的女人跑了。那个女人很胖，而他就喜欢胖女人，他说我瘦得皮包骨头，所以他就跟她跑了，跟我离了婚，在雅典和那个叫乔治亚的女人结了婚。”她唯一的亲人是一个弟弟：吉姆·詹姆斯。“这就是为什么我到亚拉巴马来。我听到最近有消息说，他就住在这附近的某个地方。”

詹宁斯使尽浑身解数打探吉姆·詹姆斯的消息。他这么做，理由很充分，因为尽管他很喜欢奇拉的小孩儿杰德，但是他对奇拉却感到有些敌意——她又尖又细的声音让他很不高兴，再就是她喜欢哼一些神秘兮兮又不成调的小曲儿。

詹宁斯对玛丽·艾拉说：“在我们这儿住的这个人还打算无所事事地待多久啊？”玛丽·艾拉：“噢，詹宁斯。嘘！奇拉会听见的。可怜的孩子呦。她也没处可去啊。”于是詹宁斯更加积极地四处打探，他让当地的治安官介入此事；他甚至是花钱在当地的报纸上登了一则广告——他已经做到仁至义尽了。但是这一带没人听说过吉姆·詹姆斯的名字。

最后玛丽·艾拉这个聪明的女人想了个法子。这法子就是请一位叫做埃尔德里奇·史密斯的邻居来共进晚餐，这通常是六点钟的一顿便餐。我不知道她为什么之前没想到这个点子。史密斯先生其貌不扬，大概四十岁的样子，他老婆最近刚刚过世，带着两个孩子，都是上学的年纪。

自打第一顿晚餐过后，史密斯先生几乎每天傍晚都到这里拜访。天黑以后，我们只把奇拉和史密斯先生单独留在那里，他们一起在阳台上嘎吱嘎吱地荡着秋千，有说有笑，喃喃低语。这让詹宁斯发狂，因为他不喜欢史密斯的程度一点也不亚于他对奇拉的讨厌；他的妻子再三对他说“别出声，亲爱的。我们再等等看吧”，这话也没有令他平复下来。

我们等了一个月。直到最后有一天晚上，詹宁斯把史密斯先生叫到一旁说："你给我听好，埃尔德里奇。现在我们男人对男人说话，你对这位年轻的好姑娘到底是个什么想法？"詹宁斯说这话的方式完全就像是一种威胁。

玛丽·艾达用她歌手牌的脚踏缝纫机做了一件婚纱。婚纱是白棉加上灯笼袖做成的，奇拉的头发专门为了婚礼烫了卷，上面还扎着一条白色的丝带。她看上去甚至有些惊艳了。仪式在九月里一个凉爽的午后进行，地点就设在一棵桑树的树荫下，由牧师L·B·珀森斯先生主持。随后，每个人都得到了一份纸杯蛋糕，还有水果调味酒，里面加的是斯卡珀农葡萄酒。这对新人乘坐史密斯先生的驴拉车走了以后，玛丽·艾达牵着她裙子的褶边，擦拭着眼角，而詹宁斯的眼睛却干得像蛇皮一样，嘴里念念有词："谢谢您，敬爱的上帝啊。这下您可帮了大忙了，可我的庄稼还指望着您普降甘雨呢。"

《给变色龙听的音乐》前言

(1980)

我的生命——至少作为艺术家而言——可以被精确地记录为一场高烧：它时高时低，阶段周期的轨迹十分清晰。

我八岁时开始写作——没有任何先兆，没有被任何榜样所激励。之前我不认识一个会写作的人；其实，我认识的人当中甚至很少有人阅读。实际上，当时最令我感兴趣的四件事情分别是：读书、看电影、跳踢踏舞和画画。就在这时，我有一天开始写作了，根本不知道我把自己毕生的精力与这个崇高而又无情的主宰者联系起来了。上帝给你礼物的同时，也会给你皮鞭；这皮鞭，只为鞭笞自我。

可是我那时当然不知道这个情况。我写过冒险小说、凶杀悬疑小说、喜剧小品，还有曾经的奴隶和内战老兵给我讲过的传奇故事。在刚刚起步的阶段——这实在是乐趣十足。我发现好的作品与差的作品之间存在区别，而后又发现了一个更为令人警醒的事实：极好的作品与真正的艺术之间同样存在区别，这个时候，这种乐趣也就荡然无存了；这区分很微妙，却很残酷。而在此之后，皮鞭开始抽了下来！

正如一般的年轻人每天练习四五个小时的钢琴或是小提琴，我每天也舞弄着纸笔。然而我从不与他人讨论我的作品；如果有人问我，你这些时间都花到哪里去了，我会告诉他们，我在做家庭作业呢。实际上，我从不做家庭作业。我的文学工作让我忙得不亦乐乎：在写作技巧的圣坛上拜师学艺；研习错综复杂的分段、短句以及对话的安排，更不用说宏观的谋篇布局和要求极高的先中间、再开头、后结尾的写法了。你要学习的东西有很多，学习的渠道也很广：不仅可以从书本中学，还可以从音乐中学，从绘画中学，从日常生活的观察中学。

实际上，那段日子里，最令我感兴趣的写作是日常生活中的观察，我把它们都记在日志里。我描写邻居。把道听途说的对话一字不漏地写下来。记街谈巷议。这是一种报告文学，一种“所见”及“所闻”的文体，对我后来产生了深刻的影响，不过那个时候我对此还没有在意，因为我所有“正式的”写作，那些我润饰打磨，精心敲打出来的东西，或多或少都带有一些虚构的成分。

我十七岁的时候，已经是一个颇有建树的作家了。我若是一名钢琴家，这个时候的我兴许都可以举办第一场公开音乐会了。事实上呢，我认为我已经作好了出版作品的准备。我向一些主要的文学季刊寄送了一些短篇作品，也向国家级的杂志投稿，这些地方在那个时代刊登的都是最为优秀的所谓“严肃”小说——《故事》、《纽约客》、《时尚芭莎》、《女性》、《哈泼氏》、《大西洋月刊》——我的短篇也会定期在这些出版物上登载。

然后，到了1948年，我出版了一部小说：《别的声音，别的房间》。小说好评如潮，成为了畅销书。同样，也由于笔者那张身着风衣的奇特照片，争议从此缠上了我，并在我此后的一生中如影相随。的确，许多人将这部小说在商业上取得的成功归功于这张照片。还有些人轻描淡写地看待这本书，好像它只是一起匪夷所思的意外：“真是奇了怪了！这么年轻的人居然能够写得这么好。”奇了怪？我日复一日地写了整整十四年啊！不过，这部小说为我个人成就的第一个阶段画上了圆满的句号。

一本叫做《蒂凡尼的早餐》的短篇小说于 1958 年宣告了我第二个阶段的终结。其间的十年，我几乎尝试了写作的方方面面，试图去掌控不同的技巧，精益求精地磨砺写作技艺，力求使它如渔夫的渔网一样强大而灵活。当然，我在某些领域的拓展以失败告终，但是，一个人从失败中学到的东西要比他从成功中学到的更多，这一点千真万确。我知道我就学到了很多，后来我成功地将我的所学发挥到了极致。总而言之，在这十年的探索中，我写就了短篇小说集（《夜树》、《圣诞旧忆》），散文和人物描写（《地方色彩》、《观察》、《犬吠》中的作品），戏剧（《草竖琴》、《花房》），电影剧本（《战胜恶魔》、《无辜的人》），以及大量的纪实报告文学，其中大部分是为《纽约客》所作。

事实上，从我创作生涯的角度来看，我在整个第二阶段中创作的最有意思的作品是最初刊登在《纽约客》的一组系列文章，它们随后编成了一本书，题为《缪斯入耳》。它涉及苏联和美国之间的首次文化交流：由美国黑人组成的演出团体《波吉与贝丝》剧组于 1955 年组织访问团到俄国演出。我将整个访问之旅构思为一部简短的、漫画式的“非虚构小说”，这同样也是我的第一部此类作品。

在此几年前，莉莲 · 罗斯出版了《图像》，讲述她拍摄的一部电影——《红色勇气勋章》；这本书采用了快速剪切、闪进闪回的手法，它本身就像是一部电影，我读的时候，心中在想，如果作者放弃她那种严格线性的纪实报道风格，将她的素材当作小说来处理，那会产生什么样的效果？我决定，如果碰上合适的主题，我想尝试一番：《波吉与贝丝》以及隆冬里的俄国看来是合适的主题。

《缪斯入耳》得到了极高的评价；哪怕是平时对我不太友好的人也转而对其加以夸赞。然而，它并没有吸引任何特别的注意，其销量也只是一般。尽管如此，这本书对我来说有着重大意义：在写作的时候，我意识到，对于那个一直以来困扰我最严重的创作窘境，我可能找到了一个出口。

几年来，新闻作为一种艺术形式，越来越强烈地吸引着我。这有两个原因。首先，在我看来，自二十世纪二十年代以来，散文写作、或者说写作整体上都没有什么真正意义上的创新；其次，新闻作为一门艺术几乎是无人涉足的处女地，原因很简单：极少有文学艺术家写过叙事新闻，而当他们真的动笔写这类作品时，又总会采取游记或者自传的形式。《缪斯入耳》整体上让我尝试了不同的思路：我想创作一部新闻小说，它能够大规模铺开，它有着事实的可信度，有着电影的直观性，有着散文的深度和自由度，有着诗歌的缜密。

直到 1959 年，某种神秘的本能才指引着我向一个主题进发——那是在堪萨斯某个偏僻的地方发生的一起鲜为人知的谋杀案——而直到 1966 年，我才出版了这起谋杀案的大结局——《冷血》。

在亨利·詹姆斯的一篇短篇小说里——我想应该是《中年》吧——他的某个人物，一个作家，身处创作成熟阶段的阴影中，发出了这样的哀叹："我们生活在黑暗中，我们做着力所能及的事，剩下的就是艺术的疯狂。"原话可能有出入但大意如此。无论如何，詹姆斯先生算是开诚布公了；他告诉我们的是真相。而黑暗中最黑暗的部分，疯狂中最疯狂的部分，就是你所要面临的那些残酷的赌博。作家，至少是那些敢于真正去冒风险的作家，那些不畏艰难、铤而走险的作家，与另一群孤独的人有着许多共同之处——那些靠打桌球和打牌谋生的人。很多人都认为我花六年时间在堪萨斯平原附近游荡，这简直是疯了；还有些人拒绝接受我“非虚构小说”的整体概念，并宣称这种想法辱没了一个“严肃”作家的名声；诺曼·梅勒形容它为“想象力的失败”——其大意，我猜测，是认为小说家应该写想象中的东西，而不是真实的东西。

没错，这就像是玩高赌注扑克；在这神经备受摧残的六年里，我不知道我是否能写出一本书。我经历了漫长的酷暑和严寒的隆冬，但我只是不停地打着我的牌，尽全力把手中的牌打好。然后，最后的结果是，我确实写成了一本书。一些评论家纷纷抱以微词，“非虚构小说”是一个噱头，一种带有欺骗性的说法，我所做的事情既没有什么真正的原创性，也并不新鲜。然而也有不这么认为的，有些作家认识到了我实验的价值，迅速将其拿来为自身所用——没有人比诺曼·梅勒下手更快的了，他创作的非虚构小说（《夜幕下的大军》、《月亮上的火焰》、《刽子手之歌》）为他带来了无数的金钱与奖项，虽然他一直很谨慎，从未将这些作品形容为“非虚构小说”。没关系；他是个优秀的作家，也是个很好的人，我很高兴能够尽绵薄之力为其效劳。

此刻记录我的作家名誉的之字形线条已经达到一个可观而理想的高度，在我进入到第四个阶段之前，我让它歇了歇脚，我所预期的将是我最后的周期。这四年中——大约从 1968 年到 1972 年——我大多数时间都是花在阅读、选择、改写从 1943 年到 1965

年间我自己的信件、他人的信件，还有我的日记和日志(包含数百个场景和对话的详细描述)，并且为它们编写索引。我打算将这些材料大量地用到一本规划中的新书中去：这将是非虚构小说的一种变体。我把这本书叫做《应许的祈祷》，这是引用圣特雷瑟说过的一句话："相比未应许的祈祷，我们为应许的祈祷流下了更多的眼泪。"1972 年，我开始着手这本书的写作，我从最后一章写起(知道行进的方向总归是件好事)。然后我写了第一章"原始的怪物。"接着写第五章，"对大脑的严重侮辱。"继而是第七章，"巴斯克海岸。"我以这种方式往下写，而非按顺序写作不同章节。我之所以能够这么去写，只是因为情节主线——或者说是多条主线——是真实的，所有的人物也是真实的：要记住所有人物并不难，因为我并没有捏造任何东西。但《应许的祈祷》原本就不打算定位成普通的纪实小说，即将事实伪装成虚构。我的意图正好相反：去除伪装，而不是制造伪装。

1975 年和 1976 年，我在《君子》杂志上发表了四个章节。这在某些圈子当中引起了愤怒，在这些圈子里，有人认为我是出卖机密，虐待朋友，虐待敌人，或是两者兼有。我不打算讨论这个问题；这涉及社会政治，而非艺术价值。我只能说，一个作家所能利用的全部资源就是那些他本人在努力观察中收集到的素材，他使用这些素材的权利是不能剥夺的。你可以谴责，但不可以剥夺。

但是，1977 年 9 月，我确实停止了《应许的祈祷》的写作，这个情况与外界对于这本书已经发表的几个章节的反应没有任何关系。之所以突然停了下来，是因为我遇上了大麻烦：我正在同时经历一场创作危机和一场个人危机。因为后者与前者无关，或着说几乎无关，所以这里只需对创作紊乱加以评论。

现在看来，尽管这是场折磨，但我为它发生感到高兴；毕竟，它改变了我对于写作的整体理解，改变了我对于艺术和生活以及找到二者之间平衡点的态度，改变了我对什么是真相和什么是真正的真相这两者间的不同之处的理解。

首先，我认为，大多数的作家都写得太多了，哪怕是最好的作家。我更愿意少写一些。要像乡间的小溪一样简单、清澈。但我觉得我的写作变得过于厚重了，结果往往是我花了三页的篇幅，才达到我本该用一个段落就能达到的效果。我反复通读《应许的祈祷》，我开始有些疑虑——不是对我的写作素材和写作手法有疑虑，而是对于文字本身的质感。我重读了《冷血》，也有同样的感受：有太多的地方，我没能写出我最好的水平，没有发挥出全部的潜能。慢慢地，但带着越来越强烈的警觉，我品读了我已出版作品当中的每一个字，我可以断定，我从来没有，一次也没有在我的写作生活中，完全释放出素材中所包含的全部能量和审美激情。即使是在好的作品中，我也可以发现，我手中的能量，释放出的从来没能超过半数，有时甚至不到三分之一。这是为什么呢？

经过几个月的冥想，答案在我面前显露出来，它很简单，却不是很令人满意。当然，这并未减轻我的抑郁情绪，事实上，它反而是加重了。因为这个答案带来了一个显然无法解决的问题，而如果我解决不了，我可能会就此封笔。这个问题就是：一个作家如何能成功地在某种单一的写作形式中——比如短篇小说——将他所了解的其他所有写作形式全部融合进去？这就是为什么我的作品里往往照明不足；电压就在那里，但由于自我限制于此刻我正在运用的某一种形式的写作技巧，我并没有将我对写作的全部认知运用进去——那些我从电影剧本、戏剧、报告文学、诗歌、短篇小说、中篇小说、长篇小说中所学到的全部内容。一个作家应当将其所具备的所有色彩和所有能力在同一块调色板上调匀（以及在合适的情况下，同时应用这些素材）。可这又如何实现呢？

我重新开始创作《应许的祈祷》。我删除了其中的一章，并改写了另外的两章。这是个改进，绝对是一个改进。但事实是，我不得不回到幼儿园。又是这样——我又做了一场讨厌的赌博！但我很兴奋；我感到一个无形的太阳在照耀着我。尽管如此，我最初的尝试还是挺尴尬的。我真的觉得自己就像一个拿着蜡笔盒的孩童。

从写作技巧层面来看，我之前写《冷血》时遇到的最大困难是将自己完全置身事外。按说，作者应当把自己设定为一个角色，一个目击者，以保持可信度。但我觉得，为了营造本书的那种貌似中立的基调，确保作者不在场是至关重要的。事实上，在我所有的报告文学中，我都尽可能地使自己隐身。

然而，现在，我将自己置身于舞台中央，并以最苛刻、最细微的方式重建与普通人物的日常交谈：我住所的管理员，健身房的按摩师，某个老同学，我的牙医。在写出几百页这种率真的文字后，我终于形成了一种风格。我找到了一个框架，我可以将我对于写作的全部认知都融入到这个框架之中了。

后来，我又将这种技术加以完善，并以此写出了非虚构短篇小说（《手刻棺材》）以及一些短篇小说。其成果就是目前的这本：《给变色龙听的音乐》。

而这一切是如何影响我另外一部正在写作中的作品——《应

许的祈祷》呢？影响相当大。同时，我正独身一人，身处黑暗的疯狂之中，这里只有我和我的那副牌——当然，还有上帝给我的那根皮鞭。

缅怀田纳西

(1983)

田纳西·威廉斯逝世，享年71岁。

这就是《纽约时报》的头版标题。后来才得知，他在用塑料瓶盖服用巴比妥酸盐时，瓶盖一不小心滑进了他的喉咙里，他被瓶盖噎住呼吸道窒息而死，真是不可思议。这一切都发生在爱丽舍，这是个不寻常的小旅馆，位于东五十大街。实际上，田纳西在纽约有一间公寓。但是他在城里的时候，总是住在爱丽舍旅馆。田纳西的公寓房间狭小，杂乱不堪，几乎没怎么装修；它位于“便利的”西四十二街，专为招待友好的陌生人而预留。

对于一个痴迷于死亡之诗意的人来说，这真是一个奇怪的结局。哪怕是在年轻的时候，他也相信明天也许会是他生命的最后一天。我们之间唯一一次真正意义上的争吵，就是有关他对于这个问题的疑病症似的过敏。那时，他写的一出剧——《夏与烟》——正在排演。我们当时在一起吃饭，为了逗他开心(我以为这会让他开心)，我开始给他讲一些关于本剧导演——一个得克萨斯女人的故事，这些是我从几个剧组成员那里听来的。据说每次排练，她都会召集剧组，对他们说，大家一定要加倍努力，一定要好好工作，“因为这朵天才之花是田纳西的最后绽放。他已经快不行了。没错，他已经只有几个月的活头，就快要不行了。他亲口对我这么说的。当然咯，他总在说他快不行了。但这次恐怕是真的。连他的经纪人都相信这次是真的。”

这下子不但没把我的老朋友逗乐，反倒是令他火冒三丈。他先是砸了杯子和盘子，继而将整张桌子都掀了个底朝天，最后扬长而去，留下目瞪口呆的我——还有一份需要赔付的账单。

· · ·

我见到他的时候是十六岁。他比我大十三岁，那时的他还在格林威治村的酒馆当服务生，后来才成为一名剧作家。我们成了非常要好的朋友——真的是一种精神层面的友谊，尽管人们会不可避免地往别的方面去想。在最初的那段日子里，他经常把他所有的独幕短剧剧本拿来给我读，我们还会把这些剧演出来。久而久之，经过多年的努力，我们完成了《玻璃动物园》。我在里面扮演女儿。

渐渐地，田纳西开始醉生梦死，荒淫无度，他天生就本不是个命大的人，要不是弗兰克·梅洛，他兴许都活不过四十岁。梅洛是个水手，我是在战争时期偶然发现的这个人。我遇见他大概五年之后，他已经不在海军服役了，田纳西看见我们正在一家意大利饭馆惬意地吃着午餐。我从未见他如此兴奋，之前没有，之后也没有。他把他自己的午宴同伴撇在一边——那是他的经纪人，奥黛丽·伍德——在没有人邀请他的情况下，迅速坐到我们这一桌来。我把他介绍给了我的朋友，才过了不到两分钟，田纳西就说，“你今晚能和我共进晚餐吗？”

这邀请显然不包括我。而弗兰克有些难为情；他不知道如何说是好。我替他回答道：“行啊，”我说，“他当然愿意跟你共进晚餐。”

他就这么做了。他们在一起有十四年的时间，那是田纳西生命中最快乐的十四年。对他来说，弗兰克就像是一个丈夫，一个情人，一个经纪人。他对举办聚会也很有天赋，这一点真的很称田纳西的心。1952 年日本著名作家三岛由纪夫——此人组建了军队对抗日本军队指挥官，最后切腹自尽——到访纽约，田纳西告诉弗兰克，他想举办一个聚会欢迎三岛由纪夫。于是弗兰克召集了纽约和圣弗朗西斯科所有的艺妓，但还不止于此。他随后又把一百个人男扮女装打扮成艺妓。这是我生平见过的最了不起的派对。田纳西自己也打扮成一个派头十足的老艺妓，他们喝着香槟，穿过公园，开了一整夜的车，直到天亮。这是三岛由纪夫初尝西方世界生活的味道，他说，“我再也不想回日本了。”

弗兰克于 1962 年死于癌症，田纳西的一部分也死了。我十分清晰地记得弗兰克生命中最后几个小时的情景。他住在纽约一家医院的病房里，朋友们进进出出，人来人往。最后，一位严厉的医生责令所有访客均不得入内，包括田纳西在内。但他拒绝离开。他跪在狭窄的病床旁边，紧紧握住弗兰克的手，用力抚摩自己的脸颊。

即便如此，医生还是要求他必须离开。可是突然，弗兰克低声说了句，“请别这样，就让他留在这儿吧。他不会伤害我的。再说，我已经习惯他了。”

医生叹了一口气，于是让他俩独处。

从此以后，田纳西就变得跟以前不一样了。他总是喝得酩酊大醉，除了酗酒，他还染上了毒瘾。他会去见一些非常奇怪的人。我觉得他生命的最后二十年，是一个人过的——跟弗兰克的灵魂一起。

不过如今我缅怀起田纳西的时候，我追忆的都是些快乐的时光，有趣的时光。他这个人，尽管内心有悲伤，却总是笑个不停。他笑得实在是不同凡响。既不粗鄙，也不下流，哪怕是声音都不算大。那笑声就像是密西西比河上喉咙沙哑的船夫一般不可思议。他走进房间的时候你总是能够知道，不管里面已经有了多少人。

说到他的幽默感，通常他都很闹腾。但是他一旦发火，似乎就在两种状态中摇摆：要么是病态的幽默——午餐时，五杯马提尼酒下肚之后，他会不间歇地笑个没完——要么是深深的痛苦，关于他自己，关于他父亲，关于他的家庭。他的父亲从未理解过他，他的家人似乎是把他妹妹疯了的事儿怪到他头上，而田纳西自己呢——嗯，我想他也觉得自己心智不是很健全吧。你可以从他的眼中读出这一切，里面总有变幻，就像是快乐与忧伤的摩天轮。

这并不是说跟他在一起不开心。我们总是一起看电影，我猜我这一生，跟他去看电影的次数要比跟其他任何人都多。每次他总要朗诵台词，插科打诨，模仿琼·克劳馥。很快，影院经理便会下来赶我们走人。

不过，我记忆中最有意思的一件事发生在四五年前，我那时跟田纳西一起在基韦斯特逗留。我们在一个人满为患的酒吧里——里面估计足有三百人，既有同性恋，又有异性恋。一对夫妇坐在角落的一张桌前，二人都喝得醉醺醺的。那个女的穿着一条宽松裤，上面是一件三角背心，她走到我们桌子跟前，拿出一支眉笔，想让我在她的肚脐上签个名。

我笑了笑说，“噢，这可不行。拜托别这样好吗。”

“你怎么能够这样无情呢？”田纳西冲着我说，这里所有的人都看了过来，他拿起眉笔，在那个女的肚脐周围写上了我的名字。那个女的回到桌子前，她的丈夫暴跳如雷。我们还没弄清是怎么回事儿，他就一把从她手里夺过眉笔，走到我们跟前，解开裤子，掏出他的阳具——对我——说道：“你今儿个不是什么上面都能签吗，你不介意在我这个上面签个名吧？”

我从来没有遇到过哪个有三百人的地方会变得如此安静。我不知该说什么好——只是望着他。

于是田纳西从这个陌生人手里接过那支眉笔。“我不知道签杜鲁门这几个字位置够不够，”他冲我眨了一下眼说。“但我可以签上首字母。”

整间屋子里哄堂大笑。

我最后一次见到他，是在他去世前的几周。我们在一个叫做俱乐部的私密小会所里一起吃饭，田纳西身体状况倒是还不错，不过心情很悲伤。他说他再也没有朋友了，还说我是他一生中少有的几个真正了解他的人之一。他希望我们能像往日那样亲密无间。

听着他的话，看着壁炉里的熊熊火光，我想：没错，我的确了解他。我想起了很久很久以前的一个夜晚，那是我第一次意识到这一点。

那是在 1947 年，《欲望号街车》首映之夜的辉煌久久不能散去。随着最后一幕的灯光渐渐黯淡下来，布兰奇·杜布瓦在黑暗中伸出手去寻求护士和医生的引导，她轻声说，“无论你是谁——我总是仰赖陌生人的慈悲，”这时观众们在一种扣人心弦的沉寂中一动不动。恐惧与美丽让他们停止了心跳。即便是在大幕落下后许久，沉寂还在延续。然后仿佛是一堆气球爆炸了一样——观众纷纷起立致敬，雷鸣般的掌声像龙卷风一样突如其来，令人屏息。

影星杰西卡·坦迪与马龙·白兰度做了十六次谢幕，直到这时“编剧！编剧！”的呼声才得到了满足。这位年轻的威廉斯先生，他不太情愿被人引上台。他的脸涨得通红，就像是他第一次被人亲吻一样，而且是被陌生人亲吻。显然，他并没有为了这个夜晚挥金如土(他对金钱有一种难以抗拒的敬畏，这敬畏是那般强烈，即便是这样的场合，都没有让他放纵自己做一套新西服)，于是他穿着一套日复一日在地铁座位上磨得发亮的深蓝色衣服；他的领带已经松松垮垮；衬衣上的一颗纽扣快要掉下来了。但是他却很迷人：个子不高，却很精神，肤色健康。他举起一双农夫似的小手，让台下的狂热情绪安静片刻后说道，“感谢大家。非常、非常、非常……感谢。”那声音有气无力，带着南部口音，就像是密西西比河中倒进了杜松子酒一样。他这时的感觉——你觉得——是欢欣，而不是幸福；欢欣是短暂的可卡因，而幸福的悠然至少要稍许持久一些。

田纳西不是个快乐的人，即便是笑容最灿烂的时候，即便是笑声最响亮的时候。实际上，至少对我来说，布兰奇和塑造她的人是可以互换的；他们有着同样的敏感，同样的不安全感，同样惆怅的欲望。而突然之间，就在你的脑中飘过这些思绪，你的眼中看到他面对震耳欲聋的欢呼声鞠躬时，他似乎是从舞台上退去了，渐渐消失在了幕后——引导他的正是那个把不情愿的布兰奇·杜布瓦引向阴影中的医生。

缅怀薇拉·凯瑟

（1984）

我所有的亲戚都是南方人，不是新奥尔良，就是亚拉巴马的乡村。其中至少四十人——有可能更多——在内战期间丧生，包括我的曾祖父。

很久以前，在我十岁左右，我对这些倒下的战士开始有了兴趣，因为我读过一大批他们的战地信件，都是我的家人努力保存下来的。那时的我已经对写作有了兴趣（实际上，我已经在《学者》杂志上发表了一些短篇随笔和小说），我决定在这些南方邦联英雄战地信的基础上，写就一本史书。

麻烦纷至沓来，八年以后，我成了一名生活在纽约的年轻记者，只能勉强养活自己，直到这时我才重新拾起了“内战中的族人”这个主题。毫无疑问，我必须进行大量的研究；我把开展研究的地方定在了纽约社会图书馆。

这个选择出于几个原因。首先，此时是冬季，而这个地方温暖，干净，紧挨着公园大道，这就为整日的工作提供了一个舒适的避风港。其次呢，大概是因为它所处的地理位置比较优越吧，这里的工作人员和文职人员本身就让人舒心：一群举止得体的上流社会文士。有些我经常在图书馆见到的读者还不止让人舒心。尤其是那个长着蓝色眼睛的女士。

她的眼睛就像黎明时分北美大草原上晴朗的天空那样蔚蓝。

而且，她的面容看上去挺健康，也带着些许的乡土气息，这不光是因为没有化妆的缘故。她中等个儿，身子还算结实，但不过于粗壮。她的衣着搭配组合得不太寻常，却有着一种说不出的魅力。她穿着平跟鞋，厚厚的长筒袜，戴着一串漂亮的绿松石项链，跟她的粗花呢套装很搭。她的头发黑白相间，显得尤为精神，发型几乎跟男士差不多。最让人吃惊、最夺目的则是一件她几乎从不脱下的漂亮的紫貂皮大衣。

在暴风雨的日子里，穿上这样一件大衣是个不错的选择。我是四点钟左右离开的图书馆，天看上去仿佛是从北极搬到了纽约。拳头大小的雪团狠狠地从空中向下砸去。

这个长着蓝色眼睛的女人穿着一件厚厚的紫貂皮大衣，正站在人行道上。她想要拦一辆计程车。我决定帮帮她。但是视野中看不到有计程车——说实话，路上几乎没有什么车。

我说："或许司机们都已经回家了吧。"

"没关系，我住的地方离这儿不远。"她深沉而轻柔的声音穿过大雪向我飘来。

于是我问她："我陪您回家好吗？"

她微微一笑。我们沿着麦迪逊大街往前走，最后我们去了一家朗香餐馆。她说："我可以喝杯茶。你呢？"我说行。可是我们一落座，我就点了双份马提尼酒。她笑着问我到了喝酒的年龄没有。

随后我告诉她我的个人情况。我的年龄。我出生在新奥尔良。我是个踌躇满志的作家。

真的吗？你崇拜什么样的作家？（显然她不是纽约人：她带着

西部口音。）

“福楼拜，屠格涅夫。普鲁斯特。查尔斯·狄更斯。E·M·福斯特。柯南·道尔。莫泊桑——”

她笑了起来。“看样子，你崇拜的作家还挺杂的呢。不过，有没有你喜欢的美国作家呢？”

“比如说？”

她并没有迟疑。“萨拉·奥纳·裘维特。伊迪丝·华顿——”

“裘维特女士写过一本好书：《针枞之乡》。伊迪丝·华顿也写过一本好书：《欢乐之家》。但是，我喜欢亨利·詹姆斯。马克·吐温。梅尔维尔。我喜欢薇拉·凯瑟。《我的安东妮亚》。《大主教之死》。她写过两篇精彩的短篇小说，《迷途的女人》和《我的死敌》，你读过没有？”

“嗯，”她抿了口茶，又把茶杯放下，手势略微有些紧张。似乎是要从大脑中调用什么东西。“我得告诉你——”她停顿了一下；然后，用一种仓促的口气，几乎是低声地说道：“那两本书就是我写的。”

我一下子愣住了。我怎么会这么愚蠢呢？我房间里有她的照片。毫无疑问她就是薇拉·凯瑟！那双蔚蓝色的无瑕的眼睛。那一头短发；那张方脸，那结实的下颚。我不知是该笑还是该哭；她是这个世上我最想见到的人了；没人能够给我留下这么深的印象——嘉宝不能，甘地不能，爱因斯坦不能，丘吉尔不能，斯大林也不能。没人可以做到。她显然意识到了这一点，我们都相觑无语。我一口把我的双份马提尼灌了下去。

不久，我们又回到了街上。我们在雪地里艰难地跋涉，最后，终于到了公园大道上一座昂贵的老式住宅前。她说：“嗯，这就是我住的地方了”；然后，突然补充了一句：“要是你礼拜四有时间过来吃晚饭，我七点钟等你。请你到时把你的作品带一些过来——我想读一读。”

没错，我很兴奋。我买了一套新西服，重新打印了我的三篇短篇小说。然后，周四到了，我七点准时来到她家门口。

当我想到薇拉·凯瑟穿着那件紫貂皮大衣，住在公园大道的房子里时，心中依然觉得很惊讶。（我之前老是猜想她应该住在内布拉斯加州雷德克劳德镇上一条寂静的街道里。）这座房子房间不算太多，却都很宽敞，她和她一生的挚友共居，那个人个头和年龄都与之相仿，也是一个举止严谨而优雅的女士，叫做伊迪丝·刘易斯。

凯瑟小姐和刘易斯小姐十分相像，你可以确信她们是一起装修布置的房间。鲜花随处可见——成簇的冬日丁香，牡丹，淡紫色的玫瑰。装订得漂漂亮亮的书籍，在卧室的墙边摆放得整整齐齐。